Daphne Du Maurier, 1907 als Tochter eines Schauspielers in London geboren, stammt aus einer alten französischen Familie, die während der Französischen Revolution nach England emigrierte. Sie wuchs in London und Paris auf und begann ihre schriftstellerische Tätigkeit 1928 mit Kurzgeschichten und Zeitungsartikeln. Sie schrieb in der Folge zahlreiche historische Biographien, Novellen und Romane, die zum Teil verfilmt und in viele Sprachen übersetzt wurden und in Millionenauflagen in der ganzen Welt verbreitet sind. Weltruhm erlangte sie vor allem mit dem Roman »Rebecca«, der mit Laurence Olivier verfilmt wurde.
Für ihre Verdienste als Schriftstellerin verlieh ihr die englische Königin 1969 den Titel *Dame*. Heute lebt Daphne Du Maurier auf einem Landsitz in Cornwall.

Von Daphne Du Maurier sind außerdem
als Knaur-Taschenbücher erschienen:

»Plötzlich an jenem Abend« (Band 539)
»Gasthaus Jamaica« (Band 781)
»Nächstes Jahr um diese Zeit« (Band 824)
»Rebecca« (Band 1006)
»Das Geleitschiff« (Band 1022)
»Träum erst, wenn es dunkel wird« (Band 1070)

Vollständige Taschenbuchausgabe
Droemersche Verlagsanstalt Th. Knaur Nachf., München
Lizenzausgabe mit freundlicher Genehmigung des
Scherz Verlages, Bern und München

Titel der Originalausgabe »Rule Britannia«.
Aus dem Englischen von Eva Schönfeld
Umschlaggestaltung Wolfgang Lauter
Umschlagfoto Andy Wiliams/Bavaria
Druck und Bindung Ebner Ulm
Printed in Germany · 2 · 7 · 584
ISBN 3-426-01150-6

2. Auflage

Daphne Du Maurier: Die standhafte Lady

Roman

Knaur

ISBN 3-426-01150-6 780

1

Emily wurde vom Dröhnen tieffliegender Hubschrauber aus dem Schlaf geschreckt. Ehe sie ganz zu sich kam, verschmolz das Geräusch mit dem entfliehenden Rest eines Traumes, den sie seit frühester Kindheit immer wieder hatte: sie und Mad verbeugten sich lächelnd vor einem begeisterten Publikum. Der Applaus war ohrenbetäubend. Als Kind hatte sie dabei schutzsuchend zu Mad, ihrem großen Vorbild, aufgeschaut und ihren verstohlenen Händedruck als tröstliche Zusicherung empfunden. »Schon gut«, hieß das, »sie können dir nichts tun. Ich bin ja für dich da – jetzt und allezeit.« Im Laufe der Jahre war das überlebensgroße Bild der Beschützerin auf normales Menschenmaß geschrumpft, je mehr Emily heranwuchs und sich der berühmten Großmutter ebenbürtig fühlte. Der immer wiederkehrende Applaus in ihren Träumen galt nun ihnen beiden ...

Der eiserne Vorhang senkte sich plötzlich zwischen Traum und Wirklichkeit. Emily wußte plötzlich, daß etwas anderes als verebbendes Händeklatschen sie aus den geliebten Theatervisionen zurückrief. Irgendwelche Flugzeuge summten von der Küste her landeinwärts; sie saß halbaufgerichtet in ihrem Bett, und die Gardinen vor dem offenen Fenster blähten sich leicht in der frischen, kalten Morgenluft.

Sie sah rasch nach dem Wecker — es war kurz nach sieben — und drehte das Radio an. Sonderbarerweise hörte sie statt des gewohnten Nachrichtensprechers nichts als Knacken und Rauschen. Sie versuchte es mit mehreren anderen Sendern, überall mit dem gleichen Mißerfolg. »Ach, dann eben nicht!« Sie schaltete den Transistor ärgerlich ab und legte sich noch einmal aufs Kissen zurück, um, die Hände hinter dem Kopf verschränkt, den Hamlet-Monolog »Sein oder

Nichtsein« kritisch auf ihre eigene derzeitige Situation zu übertragen. Bei ihr hieß es: »Gehn oder Nichtgehn, das ist hier die Frage. Ob's edler im Gemüt, das Leben weiter mit Mad zu teilen, Herrschsucht zu ertragen — oder: den Schritt zu wagen, eignen Weg beginnen . . .«

Das klang sehr schön, aber welchen Weg? Keine Aussichten für Mädchen mit oder ohne Examen. Alle Stellenvermittlungen waren überlaufen. Jedermann, vom Halbwüchsigen bis zum Greis, strampelte sich nach einem Broterwerb ab, und sei er noch so dürftig. Seit die Regierung sich aufgrund einer überwältigenden Stimmenmehrheit offiziell von der Europäischen Gemeinschaft getrennt hatte, ging es mit England unaufhaltsam bergab. Jedenfalls war Pa dieser Meinung, und Pa als Bankfachmann mußte es wissen.

»Reise erst mal ein bißchen in der Welt herum«, hatte er ihr angeboten. »Ich komme für die Kosten auf.«

»Danke, ich will keine Almosen«, hatte Emily patzig erwidert. »Schließlich bin ich schon achtzehn!«

So war es zu dem unvermeidlichen und jämmerlich fehlgeschlagenen Versuch gekommen, Schauspielerin zu werden. Mads Vorbild, natürlich! Aber trotz ihres ewig wiederkehrenden Traums hatte Emily keine Blitzkarriere gemacht. Und in der Bühnenwelt gab es nur Blitzkarrieren oder Pleiten. Der donnernde Applaus, von dem sie von Kind an geträumt hatte, war in Wirklichkeit nur ihrer Großmutter beschieden gewesen, und auch das war schon lange her. Was blieb ihr? Radio- oder Fernsehansagerin — wenn sie Glück hatte!

Emily stellte wütend den Transistor wieder an, aber es summte immer noch auf allen Wellen. Sie stand auf und ging durch den Korridor ins Bad, um das heiße Wasser einlaufen zu lassen. Ein Blick aus dem Seitenfenster zeigte ihr, daß die Vorhänge bei den »Kleinen« noch fest zugezogen waren. Gott sei Dank — vielleicht schliefen sie noch!

Aber gerade jetzt knallte eine Tür im Nebenbau, und das mußte sie wecken, selbst wenn die Tiefflieger es noch nicht getan hatten. Emily erblickte Terry, der sein Fahrrad aus der Diele schob, wo eigentlich keine Fahrräder untergestellt werden sollten. Und wieso gerade Terry? Er war normalerweise kein solcher Frühaufsteher wie Joe, der um sieben immer schon Holz hackte oder den Garten umgrub. Ein Anflug von Neugier bewog Emily, das Fenster aufzureißen und Terry nachzurufen:

»Wo willst du denn hin?«

Er gab natürlich keine Antwort, sondern winkte nur flüchtig, grinste über die Schulter und radelte davon. Emily war im Begriff, das Fenster wieder zu schließen, als sie bemerkte, daß sich eine Schieferplatte über dem Schrägdach der »Kleinen« gelöst hatte und gerade eben in die Regenrinne rutschte. Noch während Emily dem Phänomen nachsah, folgte eine zweite Platte, dann eine dritte. Emily begann innerlich zu kochen. Schon wieder! Sie wußte Bescheid. Andy war wieder einmal von der entgegengesetzten Seite des Anbaus in den ausgedienten Schornstein geklettert, den er zum Ausguck erkoren hatte . . .

»Ich kann diesen albernen Kindergarten nicht mehr ertragen!« Der Nachklang des glorreichen Bühnentraums vertrug sich so wenig mit der Wirklichkeit, daß Emily sich mit irgendeiner sinnlosen Handlung Luft verschaffen mußte. Sie zerschmetterte ihr Zahnputzglas im Waschbecken, und der Anblick der spitzigen Scherben verschaffte ihr wirklich einen Moment der Befriedigung. »Geschieht ihr recht!« murmelte sie. Aber wem? Ihr oder Mad? Auch das Badewasser war kaum lauwarm. Der Durchlauferhitzer war vermutlich schon wieder kaputt. Das kommt davon, sagte sie sich erbost, wenn man freiwillig in einem *Mad-House* lebt, einem Irrenhaus! Welch passender Name für eine Bühnenveteranin, die nach ruhmreicher Karriere nichts Besseres zu tun gewußt hatte, als sechs schwererziehbare Knaben aller Altersstufen zu adoptieren! Als ob sie nicht schon einen leiblichen Sohn und eine Enkelin, nämlich Emily, gehabt hätte!

»Ich mach' einfach nicht mehr mit«, stieß Emily unter der kalten Dusche hervor. »Ich lasse mein Leben nicht von ihr ruinieren. Dazu bin ich zu jung.«

Sie warf sich trotzig in den uralten Pulli und die uralten Jeans. Hier war es ja völlig egal, wie sie aussah. Dann begab sie sich in die Küche hinunter. Der alltägliche, ekelerregende Geruch von Rührei mit Speck wogte ihr entgegen. Dottie behauptete, heranwachsende Jungen müßten den Tag mit einem ordentlichen Frühstück beginnen, sonst bekämen sie keine Kraft in die Knochen. Und dafür fühlte sie sich verantwortlich.

Dottie war vierzig Jahre lang Mads Garderobiere gewesen. Nun, fern der Bühnenluft, die auch ihr Lebensodem gewesen war, diente sie der großartigen, in den Ruhestand getretenen Schauspielerin weiterhin als Faktotum. Emily konnte sich die eine ohne die andere nicht vorstellen.

Übrigens durfte nur sie allein die »Madame« der Glanzzeit mit der Abkürzung »Mad« anreden. Sogar die sechs Adoptivsöhne sagten »Madam«. Das war eine ganz kleine Vorrangstellung und ein Trost. Hätte jemand anders sich je erfrecht ... Der Himmel wäre eingestürzt!

Im Moment schien der Himmel sowieso einzustürzen, denn wieder zogen Flugzeuge mit donnernden Motoren dicht über dem Haus dahin. Es mußten ganze Geschwader sein. Wahrscheinlich handelte es sich um irgendein Manöver oder so etwas, und vielleicht war damit auch die Radiostörung erklärt.

Dottie quetschte ihre rundlichen Formen in die enge Lükke zwischen Spülautomat und Waschbecken und horchte zum Fenster hinauf.

»Weißt du, was heute los ist?« fragte sie Emily. »Die machen ja einen furchtbaren Krach. Schon in aller Herrgottsfrühe, vor sechs, bin ich davon geweckt worden. Keine Spur von Rücksicht auf die Bevölkerung!«

»Wen meinst du mit ›die‹?« fragte Emily, während sie anfing, den Tisch für die sechs Jungen zu decken.

»Die Luftwaffe oder wie das heute heißt«, erwiderte Dottie, die hastig zu ihrer Bratpfanne zurückgekehrt war. »Da, nun ist mir der Toast angebrannt. Eine Rücksichtslosigkeit, sag' ich! Der Postbote ist auch nicht gekommen. Ich habe Terry mit dem Rad losgeschickt. Wenn Madam ihre Post nicht pünktlich mit dem Orangensaft kriegt, tobt sie. Komisch, daß sie noch nicht geklingelt hat. Emmie, bitte, mach den Bengels ein bißchen Dampf, sonst kommt der ganze Vormittag durcheinander. Und paß auf, daß Andy sich die Zähne mit Zahnpasta putzt und nicht mit Seife.«

Zu ihren Häupten war einen Moment Stille eingetreten. Herrgott, dachte Emily beim Verlassen der Küche, warum erfülle ich keine echte Lebensaufgabe? Altenpflege, Leprosenpflege, Hungernde nach einer Naturkatastrophe? Ach verdammt — das kommt vom zuvielen Fernsehen. Mad hat mal wieder recht. Jede persönliche Urteilskraft geht flöten.

Im Bereich der »Kleinen« herrschte Todesschweigen. Emily wußte aus Erfahrung, daß sie um diese Zeit keinesfalls mehr schliefen. Sie öffnete energisch die Tür und fand das Zimmer, bei sorgfältig zugezogenen Vorhängen, hell erleuchtet. Ben saß auf einem umgestülpten Nachttopf, splitternackt, abgesehen von Mads abgelegten Handschuhen und einem ebenfalls abgelegten verrückten Hut aus der Jahrhundertmitte. Ben war schwarz wie Ebenholz und wunderschön und gerade drei Jahre alt. Er wirkte sogar noch jünger. Mad hatte ihn nicht nur wegen seiner Schwärze adoptiert, sondern weil er laut ärztlichem Befund eine angeborene Mißbildung der Zunge hatte und vielleicht nie sprechen lernen würde.

Sein sechsjähriger Zimmergenosse Colin war das genaue Gegenstück, weiß und rosig, blauäugig, goldgelockt — das »süße Jesulein«, wie einem alten frommen Kitschbild entsprungen. Er war als Baby nach einem Popfestival im Straßengraben gefunden worden, und seine Eltern hatten sich nie gemeldet. Mad, die manchmal zum Snobismus neigte, schwor, er habe königliches Blut in den Adern, wiewohl bei seiner Zeugung auch der Teufel seine Hand im Spiel gehabt haben mußte, denn unter dem engelhaften Äußeren verbarg sich ein gut Teil Schlangenlist. »Wenn einer Ben zum Sprechen bringen kann, dann er«, hatte Mad geurteilt und die beiden so verschiedenen Knaben kurz entschlossen zusammengesteckt. Seitdem blickte Ben zu Colin auf wie zu einem Gott — auch wenn es mit dem Sprechen vorläufig durchaus nicht klappen wollte.

Emily folgte seinen begeistert rollenden, aufwärts gerichteten Augen und trat mißtrauisch an das Etagenbett heran, auf dessen oberer Pritsche Colin lag, reglos, mit geschlossenen Lidern und auf der Bettdecke gekreuzten Händen. »Du, was soll denn das?« fragte sie und stupste ihn in die Rosenwange, worauf er das ihr zugewandte Auge öffnete.

»Geh weg, Emmie«, sagte er. »Du störst. Ich spiele Ben vor, Madam liegt im Sterben, und gleich muß ich anfangen zu röcheln, und dann schnappe ich ab, und dann muß Ben klatschen, und ich springe auf und verbeuge mich, und dann ist das Theater aus.«

»Was für eine gräßliche Idee«, tadelte Emily. »Hört sofort mit dem Unsinn auf und zieht euch an. Das Frühstück ist fertig.«

»Gar nicht gräßlich«, widersprach Colin gekränkt. »Es ist re-a-li-stisch! Madam sagt immer, so muß man spielen. Wir proben das Stück für sie — *ich probe es.* Ben spielt bloß eine Dame aus dem Publikum.«

Emily ging achselzuckend hinaus. Pa hatte recht: Seine Mutter war die letzte Person auf Erden, der man schwererziehbare Kinder anvertrauen sollte . . .

Die nächste Tür an dem engen Korridor führte zu den »Mittleren«, Andy und Sam, zwölf und neun Jahre alt und zum Unterschied zu den »Großen«, Joe und Terry, die schon neunzehn und siebzehn waren, so genannt. Die Mittleren schliefen ebenfalls in übereinandergebauten Kojen, aber ihr Zimmer war größer als das der Kleinen und hatte einen höchst eigenartigen Geruch. Dieser rührte von dem altersgrauen Eichhörnchen her, das Sam vor Wochen eingeschleppt und hinter einem Drahtgitter untergebracht hatte. Der Fußboden war voll von verstreuten Nußschalen und Sonnenblumenhülsen. Dottie hatte sich fast weinend gegen die »Unhygiene« gewehrt. Aber Mad hatte geantwortet:

»Ach was, Hygiene! Sam wird bestimmt mal ein berühmter Zoologe und bekommt eines Tages den Nobelpreis. Ich wünsche nicht, daß er frustriert wird.

Der künftige Zoologe hockte bei Emilys Eintritt auf dem Boden, aber diesmal kümmerte er sich nicht um das Eichhörnchen, sondern um einen neuen Zuwachs, eine Taube mit schlapp herabhängendem Flügel. Sam versuchte sie gerade mit einer Handvoll Körnern anzulocken. Er gab Emily ein Zeichen über die Schulter, sich nicht zu rühren.

»Komm nicht zu nah, Emmie«, flüsterte er. »Sie wird schon zutraulicher. Wenn sie merkt, daß ich es gut mit ihr meine, kann ich ihr den Flügel schienen.«

Vielleicht, vielleicht auch nicht. Diese Taube war nicht der erste kranke Vogel, den Sam in seine Obhut nahm, bislang mit zweifelhaftem Erfolg. Meistens endete es mit Tränen und einem feierlichen Begräbnis im Wäldchen, bei dem Colin, der nichts schöner fand als Leichenzeremonien, den Pfarrer spielte.

»Was ist ihr denn passiert?« fragte Emily, ebenfalls flüsternd.

»Sie ist einfach vom Dach gefallen. Muß sich irgendwie erschreckt haben.« Sam hatte ein schmales, spitziges Gesichtchen und schielte so stark, daß Leute, die ihn nicht näher kannten, sich nur ungern mit ihm unterhielten. Mad hatte ihn als verlassenes Prügelkind in einem Heim aufgetrieben und sofort ins Herz geschlossen.

»Vielleicht war's der Flugzeuglärm?« vermutete Emily.

Sams Schielen ersparte ihm manch peinliches Kreuzverhör. Man konnte aus seinem Blick nicht entnehmen, ob er es mit der Wahrheit so genau nahm.

»Ja, wahrscheinlich war's der Krach«, antwortete er. Doch das offene Fenster und Andys Abwesenheit deuteten auf anderes. Emily wußte aus Erfahrung, daß nichts Sam bewegen könnte, seinen Kumpel zu verraten.

»Schön, du brauchst mir nichts weiter zu sagen. Ich weiß sowieso, daß er wieder auf dem Dach ist. Ich habe vom Badezimmer aus gesehen, wie die Schiefer abrutschten.«

Sie ging an das Fenster und lehnte sich rücklings selbstmordgefährlich weit hinaus, wobei sie sich allerdings gut festhielt. Der behäbige Schornstein auf dem Dachende, der früher einmal den Rauch aus einem nicht mehr benutzten Wirtschaftsraum abgeleitet hatte, gab heute sicher ein prachtvolles Versteck für einen abenteuerlüsternen Jungen ab. Alles, was Emily im Moment von ihm sah, war sein verstrubbeltes Haar, das man ebensogut für ein Dohlennest hätte halten können. Andy fühlte sich da oben wieder einmal als Herr des Landes, so weit sein Auge reichte — gelegentlich zum Schaden derer, die unten vorbeigingen.

»Komm sofort runter!« rief Emily hinauf.

Das Dohlennest zuckte, und im selben Moment erkannte sie das Ende eines der exotischen Bogen, die normalerweise in der Diele hingen. Den Jungen war streng untersagt, sie zu berühren. Die Pfeile, die dazu gehörten, waren vergiftet. Wenigstens versäumte Mad nie, darauf hinzuweisen.

»Der Feldmarschall, der sie mir geschenkt hat, war ein begeisterter Tropenforscher«, pflegte sie stolz zu sagen. »Er kannte alle Eingeborenengifte. Jahrzehntelang war er mein treuester Verehrer.«

Pa, der das einmal gehört hatte, wisperte seiner Tochter ins Ohr: »Frei erfunden. Sie hat sie auf dem Flohmarkt gekauft.«

Echt oder falsch, die Pfeile waren lebensgefährlich. Inzwischen hob sich Andy bis zu den Schultern aus dem Schornstein und lächelte gewinnend zu Emily hinunter.

»Ich hab' die Taube ja bloß gestreift«, rief er. »Ich hab's nicht mal mit Absicht getan. Ich wollte eigentlich einen von den Hubschrauberpiloten erwischen. Die Kerle flogen bloß zehn oder zwanzig Meter zu hoch.«

»Pech gehabt«, spöttelte Emily. »Nun mach, daß du runterkommst, und tu den Bogen schleunigst wieder dahin, wo du ihn hergenommen hast.«

»Wieso? Er gehört mir!« rief Andy mit aufgerissenen Augen zurück. »Madam hat ihn mir geschenkt, weißt du nicht mehr?«

Emily gab es auf und verließ ihren eigenen halsbrecherischen Platz auf dem Fensterbrett. Es hatte keinen Sinn, irgendwie erzieherisch auf diese Jungen einwirken zu wollen. Eines Tages würde jemand umgebracht werden, und dann war es nicht ihre oder Dotties Schuld, nicht einmal der Jungen selbst, sondern einzig und allein Mads. Was Andy betraf, so hätte man meinen sollen, daß er, als einziger Überlebender eines Flugzeugunglücks, dem Vater, Mutter und Schwester zum Opfer gefallen waren (es hatte sich um ein Bombenattentat gehandelt), sein Leben lang davor zurückschrecken würde, weitere Flugzeuge und Menschen Explosionen und Flammen ausgeliefert zu sehen. Im Gegenteil! Was psychologisch wieder einmal bewies, daß . . . ja, was?

Emily kehrte verzagt in die Küche zurück. »Ein vertrackter Morgen«, sprach Dottie ihre Stimmung aus, während sie die heißen Schüsseln auf den langen Tisch stellte. »Das Telefon funktioniert auch nicht. Ich wollte den Metzger anrufen, aber es gibt keine Verbindung. Alles stumm. Ich weiß nicht, was Madam dazu sagen wird. Bringst du ihr den Orangensaft hinauf, Liebes? Ich traue mich ihr einfach nicht unter die Augen. Alles geht heute schief. Moment — das muß Terry mit der Post sein.«

Sie hörten das Hinplumpsen des Fahrrads unter dem Küchenfenster, dann rasche Schritte auf der Hintertreppe, und schon stürmte Terry zu ihnen herein. Seine flammenden Wangen hatten fast die gleiche Feuerfarbe wie sein Hemd. Terry war mit seinen siebzehn Jahren ein klassisch schöner Jüngling mit edlem Profil und wilden Dichterlocken — der Schwarm aller jungen Mädchen in weitem Umkreis. Leider war er der Sohn einer ledigen, drogensüchtigen Mutter, die sich in einem Verzweiflungsanfall die Pulsadern aufgeschnitten und Terry der öffentlichen Fürsorge preisgegeben hatte. Er war aus mehreren Heimen ausgebrochen, als Mad ihn entdeckte und als erstes Adoptivkind in ihr Haus aufnahm. Das war nun schon lange her, aber Mad wies oft und gern darauf hin, daß Terry ihr erster »Fund« gewesen war.

»Ihr habt ja keine Ahnung«, berichtete er jetzt atemlos, »was da draußen gefällig ist! Ich konnte nicht durchkommen. Überall Soldaten. Auf der Hauptstraße steht eine große Barrikade. Ich wurde zurückgewinkt, und dabei dauernd der Hubschrauberlärm ganz dicht über unseren Köpfen. Toll — wie im Krieg! Wo ist Joe?«

Sägegeräusche aus dem Keller gaben ihm die Antwort. Joe, sein zwei Jahre älterer Stubenkamerad, ließ sich durch nichts von seinen freiwillig übernommenen Pflichten abhalten. Heute sägte er Holz für Madams geliebten Kamin. Mochte die Welt untergehen — Joe sorgte bis zum letzten Atemzug für die Bedürfnisse seiner Wohltäterin.

»Barrikaden!« echote Dottie entsetzt. »Was soll das? Hast du den Postwagen gesehen, Terry?«

Terry starrte sie an und schnob verächtlich. »Wie stellst du dir das vor? Wie soll das Postauto durch die Straßensperre kommen? Übrigens hockten auf allen Telegrafenmasten Leute und murksten an den Leitungen herum.« Er wandte sich ab, knallte die Küchentür hinter sich zu und polterte über die Kellertreppe abwärts, offensichtlich auf der Suche nach Joe.

»Das erklärt die Telefonstille«, meinte Dottie sachlich. »Madam wird ein Heidentheater machen, wenn sie es merkt. Hier ist der Orangensaft.« Sie übergab ein hübsch angeordnetes Tablett in Emilys ausgestreckte Hände. »Komisch, daß sie noch nicht geklingelt hat. Hast du Andy ans Zähneputzen erinnert?«

Emily antwortete nicht. Andys Zähne waren heute von zweitrangiger Bedeutung. Die rätselhaften Ereignisse dieses unruhigen Morgens hatten Mads Laune sicher schon genügend schlecht beeinflußt. Das Pappschildchen »Bitte nicht stören«, das gewöhnlich an ihrer Klinke baumelte, war umgedreht und zeigte den Vers aus Dantes *Inferno:* »Laß, der du eintrittst, alle Hoffnung fahren!« Dieses selbe Schildchen hatte schon zu Mads Glanzzeiten häufig vor ihrer Garderobe gehangen.

Emily räusperte sich kurz und betrat tapfer das Zimmer ihrer Großmutter.

2

Mad lag nicht im Bett. Sie saß in ihrem selbsterfundenen Alltagskostüm (einem Mittelding zwischen Robin Hood und Mao Tse-tung) am Fenster, das auf die Bucht hinausging, und hatte ihren Feldstecher vor den Augen.

»Dottie bittet um Entschuldigung«, sagte Emily, indem sie das Tablett auf den Schreibtisch stellte. »Heute geht alles drunter und drüber. Hoffentlich hat dich der gräßliche Fluglärm nicht auch schon vor Stunden geweckt. Terry sagt, überall seien Straßensperren und Soldaten. Muß ein Riesenmanöver im Gange sein. Die Post kommt nicht durch, das Telefon funktioniert nicht, und sogar das Radio ist stumm. Hier hast du deinen Orangensaft.«

Mad senkte den Feldstecher und griff mechanisch nach dem Glas, zu Emilys Erstaunen ohne jede übellaunige Bemerkung. Ihre Großmutter schien heute in tiefernste Gedanken versponnen zu sein. Ihr einst weltberühmtes Profil wirkte hager und scharf. Das kurzgeschnittene weiße Haar, das sich nur im Nacken zu ein paar rührenden Löckchen ringelte, erinnerte weniger an die ehemalige Bühnenschönheit, die sich in vierzehn Tagen zur Feier ihres achtzigsten Geburtstags mit gekonnter Altersgrazie über die Interflora-Blumenspenden beugen würde, als an einen römischen Legionär, der nach allzulangem faulem Frieden wieder Schlachtendunst witterte.

»Das ist weder ein Flotten- noch ein sonstiges Manöver«, sagte sie entschieden. »Jimmy Jollif hätte es mir rechtzeitig angekündigt.« Admiral Jollif war ein alter Verehrer, der mit Mad noch heute Weihnachtsgrüße austauschte. Vor Jahren war er sogar einmal zum Mittagessen dagewesen. Emily bezweifelte im stillen, daß er ihre Großmutter über jede Störung des öffentlichen Lebens beizeiten unterrichten würde, aber bei Mad konnte man nie wissen.

»Vielleicht«, meinte sie vorsichtig, »soll es diesmal eine ganz realistische Übung sein, um Eindruck zu schinden. Heutzutage wäre doch jedes normale Manöver nur Zeit- und Kraftverschwendung. Gut, daß gerade Ferien sind. Die Mittleren wären zu spät zum Schulbus gekommen.«

Mad drehte sich plötzlich um und sah ihre Enkelin voll an. Ihre blauen Augen leuchteten. »Sage Dottie, sie soll heute doppelte Frühstücksrationen ausgeben. Sehr möglich, daß die Jungen heute keine ordentliche Mahlzeit mehr in den Leib bekommen.«

»Ach, Mad, ist das nicht . . .«

»Es ist kein Witz. Und du sorge dafür, daß sie im Haus bleiben. Das gilt nicht nur für die Kleinen und Mittleren, sondern auch für Joe und Terry. Andy soll die Schornsteinkletterei unterlassen. Er kann Sam beim Ausmisten helfen, natürlich vorausgesetzt, daß er das Eichhörnchen in Ruhe läßt.«

»Heute früh ist noch eine Taube dazugekommen«, murmelte Emily mit schlechtem Gewissen.

»Eine Taube? Interessant. Hatte sie einen zusammengerollten Zettel am Hals?«

»Nein, nur einen verletzten Flügel. Ich meine, sie läßt den einen Flügel hängen.«

»Hm. Es könnte ja eine Sendbotin gewesen sein . . .«

Das nervenaufreibende an Mad war, daß man nie wußte, ob sie schauspielerte oder nicht. Ihre alten Tage waren so oft von kunstvoller Verstellung erfüllt, daß Emily nur selten dahinterkam, ob sie es tat, um die schlummernden Phantasiekräfte ihrer Schützlinge zu wecken, oder nur zu ihrem eigenen Vergnügen. Pa meinte, es sei die reine Macht der Gewohnheit, ähnlich wie Zähneputzen, die seine Mutter zwang, täglich zwei Vorstellungen zu geben, auch wenn das Publikum von einst zu neunzig Prozent tot sein dürfte. Genau genommen, klang das ein bißchen brutal, aber Pa dachte als Bankier und hatte für Sentimentalitäten nicht viel übrig.

»Guck mal!« Mad deutete plötzlich lebhaft auf den frischgepflügten Winteracker hinter der Gartenmauer. »Da kommen Soldaten vom Strand herauf. Ich habe schon lange beobachtet, daß da draußen so eine Art Mutterschiff oder Flugzeugträger liegt — oder wie das heute heißt. Lauf sofort hinunter und sage, daß niemand das Haus verlassen darf. Niemand, verstanden? Dies ist ein strikter Befehl. Ich komme nach, sobald ich weiß, was all die Leute hier wollen. Und vor allem laß Folly nicht ins Freie.«

Folly war die vierzehnjährige, halbblinde und halbtaube Dalmatinerhündin, die sich kaum je aus ihrem Sessel in der Bibliothek rührte, es sei denn, um zu ihrer Rasenecke zu schleichen und ihre Notdurft zu verrichten. Das betreffende Rasenstück war seit langem gelb und verdorrt.

Emily sah in Richtung des ausgestreckten Zeigefingers und beugte sich verblüfft vor. Ihre Großmutter phantasierte nicht. Dort kamen Soldaten in langer Linie über den Acker, in grün-braun-gefleckten Tarnanzügen, Stahlhelme auf dem Kopf, Maschinenpistolen im Anschlag.

»Ach, jetzt weiß ich«, sagte Emily mit erleichtertem Lachen. »Hier wird ein Film gedreht! Das erklärt alles! – Nein, der arme Hund darf nicht –«

Ihr entsetzter Aufschrei kam zu spät. Spry, der Schäferhund des benachbarten Bauernguts, der alles außer Fliegerlärm und anderen Donnergeräuschen vertragen konnte, raste verstört ins Schußfeld der vorrückenden Soldaten. Einer der Männer hielt inne und zielte, ohne abzudrücken. Doch als gleich danach wieder ein tieffliegender Hubschrauber über den Acker hindonnerte, verloren Hund und Soldat die Nerven. Spry sprang bellend gegen die Eindringlinge an, wie es ihm im Blut lag, und der Soldat schoß.

»Dafür soll er verrecken!« schrie Mad.

Spry war nicht mehr der treue Hüter seiner Herde, sondern ein zerfetztes, blutiges Etwas. Mad legte den Feldstecher beiseite, zischte Emily an: »Filmaufnahme, sagtest du?« und ging mit heftigen Schritten zur Tür.

Emily folgte ihr. Das kann doch nicht wahr sein, dachte sie halb betäubt. Soldaten erschießen keine Tiere – sie sind tierliebend, sie halten sie sich als Maskottchen ... Noch auf der Treppe hörte sie Mad befehlend rufen: »Sam, komm sofort zurück!« Gleichzeitig sah sie durch die offenstehende Dielentür den davonflitzenden Schatten eines Jungen. Natürlich, Sam hatte gesehen und gehört, was mit seinem Freund, dem Schäferhund, geschehen war. Eine bisher unbekannte hysterische Angst überfiel Emily. Männer, die Tiere erschossen, machten auch vor Kindern nicht halt.

»Sam!« Sie rannte die Treppe hinunter zur offenen Tür. »Sam!«

Mads harte, knochige Hand hielt sie zurück. »Reg dich nicht auf, sie werden ihn unversehrt zurückschicken. So eine gottverdammte Dummheit machen sie nicht zweimal. Der Kerl, der geschossen hat, kriegt es sowieso mit seinem Kommandeur zu tun — oder wer immer für diese Angeberei verantwortlich ist.«

Emilys Gesicht war tränenüberströmt. Der Tod des Hundes hatte ihr einen Schock versetzt. Dieser brave Spry, den sie alle kannten, der zu gewissen Zeiten sogar noch der armen Greisin Folly den Hof machte . . . Ihn plötzlich vor ihren Augen von Schüssen durchsiebt zu sehen, ging über ihre Fassungskraft. Sie hatte noch nie direkte Grausamkeit erlebt.

»Wie kannst du dabei so ruhig bleiben?« schluchzte sie anklagend.

Zugleich sah sie schon, daß Sam die Lücke in der Hecke erreicht hatte, die den weiträumigen Obstgarten begrenzte, und auf den Acker hinaus wollte. Einer der Soldaten kam rasch auf ihn zu, sagte etwas und legte ihm beschwichtigend die Hand auf die Schulter. Sam gestikulierte wild zum Haus zurück. Der Soldat zögerte einen Moment, schrie dann den anderen etwas zu, kletterte selbst durch das Loch in der Hecke und kam langsam, Seite an Seite mit dem Jungen, auf das Haus zu. Die übrigen Soldaten verbreiteten sich fächerförmig über das Gelände; einige rückten gegen das Wäldchen vor, andere auf die Weiden und in Richtung der Hauptstraße.

In der Küche wurden aufgeregte Stimmen laut. Dottie, dicht gefolgt von Terry, erschien in der Diele.

»Was ist denn jetzt schon wieder los, Madam?« keuchte sie. »Wir haben eine Maschinengewehrsalve gehört, und Sam schrie: ›Der Hund!‹ und raste hinaus. Ich konnte ihn nicht zurückhalten. Folly ist doch nicht etwa . . .?«

»Ich kriege den Kerl!« unterbrach Terry. »So eine Unverschämtheit — wie sie hier überall in unser Gelände eindringen! Ich werde . . .«

»Du wirst gar nichts«, sagte Mad kühl. »Tu, was ich dir sage. Zunächst gehst du in die Küche zurück und bleibst da. Dottie ebenfalls. Dagegen soll sich Joe sofort bei mir melden. Sam wird seinen Zuspruch brauchen. Es ist ein Unfall passiert. Alle anderen Jungen haben meine Erlaubnis abzuwarten, ehe sie sich vom Fleck rühren.«

Terry drehte sich auf dem Absatz um. Was er dabei murmelte, war unhörbar. Auch Dottie zog sich nach kurzem Zögern zurück. Mad hatte die Lippen zu einem tonlosen Pfeifen gespitzt — einem Gefahrensignal für alle, die sie gut kannten. Inzwischen hatten der Soldat und Sam den Obstgarten durchquert und den Rasenplatz, der zum Haus führte, erreicht. Emily fühlte eine Hand auf ihrer Schulter und wandte den Kopf. Es war Joe. Er sagte nichts; er sah sie nur fragend an. Joe, neunzehn, war der Älteste und Zuverlässigste von Mads zusammengewürfelter Adoptivschar. Sein offenes ehrliches Gesicht hätte bis auf einige Unregelmäßigkeiten und vor allem die entstellende Narbe neben dem rechten Auge für hübsch gelten können. Er war weder Waise noch unehelich. Als einziges Kind gebildeter Eltern, beide im Lehrfach, hatte er nur an unheilbarer Legasthenie gelitten, also ausgerechnet der Unfähigkeit, Lesen und Schreiben zu lernen. Die Eltern waren dieser »Blamage« nicht gewachsen gewesen. Sie hatten Joe in der Obhut der Großmutter gelassen und waren nach Australien ausgewandert. Aber die Großmutter war bald danach gestorben. Heute sagte Mad öfters: »Wenn ich Joe nicht hätte, würde ich den ganzen Krempel hinschmeißen. Er ist der einzige außer mir, auf den ich mich verlassen kann.«

Im übrigen verschwendete sie kein überflüssiges Wort auf Joe. Er verstand und befolgte schon jede Andeutung.

»Spry ist erschossen worden«, sagte sie jetzt kurz. »Sam wird gleich ganz aufgelöst hier ankommen. Ich möchte, daß du ihn in sein Zimmer bringst, ohne die anderen, und ihn beruhigst. Hilf ihm mit der verletzten Taube. Mit dem Soldaten rede ich selbst.«

Sie wählte einen Spazierstock aus dem reichhaltig bestückten Schirmständer in der Diele, und Emily hatte sekundenlang den erschreckenden Eindruck, sie beabsichtige damit auf den Soldaten loszugehen.

»Vorsicht!« sagte sie unwillkürlich.

»Keine Sorge«, gab Mad zurück. »Solange sie keine Kinder erschießen, erschießen sie erst recht keine alten Weiber – vorläufig.«

Damit schritt sie die paar Stufen zum Gartenweg hinab. Joe hielt sich dicht an ihrer Seite. Emily, als Nachhut, starrte den fremden Mann an; ihre Neugier war jetzt größer als das Entsetzen. Wenn man sich seine Kriegsausrüstung wegdachte, sah er eigentlich ganz normal aus, nur vielleicht etwas überfordert und nervös. Sam, der neben ihm ging, weinte nicht. Er war offenbar noch im Schockzustand. Joe nahm ihn wortlos am Arm und führte ihn weg. Der Soldat stand vor Mad stramm und salutierte.

»Tut mir leid um Ihren Hund, Ma'am«, sagte er. »Da hat einer von meinen Leuten eine Kurzschlußreaktion gehabt.«

Erstaunlicherweise sprach er mit deutlichem amerikanischem Akzent. War es demnach wirklich ein Manöver kombinierter Streitkräfte? Emily warf einen Blick auf ihre Großmutter, die jedoch keinerlei Bewegung zeigte.

»Es war nicht mein Hund«, erwiderte sie. »Er gehörte meinem Gutsnachbarn Mr. Trembath und war sehr wertvoll.«

»Der Besitzer wird natürlich entschädigt werden, Ma'am. Alle Schadensmeldungen werden rasch und großzügig behandelt. Im Moment bleiben Sie besser im Hause, bis anderslautende Anweisungen erfolgen. Danke.«

Er salutierte wieder, aber Mad nahm von dieser Abschiedsgeste keine Notiz. Sie ging so unbeirrbar auf den Soldaten zu, daß er ein paar Schritte zurücktreten mußte.

»Möchten Sie mir nicht mitteilen, was dies alles zu bedeuten hat?« fragte sie mit der hellen, klaren Stimme, die früher bis zum obersten Olymp getragen hatte.

»Tut mir leid, Ma'am, ich kann Sie nur informieren, daß über das ganze Land der Ausnahmezustand verhängt ist. Weiteres erfahren Sie über Rundfunk oder Fernsehen. Um zehn soll der Nachrichtendienst wieder aufgenommen werden. Danke, Ma'am.«

Er knallte die Hacken zusammen, machte kehrt und marschierte energisch in Richtung der Hauptstraße. Von seinen Gefährten war mittlerweile nichts mehr zu sehen.

»Was heißt Ausnahmezustand?« fragte Emily verwirrt.

»Wörtlich Ausnahmezustand«, erwiderte Mad trocken. »Ich möchte jetzt frühstücken. Sag Dottie Bescheid, daß sie kurz vor zehn das Radio in der Küche einschalten soll. Ich tue dasselbe am Fernseher. Wenn es etwas Besonderes gibt, rufe ich euch. Dies geht uns alle an, glaube ich.«

Emily fand die meisten der Jungen noch beim Frühstück in der Küche, aber die Atmosphäre war gespannt. Sie selbst brachte nicht einmal ein paar Löffel Haferbrei hinunter. Terry fühlte sich von Mad ausgeschaltet und war wütend;

Andy verstand nicht, warum er plötzlich nicht in das Zimmer durfte, das er doch immer mit Sam geteilt hatte. Dottie machte ihr verschlossenes Gesicht.

Emily drehte das Küchenradio an. Tatsächlich, es gab wieder Töne von sich.

»Um zehn sollen Nachrichten kommen«, sagte sie. »Der Soldat, der Sam nach Hause gebracht hat, sagte, wir hätten einen Ausnahmezustand und müßten bis auf weiteres im Haus bleiben.«

Dottie sperrte den Mund auf, bevor sie stammelnd wiederholte: »Ausnahmezustand? Wieso? Haben wir Krieg?«

»Ich weiß nicht. Der Soldat hat nichts davon gesagt. Es war übrigens ein Amerikaner.«

»Ein Yankee?« Terry brach sein mürrisches Schweigen und sprang auf. »Waren es dann womöglich lauter Amis an der Straßensperre, wo ich zurückgeschickt worden bin? Verdammt noch mal, was soll der Quatsch? Sind die Russen gelandet? Wer es auch ist – mich kann keiner aufhalten!«

»Kommt drauf an, wer besser bewaffnet ist«, sagte Andy, und diese sachliche Bemerkung brachte Terry kurz aus dem Konzept.

»Warum sollte jemand auf mich schießen?« fragte er dann. »Ich bedrohe ja niemanden.«

»Nein«, sagte Andy, »aber du könntest ihnen einfach ins Gewehr laufen – wie Spry.«

Das Schweigen, das hierauf entstand, zeigte, daß alle über alles im Bilde waren, auch diejenigen, die den unseligen Zwischenfall nicht mit eigenen Augen gesehen hatten.

»Es war ein Versehen«, erklärte Emily hastig. »Der Soldat ist eigens hergekommen, um seine Leute zu entschuldigen.«

»Aber wie benachrichtigen wir die Familie Trembath?«

fragte Terry. »Das Telefon funktioniert immer noch nicht. Sie werden sich alle furchtbar aufregen, besonders Myrtle.« Die fünfzehnjährige Myrtle war im Moment seine Favoritin. »Weißt du was, Emmie? Ich laufe mal schnell rüber. Dauert ja nur fünf Minuten.«

Emily fühlte sich nicht imstande, das Machtwort zu sprechen: »Nein, du bleibst hier!« Terrys Haltung und finstere Miene jagten ihr Angst ein. Zu ihrer Erleichterung brach gerade in diesem Augenblick das Musikgeplätscher im Radio ab, und eine Stimme sagte: »Beim Gongschlag ist es zehn Uhr. Achtung — Achtung . . . Wir bringen in wenigen Sekunden eine wichtige Durchsage.«

»Darauf haben wir gewartet«, sagte Emily und ergriff das Kaffeetablett. »Mad hat gesagt, wir können zum Fernsehen in die Bibliothek kommen. Also los. Andy, ruf bitte auch Joe und Sam.«

Sie setzte sich in Trab, Dottie und die Jungen auf den Fersen. Ihre Großmutter saß, wie erwartet, in ihrem Allerheiligsten vor dem Fernsehapparat, die Brille einsatzbereit auf den Kopf geschoben. Auf der Mattscheibe war noch nicht viel los — man sah lediglich zwei nebeneinander flatternde Flaggen, den Union Jack und das Sternenbanner. »Aha, ein Western!« meinte Colin, indem er sich zu Mads Füßen niederließ und den kleinen Ben auf den Schoß nahm.

»Schsch!« zischte Emily verweisend. Sie hockte sich auf die Sofalehne. Soviel sie mit einem raschen Rundblick feststellen konnte, waren alle Hausbewohner vollzählig versammelt, als die Flaggen langsam aus dem Bild schwanden und der ihnen allen bekannte Chefansager sichtbar wurde. Doch sogar er wirkte mitgenommen und nervös.

»Guten Morgen, meine Damen und Herren«, begann er. »Hier Plymouth. Wir bitten um Verzeihung, weil infolge unvorhergesehener Ereignisse alle Frühsendungen ausfallen mußten. Die Gründe dafür wird Ihnen jetzt Admiral Sir James Jollif erklären. Er ist Leiter der neuen transatlantischen Beziehungen. Bitte, Admiral Jollif.«

Der kahlköpfige Admiral, der Mad Weihnachtsgrüße sandte und einmal zum Mittagessen dagewesen war, erschien auf dem Bildschirm. In voller Uniform, mit Orden und Ehrenzeichen, sah er weit imposanter aus als damals, als er in lustigem Räuberzivil mit den Kindern auf dem Rasen gespielt hatte.

»Madams alter Verehrer!« rief Colin entzückt, und Ben klatschte gehorsam wie immer, wenn Colin irgendwie zum Applaus aufforderte. Diesmal war es Dottie, die »Schsch!« machte. Mad ließ keinerlei Gemütsbewegung erkennen. Sie setzte sich nur die Brille fest auf die Nase.

»Guten Morgen«, sagte er in ernstem Ton, aber nicht so unheilverkündend, daß man etwa befürchten mußte, der Buckinghampalast sei in die Luft gesprengt. »Es ist meine Pflicht, Sie über den seit Mitternacht bestehenden Ausnahmezustand zu informieren. Das Vereinigte Königreich hat Maßnahmen getroffen, die Sicherheit aller Bürger zu gewährleisten, desgleichen die Strom-, Wasser- und Lebensmittelversorgung. Dagegen müssen der Postdienst und der Zugverkehr bis auf weiteres ausfallen. Das Telefon steht nur für Notrufe zur Verfügung. Alle Personen, die keine lebenswichtigen Dienste zu versehen haben, werden hiermit gebeten, zu Hause zu bleiben oder, falls sie schon unterwegs sind, unverzüglich dorthin zurückzukehren. — Leider bin ich nicht ermächtigt, Ihnen zur Stunde mehr zu sagen. Ich möchte nur betonen, daß keinerlei Anlaß zur Beunruhigung ist. Ich wiederhole: Keinerlei Anlaß zur Besorgnis! Die Düsenjäger- und Hubschrauberstaffeln, die Sie in den Morgenstunden vielleicht gesehen oder gehört haben, gehören zu unseren Verbündeten. Die Sechste Amerikanische Flotte befindet sich zur Zeit im Ärmelkanal und den angrenzenden britischen Gewässern. Dies alles geschieht mit unserer vollen Billigung. Wir bitten die Bevölkerung um Disziplin, Verständnis und Mitarbeit. Weitere Nachrichten folgen über Rundfunk und Fernsehen. Ich darf mich verabschieden.«

Sein verblassendes Gesicht wurde wieder von den beiden Flaggen überblendet. Die Musik spielte jetzt eine modern verfremdete, aber dennoch unverkennbare Version der amerikanischen Nationalhymne. Mad stand auf, nahm die Brille von der Nase und schaltete den Apparat aus.

»War das schon alles?« fragte Colin enttäuscht.

»Vorläufig ja«, antwortete Mad, »und mir langt's.«

Alle, besonders die Jüngeren, standen linkisch herum wie nach der traditionellen Weihnachtsansprache der Königin. Ja, und . . .? dachte Emily ratlos. Sam kniete indessen schon neben der greisen Folly nieder, die in dem einzigen bequemen Sessel lag und sich gerade hingebungsvoll kratzte.

»Brave alte Fol-Fol«, schmeichelte er. »Keine Angst, dich darf keiner erschießen. Wer es auch nur versucht, wird vorher von Andy umgelegt.«

»Und mit Recht«, stimmte Mad zu, worauf sie wieder ihr tonloses Pfeifen begann. Nein, dachte Emily, sie darf die Jungens jetzt nicht noch mehr aufhetzen — damit brächte sie uns alle in Teufels Küche! Sie blickte mit hochgezogenen Brauen zu Dottie hinüber, die den Wink verstand und die beiden Kleinen aus dem Zimmer bugsierte.

»Darf ich jetzt auf die Farm gehen und den Trembaths die Sache mit Spry erzählen?« fragte Terry.

Mad warf ihm einen Blick zu, dem Emily mißtraute. »Noch nicht«, sagte sie kurz. »Warte, bis ich dich schicke.«

Aber jener Blick gab den Worten etwas fatal Doppelzüngiges.

Hoffentlich dauerte es nicht zu lange, bis das Telefon wieder funktionierte. Ihre erste Tat mußte dann sein, Pa in London anzurufen und ihn zu fragen, was dieser »Ausnahmezustand« zu bedeuten hatte. Pa kannte nicht nur Bankmenschen, sondern viele der leitenden Politiker, und außerdem hatte er manchmal die nötige Energie, seine Mutter von unüberlegten Schritten abzuhalten. Man wußte nie, wozu Mad fähig war — das war das furchteinflößende an ihr.

Colin, das Christkind-Abziehbild, hielt auf der Schwelle noch einmal inne und fragte, ohne die Hand seines schwarzen Brüderchens loszulassen, ins Zimmer zurück:

»Madam, ich will nur etwas wissen: Sind die amerikanischen Soldaten bös oder gut?«

Mad lächelte ihm zu. Es war nicht das berühmte Bühnenlächeln, das ihr bis ins hohe Alter geblieben war, sondern das neue, leicht hinterhältige des römischen Legionärs.

»Das werden wir bald heraushaben, mein Junge«, erwiderte sie.

3

Die Stunden dehnten sich. Die alltäglichen Angelegenheiten wurden nicht oder nur widerwillig erledigt; alle waren nervös und reizbar. Mad hatte sich an ihr Fenster zurückbegeben und den Feldstecher wieder in Tätigkeit gesetzt. Schweigsam und unzugänglich saß sie da. Das Kriegsschiff lag noch im Hafen.

»Was hältst du von dem allem?« wagte Emily endlich zu fragen.

»Kind, wenn ich das wüßte, würde ich es sagen. Frag nicht so dumm. Mach dir lieber irgend etwas zu tun.«

Emily fand es unbegreiflich, daß ihre Großmutter so gelassen dasitzen konnte. Die blutigen Überreste des Hundes Spry lagen immer noch draußen auf dem Acker. Mad mußte sie unvermeidlich sehen, sooft sie den Feldstecher an die Augen hob, um den Hafen zu beobachten.

»Alte Leute und kleine Kinder«, dachte Emily, »empfinden nicht so wie wir. Die Schmerzfähigkeit beginnt mit acht oder neun, und nach ein paar Jahrzehnten, so um die fünfzig, stumpft man wieder ab.«

Aber wenn diese Theorie stimmte, wäre Mad schon seit etwa dreißig Jahren abgestumpft gewesen, was man nun wirklich nicht behaupten konnte. Und Pa, der nächstes Jahr fünfzig wurde, stünde dann gerade an der Grenze. Sicher war es individuell sehr verschieden. Dickfelligkeit im Alter mußte eine Erbanlage sein wie vorzeitiges Ergrauen oder Krebsdisposition. Emilys Mutter, an die sie sich kaum erinnern konnte, war an Krebs gestorben.

»Hätte ich mich anders entwickelt, wenn sie noch lebte?« hatte Emily ihre Großmutter einmal gefragt.

»Nein. Warum?«

»Na ja, man redet doch jetzt soviel vom formenden Einfluß der mütterlichen Zuwendung . . .«

»Die hast du von mir reichlich bekommen.«

»Natürlich, aber . . .« Emily schwebte von jeher ein unheimlich rührendes Bild von der armen jungen Frau vor, die so früh den geliebten Mann, das Töchterchen und die Welt hatte verlassen müssen. »Erzähle mir doch mal Näheres von ihr. Wie war sie? Ich meine nicht ihr Aussehen, das kenne ich von Fotos, sondern ihren Charakter, ihr Wesen.«

Mad sah ihr mit der ihr eigenen erbarmungslosen Direktheit ins Gesicht und erwiderte:

»Deine Mutter war ein hübsches kleines Ding, Liebling,

aber maßlos dumm. Ich habe nie ganz begriffen, was Pa an ihr gefunden hat.«

Die Folge dieses schroffen Urteils war, daß Emily von Stund an, sobald ihr das kleinste Mißgeschick zustieß oder sie sich ungeschickt benahm, das Gefühl hatte, Mad hielte sie auch für »maßlos dumm« wie ihre Mutter und verachte sie deswegen ... was das Zusammenleben nicht gerade erleichterte.

Später an diesem Ausnahmetag, als Emily ins Eßzimmer kam, um Mads Lunchgeschirr abzuräumen (im allgemeinen aßen sie und ihre Großmutter zusammen zu Mittag, aber diesmal hatte Emily es für richtiger gehalten, Dottie in der Küche bei der Abfütterung des Jungenrudels zu unterstützen), fand sie die Speisen noch unberührt auf der Heizplatte und das Zimmer leer. Mad mußte sich wieder zurückgezogen haben. Fühlte sie sich nicht wohl? Emily rannte mit schlechtem Gewissen hinauf, doch Mads Schlafzimmer war ebenfalls leer. Ein Blick aus dem Fenster zeigte Emily indes eine gebeugte, mit einem Spaten hantierende Gestalt auf dem Acker. Mad begrub Spry — oder vielmehr hatte sie ihn schon begraben, denn sie war eben dabei, die Erde wieder einzuebnen. Als sie damit fertig war, stützte sie sich ausruhend auf den Spaten und sah zum Hafen hinüber. Einige Hubschrauber ließen sich wie heimkehrende Bienen am Stock auf den Flugzeugträger nieder. Das diesige Novembergrau des Himmels wurde für ein paar Minuten von blassen Sonnenstrahlen durchschossen, und man konnte in dieser Beleuchtung sogar die Nationalität des Schiffes erkennen: Es war die amerikanische.

Mad kehrte langsam zum Haus um, und Emily beeilte sich, hinunterzukommen. Lieber nichts sagen — lieber so tun, als hätte sie nichts gesehen! Sie versteckte sich in der

Parterre-Toilette, bis sie hörte, daß Mad ihre Stiefel in der Garderobe von sich schleuderte, nach Folly rief und ins Eßzimmer ging. Emily konnte sich das weitere lebhaft vorstellen. Mad würde ihr Steak für Folly zerschnipseln, um Dottie glauben zu machen, sie habe es selbst gegessen. So war es auch. Als Emily sich nach einer gewissen Wartefrist aus ihrem Versteck hervorwagte und hineinging, suchte Mad ihre Brille, und Folly leckte sich zufrieden die Schnauze.

»Ach, da bist du ja, Liebling«, sagte Mad. »Wo hast du nur gesteckt?«

Lügnerin, dachte Emily. Gräßliche, gleisnerische, geliebte Lügnerin!

»Sage Dottie, das Steak war wunderbar zart, aber mit dem Gemüse bin ich nicht ganz fertig geworden. Ich habe heute keinen besonderen Appetit.«

Hätte ich auch nicht, dachte Emily, wenn ich gerade einen halbzerfetzten Hund beerdigt hätte . . .

»In den Ein-Uhr-Nachrichten war nichts Neues«, sagte sie laut. »Eigentlich nur eine Wiederholung von heute früh, und dann kam noch ein General Soundso, der dasselbe sagte, nur mit etwas veränderten Worten.«

»Ich weiß«, sagte Mad. »Ich hab's auch gehört.«

»Wie mag die Stimmung in London sein? Hast du eine Ahnung, was Pa im Moment machen könnte?«

»In der Lobby der Mächtigen herumstehen — falls es bei uns noch so etwas wie Macht gibt«, versetzte Mad.

Emily hatte es immer sonderbar gefunden, daß Mad ihren sechs Adoptivsöhnen alles nachsah, ihren einzigen leiblichen Sohn aber häufig scharf kritisierte. Zum Beispiel nannte sie Pa einen Angeber und betonte, er hätte seine Überheblichkeit weder von ihr noch von seinem Vater, der viele amüsante und originelle Stücke geschrieben hatte, sondern von einem Urgroßvater, der Pfarrer gewesen war und vergeblich nach der Bischofswürde gestrebt hatte. Ihr Sohn Victor bildete sich laut Mad ein, ständig den Finger am Puls des Weltgeschehens zu haben und ein unentbehrlicher Ratgeber der Leute an der Spitze zu sein, sowohl in Finanz- als auch in politischen Kreisen.

»Aber vielleicht ist er's wirklich?« wagte Emily ihren Vater einmal zu verteidigen.

»Quatsch«, erwiderte Mad. »Jedesmal, wenn ich deinen Vater um einen Rat gebeten habe, bin ich reingefallen. Einmal überredete er mich, Aktien zu kaufen, die gleich danach ins Bodenlose sanken. Seitdem richte ich mich nicht mehr nach seiner Meinung.«

»Aber das war doch vor Jahren und in einer ganz anderen Situation!«

»Ist mir egal. Er hat keinen Riecher.«

Jetzt gingen sie zusammen ins Musikzimmer. Das Musikzimmer hatte seinen Namen von einem Konzertflügel, auf dem niemand mehr spielte; dennoch war es Mads Lieblingsaufenthalt, den sie stets mit Blumen schmückte, auch wenn der Garten nur noch welke Hortensiendolden hergab. Außerdem waren die Wände gespickt mit Mads zahllosen Bühnenfotos, was Emily insgeheim auch etwas protzig fand. Aber wahrscheinlich hing man im Alter an den Erinnerungen an eine bewegte und ruhmreiche Vergangenheit.

»Eins ist mir klar.« Mad warf eines der von Joe gesägten Holzscheite ins Kaminfeuer. »Dein Pa wußte schon, daß etwas in der Luft lag.«

»Wieso?«

»Als er mich neulich abends anrief, redete er so komisch. Ich wollte noch mit dir darüber sprechen, aber dann hab' ich's vergessen. Er wollte durchaus, daß wir beide für ein paar Tage zu ihm nach London kämen, und als ich fragte, warum er uns nicht lieber hier besuchte, war er ... Na, ich kann nur sagen, er tat mal wieder furchtbar geheimnisvoll. Ich sagte, wir könnten Dottie unmöglich mit den Jungen allein lassen, noch dazu in den Herbstferien. Und darauf sagte er: ›Ach was, Dottie und die Jungen! Das ist jetzt das geringste Problem. Hoffentlich bereust du es nicht, meiner Anregung nicht gefolgt zu sein.‹ Damit legte er auf. Merkwürdig, nicht?«

Emily dachte angestrengt nach. »Ich kann mir auch keinen Reim darauf machen«, gestand sie schließlich. »Pa dreht manchmal ein bißchen durch. Natürlich macht er sich Sorgen um uns. Und du weißt, wie ungern er herkommt, weil die Jungen ihm auf die Nerven fallen.«

Plötzliches Hubschrauberdröhnen machte jedes weitere Gespräch unmöglich. Der Flugbetrieb, der ein paar Stunden geruht hatte, schien wieder aufzuleben.

»Sieh mal!« schrie Mad, »der eine will bei uns landen!«

Sie hatte richtig gesehen. Einer der Hubschrauber senkte sich langsam über den Acker, rüttelte eine Weile auf der Stelle wie ein Habicht — das Getöse wurde ohrenbetäubend — und landete. Die Flügelschraube drehte sich noch ein paar Sekunden lang weiter und stand dann allmählich still. Sechs oder sieben Männer entstiegen dem Rumpf.

»Wollen die zu uns?« fragte Emily entsetzt.

Nur zwei kamen auf das Haus zu, die anderen blieben, wo sie waren. Immerhin, sie bekamen ungebetenen Besuch ...

»Was machen wir jetzt?« fragte Emily nervös.

»Improvisieren«, sagte Mad, allem Anschein nach unerschütterlich.

Sie gingen in die Diele und kamen gerade gleichzeitig mit den Soldaten an der Haustür an. Offenbar handelte es sich sogar um Offiziere. Der eine war schon älter; die Koteletten unter seiner Dienstmütze zeigten viel Grau. Der andere, ein junger mit lustigen blauen Augen, lächelte Emily freundlich an, was sie nicht unnatürlich fand. Klar, daß sie eher seinen Blick fesselte als ihre Großmutter. Aber der Ältere nahm zuerst das Wort.

»Oberst Cheeseman, Ma'am«, stellte er sich vor. »Von der US-Marine. Und dies ist Leutnant Sherman.«

Mad hielt es nicht für nötig, diese höfliche Vorstellung durch eigene Namensnennung zu erwidern. Sie fuhr dem Oberst sofort mit der nächstliegenden Frage ins Gesicht:

»Kommen Sie, um sich wegen des Hundes zu entschuldigen?«

Cheeseman starrte sie verdutzt an. »Wegen was . . .? Sagten Sie Hund?«

»Allerdings. Heute früh hat einer von Ihren Leuten absichtlich und gezielt den außerordentlich wertvollen Schäferhund unseres Nachbarn erschossen, der vom Flugzeuglärm verstört war und um sein Leben rannte. Die Szene wurde von meinen Adoptivsöhnen beobachtet. Besonders die Jüngeren haben selbstverständlich einen Schock erlitten.«

Der Oberst war sichtlich betroffen. »Notieren Sie das, Leutnant«, sagte er. »Ich bedaure unendlich, Ma'am, von diesem traurigen Zwischenfall zu hören, der noch genauer untersucht werden wird. Ich persönlich war darüber nicht informiert. Ich komme wegen einer ganz anderen Sache . . .«

»Ja?« fragte Mad sehr reserviert.

»Haben Sie die heutigen Rundfunknachrichten verfolgt?«

»Nein, aber einige im Fernsehen. Admiral Jollif ist ein alter Bekannter von mir. Ich hatte ihn in den letzten Jahren häufig zu Gast.«

»Ah . . . Das erleichtert mir meine Aufgabe, Ma'am. Sie

besitzen einige unbenutzte Stallgebäude auf Ihrem Grundstück, nicht wahr?«

»Stimmt.«

»Wir erbitten Ihre Genehmigung, Ma'am, diese Gebäude für vierundzwanzig Stunden benutzen zu dürfen, oder auch für etwas länger. Das hängt von der Normalisierung der allgemeinen Lage ab, die aber zweifellos bald hergestellt sein wird.«

Alles was Oberst Cheeseman sagte, klang ehrerbietig, aber fest. Mad erwiderte feinhörig:

»Mit anderen Worten, meine Stallgebäude sind beschlagnahmt. Ich, die Besitzerin, kann gar nichts dagegen tun, oder?«

Oberst Cheeseman räusperte sich. »Das ist ein sehr harter Ausdruck, Ma'am. Durch die kurzfristige Überlassung würden Ihnen und Ihrer Familie keinerlei Unannehmlichkeiten entstehen. Wir brauchen lediglich eine Nachrichtenzentrale, ein Relais, Sie verstehen ... Leutnant Sherman würde dafür verantwortlich sein.«

»Oh, ich verstehe.«

Mads »Verständnis« klang nicht ermutigend. Der junge Leutnant warf einen verlegen lächelnden Blick auf Emily, die nervös zurücklächelte.

»Im Stall befindet sich eine einzige nackte Glühbirne«, fuhr Mad fort, »und natürlich kein Telefonanschluß. Die Garage daneben brauche ich für mein Auto. Und ich möchte Sie gleich darauf hinweisen, daß in den Ställen Düngemittel gestapelt sind, unter anderem auch frischer Pferdemist. Sollten Sie die Absicht haben, Ihre Leute dort übernachten zu lassen, so muß ich Sie wohl auf diese Unbequemlichkeiten hinweisen.«

Emily sah vor ihrem inneren Auge bereits Schlangen von

amerikanischen Soldaten, die sie und Dottie bestürmten, ihre Klamotten zu waschen und sie unter die Dusche zu lassen ...

»Kein Problem, Ma'am.« Er versuchte ein versöhnliches Lächeln, das angesichts Mads starrer Miene nicht über eine klägliche Grimasse hinauskam. »Wie dem auch sei, ich bin Ihnen sehr verbunden, und Ihr Freund Admiral Jollif wird sich bestimmt noch persönlich für die gute Zusammenarbeit bedanken.«

»Ich vermute«, sagte Mad, »Admiral Jollif hat ab heute, genau wie ich, nur Befehle auszuführen.«

Der Oberst straffte sich mit einem Ruck. Mad war offenbar, wie so oft, zu weit gegangen. Noch ein Wort, dachte Emily, und er wird es nicht mehr auf die freundliche und höfliche Tour machen, sondern kurzerhand das ganze Haus beschlagnahmen und uns in die Ställe verweisen.

»Dies ist ein gemeinsames Unternehmen, Ma'am«, sagte er steif. »Ihre und unsere Kräfte haben sich zusammengeschlossen, wie Sie schon aus den verschiedenen Fernsehansprachen entnommen haben dürften. Der Ausnahmezustand wird nicht einen Moment länger dauern, als es zu Ihrer eigenen Sicherheit und der Ihrer Landsleute notwendig ist. Guten Tag.«

Er und sein Begleiter salutierten knapp, drehten sich um und gingen zur Gartenpforte zurück. Lange bevor sie außer Hörweite waren, sagte Mad laut und deutlich: »Rindviecher!« Emily genierte sich. Es war ihrer Großmutter einfach nicht abzugewöhnen, die Leute unbekümmert zu beschimpfen, egal, ob es Journalisten, Uralt-Fans oder unschuldige Kaufhausangestellte waren. »Rufe Joe, Kind«, sagte sie gleich darauf ganz sachlich, »und sag ihm, er soll den Wagen aus der Garage fahren und in der Nische unter dem Küchenfenster abstellen.«

Auf Emilys Ruf erschien nicht nur Joe, sondern auch sein unzertrennlicher Wahlbruder Terry. Mad berichtete kurz, was die Offiziere von ihr gewollt hatten, und Joe verschwand wortlos, um ihren Befehl auszuführen. Terry blieb. Seine schönen Augen flammten.

»Und was soll ich tun?« fragte er. »Die Sicherungen im Stall herausschrauben? Das Wasser abdrehen?«

»Nein«, meinte Mad nachdenklich, »das hätten sie gleich wieder in Ordnung. Technisch sind sie bestimmt auf Draht. Ich weiß was Besseres. Du empfängst sie bei der Ankunft an den Ställen, ziehst deine bekannte Charme-Nummer ab und erklärst dich zu jeder Hilfeleistung bereit. Nicht übertreiben. Kühl, aber ungeheuer liebenswürdig. Du verstehst schon, was ich meine. Auf diese Art beobachtest du, was draußen vorgeht.«

»Okay.« Terry verschwand, und Mad wandte sich, von ihrer Enkelin gefolgt, der Küche zu.

»Dottie?«

»Ja, Madam?« Die Exgarderobiere, die kaum mit dem Geschirrspülen fertig war und schon wieder den langen Tisch für die nächste Mahlzeit deckte, sah sich erhitzt und aufgeregt nach ihnen um.

»Wir kriegen amerikanische Einquartierung«, verkündete Mad. »Die Besatzung des Hubschraubers, der vorhin gelandet ist, kampiert in unserem Stall.«

»Herrje, wollen die etwa auch verpflegt werden? Und das Bettzeug? Wir haben doch nur gerade genug für uns selber ...«

»Stell dich nicht so an, Dottie. Diese Leute haben natürlich alles dabei, was sie brauchen: Schlafsäcke, Eiserne Rationen oder wie man das heute bei Soldaten nennt, Funkgeräte ...« Es schien fast, als ob die Situation anfinge, ihr

Spaß zu machen; jedenfalls fuhr sie mit großen Gesten in ihrer Aufzählung fort.

»Gott sei Dank«, sagte Dottie aufatmend. »Wir könnten unmöglich ein Dutzend Soldaten mit durchfüttern. Heute ist nicht mal der Lieferwagen vom Bäcker gekommen. Wir haben nur noch einen winzigen Kanten Brot. Ich weiß nicht, was ich den Jungen zum Tee geben soll.«

»Kuchen«, sagte Mad prompt. Emily und Dottie tauschten bedenkliche Blicke: »Hör mal, Dottie, du legst dich jetzt erst mal für ein Stündchen aufs Ohr. Du siehst ganz erledigt aus, und der Tag ist noch nicht zu Ende. Ich backe inzwischen einen Kuchen. Die Kinder können heute alle mit mir Tee trinken. Gib mir nur eine Schüssel heraus, und einen Haufen Mehl und Butter und Zucker und ... was noch? Eier. Haben wir Eier im Haus?«

Mads gelegentliche Backversuche zeitigten entweder gloriose oder katastrophale Ergebnisse. Meistens letzteres. Pa hatte sich einmal beklagt, Mads Kuchen habe ihm tagelang wie Blei im Magen gelegen. Aber ihre paar Erfolge waren ihr natürlich so zu Kopfe gestiegen, daß sie sich ein für allemal für eine Meisterin hielt.

»Los, los«, sagte sie ungeduldig, »ich will anfangen. Wenn der Kuchen gut wird, lasse ich vielleicht alle Prinzipien sausen und lade diesen Oberst Käsering oder wie er heißt zum Tee ein. Er ist wahrscheinlich noch in der Nähe. Wenigstens habe ich den Hubschrauber nicht wieder starten hören.«

Auch eine Art, jemanden fertigzumachen, dachte Emily und sah aus dem Küchenfenster, das in Richtung der ehemaligen Stallungen wies. Richtig, da standen Oberst Cheeseman, Leutnant Sherman und Terry beieinander, und Terrys Charme funktionierte wie geölt. Sie schienen gerade über die gesamte Hausgemeinschaft zu sprechen, denn die beiden

Offiziere sahen sich nach den Fenstern um, und der Oberst, der eine gut tragende Stimme hatte, fragte etwas wie: »Ach nein, tatsächlich? Sie kam mir doch gleich irgendwie bekannt vor, nur die sonderbare Kostümierung hat mich etwas verwirrt . . .«

Dies konnte nur eins bedeuten. Terry hatte Mads Weltberühmtheit enthüllt. War das günstig oder nicht? Wahrscheinlich günstig. Alle Amerikaner hatten etwas für Stars übrig. Auch die Erwähnung des Admirals Jollif hatte ja sichtlich Eindruck gemacht. Und wenn der Oberst Mads Schimpfwort »Rindviecher!« noch im Ohr hatte, hielt er es jetzt sicherlich ihrem hohen Alter zugute.

Anderthalb Stunden später holte Mad ihre neueste Schöpfung aus der Backröhre und beäugte sie kritisch. »Riecht ein bißchen angebrannt, aber immerhin, er ist aufgegangen. Das gelingt nicht immer. Ich werde dem Oberst sagen, es ist ein Marmorkuchen. In den Staaten leben sie davon. Sag Terry, er soll ihn zum Tee bitten.«

Emily brachte das Silbertablett, das nur für Gäste benutzt wurde, ins sogenannte Musikzimmer.

»Wo stecken denn die Jungen?« fragte Mad, während sie einen wackligen Kartentisch mit einer vergilbten Spitzendecke versah. »Ruf sie, bitte.«

Vorerst erschien jedoch nur Folly, deren eines Bein ebenso wackelte wie der Tisch. Sie hatte Mads Kuchen gerochen und wußte aus langer Erfahrung, daß der größte Teil davon unauffällig unter den Tisch fallen würde. Bevor Emily die ganze Adoptivbrut zusammengerufen hatte, näherten sich Schritte vom Haupteingang her. Terry hatte die beiden amerikanischen Offiziere wirklich ins Haus gelockt und riß, erhitzt und selbstgefällig zugleich, die Tür des Musikzimmers auf.

»Oberst Cheeseman«, meldete er, »möchte uns seinen Abschiedsbesuch abstatten.«

Der Oberst, dem der Leutnant auf den Fersen folgte, wirkte weitaus zugänglicher als bei der ersten Begegnung. Seine Zähne blinkten in einem strahlenden Lächeln. Terry hatte seine Sache gut gemacht.

»Ich möchte Sie nicht aufhalten, Ma'am, sondern mich nur für Ihr Verständnis bedanken. Dieser junge Mann hat uns viele nützliche Hinweise gegeben.«

»Freut mich«, erwiderte Mad in dem huldvollen Ton, den sie manchmal am Telefon gebrauchte. »Aber ehe Sie wieder abfliegen, müssen Sie beide eine Tasse Tee mit mir trinken und meinen selbstgebackenen Kuchen probieren.«

Ihr Lächeln war so verlogen wie ihre Stimme. Sie deutete einladend auf die Sessel, die um den Tisch standen.

»Wer könnte da widerstehen, Ma'am? Ich glaube, fünf Minuten können wir gerade noch erübrigen. Das sieht ja verlockend aus!«

Der Kuchen war beim Erkalten vollständig zusammengeklatscht. Terry warf nur einen flüchtigen Blick darauf und entwich eilends. »Nanu, wo will er denn hin?« erkundigte sich der Oberst. »Ich wollte auch ihm noch einmal für all den Zeit- und Müheaufwand danken.«

»Keine Sorge, er kommt gleich wieder«, sagte Mad. »Wahrscheinlich sagt er den andern, daß der Tee fertig ist. Wir sind eine ziemlich große Familie, müssen Sie wissen.«

»Ich bin bereits unterrichtet, Ma'am. Und, wie ich gerade bei der Stallbesichtigung zu Leutnant Sherman sagte, ich hoffe um so mehr, daß der Befehl, den wir auszuführen haben, mit Gottes Hilfe zu aller Heil ausschlägt, Briten und Amerikanern gleicherweise. Seit ich weiß, wer die Besitzerin dieses Grundstücks ist, bin ich doppelt daran interessiert.« Er hielt inne. Vielleicht erwartete er, daß Mad das feine Kompliment wenigstens mit einer Kopfneigung quittierte. Sie war jedoch vollkommen damit beschäftigt, den Kuchen anzuschneiden oder es vielmehr zu versuchen. Sie runzelte die Stirn. Das Messer mußte stumpf sein.

»Sie halten es vielleicht nicht für möglich«, fuhr der Oberst fort, »aber einer meiner tiefsten Jugendeindrücke war Ihre glanzvolle Tournee durch die Vereinigten Staaten.«

Mad hatte endlich ein Stück Kuchen abgesäbelt. Es plumpste auf den Teller wie Shylocks Pfund Fleisch. Emily überlegte, was der Oberst mit Mads glanzvoller Tournee meinen mochte. Sie kannte den Lebenslauf ihrer Großmutter auswendig, wußte aber nur von mehreren großen Langzeiterfolgen in New York. In anderen amerikanischen Städten war Mad gar nicht aufgetreten.

»Wie nett«, lächelte Mad unverbindlich und reichte ihrem Opfer den Kuchenteller. Folly hielt sich abwartend dicht neben seinen Stiefeln. »In welchem Stück haben Sie mich denn gesehen? War es eins von meinem verstorbenen Mann?«

»Kaum, Ma'am. Es war über dreihundert Jahre alt — von Shakespeare. Ich vergesse nie Ihre große Szene als Lady Macbeth.«

Ach du lieber Himmel, dachte Emily, jetzt hat er endgültig ins Fettnäpfchen getreten. Mad hatte nie Shakespeare-Rollen gespielt, weder auf heimischen Bühnen noch im Ausland. Sie wunderte sich, daß ihre Großmutter dem Armen nicht sofort messerscharf über den Mund fuhr. Nichts dergleichen! Sie strahlte.

»Das ist ja fein, daß wir so schöne gemeinsame Erinnerungen haben, Oberst Cheesering. Die Lady Macbeth ist auch mir unvergeßlich. Schmeckt Ihnen mein Kuchen?«

Dem mühselig kauenden Oberst blieben weitere Komplimente erspart, denn der Gang der Weltgeschichte brach das Teegeplauder ab. Terry stürzte herein und rief:

»Madam, im Radio ist eben angesagt worden, daß der Premierminister im Fernsehen eine Regierungserklärung abgibt. Dottie hat's im Küchenradio gehört. Wahrscheinlich hat er schon angefangen.«

»Alle Mann in die Bibliothek!« kommandierte Mad und eilte voran, um den Apparat einzuschalten. Während sie sich im Halbkreis gruppierten und auf Bild und Ton warteten, murmelte der Oberst seiner Gastgeberin zu: »Wenn er sagt, was ich glaube, ist es ein denkwürdiger Tag für uns alle.« Und als hätte er souffliert, kam just in diesem Moment die Stimme des Premierministers, mitten in einem Satz:

». . . ein denkwürdiger Tag für uns alle. Wir hatten keine Alternative, und wir wünschen auch keine Alternative, denn die uns gebotene Union konnte nur freudig und dankbar angenommen weden. Sie bedeutet neue Kraft, Entschlußfähigkeit und Hoffnung auf die Zukunft nicht nur für unsere beiden Völker, sondern für die Gesamtheit der freien Welt.

Sie werden sich vielleicht fragen, meine Damen und Herren, warum dieses große Ereignis mit solcher Geheimhaltung vorbereitet worden ist und wir Sie heute gewissermaßen vor vollendete Tatsachen stellen?« Seine Stimme senkte sich bedeutsam. »Wir haben, wie Sie wissen, seit unserem Rücktritt aus der Europäischen Gemeinschaft ohne unser Verschulden schwere Zeiten durchgemacht. Ich habe schon damals vor politischen, wirtschaftlichen und militärischen Folgen gewarnt, die unserc Existenz ernsthaft bedrohen könnten.

Jetzt, dank unseren einstigen Verbündeten und jetzigen

Partnern, ist die Gefahr gebannt. Die große Vereinigung von *United States* und *United Kingdom*, die mit sofortiger Wirkung die offizielle Bezeichnung USUK führt, braucht niemanden mehr zu fürchten. Wir sind wieder ein einig Volk von Brüdern! Ich kann Ihnen die erfreuliche Mitteilung machen, daß Ihre Majestät die Königin sich in diesem Moment bereits auf dem Flug nach Washington befindet, wo sie nicht nur als Gast und Ko-Präsidentin der USUK im Weißen Haus weilen wird. Der Präsident seinerseits wird einen Teil seiner Amtszeit im Buckingham-Palast absolvieren.

Doch zurück zu der Frage, warum dieser entscheidende Wandel im Leben zweier großer Nationen mit solcher Verschwiegenheit vorbereitet wurde. Meine Damen und Herren«, die Stimme des Premiers senkte sich noch tiefer, »weil der Erfolg unseres Unternehmens davon abhing, daß keine vorzeitigen Gerüchte in die Öffentlichkeit drangen. Jeder aufrechte Bürger wird die Gründung der USUK als größtes, fortschrittlichstes Ereignis in unserer langen und ruhmreichen Geschichte begrüßen. Aber innerhalb der letzten Monate haben sich leider kleinere Gruppen bemerkbar gemacht, deren Wühlarbeit das große Projekt aufs schwerste gefährdete. Wir durften solchen subversiven Elementen keine Möglichkeit einräumen, die glückliche Zukunft von Millionen zu vereiteln. Das ist der Grund, warum Sie heute früh die ersten Verbände unserer Alliierten bereits auf unserer Insel vorgefunden haben. Wir bitten Sie, bei welcher Gelegenheit auch immer, um Zusammenarbeit und, was mehr ist, Freundschaft. Bürger der USUK, ich schließe mit dem Ruf: Lang lebe der Präsident der bisherigen Vereinigten Staaten und des neuen Zusammenschlusses! Lang lebe die Königin! Lang lebe unser Volk, getreu seinem großen gemeinsamen Erbe!«

Der Premierminister hatte sich bei den letzten Worten hoch aufgerichtet und den Kopf zurückgeworfen. Nun verschwand sein Bild, und auf der Mattscheibe erschienen wiederum die Fahnen des Vereinigten Königreichs und der USA, der Union Jack und das Sternenbanner, wozu eine Neukomposition der vereinigten Nationalhymnen ertönte.

Niemand rührte sich. Die beiden Offiziere hatten Haltung angenommen, was ihnen durch die Kuchenteller, die sie noch wie Opferschalen in beiden Händen vor sich hielten, etwas erschwert wurde. Emily wußte nicht, ob sie lachen oder weinen sollte, und sah verstohlen nach ihrer Großmutter. Aber zum erstenmal in ihrem Leben gab diese ihr keinen Anhaltspunkt. Ihr Gesichtsausdruck war nicht zu enträtseln. Undurchdringlich und reglos starrte sie weiter auf den Bildschirm, auch als dort längst nichts mehr zu sehen war.

Die Spannung wurde erst durch aufgeregtes Kinderlachen in der Diele gelöst. Colin, der Engelknabe, rannte herein und zerrte den kleinen Ben hinter sich her. Seine Augen leuchteten in überirdischem Glanz.

»Ben kann reden!« schrie er. »Gerade, als wir die komische Musik hörten, hat er sein erstes Wort gesagt! Und ich hab's ihm beigebracht!«

Emily wandte sich den beiden Offizieren zu und erklärte rasch: »Er ist nämlich schon drei Jahre alt, und wir fürchteten schon, er würde es nie lernen, obwohl er alles versteht.«

Der Oberst lächelte wohlwollend. »Noch ein historisches Ereignis also! Ich bin stolz, daß ich dabei sein darf. Komm, Kleiner, sag uns dein Wort.«

Ben rollte die Augen zu Colin, der ihm anfeuernd zunickte. Dann ging er langsam auf den Oberst zu.

»Sch . . . sch . . .« Er wischte sich den Mund und hielt inne, als müsse er alle Kräfte sammeln.

»Nur zu, keine Angst!« sagte Oberst Cheeseman. »Dies ist ein schöner Moment in deinem jungen Leben, und wir freuen uns alle mit.«

»Schiet!« sagte Ben.

4

Der Ausnahmezustand dauerte vom Donnerstag bis zum darauffolgenden Dienstag. Ein Grund dafür wurde nicht angegeben, wenn man nicht die Gefahr durch subversive Elemente, die der Premier erwähnt hatte, als solchen ansah. Aber wen oder was meinte er eigentlich mit diesen »subversiven Elementen«? Hatten irgendwelche Leute wieder in London demonstriert? Das war seit Monaten nicht mehr vorgekommen, denn die Masse des Volkes stand, wie die letzte Wahl ergeben hatte, auf seiten der jetzigen Regierungskoalition und hatte damit auch der radikalen Loslösung von Europa zugestimmt. Die Arbeitslosigkeit war zwar immer noch ein schweres Problem, die Preise stiegen ständig, aber in dieser Beziehung war man Kummer gewöhnt. Bedeutete der Zusammenschluß mit den Vereinigten Staaten, daß sich nun alles zum Besseren wenden werde? Dagegen konnte doch auch der ärgste Unruhestifter nichts haben. Emily versuchte mit ihrer Großmutter darüber zu sprechen, stieß aber auf eisiges Schweigen.

»Kein Kommentar, bis der Ausnahmezustand vorbei ist«, war alles, was sie sagte.

Das heißt, sie ist dagegen, dachte Emily. Sie hält alles nur für Bluff, und vielleicht hat sie recht. Aber es ist nicht ganz einfach, die Sache als Bluff abzutun, solange Marinesoldaten in unserem Stall kampieren, Barrikaden auf den Straßen stehen und man nicht einmal telefonieren kann. Es bleibt einem nichts übrig, als stundenlang vor dem Fernseher zu hocken und uralte Filme über sich ergehen zu lassen, in der Hoffnung, zwischendurch wirklich wesentliche Neuigkeiten zu hören . . .

Natürlich gab es hin und wieder ganz interessante Streiflichter, zum Beispiel vom Empfang der Königin im Weißen Haus und vom Prinzgemahl, der zum Ehrenhäuptling eines Indianerstammes ernannt wurde. Die übrigen Mitglieder der königlichen Familie betätigten sich ebenfalls in anderen Teilen der englischsprechenden Welt, so in Australien und Kanada, wo sie eindrucksvoll für die USUK warben.

Terry, dessen Technische Oberschule ebenso geschlossen war wie alle anderen Schulen, horchte viel bei den Soldaten im Stallgebäude herum. Er berichtete Emily, die Leute täten nicht viel anderes, als vermittels eines Kurzwellenradios Popmusik zu hören.

»Übrigens haben sie sich bei Mr. Trembath wegen des armen Spry entschuldigt«, fügte er hinzu. »Der Oberst, der bei uns zum Tee war, hat einen gewissen Korporal Wagg hinübergeschickt.«

»Woher weißt du denn das?«

»Der Korporal hat es mir selbst erzählt, als er einen ausgeliehenen Eimer in die Küche zurückbrachte.« Also gab es schon ein freundschaftliches Hin und Her zwischen Stall und Haus, trotz Mads strengem Verbot. Bald würden sie sich von Dottie Tee kochen lassen. »Der Korporal sagte, sie hätten ihn auf der Farm sehr nett empfangen und Myrtle sei einfach Klasse. Wenn die Mädchen in Cornwall alle so wären, würde er sich hier ansiedeln und die Marine könnte ihm gestohlen bleiben.«

»Ach was«, lachte Emily, »das ist doch bloß so hingeredet.«

»Möglich, aber ich kenne Myrtle. Der braucht so ein Kerl nur schöne Augen zu machen, und schon fliegt sie darauf rein!«

Er trollte sich grollend ins Wäldchen, wo er und Joe auf Mads Befehl abgestorbene Bäume fällten, »damit sie eine vernünftige Beschäftigung hätten«, wie sie sagte. Sie selbst hatte sich einen sonderbaren Zeitvertreib ausgesucht: Gemeinsam mit Andy und Sam brachte sie ihre exotische Waffensammlung in der Diele in Ordnung. Die Pfeilspitzen wurden frisch geschärft und die Bogensehnen erneuert.

»Mad, du bringst die Jungen nur auf dumme Gedanken«, warnte Emily, als die beiden gerade im Keller waren, um Schmirgelpapier zu suchen.

»Wieso dumme Gedanken?« Mad blickte von ihrer emsigen Tätigkeit auf. In ihrer Hand wirkte der Pygmäenpfeil besonders gefährlich. »Andy wird mal ein erstklassiger Sportschütze. Wenn ich nur wüßte, wo die Zielscheibe geblieben ist, die wir früher mal hatten. Ich glaube, er würde jedesmal ins Schwarze treffen.«

Andy, verstrubbelter denn je, kam eben zurück und lächelte selbstbewußt.

»Das ist noch gar nichts, Madam«, sagte er. »Ich treffe eine Orange auf einem Bambuspfahl auf dreißig Meter Entfernung. Ich hab's schon ein paarmal von meinem Schornstein aus probiert.«

»Gut, solange du nicht sinnlos in die Gegend schießt.«

Himmel, dachte Emily, das nennt sich nun Erziehung! Ihre Großmutter war noch unverbesserlicher als Andy. ›Vergebens stehst du an des Meers Gestad‹ — und suchst den ew'gen Wogen zu gebieten . . .‹ War das richtig zitiert? Sie ging gottergeben weiter zur Küche, von wo sie Stimmen hörte. Zu ihrer größten Überraschung fand sie Dottie in angeregtem Gespräch mit Leutnant Sherman. Sie fühlte, daß sie errötete, und ärgerte sich über sich selbst.

»Guten Tag«, grüßte er lächelnd.

»Guten Tag«, erwiderte sie und kam sich idiotisch vor.

»Der Leutnant ist gekommen, um uns zu sagen, daß der Ausnahmezustand morgen aufgehoben wird«, erläuterte Dottie. »Wir können uns dann alle wieder frei bewegen. Eine große Erleichterung, nicht?«

»Allerdings«, sagte Emily. »Können wir dann auch endlich wieder unser Telefon benutzen, und machen die Schulen wieder auf?«

Leutnant Sherman strich sich das Kinn. »Tja ... Was Ihre erste Frage betrifft – ja, das Telefon soll ab sechs Uhr früh wieder normal funktionieren. Die zweite Frage ... Darüber bin ich leider nicht so genau im Bilde. Aber ich glaube, die Schulen fangen erst nächste Woche an.«

»Wie lästig«, sagte Emily. »Es ist so schwierig, die Jungen bei Laune zu halten.«

»Finden Sie?« Der Leutnant lächelte noch stärker. »Hätte ich gar nicht gedacht. Auf mich machen sie einen sehr zufriedenen und beschäftigten Eindruck.« Er zwinkerte ihr verständnisinnig zu. Hoffentlich bezog sich seine Bemerkung auf die Holzfäller draußen und nicht auf den schießsüchtigen Andy. Aber auf jeden Fall war es nett, daß der Mann Humor zeigte. Emily hätte ihn gern zu einem Drink eingeladen, fürchtete aber Mads voraussichtliche Reaktion.

»Wir sehen uns wohl noch«, sagte sie deshalb unverbindlich.

»Hoffentlich«, erwiderte er. »Übrigens, mein Vorname ist Wallace – meine Freunde nennen mich Wally. Empfehlen Sie mich Ihrer Großmutter. Ich hoffe, daß sie sich in den letzten Tagen ausgeruht hat und wir sie in keiner Weise gestört haben.«

Gestört! Wenn du wüßtest! dachte Emily. Demnach hatte er Mad und die kriegerischen Knaben nicht beim Pfeilespitzen angetroffen. Sie, die kaum Gelegenheit hatte, sich mit jungen Männern zu unterhalten, sah den Leutnant fast mit Bedauern über den Hof in sein Quartier zurückkehren. Was sie leicht irritierte, war nur der Kurzname »Wally«. Mit Schaudern malte sie sich Mads Miene aus, falls sie ihr plötzlich sagte: »Mad, ich werde heute abend mit Wally ausgehen . . .«

Freilich boten sich vorderhand gar keine Möglichkeiten für freundschaftliches Näherkommen, denn gegen Abend wurde es auf der Straße und um die Stallgebäude herum sehr lebendig. Ein paar Jeeps fuhren vor, und die Soldaten schienen aufzupacken und sich für den Abzug vorzubereiten.

»Ein Segen«, meinte Terry, der vom Küchenfenster aus in die Dämmerung spähte. »Sie haben lange genug hier herumgelümmelt.«

»Sie verziehen sich nicht weit«, sagte Joe ruhig. »Nur ein Stück den Hang hinunter. Korporal Wagg hat mir erzählt, sie hätten zwei Kommando-Einheiten für unsere Gegend, und die eine belegt die ganze Poldrea-Küste und die Docks. Der Strand und die Dünen werden abgesperrt, und sie beschlagnahmen nun die Badeanstalten und Wohnwagen als Unterkunft.«

»Zum Donnerwetter, was soll das?« explodierte Terry. »Leutnant Sherman hat doch behauptet, der Ausnahmezustand sei ab morgen früh beendet!«

»Wagg hat mir keine Gründe angegeben«, sagte Joe. »Ich glaube, er weiß sie selber nicht.«

»Dahinter stecken natürlich die Kommunisten!« mischte

sich Dottie erregt ein. »Verlaßt euch darauf! Sie springen sogar, als Nonnen verkleidet, aus russischen Flugzeugen ab. Wir haben's ja im letzten Krieg erlebt.«

»Sie machen noch ganz andere Sachen«, ließ sich plötzlich Colins Engelsstimme verlauten. Er war unbemerkt aus dem Spielzimmer gekommen, wo er, wie man später aus dem Zustand der Wände schließen konnte, Ben neben dem Sprechen auch das Schreiben lehrte. »Sie schwimmen als Seejungfern an den Poldrea-Strand und schleudern mit ihren Schwänzen dicke TNT-Bomben. Ich würde es wenigstens so machen.«

Ben, der nie weit war, wenn Colin auftauchte, nickte heftig und mühte sich mit vorgeschobenen Lippen, sein großes Wort zu wiederholen, um zu zeigen, daß er es mit dem Unterricht ernst nahm. »Sch ... sch ...« Emily entfernte sich eilig, um Dotties Schimpfen und Terrys Höllengelächter nicht mehr zu hören.

An diesem Abend klingelte, nach der langen Stille fast erschreckend, das Telefon. Emily stürzte an den Apparat. Sollte Leutnant Sherman irgendeine Verbindung hergestellt haben ...? Sie hatte tagsüber, in Ermangelung eines Besseren, viel an den jungen Mann gedacht. Aber es war nicht »Wally« Sherman, sondern Pa.

»Oh, du bist es!« stieß sie hervor. Sie wußte selbst nicht, ob sie enttäuscht oder erleichtert war. »Wie bist du durchgekommen? Es hieß, wir könnten unser Telefon erst wieder ab morgen früh gebrauchen.«

»Sondererlaubnis«, sagte Pa. »Gar kein Problem.« Typisch — er nahm jede Gelegenheit wahr, sich wichtig zu machen. »Und ihr? Habt ihr die kleine Krise gut überstanden? Hier war allerhand los, kann ich euch sagen.«

»Hier auch«, erwiderte Emily. »Wir hatten sogar Einquartierung im alten Stallbau. Die Soldaten sind gerade wieder dabei, abzurücken, aber, wie ich gehört habe, nur bis zum Strand und den Docks.«

»Richtig, richtig«, sagte Pa eilig, »sehr vernünftig, in Anbetracht der Umstände. Wir können nicht riskieren, daß ein paar Wirrköpfe die Einigung gefährden. Großartige Sache, nicht?«

»Was?« fragte Emily.

»Nun, die USUK. Dieser Zusammenschluß hätte schon vor Jahren stattfinden sollen. Seit es mit der Europäischen Gemeinschaft schiefgegangen ist, waren die meisten der führenden Köpfe dafür. Jetzt müssen wir alle dazu beitragen, daß es mit der USUK klappt. Stänkerer gibt es immer, aber wir werden sie in Schranken halten. Sag mal — benimmt Mad sich manierlich?«

»Teils-teils«, sagte Emily vorsichtig. »Ich meine, sie hat noch keine furchtbare Szene gemacht. Aber wir alle waren vom ersten Morgen an etwas verstört. Einer der fremden Soldaten hat nämlich gleich zu Anfang den armen Spry erschossen, den Schäferhund von der Trembath-Farm . . . Vielleicht erinnerst du dich.«

»Wenn das der einzige Zwischenfall war, könnt ihr euch noch glücklich preisen. Diese jungen Burschen haben den Finger manchmal allzuschnell am Abzug, und man tut gut daran, ihnen in solchen Minuten nicht in die Quere zu kommen. Wie war eure Einquartierung?«

»Eigentlich sehr anständig.«

»Wenn ich hier nicht derartig im Druck steckte, würde ich sofort eine Stippvisite bei euch machen. Aber ich weiß einfach noch nicht, wann ich mich loseisen kann.«

Mad war inzwischen in die Diele gekommen und entriß Emily den Hörer. »Victor?« trompetete sie.

Nun spielte sich der gewohnte Redewettstreit zwischen

Mutter und Sohn ab. Beide sprachen gleichzeitig, jeder suchte den anderen zu übertönen, brachte seine Argumente vor, ohne dem andern Zeit zu einer Stellungnahme zu lassen.

»Das verzeihe ich dir nie!« rief Mad. »Natürlich hast du alles vorher gewußt, genau wie Jimmy Jollif. Einer von euch beiden hätte mich rechtzeitig warnen können, dann wären wir nicht so überrumpelt worden. Unsinn, du weißt, ich kann schweigen wie das Grab, oder denkst du, ich hätte es sofort in ganz Poldrea herumerzählt? Was? Sprich bitte etwas deutlicher. Nein, ich fand, der Premierminister sah ziemlich bekniffen aus, aber den Eindruck macht er ja meistens. Wen meinst du mit gefährlichen Unruhestiftern? Wenn's darum geht, auf den Tisch zu hauen, bin ich die erste.«

So ging es fort und fort, bis Pas kostbare fünf Minuten abgelaufen waren und Mad den Hörer auf die Gabel knallte.

»Dein Vater redet und redet«, sagte sie wütend zu Emily. »Ich weiß nicht, von wem er das hat – von mir bestimmt nicht. Und alles ist purer Blödsinn. Schon dieser lächerliche Name – USUK! Wir blamieren uns ja vor aller Welt. Emmie, wenn die Straßen morgen wirklich frei sind, fahren wir beide zum Einkaufen.«

Am nächsten Vormittag um zehn fuhr Emily den Wagen zum Vordereingang, wo zu ihrem Mißfallen nicht nur Mad, sondern auch Andy, Colin und Ben sie erwarteten.

»Müssen wir sie mitnehmen?« wagte sie zu fragen.

»Warum nicht?« Mad, in voller Mao-Tse-Kluft, schob die drei Jungen in den Rücksitz. »Wie ich sehe, sind die Soldaten wirklich weg«, bemerkte sie mit einem Blick auf die leeren Stallungen. »Hoffentlich haben sie meine kostbaren Düngemittel nicht mitgehen lassen.«

Selbstverständlich übernahm sie das Steuer. Emily war in

Mads Gegenwart ein für allemal auf den Beifahrersitz verwiesen. Dabei war Mads erste Tat stets das ruckartige Einschalten des Rückwärtsgangs. Die Kinder waren daran so gewöhnt, daß sie sich beizeiten festhielten.

»Ich komme mir vor, als hätte ich monatelang im Gefängnis gesessen«, erklärte Mad, als sie elegant über den Hügel der Hauptstraße zubrauste. Sie nahm die Kurven wie ein abgebrühter Bobfahrer. »Gott sei Dank, wir haben endlich mal freie Fahrt.«

Glücklicherweise war die Straße wirklich frei, bis sie am Fuß des Hügels ankamen, wo Mad mit bewundernswerter Geistesgegenwart bremste — gerade rechtzeitig, um nicht in die dort errichtete Sperre zu fahren. Neben einer primitiven Baracke stand ein Wachsoldat.

»Ihr Paß, Ma'am, bitte sehr«, sagte er.

»Was soll das — mein Paß?« fauchte Mad. »Ich wohne hier. Jeder kennt mich. Ich brauche keinen Paß.«

Der Soldat machte ein verlegenes Gesicht. »Tut mir leid, Ma'am — Vorschrift seit heute früh. Wo kommen Sie her?«

»Von meinem Grundbesitz, drei Minuten von hier. Das Haus heißt Trevanal. Ein Dutzend Ihrer Kameraden hat fünf Tage lang bei mir kampiert.«

Der Soldat glotzte sie verblüfft an. »Na so was, Ma'am! Da war ich gestern abend selber zum Abtransport kommandiert. Ich wußte nicht, daß Sie die Besitzerin sind. Moment, ich gebe Ihnen einen Passierschein.« Er verschwand in seiner Baracke und kam mit zwei Abreißblocks wieder heraus. »Nur eine Sicherheitsmaßnahme, Ma'am. Diesen Zettel klebe ich auf Ihre Windschutzscheibe. Und hier sind zwei Tikkets für Sie und Ihre Begleiterin, die Sie als Ortsansässige ausweisen.«

»Und was ist mit uns?« fragte Andy.

Der Soldat schüttelte lächelnd den Kopf. »Minderjährige bekommen keine Passierscheine, mein Junge. Es genügt, wenn ihr in Begleitung Erwachsener seid. Danke, Ma'am.«

Er ließ die Schranke hochgehen, und zum erstenmal, seit Emily zurückdenken konnte, schaltete ihre Großmutter sofort richtig — dergestalt, daß sie dem Wachsoldaten über den großen Zeh gefahren wäre, wenn er sich nicht rechtzeitig in seine Baracke geflüchtet hätte.

»Ist es die Möglichkeit!« brach sie aus. »Was bilden sich diese Kerle ein? Dürfen wir nicht mal mehr unsere eigenen Straßen benutzen?«

»Guckt mal«, krähte Colin dazwischen, »der Strand da unten ist sogar mit Stacheldraht abgesperrt — und so viele Soldaten!«

Er hatte recht gesehen. Der Poldrea-Strand, dessen Dünen ein Hauptanziehungspunkt für Sommergäste waren und im Winter für die Hundedressur benutzt wurden, war mit Stacheldraht und Schildern gespickt: »Zutritt verboten.«

Mad fand einen Parkplatz vor dem Supermarkt. Sie stieg aus und schoß förmlich durch die Schwingtür, Emily und die Jungen im Schlepptau. Der Laden war voll, und der Lärmpegel war schlimmer als in irgendeinem Vogelhaus. Jeder wünschte verständlicherweise seine eigenen Erfahrungen und Nöte zum besten zu geben.

»Wir saßen gerade beim Tee, und ich sagte zu Vater . . .«

»Schlafen? Ich habe tagelang kein Auge geschlossen . . .«

»Wie im letzten Krieg . . .«

Mad schob ihren Einkaufswagen durch die Gänge und häufte ihn mit allen möglichen Dauerwaren voll, bis sie an der Metzgerabteilung innehielt, wo noch ein lebender Mensch die Feinschnittmaschine bediente. Mad war der Ansicht, daß man in Notzeiten von magerem Schinken leben könne. Sie fixierte den Mann mit eisblauen Augen. Er war, wie sie wußte, nicht von hier, sondern aus Bristol.

»Na, was halten Sie von der Invasion?« fragte sie.

»Invasion?« wiederholte er. Dann fügte er mit gequältem Lächeln hinzu: »Ich weiß nicht, ob man's so nennen kann. Meiner Meinung nach ist es unsere einzige Rettung. Wir hätten uns schon vor Monaten dazu entschließen sollen.«

»Ach, und warum?«

»Tja . . .« Er überlegte angestrengt, während er den Schinken schnitt. »Es ist das vernünftigste, finden Sie nicht? Wir sind doch alle eine große Familie. Wir alle sprechen Englisch. Natürlich mit Dialekten; die gibt es überall. Aber ich finde es herrlich, daß alle englischsprechenden Länder nun wieder zusammenkommen sollen. Amerika, Australien, Südafrika und so weiter . . . Jetzt können die Fremdstaaten uns nicht mehr so herumschubsen.«

»Werden wir nicht gerade jetzt herumgeschubst?« entgegnete Mad. »Wir mußten uns vor zehn Minuten einen Passierschein ausstellen lassen, um nur die Poldrea-Anhöhe überqueren zu dürfen. Ohne Paß kann man sich im eigenen Land nicht mehr frei bewegen.«

»Vorsichtsmaßnahmen«, flüsterte der Schinkenschneider aus Bristol und sah sich ängstlich um. »Was so alles geredet wird! Nicht nur, daß die Europa-Union eingreifen könnte, sondern daß es sogar hier Leute gibt, die gegen die USUK sind oder zumindest die Amerikaner wieder aus dem Land ekeln wollen. Wir müssen alle auf der Hut sein.«

»Ja«, sagte Mad, »da haben Sie völlig recht.«

Emily, die inzwischen aufgepaßt hatte, daß die Jungen nichts von den Regalen klauten, folgte ihrer grimmig dreinblickenden Großmutter an die Kasse und hinaus. »Wohin jetzt?« fragte sie.

»Zu Tom«, sagte Mad. Tom war der Fischhändler, der schon seit Generationen die Fischerrechte an der Poldrea-Küste innehatte und seine Kundschaft stets mit frischer Ware belieferte.

»Na, Tom, wie fühlen Sie sich im Belagerungszustand?« fragte Mad. Diesmal war ihr Blick nicht so kalt, denn sie mochte Tom.

»Mies«, war die kurze Antwort. »Die Kerle kehren alles von unten nach oben. Stellen Sie sich vor, ich darf nicht mal mit meiner *Maggie May* ausfahren! Was haben sie in der Bucht zu suchen? Aalreusen aufstellen?«

»Vor einem halben Jahrhundert nannte man das noch ›die Flagge zeigen‹«, sagte Mad mit boshaftem Lächeln, »um die Eingeborenen unterentwickelter Länder zu beeindrucken.«

Tom schüttelte den grauen Kopf. »Mich beeindruckt nichts mehr so leicht. Dazu hab' ich zuviel erlebt. Den Fisch hier kann ich Ihnen übrigens nicht mit reinem Gewissen empfehlen, Madam. Letzten Mittwoch gefangen und seitdem im Froster. Kommen Sie zu der Versammlung?«

»Zu welcher Versammlung?«

»Haben Sie die Anschläge nicht gesehen? Heute abend um sieben in der Stadthalle. Fragen aus der Bevölkerung werden von unserer Abgeordneten und irgendeinem Yankee-Oberst beantwortet.«

»Aha!« Mad warf ihrer Enkelin einen sprechenden Blick zu. »Ich finde, wir sollten daran teilnehmen.«

Emily packte das kalte Grausen. Sie wußte im voraus, daß Mad die Diskussion fortwährend durch laute und leise Zwischenbemerkungen stören würde. Und gegen die Abgeordneten des Wahlkreises hatte sie sowieso einen nie deutlich begründeten, aber heftigen Widerwillen.

»Jetzt«, sagte Mad nach Verlassen des Fischladens zu ihrem Gefolge, »müssen wir nur noch auf die Post und zur ›Seemannsruh‹.«

Die Schlange vor dem Postschalter war beinahe so lang wie die vor den Supermarktkassen, aber Mad hatte nichts gegen Schlangestehen. Sie pflegte zu sagen, es gäbe ihr ein Gefühl von Solidarität, wie jeder andere ihre Rente persönlich abzuholen. Was sie bekam, reichte gerade aus, um Emily und die sechs Adoptivsöhne mit Taschengeld zu versehen.

Die Meinungen innerhalb der Schlange waren, was die Lage betraf, sehr geteilt. Einige fanden die USUK eine großartige Sache, andere schüttelten zweifelnd die Köpfe. Zu den Zweiflern gehörte die Gemeindeschwester und Hebamme des Kreises, eine Schwägerin von Mads Nachbar Trembath.

»Man hat mir das Telefon gesperrt«, sagte sie wütend. »Samstag abend war Mrs. Ellis' Baby fällig, und als ich versuchte, zu ihr zu gehen, haben sie mich nicht durchgelassen. Hinterher natürlich tausend Entschuldigungen und ein Sonderpassierschein. Glücklicherweise ist das Kind erst heute früh gekommen, aber wenn . . . .«

»Dann wär's sicher mit zwei Köpfen geboren worden«, sagte Colin, der sich gewohnheitsmäßig in Erwachsenengespräche einmischte.

Mad überhörte ihn ebenso gewohnheitsmäßig. »Wissen Sie Neues von Ihrem Schwager?«

»Ich habe ihn gerade gesprochen«, erwiderte die Schwester und dämpfte die Stimme. »Sie haben die Sache mit dem armen Spry noch nicht überwunden.«

»Wir auch nicht«, sagte Mad.

Nachdem sie ihre Rente kassiert hatte, verließen sie das Postamt, holten den Wagen vom Parkplatz und fuhren zur »Seemannsruh« weiter. Ursprünglich, vor etwa hundert

Jahren, hatte dieses Gasthaus seinem Namen Ehre gemacht und vorwiegend müden Seeleuten zur Herberge gedient. Heute war es ein Nepplokal mit allem Drum und Dran. Mad war sehr neugierig, was der jetzige Inhaber, Mr. Libby, zur Lage äußern würde, wenn sie, wie alle vierzehn Tage, ihre Korbflasche Apfelwein bei ihm abholte. Aber diesmal blieb sie im Wagen und schickte nur Emily hinein.

Trotz der frühen Stunde war das Lokal schon voll von amerikanischen Soldaten, die sich wie ein Mann nach Emily umdrehten und sie von oben bis unten musterten. Einer pfiff sogar anerkennend. Der Wirt hinter seiner Theke war in Hochstimmung.

»Ihr Apfelwein, Schätzchen?« rief er Emily zu. »Bin im Moment ein bißchen im Druck, wie Sie sehen. Schicken Sie doch Joe später rüber.«

»Wir brauchen ihn jetzt«, sagte Emily energisch und machte auf dem Absatz kehrt. Selbst Mad hätte ihren Abgang nicht eindrucksvoller gestalten können. Tatsächlich kam Mr. Libby gleich nach und verstaute die Korbflasche im Kofferraum. Mad steckte den Kopf durch das heruntergelassene Seitenfenster.

»Wie geht das Geschäft?« fragte sie.

»Blendend. Soviel wie diese Burschen versaufen nicht mal die Touristen. Von mir aus können sie für immer dableiben.«

»Hm«, machte Mad, nachdem sie schon ein paar Minuten auf dem Heimweg waren, »bis jetzt weiß ich nur zwei, die bestimmt auf unserer Seite sind: der gute alte Tom Bate und die Gemeindeschwester.«

»Was meinst du mit ›auf unserer Seite‹?« fragte Emily.

»Bist du so blöd, oder tust du nur so?« fuhr ihre Großmutter sie an. »Das Gebot der Stunde heißt: Sie oder wir.«

5

Die Stadthalle war gerammelt voll. Laut Anschlag waren nur »Haushaltungsvorstände« zugelassen, was sicherlich auf weiser Voraussicht der Veranstalter beruhte, da auf diese Weise die jüngeren und vielleicht lärmfreudigen Gruppen ausgeschlossen wurden. Alles, was an Jugend kam, wurde am Eingang unerbittlich weggeschickt. Mad, die die Situation schon von weitem erfaßte, klammerte sich nach dem Verlassen des Autos an Emilys Arm und hinkte mühselig auf den Türhüter zu.

»Ich werde achtzig«, krächzte sie dem ihr unbekannten Mann zu. Er war nicht von hier; wahrscheinlich ein Regierungsabgesandter aus Truro. »Ich brauche stets die Begleitung meiner Enkelin.«

Er ließ sie beide mit einer respektvollen Geste durch. Innerhalb des Saals verschwand Mads Hilfsbedürftigkeit mit zauberhafter Schnelle. Sie boxte sich zu Mr. und Mrs. Trembath durch, die ihr Adlerauge sofort inmitten der Menge erspäht hatte, und klopfte dem Bauern auf die Schulter.

»Ist hier noch Platz für uns? Die Leute da können sicher ein paar Stühle weiterrücken. Ich möchte mit Ihnen sprechen.«

Jack Trembath war ein Kerl, dem man ansah, daß er früher mehrere Ringermeisterschaften für Cornwall gewonnen hatte. Er war noch nicht fünfzig und hätte sicher auch heute noch manchen jüngeren Gegner auf die Matte gelegt, wenn ihm seine Farmarbeit nicht wichtiger gewesen wäre. Sie fanden vier Plätze am Mittelgang.

»Was werden sie uns nun für Märchen erzählen?« fragte Mad mit ihrem berühmten Bühnenflüstern, das bewirkte, daß sich trotz des allgemeinen Stimmengemurmels viele Köpfe nach ihr umdrehten.

»Ist doch von vornherein klar«, erwiderte Jack Trembath. »Ruhe ist die erste Bürgerpflicht, und daß wir schön zu parieren haben.«

»Sonst —?«

»Sonst geht es uns schlecht.« Er zögerte und fragte dann sehr leise: »Wissen Sie, daß sie meinen armen Spry erschossen haben?«

»Ich war Augenzeugin. Er war auf der Stelle tot; das wollte ich Ihnen wenigstens zum Trost sagen. Später hab' ich ihn eigenhändig begraben. Er liegt gleich hinter meiner Hecke.«

»Das hätte ich wissen sollen«, sagte Jack Trembath bewegt, »ich hätte Ihnen diese Aufgabe gern erspart. Na, ich werde schon Gelegenheit finden, mich erkenntlich zu zeigen. Meiner Meinung nach fangen die Schwierigkeiten erst an. Alles kam viel zu plötzlich. Hoffentlich irre ich mich, aber mir stinkt's.«

»Mir auch«, sagte Mad und kniff Emily in den Arm. »Das macht schon drei Gleichgesinnte auf unserer Seite: Sie, Ihre Schwägerin und Tom Bate.«

»Ja, Tom!« lächelte Jack Trembath. »Der hat Mumm in den Knochen.«

Das Stimmengesumm hörte auf, denn das Parlamentsmitglied Mrs. Moorhouse, eine sehr gutaussehende und selbstsichere Frau, erschien auf dem Podium. Sie wurde von Oberst Cheeseman und einer zweiten, hier völlig unbekannten Dame begleitet. Der Marinekommandeur übernahm die Einführungsworte.

»Liebe Freunde — ich hoffe, ich darf Sie so nennen«, begann er. »Ich will Sie nicht länger aufhalten als unbedingt nötig, aber es ist mir ein Herzensbedürfnis, Ihnen für die Nervenstärke und Aufgeschlossenheit zu danken, die Sie in den vergangenen sechs Tagen bewiesen haben. Unser Erscheinen war für viele von Ihnen gewiß keine angenehme Überraschung, aber wir hatten einen Auftrag zu erfüllen, und daß wir ihn erfüllt haben, verdanken wir zum großen Teil Ihrem disziplinierten Verhalten. Aus Sicherheitsgründen werden wir noch eine Weile im Land bleiben, aber nach allen bisherigen Erfahrungen weiß ich, daß wir uns bestens vertragen werden. Zu meiner Schande muß ich gestehen, daß ich erst heute Ihren Wappenspruch kennengelernt habe: ›Einer und Alle‹. Nun, wir wollen in diesem wunderschönen Cornwall alle füreinander dasein, getreu Ihrem Motto. Und nun, meine Freunde, Ihre Abgeordnete — Mrs. Honor Moorhouse.«

Er zog sich zurück, und die hübsche Abgeordnete trat an das Rednerpult. Sie hatte ein Bündel Papiere bei sich, blätterte aber nicht darin. Offenbar hatte sie alles, was sie sagen wollte, wohlgeordnet im Kopf. Dieses sichere Auftreten und ihre Fähigkeit, sogar Statistiken auswendig herunterzubeten, hatten ihr vor ein paar Jahren den Sitz im Parlament eingebracht.

»Meine sehr geehrten Damen und Herren, liebe Landsleute! Wir stehen am Beginn einer historischen Neuordnung ...«

»O Gott«, murmelte Mad, »nun weiß ich schon von A bis Z, was sie sagen wird.«

Die ehrenwerte Abgeordnete für Mittel-Cornwall rekapitulierte kurz die Ereignisse des verflossenen Wochenendes und betonte die Notwendigkeit einer US-Intervention sowie die Bildung der neuen Völkergemeinschaft USUK. Es waren dieselben Phrasen, die jedermann schon im Radio oder im

Fernsehen gehört hatte, aber irgendwie klangen sie aus dem Munde einer Frau, noch dazu einer Einheimischen, viel persönlicher und vertrauenerweckender, fast als sei die USUK eigens zum Wohl des Wahlvolkes von Poldrea gegründet worden. Im Grunde kümmerte es die meisten Leute herzlich wenig, was im übrigen Land passierte, solange der einträgliche Touristenstrom im Sommer nicht abriß. Mrs. Moorhouse versprach jedoch gerade in dieser Hinsicht »neues Leben« und goldene Berge. »Unsere Vettern von jenseits des Ozeans —«

»Paß auf«, flüsterte Mad, »jetzt kommen gleich die Pilgerväter mitsamt der *Mayflower* dran!«

Emily brauchte nicht lange zu warten. Die unvermeidlichen gemeinsamen Vorfahren, die britischen Ansiedler in Neuengland, kamen schon im nächsten Satz.

»Und deshalb, meine Freunde«, die Rednerin kam mit erhobener Stimme zum Ende ihrer Ausführungen, »möchte ich Ihnen noch einmal die Mahnung unseres Premierministers ans Herz legen. Um zu überleben, müssen wir uns Schulter an Schulter mit den US-Kräften ins Rad der Geschichte stemmen, ihnen rückhaltlose Freundschaft entgegenbringen und so unseren Beitrag zum Erfolg der USUK leisten. Seien wir auf der Hut vor allen gegenteiligen Einflüsterungen! Und nun, ehe ich Ihnen Mrs. Hubbard aus New England vorstelle, die eigens hergeflogen ist, um zu Ihnen zu sprechen, bitte ich nochmals um gute Zusammenarbeit.«

Händeklatschen und Bravorufe aus den ersten Reihen belohnten die schöne Rede. Die Leute in der Mitte des Saales waren etwas zurückhaltender mit ihren Beifallsbekundungen, und das Trampeln, das sich von den hinteren Stehplätzen hören ließ, konnte so oder so ausgelegt werden. Die Abgeordnete wartete lächelnd, bis das Klatschen abflaute, und fragte dann ermutigend: »Noch irgendwelche Unklarheiten?«

Zu Emilys Schrecken meldete sich Mad.

»Ich glaube im Sinne aller zu sprechen, Mrs. Moorhouse, wenn ich Ihnen für Ihre sehr erhebende Rede danke. Was ich nicht ganz verstanden habe, ist nur das mit dem Rad der Geschichte, gegen das wir uns stemmen sollen. Schulter an Schulter noch dazu. Haben Sie persönlich schon mal ein Rad mit der Schulter in Bewegung gesetzt?«

Die leichte Welle des Gelächters, die durch den Saal lief, wurde nur durch einen einzelnen empörten Pfui-Ruf akzentuiert. Eine Stimme aus dem Hintergrund, die verdächtig nach dem Fischhändler Tom Bate klang, wieherte: »Die werden sich mit ihrem Rad anschmieren!«

Die Abgeordnete, an Zwischenrufe solcher Art gewöhnt, ließ sich nicht aus der Fassung bringen.

»Ich habe nur bildlich gesprochen«, erwiderte sie lächelnd. »Und ich glaube, daß die meisten Anwesenden mich richtig verstanden haben.«

Aber die Ruhe im Saal ließ weiter zu wünschen übrig. Die Leute fingen an, sich zu amüsieren, was nicht der Zweck der Veranstaltung war. Mrs. Moorhouse tauschte einen Blick mit Oberst Cheeseman, der heftig errötet war und ihr den Namen der exzentrisch aussehenden alten Dame zuflüsterte. Ein Schimmer der Erleuchtung ging über das Gesicht der Abgeordneten; sie hatte Mad nicht gleich erkannt.

»Darf ich daran erinnern«, sagte sie gemessen, »daß ich hier bin, um ernstgemeinte und sachliche Fragen zu beantworten, und daß wir uns nicht im Theater befinden?«

»Weiß ich«, antwortete Mad prompt. »Wenn wir im Theater wären, würde ich da oben im Rampenlicht stehen, und Sie säßen vielleicht, wenn auch nicht notwendigerweise, unten.« (Applaus von Tom Bate und Genossen.) »Und jetzt möchte ich Ihnen wirklich eine sehr ernstgemeinte und sachliche Frage stellen. Wenn die tapferen Truppen der Vereinigten Staaten soviel Wert auf Freundschaft und Zusammenarbeit legen, hätten wir als Gegenleistung gern die Garantie, daß sie künftig nicht mehr auf unsere Hunde schießen. Ferner sehen wir nicht ein, warum sie uns bei soviel Freundschaft nicht gestatten, uns ungehindert und unkontrolliert auf den Straßen und an den Stränden zu bewegen, die ja wohl immer noch allgemeines Eigentum sind — oder?«

Diesmal war der Beifall aus den hinteren Reihen ohrenbetäubend. Mrs. Moorhouse wandte sich mit einer resignierten Geste an den Oberst, der nun selbst das Wort ergriff.

»Hochverehrte Dame!« redete er Mad direkt an. Sein halb beschwörender, halb nachsichtiger Ton drückte aus, daß man ihrem ehrwürdigen Alter und ihrer allseits bekannten Schrulligkeit mildernde Umstände zubilligen müßte. »Ich möchte mich bei dieser Gelegenheit nochmals für die gastfreundliche Aufnahme bedanken, die Sie mir und meinen Leuten gewährt haben. Vielleicht erinnern Sie sich, daß der unglückliche Zwischenfall mit dem Hund mir nicht bekannt war. Ich habe inzwischen für eine angemessene Entschädigung des Eigentümers gesorgt. Im übrigen muß ich mit allem Nachdruck wiederholen, daß die Regierung entschlossen ist, Ruhe und Ordnung im Lande aufrechtzuerhalten. Nur darum sind Maßnahmen getroffen worden, die Ihre persönliche Bewegungsfreiheit vorübergehend etwas einschränken. Glauben Sie mir, es ist zu Ihrem eigenen Besten. Wir sind nicht als Unterdrücker hier, sondern als Helfer. Wer friedlich und ordentlich seiner Arbeit nachgeht, findet unsere volle Unterstützung. Statt Gewalt, Krieg und Elend, wie sie in anderen Teilen der Welt herrschen, soll das Friedenswerk der USUK ein hundertprozentiger Erfolg werden. Ich hoffe, Ma'am, damit ist Ihre Frage beantwortet.«

Mad stand langsam auf. Wer sie je auf der Bühne gesehen hatte, wußte, daß sie jetzt einen »großen Abgang« vorbereitete. Ein spöttisches Lächeln umspielte ihre Lippen, während sie den Blick in aller Ruhe durch den ganzen Saal schweifen und erst dann wieder zu Oberst Cheeseman zurückkehren ließ.

»Ihre Antwort bestärkt mich in der Meinung, die ich mir bereits gebildet habe, als Donnerstag früh die ersten Hubschrauber über mein Haus flogen – nämlich daß Ihr Friedenswerk ein abgekartetes Spiel des Großkapitals ist. Seit langen Monaten haben amerikanische und britische Banken einen Ausverkauf geplant, wie ihn die Welt noch nicht gesehen hat. Was dabei herauskommt, wird die Zukunft lehren.«

Sie tippte Jack Trembath auf die Schulter, und er sprang auf wie ein gewitzter Mitspieler, um ihr den Arm zu reichen. Seine Frau und Emily erhoben sich ebenfalls, und so schritten sie langsam durch den Mittelgang. Die atemlose Stille des Publikums ließ sich nur mit dem Schweigen vergleichen, das bei ganz großen Aktschlüssen in Mads Glanzzeit geherrscht hatte. Erst als sie mit ihrem Gefolge sicher draußen war, brach der Tumult los: Bravorufe, Proteste, Trampeln, Pfeifen und vergebliche Rufe zur Ordnung.

»Das hat ihnen das Maul gestopft!« sagte Mad mit inniger Befriedigung. »Nun können wir nach Hause fahren.«

6

Als Emily am nächsten Morgen den Orangensaft hinaufbrachte, saß ihre Großmutter im Bett und beschäftigte sich intensiv mit dem neuerdings wieder erschienenen Lokalblättchen.

»Da, Balkenschlagzeile mitten auf der ersten Seite!« strahlte sie. *»Berühmte Schauspielerin sprengt Ortsversammlung. Frage: Steht die Nation vor der Zwangsversteigerung?* — Ich habe die Gemüter in Bewegung gesetzt, und das ist gut so.«

Die Art, wie sie sich triumphierend zurücklegte, erinnerte Emily an die nebelhaften Kindheitstage in London, als sie Mad alle vierzehn Tage genauso selbstgefällig über einem Haufen neuer — und meist enthusiastischer — Theaterkritiken angetroffen hatte. Heute war ein Auftritt in der Poldrea-Stadthalle für Mad keine geringere Genugtuung.

»Was steht sonst noch drin?« fragte Emily.

»Lies es selbst.« Mad warf die Bettdecke zurück. »Ich gehe jetzt ins Bad. Oh, das übrige ist dummes Gewäsch. Schließlich sind wir hier in der äußersten Ecke von Cornwall nur kleine Fische für die hohen Herren. Lies bloß mal den Leitartikel über die künftige Pressefreiheit — Himmel! Der Mann ist gekauft.«

Emily setzte sich auf das verlassene Bett und nahm sich die Zeitung vor. Das Kleingedruckte über die Bürgerversammlung war nur kurz und nichtssagend, aber falls die Schlagzeile von größeren Blättern aufgegriffen wurde, hatte Pa bestimmt wieder Anlaß für ein Telefonat. Den Leitartikel erwähnte Mad natürlich überhaupt nicht. Er war eine einzige Huldigung an die USUK, die nach Ansicht des Autors die letzte Rettung des Landes war, nachdem es vor einigen Jahren mit der Europäischen Gemeinschaft einen so eklatanten Schiffbruch erlitten hatte. »Endlich können wir wieder das Haupt erheben . . . Wir sind keine einsame Insel mehr, sondern eine weltumspannende Einheit englischsprechender Völker . . . etc. etc.« Emily überflog den Rest. Diesen Leitartikelstil kannte sie, seit sie mit ungefähr dreizehn begonnen hatte, Zeitung zu lesen. Sie fand ihn zum Gähnen langweilig.

Die Nachrichten im Inneren des Blattes waren aufregender. Offenbar hatten die US-Truppen sämtliche Schlüsselpositionen des Landes wie Kraftwerke, Radio- und Fernsehsender fest in der Hand – auch die Polizei. Dies alles, wie immer wieder betont wurde, um etwaige »zersetzende Elemente« an Gegenaktionen zu hindern. Im übrigen sei der Enthusiasmus der Bevölkerung allerorten überwältigend. »Endlich, endlich!« rief jedermann, vom Finanzfachmann (Pa, dachte Emily) bis zum alten Mütterchen auf der Straße (außer Mad). Und dann gab es noch viele optimistische Betrachtungen über die künftige Bewegungsfreiheit innerhalb der USUK, Arbeitsplätze für alle, Jugendaustausch, gemeinsame kulturelle Bestrebungen. Australien, Neuseeland und Südafrika schienen sich besonders viel davon zu versprechen, daß sich die Atom-Stützpunkte nunmehr lückenlos, über den Atlantischen bis zum Indischen Ozean, unter gemeinsamer Kontrolle befänden.

Emily, die unter ständiger Atombedrohung aufgewachsen war, zuckte die Achseln und begann Mads Bett zu machen. Nach ein paar Minuten kam Mad aus dem Badezimmer, diesmal im Kostüm eines sibirischen Popen vor der großen Revolution. Es stammte von einer Tournee mit dem *Kirschgarten* von Tschechow. Mad hatte nach Tourneen stets die nicht mehr benötigten Kostüme für ein paar Shilling aufgekauft. Nun drehte sie sich selbstzufrieden vor dem Spiegel. Der härene Strick um den Leib schien ihr besonders zu behagen. Welch wunderbares Symbol der Demut! (Mad hatte Joe eine Weile erlaubt, Ziegen zu halten, diese Erlaubnis aber zurückgezogen, nachdem eine in ihrem Bett niedergekommen war.)

»Madam!«

Dottie erschien auf der Schwelle. Sie war, wie um diese arbeitsreiche Zeit üblich, in halbaufgelöstem Zustand.

»Ja, Dottie, was ist los?«

»Dieser Leutnant, Sherman heißt er wohl, ist wieder da, und er hat eine Amerikanerin mitgebracht – eine Mrs. Hubbard, wenn ich recht verstanden habe. Ich habe sie ins Musikzimmer geführt, aber gleich gesagt, ich wüßte nicht, ob Sie schon wach seien. Ich kann ohne weiteres sagen, daß es zu früh ist.«

»Ich werde sie abwimmeln«, sagte Emily rasch.

»Nicht nötig«, erklärte Mad, »wir empfangen sie beide. Mrs. Hubbard, Mrs. Hubbard ... War das nicht die, die gestern abend zwischen Oberst Cheesering und unserer ehrenwerten Abgeordneten auf dem Podium saß?«

»Ja, ich glaube«, erwiderte Emily.

»Hm«, machte Mad und rückte ihren Ziegenstrick noch einmal zurecht, »die werden wir bald los sein.«

Sie stapfte mit entschlossener Miene die Treppe hinunter, Emily hinter sich. Bei ihrem Eintritt ins Musikzimmer stand Leutnant Sherman augenblicklich stramm, während die gutaussehende Mrs. Hubbard, die die verdorrten Hortensien in einer Vase bewundert hatte, dem russischen Popen in überströmender Herzlichkeit beide Hände entgegenstreckte.

»Martha Hubbard«, stellte sie sich vor. »Bitte, bitte, verzeihen Sie, daß ich so formlos in Ihr Privatleben eindringe. Wie geschmackvoll dieses Trockenarrangement ist! Überhaupt die ganze persönliche Note hier! Der nette gefleckte Hund da ist sicher Ihr besonderer Liebling?«

Folly war mühsam herbeigehinkt, um die Fremde zu beschnüffeln. Das Resultat schien sie nicht zu befriedigen, denn sie wandte sich mit hängendem Schwanz ab und sprang auf den nächsten erreichbaren Sessel.

»Das ist kein Hund, sondern eine Hündin«, erklärte Mad. »Bald fünfzehn Jahre alt, halb blind und halb taub — was vermutlich in ein paar Jahren auch mein Schicksal sein wird. Und dies hier ist meine Enkelin Emily.«

Mrs. Hubbard gönnte Emily ein strahlendes Zahnpastalächeln und wandte sich sofort wieder Mad zu. »Ich möchte Sie wirklich nicht zu lange belästigen, aber ich wollte Ihnen sagen, wie schade es war, daß Sie gestern abend nicht bis zum Schluß der Versammlung geblieben sind. Selbstverständlich habe ich Ihren Gefühlsausbruch aus vollem Herzen verstanden. Darf ich Ihnen sagen, daß ich Sie seit frühester Jugend bewundere? Und eben deshalb ist es mir ein ganz persönliches Anliegen, Sie für unser Programm zu gewinnen.«

»Ach?« Mad mimte senile Begriffsstutzigkeit. »Sie haben ein Programm? Wird in unserem Städtchen endlich mal etwas Sehens- oder Hörenswertes geboten?«

Himmel, dachte Emily, jetzt spielt sie wieder die schwache Greisin und versteht jedes Wort falsch. Leutnant Sherman, der leicht errötet war, stand immer noch stramm. Emily forderte ihn und Mrs. Hubbard eilig auf, Platz zu nehmen. Schließlich gab es noch gewisse Höflichkeitsregeln.

Martha Hubbards blinkende Zahnreihen reichten fast von einem Ohr bis zum andern. »Ich vertrete die CGT, *Cultural Get Together,* also die Sonderabteilung der USUK, die sich mit kultureller Zusammenarbeit befaßt. Wie überall im Bereich der USUK werden wir auch hier ein Kulturamt einrichten, und wir rechnen auf Ihre erfahrene Mithilfe.«

»Interessant«, murmelte Mad nachdenklich. »Klingt so

ähnlich wie die früheren Frauenvereine, nicht? Ich könnte sicher ein paar tolle Feinschmeckerrezepte beitragen. Und Farbdias von meinen vielen Reisen, die noch mein Mann aufgenommen hat; sie haben also zum Teil schon historischen Wert. Wenn ich nur wüßte, wo ich sie hingetragen habe!«

»Bemühen Sie sich nicht«, unterbrach Mrs. Hubbard eilig. »Rezepte und Dias sind uns natürlich hochwillkommen, aber vorerst dachte ich mehr an ... nun, ein geistiges Aufrütteln der hiesigen Bevölkerung. Lesungen, Vorträge, Diskussionen ... kurz, alles, was mit unseren heutigen Problemen zu tun hat und uns zu einer moderneren Lebensauffassung leitet.«

»Leitet, leitet ...« wiederholte Mad vage. Dann ermunterte sie sich plötzlich: »Oh, Sie meinen so etwas wie Regieführen?«

»Ja. Sie mit Ihrem dramatischen Instinkt und Ihrer Bühnenerfahrung könnten unendlich segensreich auf die Bewegung einwirken. Da ist zum Beispiel das Problem der Freizeitgestaltung. Ich weiß nicht, ob Sie es schon gelesen oder gehört haben, aber die USUK gedenkt ein eigenes Freizeitministerium zu schaffen, das besonders hier im Westen Ihres Landes von Bedeutung sein wird.«

»Ach?« fragte Mad. »Weil unsere vielen Arbeitslosen nicht wissen, was sie den ganzen Tag über machen sollen? Ich würde das nicht gerade ein Freizeitproblem nennen.«

»Die USUK hat für alles und alle enorme Hilfsprogramme«, lächelte Mrs. Hubbard. »Wir wissen, wie sehr Sie hier in Cornwall auf den Tourismus angewiesen sind. Nun, die CGT wird gerade diesen Erwerbszweig in ungeahntem Maß auf- und ausbauen! Diese kleine Provinz ist ja eine historische Fundgrube, die von der Reklame noch längst nicht voll ausgeschöpft worden ist. Denken Sie nur an Tristan und

Isolde und König Arthur! Viele von uns sind ganz wild auf solche alten Sagen und das entsprechende Lokalkolorit. Man könnte die Einwohner von Poldrea in mittelalterliche Kostüme stecken und erklären, gerade hier sei Tristan einst von Irland her gelandet, nachdem er mit der Braut seines Onkels durchgebrannt war. Was Sie im Vereinigten Königreich zu verkaufen haben, sind nicht sonnige Badestrände — die haben wir anderswo genügend —, sondern romantische Reminiszenzen. Mir schwebt die ganze Westküste, von Nordwales bis hier herunter, als einziges historisches Feriengebiet vor. Wer sich auf die Nostalgie der Touristen einstellt, braucht bald nicht mehr über Arbeitslosigkeit zu klagen. Ihr Tonbergbau lohnt sich nicht; in den Staaten gibt es viel größere Tonvorkommen. Wir könnten Ihre weißen Berge zu einer Miniaturschweiz hochstilisieren, mit Skilehrern und Schlittenfahrern —«

Mad, die mit entrückter Miene gelauscht hatte, kam zu sich. »Pardon, mit *wem* wollen Sie Schlitten fahren?«

»Ich meine den Sport, der jetzt allgemein wieder so in Mode kommt. Wo kein Schnee liegt, fahren die Schlitten auf Rollen. Oh, ich habe noch hundert Ideen für die USUK-CGT, und mit Ihrer Hilfe . . .«

Mrs. Hubbards begeisterter Redeschwall wurde unterbrochen, denn die Tür flog auf, und Colin und Ben stürmten herein.

»Ben hat ein neues Wort gelernt!« schrie Colin.

»Sehr schön«, sagte Emily hastig, »aber nicht jetzt! Madam hat Besuch, wie ihr seht. Kommt, wir gehen zusammen ins Spielzimmer.«

Indessen war die ahnungslose Mrs. Hubbard schon in die Knie gegangen. Das Entzücken, einen goldhaarigen Cherub

Hand in Hand mit einem Negerlein zu sehen, schien sie zu überwältigen.

»Nein, sagt mir erst guten Tag, ihr Süßen. Erlaubt euch eure Oma, Zuckerzeug zu essen?«

Colin runzelte die Stirn. »Madam ist Emmies Großmutter, nicht unsere. Wir sind bloß adoptiert.«

Mrs. Hubbard lachte. »Was für ein kluger kleiner Bursche — wie er das schon weiß! Dafür gibt's eine Belohnung.« Sie kramte in ihrer Tasche und brachte zwei rot-weiße Pfefferminzstangen zutage. »Und hier ist noch etwas für alle braven Kinder. Damit könnt ihr eure Räder beflaggen und winken und ... Nun, ihr werdet schon wissen, wo sie sich am besten machen.« Sie brachte ein Bündel Fähnchen hervor und schwenkte es vor den Augen der Kinder. Es war eine neuartige Kombination des *Union Jack* und des Sternenbanners, wie sie nun schon seit fast einer Woche täglich auf dem Fernsehschirm erschien.

»Ganz frisch aus den Staaten eingeflogen«, erklärte die stolze Spenderin. »Sie werden an alle, alle braven Kinder in der USUK verteilt, und in größerem Format flattern sie bald von allen öffentlichen Gebäuden und natürlich auch von Privathäusern.«

»Guter Gott!« murmelte Mad. Mrs. Hubbard war noch zu sehr damit beschäftigt, den kleinen Jungen ihre Gaben aufzudrängen, um es zu hören, aber der Leutnant stand mit verlegenem Gesicht auf und sagte:

»Wir wollen Sie nicht länger aufhalten, Ma'am; Sie haben mit Ihrer großen Familie gewiß alle Hände voll zu tun. Nur eins noch: Oberst Cheeseman läßt Sie herzlich grüßen und folgendes sagen. Wie er gehört hat, ist wegen des Ausnahmezustandes das Guy-Fawkes-Fest am Wochenende ausgefallen, was wir sehr bedauern. Er will dieses alte historische Gedenkfest nun heute traditionsgemäß nachholen lassen. Sämtliche Einwohner sind zur Verbrennung der Strohpuppe eingeladen. Das Feuerwerk stellen wir.«

»Wie aufmerksam von Oberst Cheeseman«, erwiderte Mad mit liebenswürdigem Lächeln. »Wenn Sie für den Scheiterhaufen und das Feuerwerk sorgen, werden meine Jungen und ich gern die dazugehörige Puppe basteln.«

Was mag sie jetzt wieder im Schilde führen? dachte Emily unbehaglich. Leutnant Sherman war natürlich arglos und wollte sich mit Dank verabschieden, aber Mrs. Hubbard war mit ihrer Mission noch nicht fertig. Sie hockte noch vor Ben, der sie mit großen Augen über seine Lutschstange hinweg anstarrte, und wollte vor ihrem Abgang unbedingt demonstrieren, daß sie, obwohl im hochmütigen Boston geboren, keine Rassenschranken mehr kannte.

»Willst du dich nicht bedanken, Kleiner?« gurrte sie. »Komm, gib der lieben Tante ein schönes Küßchen . . .«

Ben holte tief Luft und rollte die Augen. »M . . .« brachte er mit Anstrengung heraus, »Mi . . .«

Emily stürzte sich dazwischen und nahm ihn auf den Arm. »Er fremdelt noch ein bißchen«, sagte sie hastig. »Ich danke Ihnen lieber an seiner Stelle.« Und ohne Ben Gelegenheit zu geben, das neugelernte Wort ganz auszusprechen, trug sie ihn im Eiltempo aus dem Zimmer und in die Küche, wo Terry und Andy ihr erwartungsvoll entgegensahen.

»Hat er's gesagt?« fragte Terry mit funkelnden Augen.

»Nein«, fauchte Emily. »Und wenn ihr nicht sofort aufhört, ihm nichts als unanständige Sachen beizubringen, sage ich's Madam, sobald der Besuch weg ist.«

»Hab dich nicht«, sagte Terry. »Sie weiß es sowieso.«

Emily verließ türenknallend die Küche. In der Diele stand Leutnant Sherman, der sie offenbar erwartet hatte.

»Ihre Großmutter ist so freundlich, Mrs. Hubbard noch das ganze Haus zu zeigen und sie mit den übrigen Kindern bekanntzumachen.«

Ohne mich, dachte Emily. Überall ungemachte Betten und eine Heidenunordnung! Dottie mit dementsprechend schiefem Gesicht ... Und wenn die Kleinen sich nicht danebenbenehmen, tun es die Mittleren.

»In diesem Fall«, sagte sie, »bin ich zur Zeit überflüssig. Wollen Sie solange mit mir in den Garten gehen, Leutnant Sherman?«

»Gern.« Er war deutlich erleichtert, von den beiden älteren Frauen wegzukommen. Als sie draußen waren, bat er: »Aber nennen Sie mich doch Wally. Es klingt irgendwie freundlicher – nicht so steif.«

»Na schön«, sagte Emily und lenkte ihre Schritte zum Gehölz, wo sie fast in einen Schubkarren voll frischgesägter Äste liefen, der von Joe geschoben wurde.

»Hello!« rief der Leutnant munter.

»Morgen«, knurrte Joe und schob weiter.

»Ärgert ihn was?« erkundigte sich Wally Sherman. »Er macht so ein mürrisches Gesicht.«

»Ach, das macht er meistens. Er ist ein ungeselliger Bursche, ganz anders als Terry.«

»Hat er was dagegen, daß sie mit mir spazierengehen?«

»Joe?« Emily sah ihn verblüfft an und lachte. »Der hat mir doch keine Vorschriften zu machen! Wir sind alle zusammen aufgewachsen wie Geschwister. Meine Großmutter führt einen komischen Haushalt, wie Sie schon bemerkt haben werden.«

Sie kamen an den Acker unseligen Angedenkens, von wo sich der Blick in die Bucht auftat. Um das Kriegsschiff war immer noch eine gewisse Aktivität zu Wasser und in der Luft zu bemerken.

»Leider ist mir noch was anderes aufgefallen«, sagte Wally. »Wir sind für Ihre Großmutter reichlich unwillkommene Gäste. Bei ihrem Auftritt in der Stadthalle hat sie's uns allen verdammt klargemacht.«

»Ach, sie meint es nicht so«, behauptete Emily schnell. »Sie wissen doch, wie alte Leute werden — ein bißchen starrköpfig und eigensinnig. Und Sie müssen zugeben, daß diese Sache mit der USUK uns furchtbar überrumpelt hat. Da können Sie die Reaktion meiner Großmutter nicht übelnehmen.«

»Ich nehme es ihr nicht übel«, sagte Wally. »Ich bedauere nur, daß sie uns so ablehnt. Wir sind mit dem Auftrag hier, dafür zu sorgen, daß der Übergang in die neue Union möglichst reibungslos verläuft. Und Ihre Großmutter ist eine so bekannte Persönlichkeit, daß gerade ihr Entgegenkommen uns die Arbeit sehr erleichtern würde. Ihr Wort gilt, zumindest in diesem Distrikt.«

»So sehr nun auch wieder nicht«, meinte Emily nachdenklich. »Wissen Sie, sie lebt seit Jahren sehr zurückgezogen. Ihre Adoptivsöhne sind jetzt ihr einziger Lebensinhalt.«

»Sie nicht?«

»Doch, ich natürlich auch.«

»Ich glaube«, sagte Wally lächelnd, »als sie jung war, muß sie Ihnen sehr geähnelt haben.«

»Danke. Ein schöneres Kompliment könnten Sie mir nicht machen.«

Während sie langsam zum Haus zurückgingen, um das Ende der Besichtigungsrunde dort abzuwarten, fragte Emily: »Sind eigentlich diese sogenannten Sicherheitsmaßnahmen wirklich nötig? Ich meine die Straßensperren, die Passierscheine, das Schiff da draußen, um das dauernd Hubschrauber herumschwirren, und diese Menge von Soldaten überall? Was soll das, wenn wir unter einer gemeinsamen Regierung geeinigt sind?«

»Diese Einigung muß nach allen Seiten abgesichert werden, damit sie von vornherein auf festen Füßen steht«, erwiderte der Leutnant ernst. »Wir alle können uns keinen Fehlschlag mehr leisten. In den letzten Jahrzehnten haben sich die Folgen halber Maßnahmen allzuoft gezeigt. Denken Sie nur an das Auseinanderfallen der Europäischen Gemeinschaft. Ein Wunder, daß es auf dem Kontinent noch nicht zum Krieg gekommen ist.«

»Wir sind nur wegen wirtschaftlicher Schwierigkeiten ausgeschieden, soviel ich weiß«, sagte Emily.

»Das hat man dem Volk gesagt. Ihre Regierung hatte bestimmt auch in strategischer Hinsicht böse Vorahnungen. Meiner Meinung nach ist die USUK eure letzte Rettung. Wir könnten ohne euch auskommen, aber ihr nicht ohne uns.«

Emily schwieg unsicher. Von Politik verstand sie so gut wie nichts. Wallys Worte erinnerten sie nur an einen Satz, den Mr. Trembath gestern abend zu ihrer Großmutter gesagt hatte: »Wir müssen klein beigeben, sonst . . .«

»Doch wie dem auch sei«, fuhr der Leutnant mit einem Lächeln fort, »Sie sind viel zu jung und zu hübsch, um sich über schlimme Vorahnungen, die vielleicht nie eintreffen, den Kopf zu zerbrechen. Kommen Sie heute abend zu unserem Feuerwerk am Strand? Wir werden ein richtiges Volksfest aufziehen, das kann ich Ihnen versprechen.«

»Ja. Ich werde da sein, schon um meine Großmutter im Auge zu behalten.«

Mad und die Dame aus Boston kamen gerade an die Haustür, als auch Wally Sherman und Emily dort eintrafen.

Mrs. Hubbards Gebißlächeln war nicht mehr ganz so strahlend wie zuvor. Sie wirkte entschieden angegriffen. Dennoch kritzelte sie unverdrossen in ihrem Notizbüchlein.

»Der Name Ihres bezaubernden Hauses ist also Trevanal«, sagte sie zu Mad. »Keltischen Ursprungs. König Marke hat hier zu Gast geweilt, und das Erkerzimmer war als Brautgemach für ihn und Isolde vorbereitet . . .«

»Klar«, sagte Mad. »Aber das war lange bevor das ganze Gebäude als Scheune benutzt wurde. Ich mußte erst Hunderte von Säcken und Reste vorgeschichtlichen Korns entfernen lassen, als ich vor zwanzig Jahren hier einzog. — Oh, Emmie, wo hast du denn gesteckt?«

Ihr vielsagender Blick warnte Emily vor jeglicher Zwischenbemerkung. Die Dame aus Boston hielt offenbar jedes Wort über König Marke und Isolde für ein Evangelium. Jetzt steckte sie ihr Notizbüchlein ein und schüttelte Mad tiefbewegt die Hand.

»Ich kann nur hoffen und glauben, daß dieser inhaltsreiche Vormittag zu einer bedeutsamen Fortsetzung unserer Beziehungen führt. Wann immer Sie weitere Erklärungen über unsere Kulturarbeit innerhalb der USUK brauchen, stehe ich Ihnen zur Verfügung.«

»Und Sie kommen heute abend alle miteinander zum Feuerwerk?« fügte Leutnant Sherman hinzu. »Sie und alle sechs Jungen — und Emily — und, nicht zu vergessen, die Guy-Fawkes-Puppe.«

Mad begleitete ihre amerikanischen Besucher an den geparkten Jeep. »Nein, die Puppe vergessen wir bestimmt nicht«, versicherte sie lächelnd.

Doch kaum war der Jeep außer Sicht- und Hörweite, schrie sie gellend nach Terry.

»Wozu brauchst du ihn gerade jetzt?« fragte Emily mißtrauisch. »Er hilft doch Joe beim Holzhacken oder im Küchengarten.«

»Die beiden sollen alles stehen- und liegenlassen«, befahl Mad. »Sie müssen mir beim Basteln helfen. Du hast doch gehört, daß wir bis heute abend eine lebensgroße Strohpuppe versprochen haben.«

Emily kam zu keiner Antwort mehr, denn der kleine Ben rannte, entzückte Gurgellaute ausstoßend, auf sie zu. Martha Hubbard schien die Kinder außer mit Zuckerstangen auch mit harmlosen Feuerwerkskörpern beschenkt zu haben. Ben schwenkte in der einen Hand die neuen Fähnchen und in der anderen eine knisternde, funkensprühende Wunderkerze.

»Hm«, machte Mad. Emily warf ihr einen forschenden Blick zu. Mads »Hms« hatten immer etwas zu bedeuten, genau wie ihr tonloses Pfeifen. Manchmal war sie dann meilenweit weg, in Erinnerungen verloren, oder sie hatte ein Rätsel gelöst, oder sie war der Lösung einer besonders schwierigen Frage auf der Spur.

Diesmal betrachtete sie sinnend das freudestrahlende schwarze Gesichtchen ihres Jüngsten.

»Dieses Kind«, murmelte sie, »wäre zu allem zu bringen.«

7

Die Marinesoldaten hatten einen großen Platz zwischen dem Marschland und ihrem eigenen drahtumzäunten Gebäude am Strand für das abendliche Volksfest freigeräumt. In der Mitte erhob sich ein stattlicher Scheiterhaufen aus Treibholz. Schon beizeiten fanden sich Scharen von Schaulustigen ein: ganze Familien aus den umliegenden Ortschaften, Jugendliche, Bergleute, Hafenarbeiter, Ladeninhaber. Und natürlich mischten sich die Soldaten gut gelaunt unters Volk, streichelten die Kinder, schmeichelten den Mädchen, machten Späßchen und zeigten auf unbeschwerte Weise, was sie unter Verbrüderung verstanden, auch wenn sie vielleicht nicht so kulturbeflissen waren wie Martha Hubbard. Die USUK-Fahnen wehten allerorten. Auch Mr. Libby, der Wirt der »Seemannsruh«, hatte eine aufgezogen und außerdem ein paar Tische und Stühle ins Freie gestellt, denn der Novemberabend war ungewöhnlich warm, und Mr. Libbys Kunden konnten so gleichzeitig ihr Bier trinken und das Feuerwerk genießen.

Die Atmosphäre war fröhlich. Augenscheinlich sprach es in den Augen der Leute sehr für die neuen Blutsbrüder, daß sie sich soviel Mühe um ein rein englisches Volksfest machten. Auch Emily fühlte sich von dieser Stimmung ergriffen. Eigentlich hatte sie noch im letzten Moment zu Hause bleiben wollen, mit Joe und Dottie, die nicht zum Mitkommen zu bewegen gewesen waren. Aber jetzt fand sie es doch ganz nett, nur irgendwie fremdartig, als sei sie plötzlich als Urlauberin in Frankreich oder Italien. All diese Soldaten zwischen dem einfachen Volk — erinnerte das nicht an ein Bühnenbild aus *Carmen*? Nein, eher an einen alten Westernfilm, in dem dauernd von Pionieren und Grenze die Rede war und der Saloon mit seinen Pendeltüren nicht fehlen durfte. Jeden Moment erwartete sie, aus der biederen »Seemannsruh« einen Cowboy mit zwei Pistolen im Halfter kommen zu sehen.

Junge Leute aus Poldrea und Umgebung, Joes und Terrys Freunde, riefen ihr im Vorbeigehen »Hallo, Emmie!« zu, und sie antwortete »Hallo!«, aber diese Burschen waren ihr von Kind an zu vertraut, um sie besonders zu interessieren.

Die Soldaten hingegen ... Ihre Blicke, ihr lässiges Schlendern, ihr Lachen, ihr Akzent ... Nichts davon ließ sich mit den Touristen vergleichen, die im Sommer nach Cornwall kamen; es war das noch nie erlebte Gockelgetue des Siegers, des Eroberers — und da Emily dies nur unterschwellig fühlte, fand sie es gar nicht einmal so abstoßend.

Jemand faßte sie am Arm. Es war Leutnant »Wally«. In dieser Wildwestatmosphäre kam ihr sein Kurzname auch nicht mehr so absurd vor. Er hakte sie unbefangen unter.

»Die Jungen haben gute Arbeit geleistet, was?« fragte er und deutete auf den Scheiterhaufen.

Einen Moment war Emily verwirrt. »Die Jungen« waren für sie immer nur Mads Adoptivsöhne, aber natürlich meinte Wally die Marinesoldaten.

»Ja, toll«, erwiderte sie. »Hoffentlich bricht der Guy nicht gleich zusammen. Meine Großmutter und Terry haben den ganzen Nachmittag an der Strohpuppe gebastelt. Ich durfte nicht zusehen oder gar mitmachen. Aber ich kann mir schon denken, daß sie eine herrliche Vogelscheuche aus Großmutters Fundus und anderen Lumpen hingekriegt haben.«

Wally Sherman sah sich suchend in der Volksmenge um.

»Wo ist sie denn? Bis jetzt habe ich weder sie noch einen der Bengel gesehen.«

»Ich habe sie in der Kneipe da drüben gelassen«, erklärte Emily. »Sie wartet auf unsere Freunde, die Trembaths, die den Guy in ihrem Landrover transportieren wollen. Für einen normalen Kofferraum ist er wohl zu groß geraten.«

»Laß sie warten«, sagte Wally und lachte gedämpft. »Bei uns heißt das ganz einfach: Zwei, die sich mögen.« Er steuerte sie allmählich von der Menge weg zum Strand hinunter.

O Gott, dachte Emily, jetzt ist der Moment gekommen, ihn ein für allemal vor den Kopf zu stoßen oder den Dingen ihren Lauf zu lassen. Die große Frage ist nur: was will ich eigentlich selbst? Ein paar Küsse und Petting, und dann bei jedem Treffen wieder ... Auf die Dauer wird's wahrscheinlich lästig ...

Ein zufälliger Seitenblick zeigte ihr schattenhaft, daß in den lauschigen Höhlen der klippenreichen Küste schon andere Pärchen das ewige Spiel trieben. Ach was, warum sollte gerade sie das Pflänzchen Rührmichnichtan spielen! Wally hatte sie während ihrer Überlegungen schon heftig in die Arme gerissen. Und gerade – krach, bumm, sst! Die erste Rakete stieg in den Nachthimmel, und man hörte das vielstimmige Aah! der Zuschauermenge.

Von privaten Liebesspielen konnte jetzt keine Rede mehr sein. Emily sah im Licht der Raketen das Pärchen zu ihrer Rechten deutlicher: es waren Myrtle Trembath, Terrys Freundin, und Korporal Wagg, Wallys Untergebener. Alle vier erschraken merklich, taten aber, als hätten sie einander nicht erkannt, und Wagg zog seine hübsche Beute, ungeachtet ihrer kichernden Proteste, rasch tiefer in den Schatten der Höhle zurück.

Emily dagegen hatte genug und stopfte beide Hände unmißverständlich in ihre Anoraktaschen. Sie war plötzlich von allem angewidert; ihre Flirtbereitschaft war gründlich verflogen. Es war so mies, so billig ... Nicht weil sie Myrtle in der gleichen Situation überrascht hatte (so hochnäsig war sie nicht), sondern weil Leutnant Sherman und Korporal Wagg, fast mit Recht, von der Voraussetzung ausgegangen waren, daß die Mädchen des Landes den Eroberern gehörten.

»Kommen Sie«, sagte sie kurz. »Höchste Zeit, daß ich wieder zu meiner Gruppe komme.« Damit erklomm sie die Düne, und der Leutnant stolperte stumm hinter ihr her, und über ihren Köpfen schauerten pausenlos bunte Sterne nieder.

Es war wirklich ein herrliches Feuerwerk; die Marine bot den Leuten etwas. Mindestens zwanzig Minuten lang schossen goldene Garben, Chrysanthemen und Girlanden in die Luft und färbten die emporgewandten Gesichter der Zuschauer mit ihrem grünen, roten und blauen Widerschein. Dann endete das Schauspiel mit einem gewaltig knallenden, stinkenden und funkelnden Zusammennehmen aller Kräfte, wie es sich für ein Feuerwerk gehört, und das Publikum richtete seine Aufmerksamkeit alsbald auf den Holzstoß, der das große Finale dieses Abends liefern sollte.

»Da ist ja Ihre Großmutter«, sagte Leutnant Sherman. Er hatte das dumpfe Gefühl, etwas verpatzt zu haben, und wollte einlenken.

»Ja, mit den Kleinen«, antwortete Emily erleichtert und legte ihre Hand wieder sacht auf den Arm ihres Begleiters, um ihm zu zeigen, daß sie durchaus nicht beleidigt war. »Und da ist Terry – und ein paar seiner Freunde von der Ingenieurschule – und Andy. Was schleppen sie da? Scheint ziemlich groß und schwer zu sein. Ach natürlich, jetzt wollen sie den Guy auf den Scheiterhaufen stellen.«

So geschah es, und zwar sehr rasch. Das halbe Dutzend junger Leute hatte die ausgestopfte Figur im Handumdrehen an einen Pfahl gebunden. Der Guy war mindestens einsachtzig groß und trug nicht, wie Emily vermutet hatte, Terrys oder Joes abgelegte Kleider, sondern einen kompletten Tarnanzug, einen Stahlhelm und sogar eine täuschend echt nachgemachte Maschinenpistole. Wo und wie Mad dies alles aus den Relikten ihrer Vergangenheit zusammengestoppelt hatte, mochte der Himmel wissen.

Und schon trat Ben, das Negerlein, mit einer brennenden Fackel aus dem Zuschauerkreis. Er marschierte so feierlich, wie es ihm seine kurzen Beinchen gestatteten, an den Fuß des Scheiterhaufens, salutierte todernst, bückte sich, setzte das Holz in Brand und trat sechs Schritte zurück.

Die Einheimischen schnappten nach Luft. Einzelne Frauenstimmen ertönten: »Gott, der süße Kleine! Was für ein Mut!« Die Soldaten schwiegen und rückten in der Nähe Bens zusammen, um ihn wegzureißen, falls die Flammen in seine Richtung ausschlagen sollten. Schließlich war das Kind nicht verantwortlich zu machen. Und der »Guy« . . . na, das mußte man wohl als den berühmten englischen Humor hinnehmen.

Allerdings wurde der Humor noch etwas derber. Als die Flammen am Hinterteil des ausgestopften Soldaten zu züngeln begannen, gab es plötzlich einen donnernden Krach. Eine Rakete schoß heraus und entfaltete im Fluge die USUK-Flagge in all ihrer Pracht. Nach dieser Entladung kippte die Puppe entkräftet vornüber und wurde rasch vom hellauflodernden Feuer eingehüllt.

Das Gelächter, das diesem Knalleffekt folgte, müsse an sämtlichen Küsten Cornwalls zu hören gewesen sein, meinte Jack Trembath später. Aber am ulkigsten sei doch der kleine schwarze Kerl gewesen, der so feierlich stramm stand wie ein General bei einem Staatsbegräbnis, und das Gesicht des Marine-Kommandeurs, der gerade noch rechtzeitig zu diesem Finale gekommen war . . .

Als das Publikum sich zerstreute — viele der älteren Einheimischen wischten sich die Lachtränen aus den Augen —, erfolgten noch ein paar kleinere Explosionen. Sie mochten der allgemeinen Feststimmung zugute gehalten werden, waren aber nicht immer ganz harmlos. Zum Beispiel wurden ein paar Knallfrösche in Oberst Cheesemans Wagen geworfen, wo sie erheblichen Schaden an der Polsterung anrichteten.

»Ich finde das nicht mehr witzig«, sagte Leutnant Sherman, ließ Emily stehen und stürzte auf den Wagen zu, aus dem es übelriechend qualmte. Ein paar Soldaten folgten ihm. Das Handgemenge begann, als ein unbeteiligter Junge sich bückte, um seinen aufgegangenen Schnürsenkel wieder zuzubinden, und ein Soldat — in der irrigen Meinung, er wolle neue Sprengkörper anzünden — ihn mit einem kraftvollen Tritt in den Rinnstein beförderte. Die Freunde des Jungen brüllten Protest. Einer erwischte einen losen Stein und warf ihn aufs Geratewohl in die Gegend; unglücklicherweise zerschmetterte er die Windschutzscheibe eines USUK-Dienstwagens. Erst jetzt zückten die Marinepolizisten die Pistolen und trieben die Kampfhähne sowie die Zuschauer nach allen Seiten auseinander. Ein Greis wurde zu Boden getrampelt, Frauen kreischten, die Tische und Stühle der »Seemannsruh« fielen um, und Mr. Libby, der sehr bleich um die Kiemen war, dienerte seine besseren Kunden in den Schutz der Herberge.

»Es sind diese verdammten Halbstarken«, sagte er wieder und wieder. »Die Marine benimmt sich anständig. Man sollte sie alle erschießen, diese verdammten Unruhestifter!«

Draußen brach inzwischen das absolute Chaos aus. Hunde, die durch das Feuerwerk ohnehin schon verstört waren, rannten den flüchtenden Menschen jaulend und bellend zwischen die Beine. Irgendwer kam auf die Idee, nicht mit Steinen, sondern mit Sand zu werfen — dem feinkörnigen, graubraunen Sand, der Poldrea als Seebad so beliebt gemacht hatte. Als Kampfwaffe, von vielen Händen wahllos durch die Luft geschleudert, war er fürchterlich.

»Mad!« schrie Emily hustend durch die Finsternis und duckte sich vor dem nächsten Wurf. »Mad! Andy — Colin — Ben!« Niemand antwortete. Um sie her wogte eine anonyme Masse, aus der nur einzelne Wutschreie an ihr Ohr drangen: hier sollte ein Kind, da wieder ein Hund zu Schaden gekommen sein ... Der einzige ruhende Pol, nach dem sie sich orientieren konnte, war der verglimmende Scheiterhaufen, der ab und zu rötlich aufleuchtete und den verrußten Helm der zusammengeknickten Puppe als baumelnde Silhouette auf einem eisernen Rückgrat enthüllte.

»Emmie!« Mr. Trembath tauchte aus dem Dunkel auf und griff nach ihrem Arm. Er war selbst ziemlich ramponiert, hatte aber noch ein halbwegs reines Taschentuch, mit dem Emily sich den Sand aus den Augen wischen konnte. »Ist Ihnen was passiert?«

»Nein, aber ich danke Gott, daß Sie da sind.« Sie klammerte sich an ihn. »Wissen Sie, wo meine Großmutter und die Jungen sind?«

»Längst in Sicherheit, auf dem Parkplatz hinter der ›Seemannsruh‹. Ich fahre Sie alle erst mal nach Hause, ehe ich meine Frau und Tochter abhole.«

Er geleitete sie durch ein kleines Spalier neugieriger Schattengestalten zum Parkplatz. Emily erkannte aufatmend Mad im Beifahrersitz ihres eigenen Autos und die vier mittleren und kleinen Jungen eng zusammengedrängt im Rücksitz. Mad rauchte – ein absolutes Novum für Emily. Doch als sie ihre Enkelin kommen sah, warf sie die Zigarette aus dem Fenster.

»O Mad«, stammelte Emily, den Tränen nahe, »ich hab' mir solche Sorgen um euch gemacht. Ich hab' mir die Lunge aus dem Leib geschrien –«

»Wir auch«, sagte Mad kurz. »Es hieß, ein junges Mädchen sei verletzt worden, und ich fürchtete, das wärst du. Na, nun ist ja alles gut überstanden. Steig ein! Wo? Ach so, ja, du mußt dich heute mal ausnahmsweise auf meinen Schoß setzen — erinnert mich ordentlich an frühere Zeiten. Mr. Trembath, ich bin Ihnen mehr als dankbar. Fahren wir?«

Keiner dachte an die Straßensperre, an der jetzt nicht nur ein Soldat, sondern deren vier und ein Unteroffizier Dienst taten. Das Getöse am Strand hatte sich zwar gelegt, aber niemand durfte den »Festplatz« ohne strenge Kontrolle verlassen. Alle männlichen Wageninsassen mußten ihre Taschen von innen nach außen kehren und die weiblichen ihre Handtasche öffnen.

Der Unteroffizier prüfte den gelben Klebezettel an der Windschutzscheibe und wünschte alle Ausweise der Erwachsenen zu sehen. »Steigen Sie aus, Mister«, sagte er dann zu Jack Trembath. »Wir müssen den Wagen durchsuchen. Sie auch, Ma'am, und die Kinder.«

Mad verhielt sich ungewohnt still, während sie alle dem Befehl nachkamen und die Soldaten die Sitze und den Bodenbelag aufhoben, unter den Radkappen und im Kofferraum nachschauten.

»Was suchen Sie eigentlich?« fragte Jack Trembath.

»Sprengkörper«, erwiderte der Unteroffizier. »Okay, Sie können weiterfahren.«

»Sprengkörper!« explodierte Jack Trembath, als sie die Sperre hinter sich hatten. »Vielleicht ein paar übriggebliebene Knallfrösche? Zum Teufel, warum haben sie uns dann überhaupt zu ihrem verdammten Feuerwerk eingeladen?«

»Vermutlich«, sagte Mad, »ist alles, was knallt, hochverratsverdächtig. *Sie* dürfen Feuerwerk machen, aber wir nicht.«

»Das wird's sein.« Jack Trembath begann plötzlich zu lachen. »Ich muß sagen, den Höllenfurz, den der Guy losließ, werd' ich mein Lebtag nicht vergessen — und die Yankees auch nicht!«

Immer noch lachend, setzte er die ganze Gesellschaft vor dem Haus ab. »Machen Sie sich keine Sorgen um Ihren tüchtigen Feuerwerker Terry«, sagte er beim Abschied zu Mad. »Ich werde ihn sicher irgendwo mit Myrtle zusammen auflesen. Er kann bei uns übernachten und Ihnen morgen früh den Wagen zurückbringen.«

Emily fiel erst jetzt wieder ein, wo und mit wem sie Myrtle gesehen hatte – keineswegs mit Terry, sondern mit Korporal Wagg in einer Höhle am Strand. Während des allgemeinen Durcheinanders im Finstern konnte alles mögliche geschehen sein. Sollte sie Mad etwas sagen, oder war es nicht ihre Angelegenheit? Die Entscheidung wurde ihr abgenommen, denn Mad ging gleich in die Garderobe, um sich die Stiefel auszuziehen, und die Jungen rannten in die Küche, um Dottie und Joe einen brühwarmen Bericht über den Verlauf des Abends zu liefern. Nur Andy blieb in der Diele zurück und sah zu Emily auf. In seinen sanften braunen Augen tanzten mutwillige Fünkchen.

»Na, was hast du auf dem Herzen?« fragte Emily.

»Ich weiß, warum unser Wagen durchsucht worden ist. Nicht wegen Knallfröschen oder so . . . Wegen Dynamit.«

»Andy, wir haben doch gar kein Dynamit!«

»Nein, aber Terry weiß, wo er welches kriegen könnte. Ein paar von seinen Freunden arbeiten in den Tongruben.«

Er lächelte wissend, steckte die Hände in die Hosentaschen und schlenderte den Jüngeren nach in die Küche. Mad kam in Hausschuhen aus der Garderobe. Sie sah abgespannt aus.

»Du gehörst sofort ins Bett«, sagte Emily energisch.

»Gewiß, gewiß.« Mad dehnte müde ihre alten Knochen und tastete nach dem Treppengeländer. »Ein erfolgreicher Abend, bis auf den Krawall am Schluß. Typisch für diese Amis, daß sie wegen ein paar harmloser Knallfrösche gleich den Kopf verlieren. Kein bißchen Sinn für Humor.«

»Es waren nicht nur die Knallfrösche«, wandte Emily ein. »Irgendwer fing an, mit Steinen zu schmeißen, und dann mit Sand und Kies. Ich war mittendrin; es war kein Spaß mehr. Du kannst es den Amis nicht verdenken, daß sie sauer sind.«

Ihre Großmutter blieb kichernd auf dem Treppenabsatz stehen. »Zu schade, daß Martha Hubbard nicht dabei war! Sie hätte begriffen, was wir von ihrer ›kulturellen Zusammenarbeit‹ halten!«

Sie verschwand, einen uralten Schlager summend, hinter ihrer Zimmertür. Emily ging in die Küche, wo sie nur noch Joe und Sam vorfand. Nach den Protestschreien aus Richtung des Quartiers der Kleinen zu schließen, war Dottie mit der allabendlichen Säuberungsaktion vor dem Schlafengehen beschäftigt. Andy hatte vermutlich aus freien Stücken seine Koje aufgesucht. Sam war noch beim Erzählen. Emily hörte beim Eintreten gerade noch den Satz: »Madam hat sich Sorgen wegen Emmie gemacht, aber Colin hat gesagt, daß sie schon vor einer halben Stunde mit diesem Leutnant Dingsbums verschwunden sei.«

Beide Burschen drehten sich um, als sie Emily bemerkten. Sams schielender Blick kreuzte sich irgendwo an der Decke.

»Ist es nicht Zeit zum Schlafengehen?« fragte Emily.

»Ich bin gerade dabei, Emmie. Ich habe Joe nur noch gedankt, daß er sich um das Eichhörnchen und die Taube gekümmert hat, als wir weg waren.«

Warum sah Joe sie dann so seltsam und anklagend an? Warum fühlte sie sich plötzlich jünger als er, obwohl sie fast zwei Jahre älter war? Er hatte sich in den letzten Tagen überhaupt sehr verändert . . .

»Gute Nacht«, sagte sie rasch. »Vergiß nicht, das Licht auszudrehen.«

Doch als sie die Küche verließ, fühlte sie seine Augen noch im Rücken, diese schönen grauen Augen mit dem ganz neuen, schmerzlichen Ausdruck . . . Er scheint geradezu . . . dachte Emily. Unsinn! Schließlich war er für sie immer nur ein Bruder, ein Bruder-Ersatz gewesen. Einer von sechs Adoptivbrüdern.

Sie schlief schlecht. Alles Erlebte taumelte in ihren Träumen wirr durcheinander. Sie war froh, als es sieben Uhr war und sie hinuntergehen konnte, um sich eine Tasse Kaffee zu machen. Natürlich erschrak sie fürchterlich, als trotz der frühen Stunde das Telefon in der Garderobe klingelte, und raste hin, um den Hörer abzuheben, denn die Hausverbindung klingelte gleichzeitig oben und unten, und Mad haßte es, vor dem Frühstück angerufen zu werden.

»Hallo?«

»Hier Jack Trembath. Sind Sie's, Emmie? Ich möchte Ihre Großmutter nicht unnötig aufregen, aber Terry ist nicht bei uns aufgekreuzt. Myrtle hat ganz allein am Strand auf mich gewartet und sagte, sie hätte Terry den ganzen Abend nicht gesehen, außer in den paar Minuten, als er und die anderen Burschen die Strohpuppe zum Scheiterhaufen brachten. Ist er bei euch?«

»Ich weiß nicht«, sagte Emily. »Vielleicht ist er später noch gekommen. Im Moment scheinen alle noch zu schlafen. Ich sehe mal nach. Einen Moment, bitte.«

Sie legte den Hörer hin, ging eilig zum Schlafzimmer der Großen und klopfte. Keine Antwort – das Zimmer war leer. Ein Blick durchs Fenster zeigte ihr, daß Joe, der Unermüdliche, schon wieder an der Arbeit war. Terrys Bett war unberührt. Sie rannte zurück und nahm den Hörer wieder auf; doch nun war bereits eine Unterhaltung zwischen Mad und Mr. Trembath im Gange. Mad war von dem Klingeln also doch geweckt worden!

»... bei einem Jungen von der Ingenieurschule«, sagte sie gerade. »Ich habe gestern abend gesehen, daß er mit mehreren von seiner Clique zusammen war. Hat Emily schon nachgesehen?«

»Ja.« Emily schaltete sich wieder in die Unterhaltung ein. »Er ist nicht da. Er ist auch die ganze Nacht nicht dagewesen. Sein Bett ...«

»Egal«, kam die Stimme ihrer Großmutter von oben. »Terry ist kein kleines Kind mehr. Er wird schon wiederkommen.«

»Hoffentlich«, sagte der Farmer, doch sein Ton war nicht sehr überzeugend. Ein Knacken in der Leitung. Dann kam seine Stimme wieder:

»Hallo? Wer von euch ist noch da?«

»Ich«, sagte Emily. »Großmutter hat abgehängt.«

»Um so besser«, sagte er mit gedämpfter Stimme. »Ich rufe nämlich nur an, weil ich gerade die Regional-Frühnachrichten gehört habe. Es scheint gestern nacht noch eine ziemliche Keilerei zwischen den Marinern und unseren Jungen gegeben zu haben. Die Straßensperren wurden daraufhin überall verstärkt, und eine ganze Menge Burschen wurde in polizeilichen Gewahrsam genommen. Hoffentlich ist Ihr Terry nicht darunter.«

»O Gott!«

»Ich will nicht, daß Ihre Großmutter sich Sorgen macht, aber die Nachrichten werden um acht sicher wiederholt. Versuchen Sie zu verhindern, daß sie um diese Zeit Radio hört. Meine Frau bringt Ihren Wagen zurück. Ich habe eine kranke Färse und muß auf sie aufpassen. Hoffen wir, daß Terry inzwischen wieder auftaucht.«

Emily legte den Hörer auf. Da Mad schon wach war, würde sie bestimmt die Acht-Uhr-Nachrichten hören, und was dann? Sie rannte in ihr Zimmer zurück, zog sich irgendwie an und lief dann in den Garten, um Joe Bericht zu erstatten. Er warf seine Hacke zu Boden.

»Madam darf nichts davon erfahren. Ich gehe sofort Terry suchen.«

»Aber Mr. Trembath hat gesagt, die Straßensperren seien jetzt überall verstärkt, und du hast noch nicht mal einen Passierschein. Es ist möglich, daß sie dich auch einlochen.«

»Ich brauch' mich bloß an den Klippen entlangzuschlängeln. Vielleicht hat Terry Wind von der Razzia bekommen und sitzt in einer Höhle. Wir kennen unsere Gegend ja wie unsere Hosentasche, aber die Yanks nicht.«

Er folgte ihr zum Haus zurück. Es fing an zu nieseln. Im Südwesten drohte eine schwärzliche Wolkenbank. Das Schiff im Hafen war kaum noch zu sehen.

»Bleib hier«, bat Emily. »Warten wir's ab. Was sollen wir machen, wenn du auch noch festgesetzt wirst? Mad und ich können nicht ohne dich auskommen.«

Sein mürrischer Gesichtsausdruck wandelte sich zu gelassener Heiterkeit. Jede Last, die ihm auferlegt wurde oder die er sich selbst auferlegte, schien ihn glücklicher zu machen.

»Ich laß' dich und Madam nie im Stich, das weißt du. Ihr seid alles, was ich hab'.«

Nie, dachte Emily, werde ich diesen Moment vergessen, und wenn ich achtzig werde wie Mad. Da steht er, unser guter Joe mit der ungesicherten Zukunft, weil er weder lesen noch schreiben kann. Und doch hängen wir von ihm nicht weniger ab als er von uns. Das nenne ich Liebe, das nenne ich Vertrauen, und es bindet mehr als alle sogenannten Blutsbande.

Dottie erschien in der Küchentür. Die Kleinen lärmten bereits — der übliche Auftakt eines langen, anstrengenden Tages.

»Warte«, sagte Emily leise zu Joe. »Warte, bis ich herausgekriegt habe, was Mad vorhat. Wahrscheinlich hat sie gerade nach ihrem Orangensaft geklingelt.«

Die Acht-Uhr-Nachrichten hatten schon angefangen, als sie in die Küche kam. »Mehrere Jugendliche, die im Verdacht stehen, die gestrigen Unruhen am Poldrea-Strand verursacht zu haben, sind vorläufig verhaftet worden. Familienangehörige vermißter Jugendlicher mögen sich an Oberst Cheeseman wenden, Nummer . . .«

Dottie, der Terrys Abwesenheit noch nicht aufgefallen war, drückte das Tablett in Emilys Hände. »Gut, daß diese Burschen mal einen Denkzettel kriegen«, sagte die Ahnungslose. »Sicher sind's wieder die ewigen Krachmacher von St. Austell. Kann ihnen nicht schaden, ein bißchen Disziplin von der Marine zu lernen.«

Emily entwich wortlos. Ihre Großmutter war schon angezogen und wählte gerade eine Telefonnummer. »Bitte Admiral Sir James Jollif in Devonport.« Während Emily das Tablett absetzte, erklärte sie: »Die Polizei weiß natürlich von nichts. Ich habe sofort nach den Nachrichten dort angerufen. Jetzt versuche ich es mit dem Oberkommando. Jollif wird mir doch zumindest einen Rat geben können.«

Sie mußte lange warten. Verschiedene Dienststellen versuchten sie abzuwimmeln, aber Mad brachte es mit ungebrochener Hartnäckigkeit fertig, den Admiral höchstpersönlich ans Telefon zu bekommen.

»Jawohl, Jimmy«, tönte sie mit einer Stimme, die durchs ganze Hauptquartier dringen mußte, »ich bin es. Wußten diese Idioten nicht, mit wem sie es zu tun hatten? Hören Sie,

Jimmy, einer meiner Söhne — Terry — scheint heute nacht aufgegriffen worden zu sein. Wir waren alle zum Guy-Fawkes-Feuerwerk am Strand, und hinterher kam es aus mir unbegreiflichen Gründen zu einem Gerangel zwischen Einheimischen und der US-Marine. Keine Ahnung, was die sich gedacht haben. Könnten Sie mir wenigstens sagen, wo Terry jetzt steckt? — Wie bitte? — Das gehört nicht in Ihr Ressort! — Mir steht der Verstand still! Sie, Admiral Sir James Jollif, haben keinen Einfluß auf die Beschlüsse von . . . Was? — Unglaublich!«

Ihr bewegliches Mienenspiel drückte tiefste Bestürzung aus, und sie winkte Emily mit der freien Hand zu, sich mucksmäuschenstill zu verhalten.

»Aha«, fuhr sie fort, »Oberst Cheesering hat die Befehlsgewalt in unserem Distrikt, und es wäre unklug, sich ihm zu widersetzen? — Tut Ihnen leid, — sehr verständlich. Ich an Ihrer Stelle würde mich zutiefst gedemütigt fühlen. USUK, ha! Danke, das langt mir. Guten Tag.«

Sie knallte den Hörer auf die Gabel.

»Jetzt wissen wir wenigstens, wo wir stehen«, sagte sie zu Emily. »Keine Rede von Völkervereinigung — es ist die glatte Kapitulation. Wir sind auf uns selbst gestellt wie noch nie. Ein Segen, daß ich trotz meiner fast achtzig Jahre noch gesund und kräftig bin. Gib mir mal Papier und Kugelschreiber rüber, Emmie, und meine Brille. Von heute an müssen wir organisieren.«

8

Der Kriegsrat wurde in der Bibliothek abgehalten. Mad bestand darauf, daß alle sich einfanden, von Dottie bis zum dreijährigen Ben. »Ich halte nichts davon«, sagte sie zu Emily, »Kinder aus dem Zimmer zu schicken, wenn ernsthafte Dinge besprochen werden. Sie können sich nicht früh genug daran gewöhnen. Sie sollen ruhig ihre Meinung äußern. Gerade weil sie nicht alles kapieren, treffen sie manchmal instinktiv den Nagel auf den Kopf.«

Nachdem alle sich um sie versammelt hatten, erklärte sie kurz die Lage. Die neuesten Regionalnachrichten im Küchenradio hatten die Jungen ohnehin auf Hochtouren gebracht. Auch Dottie sprach nicht mehr von »Rabauken«, kaum daß sie begriffen hatte, daß ihr Liebling Terry unter den Festgenommenen sein könnte.

»Wenn sie meinem Jungen ein Härchen krümmen«, sagte sie aufgeregt, »telegrafiere ich an die Königin – auch wenn sie noch im Weißen Haus ist.«

Ben nickte weise und schob die Wulstlippen vor. »M ... Mi ...«

Emily stopfte ihm den Mund mit einem Stück Zucker, das eigentlich für Follys altersschwaches Gebiß bestimmt war.

»Liebste Dottie«, sagte Mad, »ich glaube kaum, daß wir etwas von der Königin erreichen können. Wahrscheinlich wird sie selbst als Geisel benutzt. – Ja, Andy?«

Andy schüttelte sich das strubbelige braune Haar aus den Augen und nahm den Zeigefinger, mit dem er sich heftig gemeldet hatte, herunter.

»Weil wir grad von Geiseln reden: Warum nehmen wir nicht selber jemand gefangen und zwiebeln ihn, bis er redet? Wir haben zwei zur Wahl – diesen Leutnant Sherman oder den Korporal Wagg. Beide kann man ganz leicht herlocken, und dann ...« Er fuhr sich beredt mit dem Daumen quer über den Hals.

»Andy!« rief Dottie entsetzt. »Was für eine entartete Phantasie!«

»Ich weiß nicht«, sagte Mad sinnend. »Die Idee ist gar nicht so schlecht. Wir müssen dem Betreffenden ja nicht unbedingt den Hals durchschneiden, aber es gibt sanftere Druckmethoden . . .« Sie sah Emily an. »Du warst doch gestern abend längere Zeit mit Leutnant Sherman zusammen. Wie schätzt du deine Begabung als Agentin ein?«

»Nicht sehr hoch«, erwiderte Emily errötend — wann würde sie endlich über dieses verdammte Erröten hinaus sein? »Er ist ganz nett, wenn man so ein bißchen mit ihm plaudert, aber der Dienst geht bei ihm vor. Als gestern abend die Knallfrösche in Oberst Cheesemans Wagen explodierten, raste er sofort hin und ließ mich stehen.«

»Apropos«, unterbrach Mad, »wer hat eigentlich die Frösche geworfen?«

Tiefes Schweigen.

»Hm«, machte Mad, »hab' ich mir gedacht. Colin, möchtest du etwas sagen?«

»Andys Vorschlag gefällt mir«, sagte Colin. »Nur würde ich den Korporal Wagg herlocken und nicht den Leutnant. Emmie würde alles versauen, weil sie immer gleich rot wird. Wagg ist auch kleiner; mit dem werden wir leichter fertig. Dottie könnte ihn zum Tee einladen . . .«

»Fällt mir nicht im Traum ein!« verwahrte Dottie sich empört.

». . . ihn zum Tee einladen«, fuhr Colin fort, »und einen Schluck Whisky in den Tee tun, und wenn sie ihn genügend angewärmt hat, nimmt sie seinen Arm und sagt: ›Wie wär's mit einem kleinen Spaziergang, mein Lieber?« Colin ahmte Dotties Tonfall täuschend ähnlich nach. »Und inzwischen gräbt Joe eine Grube, wie Josephs Brüder in der Bibel, und tarnt sie mit Reisig, und bums fällt der Korporal hinein, und Dottie läuft weg, und keiner hört seine Schreie. Wenn wir ihn eine Nacht da drin lassen, kriegen wir alles aus ihm raus, was wir wissen wollen.«

Ben schluckte den Rest seines Zuckers hinunter und kreischte vor Vergnügen. Mochte sein Wortschatz auch begrenzt sein — an der Lunge fehlte ihm jedenfalls nichts.

»Ich kapiere nicht ganz, *was* ihr aus dem Leutnant oder dem Korporal rausbringen wollt«, sagte Sam, der neben Joe auf der Fensterbank hockte. »Wenn sie Terry geschnappt haben, erfahren wir's doch am schnellsten, wenn Madam einfach zum Camp fährt und fragt.«

»Geht nicht«, widersprach Joe. »Wenn sie ihn *nicht* mit den anderen erwischt haben, merken sie an Madams Frage, daß er heute nacht nicht nach Hause gekommen ist, und das macht ihn erst recht verdächtig.«

Hierauf wußte niemand etwas zu erwidern, bis Emily sich einen Ruck gab. »Mad, ob ich nicht am besten zur Farm gehe und mich mal vertraulich mit Myrtle unterhalte? Vielleicht weiß sie etwas über Terry, was sie ihren Eltern nicht erzählt hat. Ich stehe ihr immerhin im Alter näher. Und«, sie zögerte, »ich habe sie gestern abend am Strand mit Korporal Wagg gesehen. Möglich, daß sie sich wieder mit ihm verabredet hat.«

»Au fein«, rief Andy, »dann kann sie uns helfen, ihn in die Geiselfalle zu locken.«

Mad stand auf. »Ich erkläre die Sitzung für beendet. Ihr Jungen geht mit Joe und helft ihm bei der Gartenarbeit. Gut, Emmie, sieh zu, was du auf der Farm erreichen kannst. Ich rufe inzwischen Bevil an.«

Bevil war der langjährige Hausarzt und Freund der Familie.

»Warum?« fragte Emily erschrocken. »Fühlst du dich nicht wohl?«

»Hab' mich nie im Leben besser gefühlt. Aber wenn ich über plötzliche Schmerzen unter den rechten Rippen klage, habe ich ihn in einer Stunde hier. Er ist die zuverlässigste Nachrichtenquelle, die ich kenne.«

Scheußlich, wie wir durch die neue Lage alle zum Schwindeln und Ränkespinnen getrieben werden, dachte Emily, als sie über die Felder zur Farm ging. In den meisten Fällen weiß man nicht einmal genau, wer Freund oder Feind ist. Admiral Jollif zum Beispiel, der Mad vielleicht einen guten Rat hätte geben können, nützte ihnen gar nichts; er stand allzudeutlich unter dem Oberkommando der USUK. Und Pa in London? Wenn Terry wirklich verhaftet war, würde Pa nur sagen: »Geschieht ihm ganz recht, wenn er mal eins auf den Deckel bekommt. Ewig diese Angeberei!« Emily hatte immer gespürt, daß Pa insgeheim eifersüchtig auf Terry war. Mad war auf dem Höhepunkt ihrer Karriere gewesen, als Pa ein Junge war, und so hatte sie ihren einzigen leiblichen Sohn fast immer auf Internate abgeschoben. Er konnte mit Recht sagen, sie habe sich nie so um ihn gekümmert wie um ihre Adoptivbrut, besonders den Liebling Terry.

Die Motive aller Leute waren eben gemischt. Jeder neigte sich der einen oder anderen Seite zu, wie es ihm gerade in den Kram paßte. Mr. Libby von der »Seemannsruh« rieb sich die Hände und war für die USUK, weil die Soldaten seinen Bierumsatz hoben. Aber wenn sie sein Gasthaus als Hauptquartier beschlagnahmt und ihn hinausgeworfen hätten, wäre er der erste gewesen, Zeter und Mordio zu schreien ...

Der Regen trieb in Emilys Gesicht, als sie das niedrige Hofgatter überkletterte und ums Haus herum zum Kücheneingang ging. Mrs. Trembath war gerade beim Teigausrollen. Sie war eine gescheite, fröhliche Vierzigerin mit schönen grünen Augen, die Myrtle von ihr hatte.

»Hallo, Emmie! Sie wollen sicher den Wagen holen? Jack hat mir schon vor einer Stunde gesagt, ich sollte ihn schnell zu euch rüberfahren, aber ich bin noch nicht dazugekommen. Bitte um Entschuldigung.«

»Den Wagen hab' ich total vergessen«, gestand Emily freimütig. »Nein, ich wollte Ihnen nur sagen, daß wir bis jetzt keine Nachricht von Terry haben. Vielleicht haben Sie etwas gehört — oder Myrtle?«

»Leider nein«, sagte Peggy Trembath kopfschüttelnd. »Ich hoffe zu Gott, daß sie ihn nicht eingesperrt haben. Mein Mann ist genauso perplex wie ich. Was wir am wenigsten verstehen, ist dieses dauernde USUK-Gerede von allgemeiner Freundschaft und Verbrüderung, und dann verschleppen sie unsere Jungen, bloß weil sie im Übermut ein bißchen Unfug getrieben haben. Komische Art von Verbrüderung! Aber nehmen Sie doch erst mal den Mantel ab und lassen Sie ihn trocknen. Ich mache Ihnen eine Tasse Tee.«

»Ist Myrtle nicht da?«

»Doch, oben. Ich rufe sie.« Mrs. Trembath drehte sich an der Tür zum Treppenhaus noch einmal um und fügte vertraulich hinzu: »Sie ist ganz durcheinander. Die Keilerei am Schluß muß sie furchtbar aufgeregt haben. Sie war weiß wie ein Leintuch, als sie später mit uns zurückfuhr, und sagte kaum ein Wort. Aber ob es der allgemeine Krach war oder ob sie sich um Terry sorgt — das kriege ich nicht heraus.«

»Ich gehe lieber zu ihr«, sagte Emily rasch. »Danke, ich brauche keinen Tee. Vielleicht kann sie sich mit mir allein eher aussprechen.«

»Sehr möglich, Emmie. Aber den Teekessel setz' ich trotzdem auf. Jack und Mick werden bald kommen.«

Myrtle lag auf dem Bett, einen Transistor neben sich. Sie fuhr verwirrt auf, als Emily eintrat, und knipste den Apparat aus.

»Ich hab' gedacht, es gibt vielleicht mal eine Sondernachricht, aber bis jetzt — nichts. Ist Terry wiedergekommen?«

»Nein. Als er den Guy auf den Scheiterhaufen stellte, haben wir ihn zum letztenmal gesehen, dann verschwand er in der Menge. Und wie ist es dir ergangen? Du weißt, ich habe dich am Strand unter den Klippen gesehen.«

Myrtle legte sich aufs Bett zurück und fummelte an ihrem Transistor.

»Ich dich auch«, erwiderte sie. »Hat's dir Spaß gemacht?«

»Nicht besonders. Und dir?«

Myrtle zuckte die Achseln. »So la-la.«

Schweigen breitete sich zwischen den beiden Mädchen aus. Das einzige Geräusch kam aus dem Transistor. Myrtle hatte die Station unscharf eingestellt, und die Stimme des Schnulzensängers klang verzerrt. Endlich sagte sie: »Hast du Mammi erzählt, daß ich mit ... du weißt schon ... am Strand war?«

»Natürlich nicht«, erwiderte Emily. »Wie käme ach dazu?«

»Die Sache ist nämlich die, daß dieser Austin Wagg dauernd herkommt, seit er zum erstenmal da war und sich entschuldigte, daß seine Leute Spry erschossen haben. Jeden Tag hat er einen anderen Grund zum Herkommen erfunden, und er tat mir schon ordentlich leid, weil Dad und Mammi immer kühler zu ihm wurden. Darum hab' ich mich mit ihm verabredet als er uns zu dem Feuerwerk einlud — ich meine, daß wir uns bei dieser Gelegenheit mal nur zu zweit unterhalten.«

»Gib jedem seine faire Chance«, murmelte Emily achselzuckend.

»Du hast es ja mit Leutnant Sherman nicht anders gemacht. Diese Marineleute sind endlich mal was Neues, findest du nicht? Ich meine, sie sind schon so weit herumgekommen. Sie kennen das Leben. Die Jungen hier in der Gegend hängen einem doch allmählich zum Hals raus.«

»Terry auch?«

Myrtles halb trotziger, halb mürrischer Ausdruck änderte sich. Sie sprang vom Bett, ging zur Tür und sah nach, ob niemand sie hören konnte. Dann drehte sie sich um und sah Emily mit schwimmenden grünen Augen an.

»Emmie, ich weiß nicht, ob ich es dir wirklich sagen soll . . .«

»Du bist schon dabei, nicht?«

»Alles ist so verfahren«, schluchzte Myrtle auf. »Ich bin hin- und hergerissen — zwischen Terry und Austin. Ich will keinen von beiden in Schwierigkeiten bringen. Ich . . .« und nun weinte sie ernstlich, »ich habe gelogen, als ich sagte, daß ich Terry gestern abend nicht mehr gesehen hab'. Ich habe ihn gesehen, und wie! Er muß irgendwie Lunte gerochen haben, daß ich was anderes vorhatte. Als oben der große Krawall losging, mit all dem gräßlichen Geschrei und Sandschmeißen . . . da ist Terry an den dunklen Strand runtergekommen und hat mich mit Austin überrascht — ich meine, Korporal Wagg.«

»Und?«

»Na, er hat sich wie ein Wilder benommen. Er hat mich in allen Tonarten beschimpft und Austin auch, und dann ist Austin auch wild geworden, und ehe ich Picp sagen konnte, hatten sie sich in den Haaren. Es war ein regelrechter Ringkampf. Austins Nase fing sofort an zu bluten, aber er wußte auch tolle Griffe, und so ist es lange unentschieden hin- und hergegangen, bis Terry ihn an den Schultern zu Boden gedrückt hat. Und die ganze Zeit haben sie beide schrecklich geflucht. Es war grauenhaft.«

Sie suchte nach ihrem Taschentuch, und Emily tätschelte ihr verständnisvoll die Schulter. »Und dann?«

»Das ist's ja eben, mehr weiß ich nicht«, schnupfte Myrtle. »Austin hat in eine Trillerpfeife geblasen, und Terry ist vom Boden aufgesprungen und im Dunkeln weggerannt. Und plötzlich waren überall Soldaten, und Austin sah überhaupt nicht, daß ich auch noch da war; er wollte nur hinter Terry her und ihn mit Hilfe seiner Kameraden fertigmachen. Da hab' ich den Kopf verloren und machte, daß ich zum Parkplatz kam, wo Dad und Mammi mich ja irgendwann auflesen mußten. Das hat dann auch bald geklappt, aber ich hab die ganze Nacht vor Aufregung nicht geschlafen.«

Die beiden Mädchen saßen jetzt nebeneinander auf dem Bett. Myrtle schneuzte sich und wischte sich die Augen.

»Wenn sie Terry etwas angetan haben, bin ich schuld.«

»Nicht nur du«, sagte Emily. »Wir sind alle mitschuldig.«

Sie hatte eine plötzliche Vision: Mad, Terry und die anderen Jungen, wie sie den Guy zusammenbastelten. War das eine sehr geschmackvolle Antwort auf die freundlich gemeinte Einladung zum Verbrüderungs-Feuerwerk? Hatte Mad die Invasoren nicht eindeutig lächerlich machen und beleidigen wollen? Erst hierauf waren die Feindseligkeiten ausgebrochen. Und was hatte Mad dazu gereizt? Ursprünglich die Tatsache, daß ein Hund, der instinktiv sein Territorium verteidigte, erschossen worden war. Um Gebietsstreitigkeiten handelte es sich gewissermaßen auch bei dem Ringkampf zwischen Terry und Korporal Wagg.

»Myrtle«, sagte sie, »du hast Terry schon früher manchmal versetzt. Er war nie dein einziges Eisen im Feuer, und er wußte es auch. Aber er hat doch nie zuvor versucht, einen Nebenbuhler zu verdreschen, oder?«

»Nein, warum auch? Die anderen sind von hier, wir kennen uns alle von klein auf. Korporal Wagg war mal eine wirkliche Abwechslung. Er spricht zwar Englisch, aber er ist doch ein Ausländer. Keiner von uns. Das hat mich ja so gereizt. Ich wollte jetzt, ich hätte mich nie mit ihm eingelassen. Und wenn er heute wieder hier aufkreuzt, weiß ich nicht, was ich noch mit ihm reden soll.«

»Frag ihn einfach«, schlug Emily vor, »wie der Kampf ausgegangen ist und ob er Terry verhaftet hat.«

»Das kann ich doch nicht vor meinen Eltern, wenn sie ihn überhaupt hereinlassen. Und allein will ich ihn erst recht nicht wiedersehen ... Nein, nicht nach dem, was gestern passiert ist. Ich meine nicht bloß die Keilerei, sondern — ach alles.«

Emily konnte es ihr nachfühlen. Sie versetzte sich an Myrtles Stelle: sie selbst mit Leutnant »Wally« Sherman in einer Strandhöhle. Und dann käme jemand, den sie mochte, vielleicht Joe, dazu und sähe sie in einer so peinlichen Situation, und Joe und der Leutnant gingen mit den Fäusten aufeinander los.

»Dieses USUK«, seufzte sie. »Ich glaube nicht sehr daran. Du?«

»Ich weiß nicht mal, was es für Leute wie uns bedeutet«, gestand Myrtle. »Dad sagt, es ist der letzte Rettungsversuch unserer Regierung. Aber wenn das heißt, daß die Amis sich hier als Herren aufspielen und unsere Jungen zusammenschlagen, dann können sie von mir aus wieder verschwinden, lieber heute als morgen!«

Von unten kam Mrs. Trembaths Stimme, die heraufrief,

Myrtles Vater und Bruder seien eben gekommen, und ob sie nicht doch eine Tasse Tee mittrinken wollten? Myrtle betupfte sich ein letztes Mal die Augen und fuhr sich mit dem Kamm durchs Haar.

»Gehen wir«, seufzte sie. »Aber bitte, kein Wort — auch bei dir zu Hause nicht.«

»Nein«, versprach Emily. »Nur, falls du Korporal Wagg doch noch mal begegnest, frag ihn bitte, was mit Terry los ist.«

Sie gingen hinunter. Jack Trembath und sein Sohn Mick, Myrtles jüngerer Bruder, hängten gerade ihre nassen Regenhäute auf.

»Hallo, Emmie«, sagte Mr. Trembath. »Gibt's was Neues über Terry?«

Emily verneinte.

»Ich glaube, Ihrer Großmutter bleibt wirklich nichts anderes übrig«, sagte der Farmer ernst, »als den Marinekommandeur persönlich zu sprechen. Ich fahre sie gern hin. Vielleicht ist es besser, wenn sie einen Mann dabei hat.«

»Vielen Dank, Mr. Trembath, aber gerade das haben wir zu Hause schon diskutiert, und wir sind übereingekommen, daß die Idee nicht sehr gut ist. Falls sie Terry *nicht* festgenommen haben, wissen sie nicht, daß wir ihn vermissen, und wir würden sie mit einer Anfrage erst auf ihn hetzen, besonders wenn ... wenn er in der letzten Nacht doch irgendwas angestellt hat.«

Jack Trembath wiegte zweifelnd den Kopf. »Das hat was für sich«, gab er zu, »aber wie wollen Sie sonst erfahren, wo er geblieben ist? — Na schön. Dieser Korporal, der so hinter Myrtle her ist, wird sich ja bestimmt wieder blicken lassen, und da quetsche ich ihn aus, verdammt noch mal!«

Myrtle war unter dem scharfen Blick ihres Vaters erblichen. Emily sprang auf.

»Verzeihen Sie, jetzt muß ich aber unbedingt zurück. Erstens ist immer was zu tun, und zweitens hat sich Terry vielleicht schon gemeldet.«

»Ich bringe Sie in Ihrem Wagen zurück«, sagte Jack Trembath und stand auf. »Sie müssen ihn ja sowieso wiederhaben, und ich will Ihre Großmutter auch fragen, was ich sonst für sie tun kann. Ich als Bauer kann immer erklären, warum ich soviel über Land fahren muß – sie wahrscheinlich nicht. Heute zum Beispiel muß ich zum Tierarzt. Meine Stute tut sich schwer mit dem ersten Fohlen.«

»Oh, hoffentlich geht alles glatt!«

»Ich denke schon. Menschenskind, kapieren Sie denn nie einen Doppelsinn?«

»Ach so.« Emily verabschiedete sich von Mrs. Trembath, Myrtle und Mick.

Sie war schon ein paar Minuten mit dem Fahrer im Auto unterwegs, als ihr plötzlich etwas einfiel.

»Halten Sie doch bitte mal. Könnten Sie den Wagen allein zurückbringen? Ich merke eben erst, daß ich hier irgendwo meinen Schal verloren habe. Besser, ich suche ihn gleich, sonst ist er total verdorben.«

»Wie Sie wünschen, Emmie. Hoffentlich holen Sie sich deswegen keinen Schnupfen.«

Emily sah ihn weiterfahren und dachte: Schon wieder Lügen und Verstellung. Natürlich hatte sie gar keinen Schal verloren, aber Myrtles Bericht machte ihr Kummer. Vielleicht lag Terry, schwer zerschlagen und dann im Stich gelassen, am Strand herum, in einer der Höhlen oder an die Klippe geklammert, damit ihn die Flut nicht erreichte, und wagte nicht einmal um Hilfe zu rufen?

Sie lief über die Felder, deren durchnäßter Lehm sich schwer an ihre Stiefelsohlen hängte, zum Strand hinunter. Das Wetter war gründlich anders als gestern abend — steifer Südost und peitschender Regen. Hohe Brecher schäumten in die Bucht. Sie sah, daß die Mariner die Badeanstalt, die sie beschlagnahmt hatten, in hüpfenden Motorbooten und anderen Fahrzeugen verließen. Die Küste selbst war vereinsamt, so weit das Auge reichte, und auch das Kriegsschiff im Hafen war nur noch zu ahnen. Tja, dachte Emily, die haben noch keine richtige Hochflut bei uns erlebt! Wenn Leutnant Sherman an Bord war, ächzte er sicher unter der Seekrankheit. Schadet ihm nichts. Aber vielleicht saß er auch gemütlich im Hafenbüro und verhörte Eltern, die nach vermißten Jungen fragten.

Emily erreichte einen Klippenvorsprung, von dem aus sie den brodelnden Kessel übersehen konnte. Im Sommer badeten sie und die Jungen gern dort unten am einsamen Strand. Terry kannte die niedrigen Felsen wie seine Hosentasche und konnte sie zu jeder Tages- und Nachtzeit erklettern, wenn ihm nicht das Schlimmste zugestoßen war . . . Wahnsinniger Gedanke. Besser, sie ließ die nutzlose Suche und ging schleunigst nach Hause.

Auf dem oberen Küstenweg sah sie eine kleine Gestalt auf sich zukommen. Dort war ein Waldstreifen, eine Art Niemandsland, in dem ein paar verlassene Hütten standen — um die Wahrheit zu sagen, ein ewiger Zankapfel zwischen Jack Trembath und einer Reisegesellschaft, die das ungenutzte Feriengebiet endlich »entwickeln« wollte. Inzwischen hatte sich ein wunderlicher Fremdling, den sie den Strandräuber nannten, in der entferntesten Hütte häuslich eingerichtet. Jack Trembath hatte seine stille Existenz bald bemerkt, aber gegen *ihn* hatte er nichts.

»Na, und wenn er schon ein armer obdachloser Vagabund ist!« sagte er. »Bis jetzt hat er niemand gestört, und, was mehr ist, er paßt sogar auf meine verlaufenen Schafe auf und bringt sie zurück.«

Emily blieb stehen und wartete ab, als wer sich die vom Regen verschleierte Gestalt entpuppen würde, die sich jetzt sogar hinter einen Ginsterbusch duckte. Nein, das konnte nur einer der Jungen sein! Ein älterer Mann wie der »Strandräuber« schlich sich nicht mehr an wie beim Indianerspiel. Sie ging auf den Busch zu, und richtig, es war Sam – naß bis auf die Knochen.

»Was machst du denn hier?« fragte sie streng, streckte ihm aber die Hand hin, um ihm aufzuhelfen. Sam war, ungeachtet seiner Freundschaft mit dem Zimmergenossen Andy und seiner schwärmerischen Verehrung für Joe, manchmal noch der typische Außenseiter. Seine Natur- und Tierliebe war größer als die für seine Mitmenschen. Er ergriff willig Emilys Hand. Obwohl sie nie wußte, wohin seine Augen gerade zielten, empfand sie seinen Blick als durchdringend.

»Ich weiß, wo Terry ist«, flüsterte er.

Emily hielt die Luft an. Mit Sam durfte man nie ungeduldig oder hastig reden. Mad sagte immer: »Sam ist empfindsamer als alle andern. Wenn man nicht jedes Wort auf die Waagschale legt, verkriecht er sich in sein Schneckenhaus.«

»Fein«, sagte sie in ruhigem Ton. »Ich habe ihn gerade gesucht, aber natürlich ohne Erfolg. Hoffentlich hat er einen sicheren Zufluchtsort gefunden.«

»Hat er«, nickte Sam. »Er hat sich bloß das Bein gebrochen.«

Emily schluckte. »Das Bein gebrochen? Er kann nicht mehr laufen?«

»Nein. Darum war ich eben auf dem Weg nach Hause. Ich will Dottie ein paar Aspirine aus dem Medizinschränkchen klauen, damit er nicht solche Schmerzen hat.«

»Warum klauen? Wir haben uns alle schreckliche Sorgen um Terry gemacht. Madam und Dottie müßten doch über das gebrochene Bein Bescheid wissen.«

»Madam und Dottie könnten es natürlich wissen, aber ich will nicht, daß die Soldaten ihm wieder auf die Spur kommen. Sie würden ihn verhaften – oder erschießen, wie den armen Spry.«

Himmel, dachte Emily, wie kann ich ihn zur Vernunft bringen? Terry liegt vielleicht in einer feuchten Höhle, mit einem gebrochenen Bein und einer doppelseitigen Lungenentzündung.

»Hör mal, Sam«, sagte sie. »Du sorgst für Eichhörnchen und Tauben und – Gott weiß, wieviel Tiere es im Lauf der Jahre waren. Du weißt besser als jeder andere, daß sie warm und geschützt gehalten werden müssen. Wenn sie mit einem gebrochenen Bein im Regen liegen, gehen sie ein. Das Bein muß geschient werden.«

»Hat Mr. Willis schon gemacht«, erwiderte Sam. »Er kann Erste Hilfe. Und er will auch nicht, daß die Soldaten merken, wo Terry ist. Er kann sie nicht riechen – wie ich.«

Mr. Willis? Emily hatte noch nie von einem Mr. Willis gehört.

Sam wurde plötzlich ungeduldig. »Mr. Willis mußt du doch kennen. Der, den sie Strandräuber nennen. Er selber sagt lieber Einsiedler oder Eremit. Er ist mein Freund, und deshalb bin ich nach dem Familienrat gleich zu ihm gegangen und hab' ihm alles erzählt. Und was denkst du? Terry war schon bei ihm. Mr. Willis hat ihn letzte Nacht gefunden und nach Hause geschleppt. Komm mit.«

9

Die Waldhütte war ursprünglich das Sommerhaus eines reichen Landbesitzers gewesen, der in seiner Freizeit leidenschaftlich gern Vögel beobachtete. Im Krieg diente es der Bürgerwehr als Wachstation. Dann kamen magere Zeiten, der Besitzer starb, und niemand kümmerte sich mehr um das abgelegene Holzhaus, das ohnehin schon baufällig war und sicherlich gänzlich zusammengebrochen wäre, wenn nicht ein Unbekannter sich stillschweigend darin niedergelassen hätte. Er besserte die morschen Planken aus, dichtete das Dach gegen Regen ab und machte es sich relativ gemütlich. Emily erfuhr unterwegs von Sam, er und Andy seien häufige Besucher bei dem sonderbaren Eremiten, hätten dies aber zu Hause lieber nicht erzählt.

»Er mag die Menschen nicht besonders«, erklärte Sam. »Er sagt, sie schnüffeln nur rum. Aber uns hat er erzählt, wieviel Berufe er in seinem Leben gehabt hat: er war Schiffszimmermann, Landarbeiter, Zoowärter. Möcht' ich auch mal werden. Und dann hatte er einen Elektroladen. Sein Radio hat er sich ganz allein gebaut.«

Emily interessierte sich nicht sehr für die Lebensgeschichte des Einsiedlers. Sie hätte lieber erfahren, wo und wie Terry sich das Bein gebrochen hatte und ob er große Schmerzen litt.

»Sei höflich zu ihm«, mahnte Sam, als das Dach der Hütte zwischen den Bäumen sichtbar wurde. »Frauen mag er noch weniger als Männer. Er sagt, sie sind so verdammt neugierig.«

Emily hatte sich unter der sagenumwobenen Behausung eine Art Räuberhöhle vorgestellt, aber sie irrte sich. Der jetzige Bewohner hatte ein ansehnliches Stück Wald und Gestrüpp rund um die Hütte gerodet und dahinter einen Gemüsegarten angelegt. Die Quelle, die von der Klippe herabkam, ersetzte ihm die Wasserleitung. Als Emily und Sam kamen, war er gerade draußen, um sich einen Eimer voll Wasser zu holen. Er fuhr herum, entspannte sich aber beim Anblick des Jungen.

»Das ist Emily«, stellte Sam vor. »Ich habe sie unterwegs getroffen. Sie hat nach Terry gesucht, und ich mußte ihr schon sagen, was los ist. Man kann ihr aber vertrauen, Mr. Willis.«

»Guten Tag«, sagte Emily höflich.

Sie hatte den alten Sonderling bisher nur manchmal aus der Ferne gesehen, meistens am Strand beim Tang- oder Treibholzsammeln. Sommers und winters trug er dieselbe schäbige Kluft: Rollkragenpullover, eine altersgrüne Jacke, formlose, in Wasserstiefel gesteckte Hosen und eine Zipfelmütze, die tief in das verwitterte Gesicht gezogen war.

Colin hatte einmal die Frechheit gehabt, zu behaupten, er sähe aus wie Madam. »Wißt ihr was? Der Alte ist bestimmt der Bruder von Madam, und sie hat ihn in die Hütte verbannt, weil es ein Geheimnis bleiben muß.«

Mad war höchlichst amüsiert und bestärkte Colin noch in seinen Phantasien, indem sie von Zeit zu Zeit geheimnisvolle Anspielungen auf den »dunklen Punkt in ihrem Leben« machte. Aber dann geriet die Geschichte in Vergessenheit, und daß Andy und Sam nähere Bekanntschaft mit dem »verleugneten Bruder« gemacht hatten, hätte die anderen vielleicht kaum noch interessiert. Übrigens bot sein bürgerlicher Name, Mr. Willis, keinen besonderen Anreiz für weiteres Fabulieren.

Zu Hause trug er seine Zipfelmütze nicht. Er hatte eine silberweiße Mähne, mildblickende Augen hinter dicken Brillengläsern und mußte weit über siebzig sein. Nachdem er Emily prüfend betrachtet hatte, fragte er:

»Sie wollen den Jungen besuchen?«

»Ja, bitte.«

»Dann kommen Sie nur mit.«

Der Wohnraum der Hütte war ordentlich und sauber. Im Kamin knisterten Scheite, die eine wohlige Wärme verbreiteten. Aber Emily hatte nur noch Augen und Gedanken für Terry, der auf einem Feldbett in der Nähe des Kamins lag. Er war sehr blaß. Sie hastete zu ihm.

»Terry, was machst du für Geschichten? Wir haben uns alle so um dich gesorgt. Ein Glück, daß Sie da sind ...« Sie sah sich dankbar nach dem Einsiedler um, der mit Sam an der Tür stehengeblieben war. Dann, wieder zu Terry: »Wir dachten schon, die Soldaten hätten dich irgendwo interniert.«

Terry lächelte, aber sie sah, daß er sich dabei die Schmerzen verbiß. Der unbekümmerte, hübsche Junge, dem nie irgend etwas gefehlt hatte, wirkte jetzt hilfsbedürftiger und jünger als einer der Mittleren.

»Wenn Mr. Willis mich nicht vor der Flut aufgelesen hätte«, sagte er, »wäre ich jetzt eine Wasserleiche. Wie er's überhaupt geschafft hat, weiß ich nicht. Ich war nicht mehr ganz da. Er sagt, er hätte mich einfach auf den Buckel genommen.«

»Kleinigkeit«, warf sein Retter ein. »Ich habe schon schwerere Lasten getragen und trau's mir auch heute noch zu.«

»Vorhin habe ich Myrtle besucht«, sagte Emily gedämpft. »Sie hat mir von dem Ringkampf zwischen dir und Korporal Wagg erzählt. Sonst weiß niemand davon. Hast du dir dabei das Bein gebrochen?«

»Nein, erst hinterher«, erwiderte Terry undeutlich, weil er immer wieder die Zähne zusammenbeißen mußte. »Er und mindestens vier andere verfolgten mich, und ich rannte, was ich konnte. Die Dunkelheit und meine Geländekenntnis waren meine Rettung – sie fingen an, in den schlickigen Pfützen unten auszurutschen und gaben bald auf. Ich steckte längst in einer Höhle. Als ich merkte, daß sie abgezogen waren, kletterte ich die Felsen hinauf, und ausgerechnet da muß mir dieser Blödsinn passieren ... Ich trat oder griff fehl und polterte drei oder vier Meter tief auf den Strand zurück. Und dann konnte ich nicht mehr aufstehen. Na, der Schmerz in meinem Bein war ja eindeutig. Ich muß mindestens eine Stunde dagelegen haben, ehe Mr. Willis auftauchte.«

»Es war höchstens eine halbe Stunde, mein Junge«, berichtigte Mr. Willis gemütlich. »Ich hatte mir das Feuerwerk vom oberen Klippenpfad aus angesehen, und dann sah ich auch die Hetzjagd unten am Strand. Nachdem ich nichts mehr hörte, dachte ich, die dummen Bengels haben's gelassen und sind nach Hause gegangen. Wenn ich nicht einen Stapel Treibholz unten gehabt hätte, den ich vor der Flut holen mußte, wäre ich gar nicht an den Strand gekommen. Und da lagst du. Na, ich konnte dich schließlich nicht gut liegenlassen, oder?« Er zog Terrys Decke weg und zeigte Emily das notdürftig geschiente linke Bein. »Ich war mal Sanitäter. Das hier ist natürlich nur ein Provisorium. Der Junge müßte ins Krankenhaus. Aber wie kriegen wir ihn unauffällig dahin? Die Straßensperren sind verschärft, wie ich vor einer halben Stunde gehört habe. Alle männlichen Jugendlichen werden festgehalten – angeblich zwecks Verhör.«

Sam mischte sich in die Beratung ein. »Terry bleibt am

besten hier. Zu Hause wimmeln dauernd Amis herum. Emmie hat sich sogar mit einem Leutnant angefreundet.«

»Quatsch«, widersprach Emily wütend. »Wir hatten übers Wochenende Einquartierung in unserem ehemaligen Stallgebäude und mußten uns meiner Meinung nach wenigstens höflich-neutral verhalten. Aber meine Großmutter war einige Male ... na ja, richtig ausfallend. Sie behauptet, es sei Augenwischerei von der Regierung, die USUK als echte Union zwischen uns und den Amerikanern darzustellen. In Wirklichkeit handle es sich um eine Invasion mit kampfloser Übergabe unsererseits.«

Mr. Willis sah Emily durch seine dicke Brille aufmerksam an. »Ach, sagt das Ihre Großmutter?«

»Ja.«

Er kratzte sich lächelnd hinter den Ohren. »Ich bin seit ungefähr vierzig Jahren nicht mehr im Theater gewesen, aber ich erinnere mich gut an sie. Sie war hinreißend. In irgendeiner Komödie; den Titel hab' ich vergessen. – Tja, Junge, und was machen wir mit dir? Ich behalte dich ja gern hier, bis du gesund bist, aber ohne anständigen Gipsverband kann das lange dauern.«

»Moment«, rief Emily. »Unser Hausarzt kommt heute im Lauf des Tages zu meiner Großmutter. Ich werde ihn ins Vertrauen ziehen.«

»Ist Madam krank?« unterbrach Terry ängstlich.

»Nein. Sie hat ihn gerufen, um herauszufinden, was er weiß, was er von der Lage hält, welche Gerüchte umgehen. Er ist unser langjähriger Freund, Mr. Willis, nicht nur unser Arzt. Sie kennen doch Andy? Andys Eltern, die bei einem Flugzeugunglück ums Leben kamen, waren Verwandte von Dr. Bevil Summers. Das war einer der Gründe, warum meine Großmutter Andy sofort adoptiert hat.«

»Alles gut und schön«, sagte Mr. Willis nachdenklich, »aber ob er uns unter den gegebenen Umständen helfen kann? Straßensperren, Passierscheine ... Wahrscheinlich kontrollieren die US-Kräfte sogar die Krankenhäuser. Ich gebe Ihnen mein Ehrenwort, daß mir hier keiner über die Schwelle kommt.« Er warf einen Blick auf die alte Jagdflinte, die über Terrys Feldbett hing.

Tatsächlich, er könnte fast Mads Bruder sein, dachte Emily angesichts dieser stolzen Eingleisigkeit. Sie sah Terry fragend an, und er schien ihre Gedanken lesen zu können, denn er drückte ihr die Hand und lächelte ihr schmerzverzerrt zu. Dann sagte er:

»Wahnsinnig nett von Ihnen, Mr. Willis, aber ich will Sie nicht noch tiefer in die Geschichte reinziehen. Ich hab' Ihnen schon genug Mühe gemacht. Dr. Summers findet bestimmt einen Ausweg. Aber wir können Sie natürlich nicht zwingen, einen Unbekannten reinzulassen, auch wenn es unser Freund ist. Das ist Ihr Haus, nicht unseres.«

Mr. Willis sah von einem zum andern, dann wieder auf das geschiente Bein.

»Meinetwegen schicken Sie ihn her«, sagte er leise. »Ich bin bloß Sanitäter, nicht Doktor, und dieses Bein gehört in Gips.«

Emily und Sam verabschiedeten sich mit der Erlaubnis, Mad Bescheid zu sagen. Es war immer noch regnerisch und windig. Sie ließen ihre durchweichten Stiefel und Regenmäntel auf der Veranda. Als sie eintraten, hörte Emily die Uhr im Eßzimmer elf schlagen und staunte, daß es noch so früh war. Was war nicht alles passiert, seit Jack Trembath gegen sieben angerufen hatte! Sie fand ihre Großmutter vor dem Fernseher, den sie jedoch bei Emilys Erscheinen abschaltete.

»Weitere Komplikationen«, berichtete sie kurz. »Zwei Bombenanschläge bei Falmouth. Offenbar sitzt auch dort eine US-Marineeinheit, und natürlich werden die Hafenarbeiter verdächtigt. Wo bist du denn so lange gewesen? Jack Trembath war schon vor einer Ewigkeit da, um den Wagen zu bringen. Er sagte, du hättest einen Schal verloren oder so was ähnliches.«

»Ich habe Terry gefunden«, sagte Emily.

Ihre Großmutter erstarrte sekundenlang. Dann schien sie in sich zusammenzusinken, und ihre Augen verschleierten sich.

»Oh, Gott sei Dank«, sagte sie erstickt und streckte Emily die Hand hin.

Sie setzten sich nebeneinander auf das Sofa. Mad hatte sich augenblicklich gefaßt und verlangte einen detaillierten Bericht. Noch ehe Emily damit fertig war, ging sie nach ihrer Gewohnheit in tiefem Nachdenken auf und ab.

»Gut, daß ich Bevil Summers angerufen habe«, sagte sie. »War wohl reine Instinktsache. Er kann wahrscheinlich erst im Laufe des Nachmittags kommen. Wird Terry es so lange aushalten? Sind seine Schmerzen sehr schlimm?«

»Ich glaube nicht«, sagte Emily unsicher. »Er hat ja viel Mumm, und Mr. Willis hat vorzügliche Erste Hilfe geleistet. Aber ohne Doktor geht es wohl nicht.«

Mad blickte in den Regen hinaus. Seit sie wußte, daß Terry gefunden und am Leben war, hatte sie ihre übliche Energie wiedergewonnen. »Weißt du was?« sagte sie. »Ich gehe sofort hin, noch vor dem Mittagessen. Du bleibst hier und hältst die Stellung. Andy kann mitkommen. Sam ist ja heute schon dagewesen.«

»Aber Mad –«

Es hatte keinen Sinn. Sie war schon aus der Tür und schrie

durchs ganze Haus, Terry sei gefunden. Wie unklug, dachte Emily. Warum kann sie es nicht für sich behalten, bis sie wenigstens Dr. Summers um Rat gefragt hat?

»... ein Menschenfreund«, sagte Mad zu Dottie. »Ach was, kein Vagabund. Er ist sogar als Sanitäter ausgebildet. Er bleibt gern für sich, das ist alles. Was? Oh, ein ganz normaler Rentner, nehme ich an.«

Emily lief ihr in die Küche nach. »Mad, wir müssen vorsichtig sein. Niemand darf auch nur ahnen, daß Terry mit einem gebrochenen Bein bei Mr. Willis liegt. Die Folgen könnten für beide fürchterlich sein.«

»Ich weiß, ich weiß«, wehrte Mad ungeduldig ab. »Ruf mir Andy, damit wir wegkommen.«

Die beiden waren etwa eine halbe Stunde weg, als Emily, die zur Beruhigung im Musikzimmer staubwischte, ein Auto vorfahren hörte. Sie sah aus dem Fenster, und ihr Herz stockte. Es war der Marinedienstwagen mit Leutnant Sherman am Steuer. O Gott, dachte sie, erspar mir das! Aber der Leutnant stieg aus, ohne daß der Himmel eingriff, und kam rasch auf das Haus zu. Emily ging in die Diele. Vielleicht besser, daß sie diesen Empfang nicht Dottie überließ, die womöglich alles vermasseln würde.

»Hallo«, begrüßte sie ihn kühl.

»Hey«, erwiderte er und salutierte. Er machte einen sehr dienstlichen Eindruck. »Ich bedaure das mit Ihrer Großmutter. Ich möchte mich nur erkundigen, wie es ihr geht.«

»Meiner Großmutter?« stotterte Emily ahnungslos.

»Küstenklatsch. Wir von der Marine wissen alles. Hoffentlich war es nicht der Krawall gestern abend. Wir haben einige von den Radaubrüdern festgesetzt, falls sie das beruhigt.«

»Blödsinn«, sagte Emily. »Sie war überhaupt nicht beunruhigt. Im Gegenteil, sie war auf dem Heimweg noch bester Laune.«

»Ach«, erwiderte er erstaunt, »dann kam der Herzanfall erst nachträglich? Na, ich hoffe nur, es ist nicht zu ernsthaft, und wir können uns von jeder Schuld freisprechen.«

Emily starrte ihn wortlos an. War er verrückt – oder sie?

»Sie wissen vielleicht nicht, daß wir infolge der verschärften Straßenkontrollen auch Ihren Hausarzt Dr. Summers kurz anhalten mußten. Natürlich haben wir ihn gleich durchgelassen. Er sagte, unter anderem hätte er einen Hausbesuch bei Ihrer Großmutter vor. Sie habe einen Herzanfall erlitten. Nach meiner Ablösung dachte ich, es sei das mindeste Gebot der Höflichkeit, sich nach ihr zu erkundigen. War der Doktor schon da?«

»Nein, noch nicht«, erwiderte Emily. Sie bebte innerlich. Wenn Mad in ihrem Mao-Tse-tung-Kostüm gerade jetzt von draußen hereinstiefelte?

»Er wird sicher bald kommen«, sagte der Leutnant begütigend. »Sie sehen selbst ziemlich verschreckt aus.«

»Bin ich auch«, sagte Emily unverbindlich.

»Sie wird eine Weile liegen müssen, und das paßt ihr bestimmt nicht.«

»Nein. Sie kennen ja ihre normale Vitalität.«

Es regnete noch immer. Der Leutnant stand da und hoffte augenscheinlich, daß Emily ihn hereinbitten würde.

»Entschuldigen Sie«, sagte sie nach einer Pause, »aber wir wissen heute nicht, wo uns der Kopf steht, nach diesem ... Zwischenfall. Alte Leute können sehr anspruchsvoll sein, wie Sie vielleicht wissen. Sie wünscht, daß ich bei ihr sitze und ihr die Hand halte.« Sie zog sich langsam zur Treppe hin zurück.

»Natürlich, ich verstehe«, sagte er enttäuscht. Dann, leise:

»Sie sind doch nicht böse auf mich wegen . . . wegen gestern abend? Ich bin Ihnen doch nicht etwa zunahe getreten?«

»Ach was«, sagte sie wegwerfend.

»Gut, dann komme ich wieder, um mich nach Ihrer Großmutter zu erkundigen . . . und nach Ihnen.« Sein Selbstbewußtsein kehrte wieder, und sein Lächeln deutete an, daß er und Emily schon so allerlei gemeinsame Erinnerungen hatten. »Wir werden noch schöne Stunden miteinander verleben.« Damit salutierte er wieder und stolzierte zu seinem Dienstwagen hinaus.

Die letzte Bemerkung hätte er nicht machen dürfen. »Eingebildeter Esel«, zischte Emily hinter ihm her. Dachte er, es wäre für sie eine so ungetrübte Wonne, in dunklen Winkeln abgeknutscht zu werden? Mit dem war sie fertig, restlos fertig! »Wally« — schon dieser idiotische Name. Sie hatte ihn kein einziges Mal über die Lippen gebracht.

Der Leutnant war kaum außer Sicht, als Dr. Summers' Peugeot von der anderen Seite her ankam und hielt. Offenbar hatte der gute Doktor Mads »Herzanfall« ernst genommen, denn er machte sogar in ruhigeren Zeiten nur in allerdringendsten Fällen Hausbesuche.

»Hallo, Emmie«, sagte er, hastig eintretend, »wie geht's der Patientin? Ich gehe gleich rauf zu ihr.«

»Kommen Sie lieber erst eine Minute mit mir ins Musikzimmer.« Emily schloß die Tür hinter ihnen beiden und holte tief Luft. »Mad hat nur simuliert. Aber wir brauchen Sie wirklich.«

Er zuckte mit keiner Wimper. »Simuliert?« wiederholte er trocken. »Nicht das erste Mal. Sie hätte sich allerdings einen passenderen Tag aussuchen können. Wo brennt's jetzt wieder?«

»Terry hat sich das Bein gebrochen«, sagte Emily.

»Warum hat sie das nicht gleich gesagt? Ich habe alle möglichen Herzmittel in meiner Tasche, aber weder Gips noch Schienen.«

»So einfach ist es nicht. Sie wußte noch gar nichts von Terrys gebrochenem Bein, als sie anrief. Sie war bloß ratlos wegen . . . wegen all der gestrigen Ereignisse.«

»Ach, das —« lächelte Dr. Summers. »Hab' natürlich davon gehört, und ich kann mir denken, wo der Guy und die Knallfrösche herstammten. Aber«, er sah auf seine Uhr, »ich habe wirklich keine Zeit für solche Kindereien. Will Ihre Großmutter mich nun sprechen oder nicht? Und wo ist Terry? Vermutlich in seinem Zimmer? Wieso wissen Sie so genau, daß sein Bein gebrochen ist?«

»Er ist nicht hier«, erwiderte Emily, »und Mad im Moment auch nicht. Sie sind beide in der Waldhütte, in der sich vor Jahren ein Obdachloser eingenistet hat.«

Dr. Summers sah sie fest an. Emily blieb nichts anderes übrig, als ihm einen Kurzbericht zu geben (um das Peinlichste drückte sie sich möglichst elegant herum). Es war eine Erlösung, als Dr. Summers, der die ganze Zeit am Fenster gestanden hatte, sie plötzlich unterbrach: »Da kommt sie selber. Erstaunlich, daß sie Terry nicht auch auf dem Buckel heimschleppt wie dieser Mr. Willis.«

Sie gingen ihr entgegen in die Diele. Mad nahm ihre Plastikkapuze ab und schüttelte sich wie ein nasser Hund.

»Hallo, Bevil! Wie schön, daß Sie schon da sind. Emmie, dieser Mr. Willis ist bezaubernd — ein echter Waliser. Er war Chorknabe und bekam wegen seiner Engelsstimme alle Solopartien. Ich fragte ihn, warum er sich nicht für die Oper ausbilden ließ, aber leider ist er nach dem Stimmbruch sofort aus Liebeskummer zur See gegangen. Dottiiie! Können wir essen? Ich bin halb verhungert. Dr. Summers bleibt zum Mittagessen.«

»Dr. Summers denkt nicht daran.« Er packte sie an der Schulter und schob sie energisch vor sich her ins Musikzimmer. »Ich muß schon sagen, für eine herzkranke alte Dame sehen Sie bemerkenswert gut aus. Falls Sie einen Moment den Mund halten können, kommen wir vielleicht klar. Also: Terry hat sich das Bein gebrochen. Ihr alter Chorknabe hat es ihm geschient. Ob es ein einfacher oder komplizierter Bruch ist, kann er Ihnen vermutlich nicht sagen. Mit dem Auto kommt man nicht durch den Dschungel da hinauf. Folglich muß Terry auf einer Bahre heruntergetragen werden. Schließlich, und dies ist das entscheidende, fürchten Sie, die neuen Behörden könnten ihn immer noch wegen der gestrigen Ereignisse einlochen. Und nun rufen Sie mir Joe, damit er mich zur Hütte begleitet. Er hat mehr Verstand als ihr alle miteinander. Ich muß Terry untersuchen, bevor ich über das Weitere entscheiden kann.«

Mad lächelte Emily beseligt an. »Na, was hab' ich gesagt? War es nicht die beste Idee, Bevil herzurufen?«

»Eines Tages«, sagte Dr. Summers, »werde ich Hausbesuche bei Ihnen glatt ablehnen. Bei notorischen Simulantinnen ist das mein gutes Recht. Dann könnt ihr euren Dreck alleine machen.«

Es war zwei Uhr, als Mad und Emily sich zu Tisch setzten. Mad schaltete rasch das Radio ein. Ja, es gab gerade Kurznachrichten.

»Nach den bereits gemeldeten Bombenanschlägen bei Falmouth ereigneten sich weitere in der Nähe der Tongruben von Nanpean. Auch im übrigen Südwales kam es zu Störungen. Es wird angenommen, daß besonders die keltischen Teile der Bevölkerung dadurch ihrem Unmut über die Bildung der USUK Luft machen wollen. Der Präsident der Vereinigten Staaten — Verzeihung, der USUK — gab gestern abend zu Ehren Ihrer Majestät der Königin ein Diner im Weißen Haus. — Fußball. Das Endspiel Exeter-Plymouth mußte wegen schlechten Wetters verschoben werden. — Das Wetter . . .«

Mad knipste aus. Die Tongruben von Nanpean (wo der Rohstoff für das feinste englische Porzellan gewonnen wurde) gingen Emily nicht aus dem Kopf. Terrys Freunde von der Ingenieurschule kamen teils von da, teils hatten sie dort zu tun. Und hatte Andy nicht ausgeplappert, sie könnten jederzeit Sprengstoff klauen? Lieber nicht weiterdenken. Terry war auf jeden Fall außer Gefecht. Sein gebrochenes Bein hinderte ihn ein Weilchen an allen möglichen Unbesonnenheiten. Vielleicht war es ein Segen für ihn.

Als sie das Eßzimmer verließen, stand Dr. Summers bereits in der Diele und telefonierte. Er winkte ihnen, zu schweigen, bis er den Hörer auflegte.

»Glatter Bruch«, meldete er dann. »Ich habe gerade mit der Oberin im Krankenhaus gesprochen. Sie wird ihm ein Bett freihalten.«

»Und wie bringen wir ihn hin?« fragte Emily.

»Lassen Sie das meine Sorge sein. Ach, übrigens, lenken Sie diesen Knaben Andy mit einer netten Beschäftigung ab. Er speit Feuer und will jeden Soldaten umlegen, der ihm zu Gesicht kommt.«

Emily beeilte sich, Andy am Arm zu nehmen und mit sanfter Gewalt wegzuzerren.

»Hilf mal Sam ein bißchen. Er hat Schwierigkeiten mit der kranken Taube.«

»Die Taube ist jetzt Nebensache!« fauchte Andy. »Ich brauche Bogen und Pfeile.«

»Stell dich nicht so an. Bei diesem Wetter kannst du sowieso keine Schießübungen machen.«

»Übungen ...? Emmie, weißt du, daß Mr. Willis ein selbstgebautes Kurzwellenradio hat? Mit dem kriegt er Frequenzen, die wir nie hören. Er hat es Terry und mir vorgeführt, als Madam wieder weg war. Und Terry hat mir ganz genau erzählt, wie er diesen Korporal Wagg nach Punkten besiegt hat.«

»Nach Punkten — glaub' ich gern. Viel genützt hat es ihm nicht. Aber nun hau ab, Andy, bitte.«

Als sie in die Diele zurückkehrte, sah sie Dr. Summers eben in seinem Auto abfahren.

»Was kommt nun?« fragte sie Mad.

»Er muß Terry eine Spritze geben, sagt er, aber er hat nichts Passendes bei sich. In zehn Minuten ist er wieder da.«

»Und wie denkt er sich den Transport?«

»Oh, das hat er mit Mr. Willis und Joe genau besprochen. Sie werden so eine Art Tragbahre zusammenbasteln.«

Wenige Minuten später jubilierte Mad: »Mr. Willis ist ein Universalgenie! Er schafft alles!«

Wirklich erschien der kleine Zug vor der Haustür: Joe vorn, Mr. Willis hinten, dazwischen Terry auf einem länglichen Gebilde, eine Wolldecke über sich. Er war sehr bleich.

»Er hat den Transport gut überstanden«, sagte Mr. Willis. »Wir haben unser möglichstes getan, ihn nicht zu sehr durchzuschütteln.«

Terry versuchte ein klägliches Lächeln. Joe ordnete schweigend die Decke, damit sie das kranke Bein nicht belastete. Mr. Willis musterte kritisch das Haus.

»Windig«, urteilte er. »Meine Bude liegt geschützter.«

»Oh, das ist noch gar nichts«, erwiderte Mad. »Wenn es

richtig stürmt, wackelt das ganze Haus, als ob wir auf hoher See wären.«

»Kann ich mir denken«, sagte er und starrte Mad fasziniert durch seine dicken Brillengläser an. Suchte er in seiner Erinnerung den einstigen Star wiederzufinden, der vor vierzig Jahren alle Welt berückt hatte?

Glücklicherweise kam Dr. Summers pünktlich wie versprochen zurück.

»Ah, Sie haben ihn heil hergebracht, wie ich sehe. Bravo! Nun zeig mal, Terry, was du angestellt hast. Alle anderen bitte zurücktreten.« Er beugte sich über die Behelfsbahre. »Diesmal bin ich nur durchgekommen«, sprach er über die Schulter weiter, »weil ich den Wachposten erzählt habe, ich müßte aus meiner Praxis ein starkes Beruhigungsmittel für eine alte Dame holen, die mir Schwierigkeiten macht. Stimmt sogar, finde ich. Meine Sprechstundenhilfe hat inzwischen gehört, daß alle Jugendlichen zwischen siebzehn und Anfang zwanzig angehalten und durchsucht werden. Besonders die Schüler vom Technikum. Einige hatten Dynamitstäbe bei sich. Also, Terry, hör gut zu: Du warst heute nacht friedlich zu Hause. Du hast mir die Gartentür geöffnet, als ich im Affentempo heranbrauste, um deiner leidenden Adoptivmutter beizustehen. In meiner Hast habe ich dich versehentlich gestreift, du bist gestürzt und hast dir das Bein gebrochen. Verstanden? — Gut. Nun kommt ein kleiner Pieks.«

Emily wandte rasch die Augen ab, als Dr. Summers die Spritze fertigmachte. Zu spät . . . Es brauste in ihren Ohren, und die Welt verdunkelte sich. Als sie wieder zu sich kam, hatte Mad ihren Kopf im Schoß und rieb ihr die Handgelenke.

»Ich hätt's mir ja denken können«, hörte sie die Stimme

ihrer Großmutter. »Emily kippt bei jeder Injektion aus den Pantinen.«

Emily hob den Kopf und sah, daß alles überstanden war. Terry war bereits ins Auto verfrachtet, und der Doktor klopfte Mr. Willis anerkennend auf die Schulter. »Gute Arbeit.« Dann beugte er sich kurz zu Emily nieder. »Mit zehn Jahren wollten Sie auf Biegen und Brechen Krankenschwester werden. Ich kann Ihnen diesen Beruf nicht empfehlen.« Er wandte sich zu Mad. »Und Sie verhalten sich jetzt endlich, wie es einer Herzkranken gebührt, nämlich ruhig. Auf das nächste SOS von Trevanal reagiere ich nicht. Paß auf die Damen auf, Joe. Adieu!«

Kaum war das Auto verschwunden, als das Telefon in der Diele klingelte. Emily, tief in ihrem Stolz verletzt, rannte mit weichen Knien hin. Am anderen Ende war Myrtle.

»Emmie«, flüsterte sie heiser, »dieser Korporal Wagg war eben wieder hier. Er hat dauernd nach Terry gefragt, und ich konnte doch unmöglich sagen, daß er seit gestern abend spurlos verschwunden ist. Ich habe also gesagt, daß er wahrscheinlich zu Hause ist.«

»Gut«, sagte Emily. »Mach dir keine Sorgen, wir wissen jetzt, wo er ist. Ich möchte am Telefon nicht näher darauf eingehen. Morgen vormittag besuche ich dich wieder.«

»Gott sei Dank! Nur, Emmie, Korporal Wagg hat mir geglaubt, und im Moment ist er auf dem Weg zu euch und will Terry sehen.«

»Terry ist nicht mehr hier.«

»Ich wollte dich nur vorbereiten. Er war sehr nett, wirklich, und sagte, alles, was gestern passiert ist, täte ihm sehr leid. Er möchte Terry die Hand schütteln und gut Freund mit ihm sein.«

»Danke, Myrtle. Auf Wiederhören.«

Terry die Hand schütteln! Dafür war es ein bißchen zu spät. Allerdings mußte man Korporal Wagg zubilligen, daß er an Terrys Beinbruch nicht schuld war oder doch nur sehr indirekt. Emily beschloß, Myrtles Information für sich zu behalten. Sie wollte die Genugtuung auskosten, Wagg als erste zu begrüßen und ihm die Nachricht zu versetzen, daß Terry »seinetwegen« im Krankenhaus lag.

Aber der Korporal schien sich anders besonnen zu haben, denn er kam und kam nicht. Der Regen hatte aufgehört, aber dafür brach bald die frühe Novemberdämmerung herein. Die Vorhänge wurden zugezogen, das Kaminfeuer neu angefacht. Emily hatte sich müde auf dem Sofa ausgestreckt, als Joe hereinkam. Er war geisterbleich.

»Emily«, flüsterte er, »komm mal mit.«

»Was ist denn los?«

Er schüttelte stumm den Kopf, öffnete vorsichtig die Haustür und winkte Emily zu, ihm zu folgen. Die Wolken hatten sich verzogen; die Abendbeleuchtung draußen war kalt und klar. Joe nahm Emilys Hand und führte sie auf den Acker jenseits der Hecke. Und da sah sie die dunkle Gestalt auf dem Boden, fast genau an derselben Stelle, wo der Hund begraben lag. Es war Korporal Wagg, rücklings hingeworfen, einen Pfeil zwischen den Augen.

10

Sie standen nebeneinander und starrten sprachlos auf die Leiche. Joe hielt Emilys Hand noch immer fest. Der scharfe, widerhakenbewehrte Pfeil mußte einen wichtigen Hirnnerv durchbohrt haben, denn das rechte Auge quoll heraus — ein gräßlicher Anblick. Das Blut um die Wunde war schon geronnen. Emily versuchte sich zu erinnern, wann Myrtle angekündigt hatte, Korporal Wagg befinde sich auf dem Weg nach Trevanal. War es halb vier gewesen oder etwas später? Aber die ganze Zeit spielte ja eigentlich keine Rolle.

Emily blickte von der Leiche weg auf Joe. Sie war erstaunlich ruhig.

»Er wollte sich nur mit Terry aussöhnen«, sagte sie.

»Woher weißt du das?«

»Von Myrtle. Sie hat's mir am Telefon gesagt. Es schien mir im Moment nicht wichtig genug, um den anderen zu sagen, daß er uns besuchen wolle, und als er nicht kam, dachte ich, er hätte es sich eben anders überlegt.«

»Du hättest mir davon erzählen sollen. Ich wäre ihm entgegengegangen. Dann wäre das hier nicht passiert.«

»Ich weiß. Ich habe mir einfach nichts dabei gedacht.« Ihre betäubte Ruhe ließ nach. Grauen kroch ihr ins Mark.

Trotz der Dunkelheit war die Sicht jetzt nach dem Regen viel klarer als tagsüber. Überall an der Küste und auf dem Kriegsschiff im Hafen flimmerten die Lichter. Manche schienen zum Greifen nah. Der Strahl des Leuchtturms von Mevagissey tastete in rhythmischen Abständen über den Horizont.

»Wenn er bis zehn nicht im Camp ist, wird gemeldet, daß er fehlt«, sagte Joe.

»Ja.«

»Vielleicht hat er ein paar Kameraden gesagt, daß er Myrtle besuchen wollte. Und Myrtle sagt dann, er sei zu uns weitergegangen.« Joe ging in die Hocke und versuchte vorsichtig den Pfeil zwischen den Augen des Toten herauszuziehen. »Rührt sich nicht«, flüsterte er nach ein paar Sekunden. »Sitzt zu tief.«

»O Gott, was sollen wir bloß tun?«

Der Abend klarte immer mehr auf. Wenn das Wetter so blieb, konnte der erste Hubschrauber, der den Acker im Morgengrauen überflog, jede Einzelheit am Boden erkennen wie auf einer ausgebreiteten Landkarte.

»Wir müssen die Leiche loswerden«, sagte Joe. »Ich könnte eine Grube hinten im Gehölz graben, wo soviel Gestrüpp herumliegt.« Er starrte aus seiner Hockstellung zu Emily auf.

»Das hätte keinen Zweck. Sobald sie merken, daß er verschwunden ist, kommen sie bestimmt mit Suchhunden. Die würden die Leiche aufspüren, und wenn wir sie noch so tief vergraben.«

»Meinst du? Ich weiß nicht . . . Jedenfalls«, brach er verzweifelt aus, »brauchen wir einen vernünftigen Rat. Könntest du nicht noch mal Dr. Summers anrufen?«

»Nein, Joe, das geht nicht. Er hat heute schon wegen Terry alles mögliche riskiert und sogar die Schuld an dem Beinbruch auf sich genommen. Und wie könnte er als Arzt uns helfen . . . einen Mord zu vertuschen?«

Die Zeit drängte. Mad würde sich schon wundern, wo sie und Joe steckten. Und da war noch ein Problem: Wie sollten sie mit Andy nach dieser Untat verfahren?

»Joe«, flüsterte sie, »wie hat er das nur fertiggebracht? Wäre es nicht möglich, daß er nur wieder so in der Gegend herumgeschossen und den Korporal gar nicht bemerkt hat?«

»Keinesfalls«, erwiderte Joe. »Dazu ist Andy ein viel zu guter Schütze. Er wußte, was er tat — das ist sicher.«

»O Gott, o Gott . . . Es ist alles Mads Schuld.«

Joe starrte sie wütend an. »Wieso? Bis jetzt hat sie ja keine blasse Ahnung von dieser Geschichte.«

»Nein, aber eines ergibt sich aus dem andern . . . Es liegt an der Art, wie sie uns alle aufgezogen hat — in einer Theaterwelt. Nie hat sie uns die Grenzen zwischen Phantasie und Wirklichkeit klargemacht. Das kommt dabei heraus. Erst Terry, nun Andy — und zum Schluß haben wir alle die Zeche zu zahlen.«

Joes wütender Ausdruck wandelte sich zu mitleidiger Verachtung. »Gibt es nicht ein Sprichwort: Du sollst die Hand nicht beißen, die dich füttert? Ich hätte dir so ein Gerede nie zugetraut. Diese Entdeckung hier ist schauderhaft, ja, wir haben beide einen Schock weg, besonders du, und das kann dir kein Mensch verübeln; aber schieb die Schuld bitte nicht auf Madam!«

Er bückte sich wieder, packte die Leiche an den Stiefeln und schleifte sie vom Acker in den Sichtschutz der nahen Brombeerhecke. Der Kopf polterte über den Boden, der Pfeil zwischen den Augen schlenkerte hin und her, und Emily mußte wie hypnotisiert hinstarren. Dies war vor kurzem noch ein atmender, lebensfroher junger Mann gewesen! Gestern abend hatte er Myrtle in einer Strandhöhle . . . Emily mußte sich plötzlich übergeben. Nach dieser Gewaltkur gegen Ekel und Angst war sie völlig gefaßt.

»Ich weiß, wen wir holen müssen«, sagte sie. »Mr. Trembath. Er bleibt sowieso nicht ungeschoren, denn die Marineleute werden auf seiner Farm mit Suchen und Ausfragen anfangen. Myrtle darf keinesfalls erfahren, was mit Wagg passiert ist. Sie würde unter einem scharfen Verhör sofort zusammenbrechen.«

Joe dachte kurz nach und nickte: »Wir können die Leiche in den Landrover packen und mit Heu oder Stroh zudecken. Dann überlegen wir weiter. Gute Idee, Emmie. Ich geh' jetzt zur Farm. Um diese Zeit sind sie mit dem Melken fertig und sitzen wahrscheinlich beim Abendessen. Ich kann Mr. Trembath leicht herausholen — ich sag', eins seiner trächtigen

Schafe hat sich zu uns verirrt oder sonst was. Dann kann er mit mir herfahren, ohne daß die andern den wahren Grund merken. Und du gehst jetzt wieder ins Haus, und wenn Madam nach mir fragt, erzähl ihr dieselbe Geschichte von dem Schaf.«

Emily sah seine Gestalt rasch hinter der Bodenwelle verschwinden. Sie blickte noch einmal auf die Leiche und versuchte sich vorzustellen, wie ihr wohl zumute wäre, wenn da nicht der fast unbekannte Korporal Wagg läge, sondern ein Nahestehender — Joe oder Terry. Was einen nicht ganz persönlich trifft, läßt einen im Grunde kalt, dachte sie. Und an Schocks gewöhnt man sich. Darum bleiben Ärzte und Schwestern so ruhig — wären sie nicht darauf trainiert, würden sie keine vierzehn Tage durchhalten. Und darum ist Mad gerade in Krisenzeiten so unverwüstlich: Sie ist darauf trainiert, eine Rolle zu spielen, und solange sie sich daran hält, kann nichts ihr Innerstes berühren.

Im Haus begegnete sie den Kleinen, die gerade auf dem Weg zum Essen mit Dottie und nachfolgendem Baderitual waren.

»Wo warst du denn so lange?« fragte Colin.

»Nur ein bißchen Luft schnappen. Wißt ihr, wo Andy und Sam sind?«

»Im Spielzimmer, glaub' ich. Wenigstens hab' ich Sam grade dort gesehen — er schreibt einen Brief an Terry, damit er im Krankenhaus was zu lachen hat. — Ja, Dottie, wir kommen schon!« Colin verdrehte seufzend die Augen — diese ungeduldigen Rufe der Erwachsenen! — ließ die Schultern nach vorn fallen und schlurfte hinter Ben wie ein neunzigjähriger Greis zur Küche.

Er weiß nichts, dachte Emily aufatmend. Er hätte es nie

für sich behalten können. Sie ging in die Bibliothek, wo sie ihre Großmutter vor den Fernseh-Abendnachrichten fand.

»Wenn der Ansager bloß diese scheußliche Tupfenkrawatte endlich mal wegschmeißen würde!« rief Mad. »Sagt ihm denn keiner, daß sie nicht zu seiner Haarfarbe paßt?« Sie lehnte sich in ihrem Sessel zurück und nahm die Brille ab. »Dreh den Kasten aus, Emmie, ich hab' genug. Nichts als dummes Geschwätz über die paar kleinen Bombenanschläge.« Plötzlich wurde sie aufmerksam und starrte Emily durchdringend an. »Irgendwas nicht in Ordnung, Kind?«

»Ach was, alles okay.« Sie war keine gute Schauspielerin. Es klang nicht überzeugend genug.

»Ich merke doch, daß etwas nicht stimmt. Du fällst doch hoffentlich nicht noch mal in Ohnmacht?«

»Einmal am Tag genügt. Ich bin nur müde.«

Joe mußte mittlerweile die Farm erreicht haben. Wenn Mr. Trembath nun gar nicht da war und Myrtle ihm die Tür öffnete?

»Emily!« Mad beugte sich im Sessel vor. »Sag die Wahrheit!«

Schön, dachte Emily, schluck's und sieh zu, wie du dich diesmal herauswindest. Andys Zukunft liegt in deiner Hand. Du hast es ja nie anders gewollt. Soll ich die Hüterin meiner Adoptivbrüder sein?

»Ja, es ist etwas Schreckliches passiert«, sagte sie rasch und leise. »Joe und ich haben eine Leiche auf dem Acker gefunden. Es ist die Leiche von Korporal Wagg. Zwischen seinen Augen steckt einer der bewußten Pfeile. Joe ist zur Farm gelaufen, um Mr. Trembath zu holen.«

Während sie zitternd dastand, zwinkerte Mad ins Leere. Sie machte den Eindruck einer Schwerhörigen, die dem Gesagten nicht ganz folgen kann. Aber diesmal war es keine Schauspielerin. Es war echt.

»Korporal Wagg?« wiederholte sie. »War das nicht einer von den Leuten, die bei uns einquartiert waren? Und nun ist er tot?«

»Ja.« Emily sprach jetzt langsamer und deutlicher. »Er liegt tot auf dem Acker. Getötet mit einem der Pfeile, die du Andy überlassen hast.«

Diesmal drang die Neuigkeit durch. Mads Gesichtsausdruck zeigte alle Phasen von totalem Unverständnis bis zum blitzartigen Erkennen der Sachlage. Aber kein Entsetzen. Das war das schlimmste.

»Dann war es natürlich Andy«, sagte sie ganz ruhig. »Wie unvorsichtig. Und warum hat er's mir nicht gleich gesagt?«

Emily sah ihre Großmutter ungläubig an. War der Schock zu groß für sie gewesen? Oder waren dies die ersten Anzeichen von Altersschwachsinn?

»Mad«, sagte sie eindringlich, »Wagg ist ermordet worden! Von einem knapp zwölfjährigen Jungen. Ist dir nicht klar, was das heißt?«

Mad wedelte ungeduldig mit beiden Händen. »Hältst du mich für blöd? Natürlich weiß ich, was das heißt. Mach gefälligst kein Melodrama daraus. Wir müssen jetzt alle kühlen Kopf bewahren. Ein Glück, daß man sich auf Joe verlassen kann. Er hätte nichts Gescheiteres tun können, als Jack Trembath zu Hilfe zu holen.«

»Das«, bemerkte Emily, »war meine Idee.«

»Ein Punkt für dich. Zu dumm, daß es nicht schon passierte, als Bevil Summers und Mr. Willis hier waren. Die wären auch damit fertiggeworden. Eine Leiche kann man nur schwer spurlos beseitigen.« Sie stand auf und ging im Zimmer hin und her. »Ihn über die Klippe zu werfen, als wäre er selbst auf einem Spaziergang ausgerutscht, hat in diesem Fall keinen Sinn. Du sagst, er hat eine Pfeilwunde ... zwischen den Augen? Hm. Sieht es sehr scheußlich aus?«

Emily konnte nicht antworten. Sie starrte ihre Großmutter entgeistert an.

»Emmie, Schätzchen ...« Sie fühlte die liebevolle Hand auf ihrem Haar wie einst als Kind. Auch die Stimme hatte ihre alte Wärme, die alles oder nichts bedeuten konnte. »Du weißt, wo der Schnaps steht. Hol dir einen. Ich will im Moment doch nichts.«

Emily ging wie ein Roboter nach nebenan und goß sich einen puren Brandy ein. Sie haßte Brandy. Immerhin stärkte sie der Alkohol ein wenig. Sie kam mit dem Glas in die Bibliothek zurück.

»Was nun?« fragte sie.

»Rufe Andy. Die Kleinen sind jetzt wahrscheinlich im Bad. Sehr günstiger Zeitpunkt.«

Emily trank wieder einen Schluck. Ihr Mut kehrte zurück. »Mad«, sagte sie, »du mußt jetzt jedes Wort auf die Goldwaage legen. Andy ist zwar nicht so sensibel wie zum Beispiel Sam, aber in diesem Fall ist mit einem Nervenzusammenbruch zu rechnen. Er wird weinen, leugnen, vielleicht in seiner Panik davonlaufen ...«

»Darling, red nicht soviel. Es kommt jetzt auf jede Minute an.«

Emily ging hinaus und rief Andy. Er meldete sich sofort mit einem munteren »Ja, was ist?«

»Bitte komm mal in die Bibliothek, aber ohne Sam. Madam möchte mit dir allein sprechen.«

Sie war zu feige, um auf ihn zu warten. Sie ging in die Bibliothek zurück, setzte sich aufs Sofa und tat, als sei sie in die Radiozeitschrift vertieft. Bei Andys Eintritt warf sie nur einen verstohlenen Blick über das Blatt. Andy sah genauso aus wie immer, höchstens noch etwas strubbliger.

»Du willst mich sprechen, Madam?« sagte er unbefangen.

»Ja, mein Spatz. Du hast die arme Emmie furchtbar erschreckt. Vorhin ist sie nur mal rausgegangen, um ein bißchen Luft zu schnappen, und da sah sie Korporal Wagg tot auf dem Acker liegen, mit einem deiner Pfeile in der Stirn. Als sie zu mir kam, war sie so erledigt, daß ich ihr ein Glas Brandy einflößen mußte.«

Andy wandte sich mit bestürzter Miene zu Emily um. »Tut mir furchtbar leid, Emmie. *Du* solltest das natürlich nicht sehen. Ich dachte, Joe würde ihn vorher verscharren.«

»Warum bist du nicht gleich zu mir gekommen?« fragte Mad.

»Weil ich nicht konnte«, erwiderte Andy. »Um die Zeit tobten Colin und Ben hier bei dir herum, und die wollte ich auch nicht einweihen. Und weil Joe nicht da war, sagte ich's Sam, und wir haben uns zusammen rausgeschlichen und versucht, den Pfeil aus der Wunde zu ziehen. Aber wegen der Widerhaken sitzt er zu fest. Ich habe ihn mit einem einzigen Schuß mitten ins Zentrum getroffen.«

»Hm«, machte Mad. »Sag mal, wieso schießt du neuerdings auf Menschen? Hast du den Mann vorsätzlich umgebracht?«

»Klar!« erwiderte Andy frank und frei. »Ich war auf meinem Ausguck, und da kam er, der Kerl, der Terry verdroschen hat. Ich dachte: Na, dir zeig' ich's mal, mein Lieber! Und ich zielte und traf. Er fiel sofort um.«

»Hm«, machte Mad wieder und begann tonlos zu pfeifen. »Das dumme ist nur«, fuhr sie nach einer kurzen Pause fort, »daß wir sehr bald ein Suchkommando auf dem Hals haben werden.«

»Wir haben an alles gedacht«, versicherte Andy. »Die Pfeile und Bogen sind schon lange im Kamin versteckt. Die einzige Schwierigkeit ist die Leiche. Wohin damit?«

»Emmie hat deswegen schon mit Joe beraten«, sagte Mad. »Joe holt Mr. Trembath. Du weißt, daß er dichthalten kann. Den beiden fällt wahrscheinlich eine rettende Lösung ein.«

»Gut«, seufzte Andy erleichtert. »Ich hab' mir wirklich schon Sorgen gemacht.«

»Warten wir ab, was er sagt. Vor allem dürfen die Kleinen und Dottie nichts von der Sache erfahren. Wie hat Sam eigentlich reagiert, als du zu ihm kamst?«

»Sam? Er hat gesagt, es war ein Meisterschuß. Nur schade, daß ich nicht den Soldaten erschossen hätte, der Spry getötet hat. Nur das wäre wirkliche Gerechtigkeit gewesen.«

»Gut, mein Junge. Ich erzähle dir morgen früh, was Joe und Mr. Trembath unter sich beschlossen haben. Ab ins Bett! Richtig, noch eins: Dr. Summers hat vorhin angerufen. Terry ist im Krankenhaus bestens versorgt und läßt grüßen.«

»Fein. Scheußlich für ihn, daß er eine Weile außer Gefecht ist, aber ich habe ihn gerächt. Gut Nacht, Madam. Gut Nacht, Emmie.«

Er marschierte aus dem Zimmer. Großmutter und Enkelin sahen sich schweigend an.

»Hast du bemerkt«, sagte Emily langsam, »daß er sich nicht im mindesten als Verbrecher fühlt?«

Mad griff nach Emilys Glas, sah, daß es leer war, und stellte es beiseite. »Ich weiß«, erwiderte sie, »aber wenn du denkst, dies ist der Moment, es Andy beizubringen, bist du auf dem Holzweg.« Sie stand auf, um ihr zusätzliches Elektroöfchen auszuknipsen. »Wer als kleines Kind einziger Überlebender eines Flugzeugabsturzes war«, fuhr sie fort, »dürfte einen Knacks fürs Leben weghaben. Eines Tages rächt er sich. Pech für Korporal Wagg, daß die Gelegenheit heute so günstig war.«

Emily war ebenfalls aufgestanden. »Mad, willst du damit etwa sagen, Andy hätte eines Tages so oder so gemordet — egal, wen?«

Ihre Großmutter sah sie mitleidig an. »Natürlich nicht, Liebling. Andy ist ein ganz normales Kind mit einem Trauma. Wenn er nicht gereizt wird, tut er keiner Fliege etwas zuleide. Du vergißt, daß wir aufregende Tage durchleben. Andy hat in diesem Wagg einen Feind gesehen, einen Eindringling, der obendrein am Beinbruch seines vergötterten Terry schuld ist. Es klingt vielleicht brutal, aber ich verstehe ihn.«

Sie ging in die Garderobe und begann ächzend, sich ihre Stiefel anzuziehen.

»Wo willst du hin?« fragte Emily.

»Nachsehen, ob Joe und Jack Trembath zur Stelle sind. Kommst du mit?«

Sie gingen zusammen vor das Haus. Der plumpe Umriß des Landrovers hob sich schon auf dem Acker gegen den klaren Abendhimmel ab. Joe und Jack machten sich an der Hecke zu schaffen. Emily wußte: auch Jack versuchte jetzt, den Pfeil aus der Stirn der Leiche zu ziehen. Sie staunte über sich selbst: Vormittags war sie in Ohnmacht gefallen, nur weil Dr. Summers eine Spritze zückte, und jetzt war sie eiskalt. Dieser arme Wagg hatte vielleicht Frau und Kinder daheim, Eltern, eine Braut — auf jeden Fall jemanden, der um ihn trauern würde. Er war in bester Absicht gekommen, um Terry die Hand zu schütteln, und Andy hatte ihn ermordet. Und ihr war es egal.

»Ha, endlich!« grunzte Jack Trembath hinter der Hecke. »Nicht mal die Spitze abgebrochen.« Er riß ein Büschel Gras aus, um den Pfeil von Blut und Hirn zu säubern, und warf es dann achtlos weg.

»Falsch«, sagte Mad leise. Sie hatte sich nahe genug herangepirscht, um alles zu sehen. »Dies blutige Grasbüschel wird doch sofort gefunden.«

Jack Trembath blickte auf. Er entdeckte die beiden Köpfe jenseits der Hecke erst jetzt. »Sie haben recht«, sagte er, »man kann nicht vorsichtig genug sein.« Er ging an seinen Landrover, holte einen Sack heraus und ließ Pfeil und Grasbüschel darin verschwinden. »Das ist das wenigste. Das echte Problem ist die Leiche. Wollen Sie und Emily nicht lieber wieder hineingehen und uns alles weitere überlassen?«

»Nein«, sagte Mad. »Ich will wissen, was geschieht.«

Jack Trembath sah nachdenklich in Richtung der See. »Hat nicht viel Sinn, ihn über die Klippen zu schmeißen«, dachte er laut. »Er wird doch wieder angespült. Und so ein tiefes Loch in der Stirn kriegt man auch beim schlimmsten Sturz nicht.«

»Und noch etwas«, warf Joe ein. »Emmie hat schon vorhin sehr richtig bemerkt, daß wahrscheinlich Spürhunde für die Suche nach Wagg eingesetzt werden. Es sähe sehr komisch aus, wenn die Spur gerade da aufhörte, wo die Reifenabdrücke von Ihrem Landrover anfangen. Wir können ihn also nicht ins Auto packen. Jeder Idiot würde den Zusammenhang erraten.«

Alle schwiegen. Jack Trembath rieb sich ratlos das Kinn und starrte auf die Leiche. Der Wind frischte wieder auf und trieb eilige Wolken über den Himmel. Vielleicht gab es doch noch ein paar Regenschauer.

»Aufpassen!« zischte Emily plötzlich. »Da kommt wer!«

Joe und Mr. Trembath drückten sich an die Hecke. Emily zog ihre Großmutter unter das nächstbeste Lebensbäumchen.

»Laß das«, wehrte sich Mad. »Ist das nicht unser netter Einsiedler?«

Er war es. Er stapfte von seinem Gehölz her über den Acker.

»Tatsächlich, es ist Mr. Willis«, sagte Joe.

Jack Trembath fluchte unterdrückt. »Keine Sorge, den werd' ich schon abwimmeln!«

»Nicht nötig«, sagte Mad und trat wieder in volle Sicht, »der Mann ist unser Freund. Er hat uns schon geholfen und wird uns auch jetzt helfen.«

»Sind Sie sicher – in einer derartigen Klemme?«

Mad ignorierte das ängstliche Geflüster und ging Mr. Willis entgegen. Er hatte Terrys Pullover in der Hand.

»Den hat der Junge in all dem Durcheinander bei mir vergessen«, sagte er. »Ich dachte, er braucht ihn vielleicht im Krankenhaus, sonst hätte ich Sie nicht gestört. 'n Abend, Mister.« Er nickte Jack Trembath zu. »Wieder mal ein Schaf verirrt?« fragte er nach einem Blick auf den Landrover.

»Schlimmer«, sagte Mad. »Diesmal ist es wirklich ernst.« Sie nahm Mr. Willis am Arm und führte ihn zu der Leiche. Er erstarrte sekundenlang. Dann pfiff er tonlos, fast wie Mad.

»Allerdings«, sagte er schließlich. »Wer hat ihm das Loch in der Stirn verpaßt?«

»Andy. Mit Pfeil und Bogen.«

»Alle Achtung. Wo ist der Pfeil?«

»Schon beiseite geschafft«, sagte Jack Trembath. »Wenn wir nur wüßten, wohin mit der Leiche!«

Mr. Willis sagte gar nichts. Er beugte sich über den dunklen Körper und rückte seine Brille zurecht.

»Das Blut ist geronnen«, stellte er nach einer langen Pause

fest. »Einiges davon ist auf dem Boden, aber das läßt sich rasch untergraben. Warum war er überhaupt hier?«

Mad erklärte es ihm, und er hörte sie an, ohne sie zu unterbrechen. Dann fragte er Jack Trembath: »Außer Ihrer Tochter wußte also niemand, was er vorhatte?«

»Meines Wissens nicht. Mick und ich waren beim Melken. Meine Frau war zwar zu Hause, aber sie hat den Korporal gar nicht erwähnt. Ich nehme an, daß Myrtle ihn rasch an der Tür abgefertigt hat. Sie wußte ja, daß wir diesen Verkehr nicht gern sahen.«

»Hoffentlich hat er seinen Kameraden nicht erzählt, wo er hinging«, sagte Joe.

»Wir müssen es so deichseln, daß sie annehmen, er habe sich zwar auf dem Weg hierher befunden«, sagte Mr. Willis, »dann aber lieber einen Spaziergang über die Klippen und an den Strand gemacht. Fußstapfen finden sie sowieso nicht, der Boden ist zu hart. Aber ein Spürhund würde die Witterung trotzdem finden.«

Jack Trembath lauschte aufmerksam. »Und was schlagen Sie vor, Mister? Ich kann Ihnen nicht ganz folgen.«

Mr. Willis sah auf den Landrover. »Haben Sie ein paar Säcke mitgebracht?«

»Klar, mindestens ein halbes Dutzend.«

»Das genügt. Bitte geben Sie sie her, und auch Bindfaden und einen Strick, falls Sie so was haben.«

»Was habe ich dir gesagt, Emmie?« flüsterte Mad begeistert. »Er erledigt alles!«

Jack Trembath brachte Säcke, ein großes Knäuel feste Paketschnur und einen Kälberstrick. Mr. Willis kniete nieder und begann ohne Zögern Kopf, Schultern und Rumpf des Toten in die Säcke einzuschnüren. Als er an die Beine kam, zog er seine Wasserstiefel aus, verknotete die Laschen und hängte sie sich um den Hals. Statt ihrer zog er sich seelenruhig die Soldatenstiefel des toten Korporals an.

Er sah mit einem fast verschmitzten Zwinkern zu Jack Trembath auf. »Drücken«, stellte er lakonisch fest. »Aber damit werde ich eine Spur über die Klippen machen, auf die jeder Hund hereinfällt. Sicher ist sicher.«

Er wickelte den letzten Sack um Waggs Füße. Die Leiche glich jetzt einem unförmigen Paket. Mr. Willis zog die Schlinge des Kälberstricks darum fest und hievte das Ganze auf seinen Rücken. Als er sich aus seiner gebückten Stellung aufrichtete, baumelten die Gummistiefel auf seiner Brust.

»Heute nacht«, sagte er, »hab' ich einen lebenden Jungen auf meinem Buckel vom Strand heraufgeschleppt. Jetzt schleppe ich einen Toten wieder hinunter. Die Arbeit ist einfacher; ich brauche mich nicht mehr um seine Knochen zu kümmern.« Er hielt einen Moment inne und schaute unter seiner Last von einem zum andern. »Fahren Sie jetzt los«, sagte er zu Trembath, »wir sehen uns später noch.« Dann lächelte er zu Mad und Emily empor, die jenseits der Gartenmauer und Hecke standen. »Ich habe in meinem Leben manche Dreckarbeit machen müssen, und diese ist nicht die schlimmste. Und wenn man seinen Nächsten nicht hier und da helfen kann — wozu lebt man überhaupt?«

Er stapfte los, auf dem gleichen Weg, den er gekommen war. Sie sahen ihm schweigend nach, bis die Gestalt mit dem langen, wippenden Paket in der Dunkelheit verschwand. Jack Trembath gab Joe ein Zeichen mit dem Kopf, und sie stiegen beide in den Landrover. Der Wagen fuhr ein paarmal schwer, mit mahlenden Rädern, über die »Unfallstelle« und schwenkte dann, dicht an der Hecke entlang, in den Feldweg ein. Das Licht des Leuchtturms glänzte in regelmäßigen Abständen auf. Alle anderen Lichter, auch die auf dem Kriegsschiff, schienen ganz nah.

»Das wär's«, sagte Mad. »Den Rest müssen wir ihnen überlassen.«

Sie kehrten ins Haus zurück und zogen in der Garderobe ihre Mäntel und Stiefel aus.

»Jetzt«, meinte Mad, »könnte ich auch einen Brandy vertragen. Nur einen Fingerhut, mit Soda.«

»Sollte ich nicht mal rasch nachsehen, was Andy macht?« fragte Emily.

»Ach, der schläft wahrscheinlich schon«, erwiderte Mad. »Aber geh, wenn du willst. Sollte er noch wach sein, so sag ihm, daß alles okay ist, und gib ihm ein Küßchen von mir.«

Emily ging durch die Küche, um ins Schlafzimmer der »Mittleren« zu gelangen, und traf dort auf Dottie, die das Abendessen für Mad und sie zubereitete.

»Alle widerstandslos ins Bett gegangen«, berichtete sie. »Friede auf Erden! Ich wünschte, es wäre immer so.«

Emily ging kommentarlos weiter und öffnete vorsichtig die Zimmertür der Mittleren. In einer der Kojen regte sich etwas.

»Ich bin's nur«, flüsterte sie.

Andy setzte sich auf und leuchtete ihr mit einer Stablampe ins Gesicht. »Weck Sam und die Tiere nicht auf«, flüsterte er zurück.

Sam hatte im Schlaf einen ganz ungewohnten, selig gelösten Gesichtsausdruck. Die Taube saß aufgeplustert auf ihrer Stange und hatte den Kopf unter den gesunden Flügel gesteckt. Das Eichhörnchen hatte sich zu einem Ball zusammengerollt.

»Ich soll dir nur von Mad ausrichten, daß alles in besten Händen ist. Und ich soll dir ein Küßchen von ihr geben.«

Sie tat es, und Andy klopfte ihr freundschaftlich auf die Schulter. »Tut mir so leid, daß ich dir einen Schrecken eingejagt habe. Hoffentlich träumst du deswegen nicht schlecht. Ist Joe mit Mr. Trembath zurechtgekommen?«

»Ja, und vor allem mit Mr. Willis, der zufällig dazukam.«

»Fein. Mr. Willis kann man blindlings vertrauen.«

Sein Ausdruck wurde plötzlich ernst, fast traurig, und Emily dachte: Wird ihm vielleicht doch allmählich klar, was er angerichtet hat?

»Weißt du«, sagte er, »es ist wirklich zu schade, daß mein Vater nicht mehr lebt.«

Emily nahm seine Hand. »Warum, Schätzchen?«

»Frauen verstehen das nicht«, erwiderte er kopfschüttelnd. »Du bist zu jung, und Mad ist zu alt, und Weiber seid ihr beide. Ein Sohn möchte es seinem Vater sagen, wenn er seinen ersten Feind erlegt hat.«

Er drehte sich zur Wand, knipste seine Taschenlampe aus und schlummerte lächelnd ein.

11

Im nächsten Lokalblättchen stand noch nichts von einem vermißten Korporal. Zeitungen, Radio und Fernsehen verbreiteten sich über die neuen Wirtschafts- und Handelsbeziehungen der USUK. Was früher die NATO vergeblich versucht hatte, sollte jetzt die Vereinigung aller englischsprechenden Völker vollbringen.

Die Pläne für Großbritannien selbst mußten auf einen längeren Zeitraum verteilt werden. Niemand konnte die Augen davor verschließen, daß das Mutterland als Industrienation längst erledigt war. Aber als Touristenland konnte es hochgespielt werden. Die Millionen, die früher den

Urlaub an der Costa Brava verbracht hatten, sollten sich künftig an Geschichte und Kultur erbauen. Shakespeare, Milton, Lord Byron, Nelson, Florence Nightingale! König Johann ohne Land beim Unterzeichnen der Magna Charta! Richard der Dritte, der sein Königreich für ein Pferd gegeben hätte! Die Rosenkriege! Der Stoff war so unerschöpflich, daß Generationen mit volkstümlichen und wirklichkeitsnahen Darbietungen versorgt werden konnten. Jede Kneipe war in ein mittelalterliches Wirtshaus oder eine Postkutschenstation zurückzuverwandeln. Maskierte Raubritter auf besonderen Wunsch! Tanzbären, Hahnenkämpfe, Duelle in jeder Preislage!

Dies waren einige der Zeilen, die Mad laut aus dem Morgenblättchen vorlas. Sie schleuderte es zornig zu Boden und griff nach dem seriösen Wochenmagazin. Die Schlagzeilen waren ähnlich, wenn auch nicht so naiv-enthusiastisch. Arbeitslosigkeit, Rückgang der Tonförderung in Cornwall und somit der Porzellan- und Keramikindustrie forderten gebieterisch eine stärkere Umstellung auf den Tourismus. — Die Sprengstoffanschläge in verschiedenen Teilen des Landes wurden nur kurz angedeutet. Jeder Verstoß gegen Ruhe und Ordnung müsse unnachsichtig geahndet werden, verlangte das Magazin. Falls das Wochenende, wie zu hoffen sei, ohne Zwischenfälle bliebe, könnten auch die Schulen am Montag wieder geöffnet werden.

»Das wäre wirklich eine Erleichterung«, seufzte Emily. »Dann sind die Mittleren wenigstens von neun bis vier gut untergebracht. Nur . . .« Sie stockte. Würde Andy der Versuchung widerstehen können, sich vor den Klassenkameraden mit seiner Heldentat zu brüsten?

»Ich weiß, was du denkst«, sagte Mad. »Keine Sorge. Joe wird mit ihm sprechen, wenn er es nicht schon getan hat.

Er ist auf meinen Wunsch heute früh gleich zur Farm gegangen, um sicherzustellen, daß wir keine widersprechenden Aussagen machen. Myrtle, ihre Mutter und ihr Bruder Mick wissen von nichts; sie können also gar nichts verraten. Alles übrige ist erledigt. Joe hat mir nach Mitternacht noch Bericht erstattet.«

»Was haben sie mit der Leiche gemacht?« fragte Emily.

»Frag Joe. Mr. Willis hat sie jedenfalls spurlos beseitigt. Ich wußte ja, daß man sich auf ihn verlassen kann.«

Das Telefon klingelte, und Mad griff nach dem Hörer.

»Halt!« sagte Emily. »Du vergißt, daß du gestern erst einen Herzanfall hattest. Weißt du, wer es ist?«

Mad reichte ihr den Hörer. »Stimmt. Immer mit der Ruhe, aber sei vorsichtig. Sag auf jeden Fall, daß es mir bedeutend besser geht. Ich will schließlich nicht tagelang ans Krankenlager gefesselt sein.«

Emily nickte und nahm die Hand vom Mundstück. »Hallo? Hier Haus Trevanal.«

Eine fremde Stimme am anderen Ende sagte: »Moment, ich verbinde.« Emily sah Mad mit gehobenen Brauen an und wartete. Dann kam die hastige, bekannte, etwas wichtigtuerische Stimme über den Draht. Es war Pa.

»Oh, du bist es, Pa!«

»Kannst du mich verstehen? Die Leitung klingt sehr schwach«, sagte er und sprudelte sofort weiter, ohne ihre Antwort abzuwarten: »Was soll das heißen, daß Mad in irgendeiner Dorfversammlung aufgestanden ist und die Abgeordnete beleidigt hat? Egal, woher ich das weiß, ich habe meine Informanten. Sie hat mir viel Ärger gemacht. Emmie, sorge dafür, daß diese Dummheiten sofort aufhören. Ihr seid allesamt unangenehm aufgefallen — bei dem Guy-Fawkes-Feuerwerk. Wenn Mad sich ab sofort nicht sehr in acht nimmt, kommt sie in Sicherheitsverwahrung, notfalls sogar in die Gummizelle. Kann ich sie selber sprechen?«

»Moment«, sagte Emily. Sie legte die Hand wieder über die Sprechmuschel und flüsterte ihrer Großmutter zu: »Übernimm du ihn. Er scheint sehr ärgerlich zu sein.«

Sie reichte Mad den Hörer zurück. Mad lächelte und kuschelte sich behaglich in ihrem Kissen zurecht.

»Vic, Darling? Wie süß von dir, nach mir zu fragen. Ja, danke, es geht mir schon besser. Dr. Summers hat mich erfolgreich behandelt. Vorher hatte ich scheußliche Beklemmungen und Stiche unter den Rippen.«

Emily hörte eine Sturzflut von Fragen am anderen Ende, die sich anhörte wie ein rückwärts abgespieltes Tonband.

»Oh, ich dachte, du wolltest nur wissen, wie es mir geht«, fuhr Mad fort. »Bevil Summers hat mir vor allem Ruhe verordnet. Nein, ich glaube nicht, daß wir einen Herzspezialisten hinzuziehen müssen . . . Ich habe jetzt haufenweise Medikamente. Wie bitte? Ich übernehme mich? Im Gegenteil, ich nehme alles sehr gelassen — anders als du, glaube ich.« Sie grimassierte Emily zu. »Aber gestern hatten wir einen wirklich aufregenden Unfall.« Emilys Herz drohte auszusetzen. »Terry mußte mit einem Beinbruch ins Krankenhaus. Dr. Summers nahm die Kurve zu unserer Einfahrt zu schnell, um mir zu helfen, und Terry hatte ihn am Pförtchen erwartet. Der Doktor streifte ihn, Terry fiel hin, und . . . Himmel, ja, so was kommt in Streßsituationen eben vor. Nein, Liebling, du brauchst bei uns keineswegs nach dem Rechten zu sehen, wie du es nennst. Ach so, du willst uns besuchen? Das klingt schon erfreulicher. Du weißt, daß dein Zimmer immer bereit ist. Wie? Du hast einen Generalpaß? Ist ja wunderbar. Mehr, als wir von uns sagen können.«

Sie legte den Hörer auf und wandte sich Emily mit einer

beredten Geste zu. »Nichts zu machen. Er will partout kommen ... Du weißt ja, wie er ist. Drehe die Heizdecke im Gastzimmer an, Emmie, und sieh zu, ob du bei Tom Bate ein paar frische Seezungen kriegen kannst.«

Das hat uns gerade noch gefehlt! dachte Emily, als sie an ihr Tagewerk eilte. Erst die Aufregung wegen Terry, dann die verstohlene Bergung einer Leiche, und nun, zur Krönung des Ganzen, noch Pa, der von nichts weiß und wahrscheinlich größten Wert darauf legt, es mit der neuen Obrigkeit nicht zu verderben ... Überdies hat er in der Eile zu sagen vergessen, wann er kommt. Heute mittag? Heute abend? Morgen?

Das Leben ist zu kompliziert, stöhnte sie innerlich, als sie zum Einkaufen nach Poldrea fuhr und an der Straßensperre ihren Passierschein vorwies.

Die erste Bekannte, die sie im Supermarkt sah, war Mrs. Trembath. Sie wich instinktiv zurück, aber zu spät. Mrs. Trembath hatte sie ebenfalls gesehen und steuerte eilig auf sie zu.

»Sind sie bei euch auch schon gewesen?« fragte sie leise.

»Wer? Was?« fragte Emily erschrocken zurück.

»Na, dieses Suchkommando von der Marine. Drei Mann hoch. Sie haben uns ausgequetscht, bis die arme Myrtle in Tränen ausbrach und Jack sagte, er würde sich beschweren. Was hätte der vermißte Korporal mit seiner minderjährigen Tochter zu tun? Myrtle ist doch noch nicht mal sechzehn. Ich habe Myrtle ins Bett gelegt, und dann mußte ich unbedingt zum Einkaufen fahren. Aber beim Weggehen hörte ich den Offizier noch sagen, sie müßten jetzt nach Haus Trevanal, und dann würden sie die ganze Gegend absuchen.«

Nun ist es soweit! dachte Emily. Früher als befürchtet. Sie

hatte geglaubt, nach den letzten Ereignissen auf alles gefaßt zu sein, aber dem war nicht so. Ihr Herz holperte.

»Wir können den Leuten auch nichts sagen«, behauptete sie mit gespielter Ruhe. »Wir hatten genug eigene Sorgen. Sie wissen doch, Terry . . .«

»Hat sich das Bein gebrochen, ja. Dr. Summers hat ihn angefahren. Pech. Ich weiß schon alles von Joe, der Jack gestern abend geholfen hat, ein verirrtes Mutterschaf einzufangen. Warum sind die Jungen nur nach dem Feuerwerk noch so lange unterwegs gewesen?«

»Weiß ich doch auch nicht«, sagte Emily und schluckte kurz. »Jungen gehen eben ihre eigenen Wege . . . Grüßen Sie Myrtle von mir, Mrs. Trembath, und sagen Sie ihr, daß Terry soweit in Ordnung ist. Pardon, ich muß jetzt einkaufen . . .«

Sie durchwandelte den Supermarkt wie ein Roboter, ständig Dotties Einkaufsliste in der Hand: Fleisch, Speck, Käse, Zucker. Dann ging sie in Tom Bates Fischladen. Dort war kein solcher Andrang.

»Seezungen?« Tom Bate lachte ihr ins Gesicht. »Wo sollte ich die jetzt fangen? Ich habe tiefgefrorenen Butt, wenn Sie den wollen.«

Gefrierfisch war das letzte, Pa wollte immer Fisch, wenn er an die Küste kam. Dottie würde schon irgendeinen Trick wissen, um alten Butt in frische Seezunge zu verwandeln.

»Wer ist eigentlich auf die Idee gekommen, den Guy als Ami zu kostümieren?« fragte Tom Bate, während er die Fischfilets einwickelte. »Die Jungen oder die Oma?«

Emily sah ihn einen Moment verständnislos an. Ihr schien der turbulente Abend schon weit zurückzuliegen. »Alle miteinander, glaube ich«, sagte sie dann mit gezwungenem Lächeln.

Tom Bate lachte in sich hinein. »Hab' nie 'ne bessere Meinungsäußerung gesehen. Das vergessen wir nicht so bald, ebensowenig wie ihren Auftritt in der Stadthalle. Bestellen Sie Ihrer Oma von mir, daß viele in Poldrea genauso denken und daß wir uns jederzeit zu ihrer Verfügung halten, wenn sie uns brauchen sollte.«

»Danke, Mr. Bate, ich werd's ausrichten«, sagte Emily.

»Dieser Blödsinn mit unserer Historie — den hat sich sicher die amerikanische Kulturziege ausgedacht. Ehe wir bis drei zählen können, stecken wir alle in Schmuggler- und Piratenkostümen und was weiß ich. Aber das sag' ich schon heute: Wenn ich in der nächsten Touristensaison einen Ami-Froschmann an meinen Hummerfallen erwische, mache ich Hackfleisch aus ihm und benutze ihn als Köder.«

Aus der USUK-Verbrüderung wird nie etwas, dachte Emily, als sie mit ihren Einkäufen zurückfuhr. In Poldrea waren mehr Soldaten auf den Beinen als am Dienstag, als sie mit Mad in die Stadt gefahren war. Es sah nicht nach einer Freundschaftsvisite aus, sondern nach Okkupation. Der Posten an der Straßensperre schien ihren Passierschein eingehender zu prüfen als neulich. Bildete sie es sich nur ein, weil sie ein schlechtes Gewissen hatte?

»Okay?« fragte sie mit ihrem liebenswürdigsten Lächeln.

»Okay«, sagte er und ließ sie durchfahren. Er hatte ihr Lächeln nicht erwidert.

Als sie den Wagen in die Garage brachte, rannten Colin und Ben hinter dem alten Stallgebäude hervor, wo sie gespielt hatten. Colin trug ein Küchensieb als Helm auf seinen blonden Locken und ein Stück Bambusrohr im Gürtel, das beunruhigend scharf zurechtgeschnitzt war.

»Hallo, Emmie, dein Freier wartet schon!« rief er.

»Was für ein Freier?«

»Na, wer schon? Dein Leutnant Sherman natürlich. Er sitzt mit Madam im Salon. Dottie hat Ben und mir gerade in der Küche ein Brot gemacht, und da klingelte er und fragte Dottie: ›Verzeihung, ist Miss Emily zu Hause?‹« Colin imitierte die höfliche Haltung und den Akzent des Leutnants teuflisch genau. »Also geh rasch rein und frag ihn, was er von dir will«, fügte er mit seiner normalen Stimme hinzu. Er wies auf seinen Bambusdolch. »Wenn er frech wird, brauchst du nur laut zu schreien. Wir bleiben in der Nähe. Komm, Ben.«

»Sch ... sch ... sch ...« machte Ben und lief seinem Abgott nach. Emily ging langsam durch den Hofeingang in die Küche und packte ihre Einkäufe aus.

»Leutnant Sherman ist da«, berichtete auch Dottie als erstes. »Ich hab' ihm gesagt, du wärst in der Stadt, und er wollte schon wieder gehen, aber Madam rief aus dem Musikzimmer, er solle nur hereinkommen. Er hatte sichtlich keine Lust, sich mit Madam zu unterhalten, aber was blieb ihm anderes übrig? Was hast du denn da mitgebracht – Fischfilet aus der Gefriertruhe? Damit kann ich nicht viel anfangen.«

»Tom Bate hatte nichts anderes. Wo sind Andy und Sam?«

»Im Gemüsegarten bei Joe. Sie scheinen sich ausnahmsweise mal nützlich zu machen.«

In der Garderobe sah Emily kurz in den Spiegel. Ein bißchen zerzaust ... Machte nichts; ein paar Kammstriche brachten das in Ordnung. Wichtiger war die Frage, ob Mad ihre Rolle als herzkranke alte Dame nicht vergessen hatte. Der Anblick, der sich Emily beim Betreten des Musikzimmers bot, beruhigte sie. Leutnant Sherman saß auf der Kante eines Sessels und streichelte mit verlegener Miene Folly, die einen geradezu ironischen Zug um die Schnauze hatte. Mad lehnte blaß und vornehm in vielen Sofakissen. Emily sah sofort, daß sie heute statt der üblichen naturfarbenen Make-up-Creme eine viel hellere benutzt hatte.

»Ah, da bist du ja, Kind«, sagte sie matt, während der Leutnant aufsprang und Haltung annahm. »Reizend von Leutnant Sherman, daß er eigens herkommt, um sich nach meinem Befinden zu erkundigen. Dabei fühle ich mich so schuldig an Terrys Beinbruch. Hätte ich den Doktor nicht gerufen, so hätte er Terry nicht angefahren, und der arme Junge läge jetzt nicht im Krankenhaus. Aber der Leutnant hat auch Sorgen. Denk dir, der nette Korporal Wagg, der voriges Wochenende mit den andern in unserem Stallgebäude einquartiert war, soll spurlos verschwunden sein. Leutnant Sherman wollte fragen, ob einer von uns ihn seit gestern nachmittag gesehen hat. Ich habe ihn gebeten, deine Rückkehr abzuwarten.«

»Korporal Wagg?« Emily schüttelte den Kopf. »Nein. Seit er und seine Kameraden am Dienstag abgezogen sind, ist er nicht mehr hier gewesen. Aber war er nicht beim Feuerwerk in Poldrea dabei? Ich habe so eine schwache Erinnerung, ihn später am Strand gesehen zu haben. Vielleicht erinnern Sie sich auch; wir waren ja zusammen.«

Ihr anzüglicher Blick bereitete dem Leutnant spürbares Unbehagen.

»Klar erinnere ich mich«, sagte er. »Wagg war mit dem Mädchen von der Farm ... spazieren. Wir haben schon auf der Farm nachgefragt, aber die Trembaths wissen auch nichts.« Er wandte sich der leidenden Gestalt auf dem Sofa zu. »Ich möchte Sie nicht mit Einzelheiten behelligen, Ma'am, zumal Sie krank sind und genug Sorge um Ihren Jungen haben. Kann ich noch ein Wort mit Miss Emily ...?«

Mad nickte Emily unmerklich zu. Das hieß: Ja, mach du weiter!

»Wir können ins andere Zimmer gehen«, schlug Emily lächelnd vor. Dann beugte sie sich zärtlich über Mad. »Brauchst du etwas, Liebling? Soll ich dir etwas holen?«

Die Patientin schüttelte den Kopf. »Danke, mach dir keine Sorgen um mich.« Sie tätschelte Follys Kopf. »Wir beiden alten Weiber werden aufeinander aufpassen. Wahrscheinlich machen wir vor dem Mittagessen noch ein Nickerchen.« Sie lächelte dem Leutnant verabschiedend zu. »Falls mein Sohn heute aus London kommt, muß ich in Form sein.«

Sie verließen das Zimmer. Im Korridor fragte Wally Sherman leise: »Geht es ihr so schlecht, daß Sie ihren Sohn benachrichtigen mußten? Ich gebe zu, sie sieht bedenklich blaß aus.«

»Ja, mein Vater ist ziemlich besorgt. Wenn ich ihn am Telefon richtig verstanden habe, ist er spätestens heute abend hier.«

»Sie sollte vielleicht lieber ins Krankenhaus.«

»Um Himmels willen, einer von der Familie langt. Das Sprichwort stimmt — ein Unglück kommt selten allein. Was ist nur wirklich mit Korporal Wagg los? Verschwunden, sagen Sie?«

Sie hatten inzwischen das Eßzimmer betreten, wo der Tisch für zwei gedeckt war. Hoffentlich wunderte der Leutnant sich nicht darüber, daß die Herzkranke offenbar die Absicht hatte, zum Essen aufzustehen. Aber ihm schien nichts aufzufallen.

»Ich wollte es vor Ihrer Großmutter nicht erwähnen«, sagte er, »aber wir haben Grund zu der Annahme, daß Wagg am späteren Nachmittag bei Ihnen vorsprechen wollte. Wenigstens hat Myrtle Trembath dies ausgesagt. Er hat sie nämlich kurz gesehen, soviel steht fest.«

»Ach ja, wie blöd von mir!« Emily faßte sich an die Stirn.

»Ich erinnere mich jetzt, daß Myrtle mir telefonisch davon erzählt hat, aber in der Aufregung um meine Großmutter und Terry habe ich's total vergessen. Richtig, Myrtle sagte, der Korporal wollte mit Terry sprechen, und ich sagte, es hätte keinen Zweck, denn Terry läge im Krankenhaus, und dann habe ich, offen gestanden, keinen Gedanken mehr an dieses Telefonat verschwendet. Es schien mir nicht wichtig genug, zumal der Korporal gar nicht erschienen ist. War er überhaupt nicht mehr im Camp?«

»Nein, das ist es ja eben«, sagte der Leutnant bedrückt. »Ich habe Ihren Joe und die beiden anderen Jungen draußen im Gemüsegarten auch schon gefragt, ob sie ihm nicht zufällig begegnet sind, aber keiner hat ihn gesehen. Na, das ist nicht Ihr Problem. Ein paar Leute sind als Suchkommando mit Sprechfunk unterwegs, und wer ihn findet, gibt uns sofort Bescheid. Es kann ja sein, daß er einen langen Spaziergang gemacht hat, nachdem er die Farm verließ, und irgendwo mit einem verstauchten Knöchel in den Felsen hockt . . .« Er wandte sich der Tür zu.

»Darf ich Ihnen nicht etwas anbieten?« fragte Emily.

»Danke, nein, ich muß weiter.« Sie traten in den Korridor. »Ach, übrigens, wie heißt der sonderbare alte Knabe, der da oben in Ihrem Waldstück haust? Ich möchte ihn auch noch kurz befragen, ehe ich mich im Camp zurückmelde.«

»Mr. Willis«, sagte Emily. »Er ist ein bißchen eigenbrötlerisch.«

Die Tür des Musikzimmers öffnete sich einen Spalt weit. Folly hatte sie mit der Nase aufgestoßen.

»Was ist mit Mr. Willis?« rief Mad vom Sofa her und versuchte sich hochzurappeln.

»Bitte, bleiben Sie liegen, Ma'am«, rief der Leutnant zurück. »Mir ist nur eben der Gedanke gekommen, daß ich

Ihren Pächter auch noch fragen könnte, ob er Wagg gesehen hat.«

»Er ist nicht direkt mein Pächter«, erwiderte Mad und ließ sich wieder zurücksinken, »aber ein ganz entzückender alter Herr. Er war Chorknabe und später Chorleiter in der Presbyterkirche. Seit seiner Pensionierung lebt er sehr zurückgezogen. Emmie, mein Schatz, warum begleitest du den Leutnant nicht und siehst nach, ob Mr. Willis zu Hause ist? Bis zum Mittagessen hast du noch massenhaft Zeit.«

Emily verstand den Wink. Sie sollte bei dem Verhör notfalls eingreifen oder von peinlichen Fragen ablenken. Mr. Willis hatte ihnen zwar unschätzbare praktische Hilfe geleistet, aber wie weit reichte sein Talent, sich herauszulügen?

»Ich hätte nicht zu hoffen gewagt, daß ich auf diese Weise wenigstens zu einem Spaziergang mit Ihnen komme«, gestand Wally Sherman, als sie sich auf den Weg machten. »Wissen Sie was? Ich habe das Gefühl, daß Ihre Großmutter auf unserer Seite ist.«

Auf eurer Seite! Wenn du wüßtest! dachte Emily. Auf diesem Weg hat Mr. Willis die verpackte Leiche gestern abend davongeschleppt. Eben bist du über die Stelle gegangen, Wally Sherman, wo Andys Pfeil den armen Wagg tödlich getroffen hat. O lieber Gott, laß alles gut werden . . .

»Sobald die Lage sich normalisiert hat«, fuhr der Leutnant fort und nahm Emilys Arm, wodurch er ihr das Gehen auf dem steinigen Pfad ziemlich erschwerte, »müssen wir beide uns näher kennenlernen, ja? Ist es sehr zudringlich, wenn ich Sie frage, wie alt Sie sind?«

»Zwanzig.«

»Ich bin fünfundzwanzig. Ich hätte Sie für jünger gehalten, so um die ›süßen Siebzehn‹. Unsere Mädchen in Amerika sind alle so verwöhnt und blasiert.«

Emily wußte nichts zu erwidern. Sie stand Todesängste aus, daß sie von dem ansteigenden Klippenpfad aus plötzlich eine Leiche in der Tiefe sehen könnten, auf den schmalen Uferstreifen angeschwemmt oder im Tang verfangen . . . Bis ein Uhr würde Ebbe sein . . .

»Ob Sie's mir glauben oder nicht«, redete Wally Sherman weiter, »als ich mit Oberst Cheeseman zu Ihrem Haus kam und Sie sah, da war mir auf den ersten Blick klar: Die oder keine! So ein Mädchen finde ich mein Lebtag nicht mehr!«

Wenn ich mich mit ihm einließe, dachte Emily, würde ich ihn wahrscheinlich von dem Gang zu Mr. Willis abhalten, aber ich bin im Moment einfach nicht in der Lage, mich im Wald abknutschen zu lassen. Andererseits darf ich nicht zu abweisend sein, sonst wird er sauer, und falls doch etwas herauskommt . . .

»Habe ich Sie beleidigt?« fragte er, da sie so anhaltend schwieg. Sie raffte sich zu einer Antwort auf.

»Nein, natürlich nicht. Aber ich glaube, Sie machen sich nicht ganz klar, daß viele in diesem Lande noch unter einer Art Schockwirkung stehen. Ich rede nicht von unseren Privatangelegenheiten, meiner Großmutter und Terry, sondern von Ihrer plötzlichen Landung, die fatal an eine feindliche Invasion erinnerte. Trotz aller schönen Worte sehen wir nicht ein, wozu Straßensperren und Kriegsschiffe gut sein sollen. Die Begleitumstände dieser Union sind nicht normal. Wir alle haben darunter zu leiden — Sie nicht zuletzt.«

»Da haben Sie ein wahres Wort gesprochen«, seufzte er, und sein betrübtes Gesicht erinnerte sie in diesem Moment an einen ihrer eigenen verwundbaren Brüder, Joe, Terry, selbst Andy. Sie gingen schweigend weiter, bis Wally plötzlich sagte:

»Da unten sind zwei von meinem Suchkommando.«

Emily stockte das Herz, als sie sah, wie zwei Marinesoldaten mit langen Stangen in den Tangbänken herumstocherten. Wally Sherman legte die Hände trichterförmig an den Mund und schrie ihnen zu: »Noch nichts gefunden?«

Sie blickten empor und antworteten mit einer verneinenden Geste.

»Ich gehe noch bis zur Waldhütte«, rief er hinunter. »In einer halben Stunde Treffen unten. Ich weiß auch noch nichts Neues.«

Wenn Mr. Willis nun gar nicht da ist? dachte Emily. Der Leutnant ist im Dienst; er darf und muß wahrscheinlich verschlossene Türen aufbrechen, wenn er eine Durchsuchung für nötig hält. Und wenn er Indizien findet — Militärstiefel und Säcke zum Beispiel? Ihr wurde fast schlecht vor Angst, und das schlimmste war, daß sie sich nichts anmerken lassen durfte.

»Warum suchen Sie eigentlich nur hier herum?« fragte sie. »Könnte Korporal Wagg nicht nach Verlassen der Farm auch in die andere Richtung gegangen sein, die Küste entlang oder landeinwärts nach St. Austell?«

»Haben wir schon nachgeprüft. Da sind überall Straßensperren, bei denen er seinen Ausweis hätte zeigen müssen. Alle Auskünfte waren negativ. Das ist ja das Rätselhafte an der Sache. Seit er mit der kleinen Trembath gesprochen hat, kann er sich nur in einem ziemlich begrenzten Umkreis bewegt haben. Hoffentlich kann Ihr alter Einsiedler uns einen Tip geben.«

Die Bäume schlossen sich dichter um sie. Der Pfad wurde weicher und feuchter.

»Hier sind frische Fußspuren, obwohl es in der Nacht wieder gegossen hat«, sagte der Leutnant plötzlich.

»Schon möglich. Dieser Weg ist immer morastig. Die ärmeren Leute kommen im Umkreis von drei Dörfern hier herauf, um Reisig zu sammeln. Es ist eine Art Niemandsland, müssen Sie wissen. Der Rechtsstreit, wem es wirklich gehört, dauert schon jahrzehntelang.«

»Ein bißchen spukhaft, nicht?« Er drückte ihren Arm. »Würden Sie gern bei Nacht allein hier spazierengehen?«

Die Antwort blieb ihr erspart, denn die Hütte wurde zwischen den Baumstämmen sichtbar. Aus ihrem Schornstein kräuselte sich eine Rauchwolke.

»Der alte Herr scheint zu Hause zu sein«, folgerte Wally Sherman scharfsinnig. Emily nahm ihren ganzen Mut zusammen und blieb am Rand der Lichtung stehen.

»Hören Sie mal, Wally, wir können dem Ärmsten nicht so unangemeldet auf die Bude rücken. Er kriegt womöglich einen Herzschlag, wenn er Ihre Uniform sieht. Mich kennt er wenigstens. Soll ich nicht klopfen und ihn schonend vorbereiten, und Sie kommen nach?«

»Okay.«

Emily ging durch den sauberen Vorgarten auf die Haustür zu und klopfte, erst leise, dann lauter, erhielt aber keine Antwort. Ratlos und zögernd ging sie um die Ecke, um durch das Seitenfenster zu spähen. Im Wohnraum hatte sich seit gestern einiges verändert, was sie aber nur unterbewußt wahrnahm, denn genau in der Mitte stand Mr. Willis splitternackt in einer altmodischen Zinkwanne und schrubbte sich emsig ab. Emily wich bei diesem Anblick zusammenzukkend zurück. Wie taktlos, einen alten Mann zu bespitzeln, der sich allein glaubte!

Doch Mr. Willis hatte ihren Schatten am Fenster schon bemerkt und fuhr seinerseits herum, wobei er hastig nach einem Handtuch griff, um seine Blöße zu bedecken. Sie gab ihm durch Zeichen zu verstehen »Keine Sorge, ich bin es nur«, wandte sich beschämt ab und ging zu Wally Sherman zurück.

»Was ist los? Ist er krank?« fragte er.

»Nein, aber wir können ihn jetzt nicht stören. Er nimmt gerade ein Stehbad.«

Wally Sherman lachte. »Wenn's weiter nichts ist! Sie machten ein Gesicht, als hätte er sich am Deckenbalken erhängt. Ich gehe allein, wenn es Sie geniert.«

»Nein, nein . . . Warten Sie noch ein paar Minuten.« Sie kehrte an die Haustür zurück, und diesmal erschien Mr. Willis auf der Schwelle. Er hatte sich offenbar in höchster Eile das Badetuch um die Hüften geschlungen und sich eine alte Jacke über die Schultern geworfen. Seine Augen wirkten ohne Brille am nacktesten. »Ach, Sie sind's«, sagte er blinzelnd, in vorsichtigem Ton, und fragte dann: »Was verschafft mir die Ehre?«

»Ich habe einen Leutnant von der USUK herbegleitet«, erwiderte Emily laut. »Da drüben steht er. Ein Korporal seiner Einheit wird seit gestern nachmittag vermißt, und nachdem er auf der Farm und bei uns war, möchte er auch Sie fragen, ob Sie ihm nicht irgendeinen Hinweis geben können.«

Mr. Willis nickte unmerklich; er hatte verstanden, daß bisher noch kein Verdacht bestand. Er blickte mit zusammengekniffenen Augen zu Sherman hinüber und rief: »Kommen Sie nur herein, junger Mann! Entschuldigen Sie, daß ich nicht ganz empfangsfähig bin. Freitags habe ich immer große Wäsche. Erlauben Sie, daß ich erst meine Brille hole. Ohne sie sehe ich so gut wie nichts.«

Er verschwand, die Tür offenlassend, im Hausinnern, und Emily wartete auf Wally Sherman.

»Gehen Sie jetzt lieber allein hinein. Ich bleibe draußen. Es wird ja nicht lange dauern.«

Sherman lachte ihr verständnisinnig zu, während er an ihr vorbei in die Hütte trat. Wenn du wüßtest, wie wenig mir nach Lachen zumute ist! dachte Emily. Sie stopfte die Hände in die Manteltaschen und sah geistesabwesend in die Runde. Auf dem sauberen kleinen Anwesen, das Mr. Willis sich selbst geschaffen hatte, wuchsen Feldsalat, Rosenkohl und anderes Wintergemüse. Im Hintergrund befand sich ein Komposthaufen, der hauptsächlich aus Tang bestand. Mr. Willis hatte kürzlich auch welke Blätter und anderen Abfall verbrannt; ein angesengter Rest sah aus wie ein alter Sack. Ein alter Sack . . .!

Wally Sherman erschien wieder auf der Schwelle. »Mr. Willis sagt, Sie sollen nicht im Kalten herumstehen. Er hat sich inzwischen anständig angezogen.«

Sie folgte ihm ins Zimmer. Mr. Willis hatte jetzt einen fadenscheinigen Schlafrock und Pantoffeln an und den Badezuber an die Wand geschoben. Um den Kamin, in dem ein helles Feuer brannte, hingen allerlei Wäschestücke zum Trocknen auf einer Leine, darunter auch die grauen Hosen, die er gewöhnlich trug, und der ewige Rollkragenpullover. Sogar den Regenmantel hatte er gewaschen . . . Und die alte Flinte hing nicht mehr an der Wand.

»Ja, Freitag ist mein Putztag«, wiederholte Mr. Willis. »Da schrubbe ich alles gründlich ab, die Böden, die Fenster und mich selber. Meine Mutter hat mir diese eiserne Lebensregel für immer eingehämmert. Ich war der Jüngste in einer zehnköpfigen Familie. Drei meiner älteren Brüder sind ausgewandert, zwei nach Australien und einer nach Kanada. Ich habe immer von einer großen Amerikareise geträumt, aber es ist leider nie etwas daraus geworden. Meinen Sie, daß es jetzt zu spät für mich ist?«

Er lächelte den Leutnant an und putzte umständlich seine Brille. Emily bewunderte seine Schauspielerei — er gab Mad darin in nichts nach. Es mußte das gemeinsame keltische Blut sein. Alle Waliser sind geborene Komödianten.

»Es ist nie zu spät, Mr. Willis«, antwortete Wally Sherman. »Sie können einen der ersten Rundflüge mitmachen, sobald sich die Lage beruhigt hat. Die USUK plant ein Flugprogramm, das sich jeder leisten kann, mit vielen Extravergünstigungen für Rentner und Minderbemittelte.«

»Das freut mich zu hören. Ich habe mich zwar ganz nett hier niedergelassen, aber das heißt noch lange nicht, daß ich für immer hier festgenagelt bin, was?«

»Gewiß nicht«, sagte der Leutnant herzlich und zwinkerte Emily zu. »Nun aber zu meinem dienstlichen Anliegen, Mr. Willis. Ich habe . . .«

Doch Mr. Willis war nun einmal im Zuge und ließ sich nicht unterbrechen. Entweder spielte er den Schwerhörigen oder den geschwätzigen Greis.

»Ich könnte zwei Fliegen mit einer Klappe schlagen«, sinnierte er weiter. »Erst meinen Bruder in Kanada besuchen und dann über New York durch die ganze USUK reisen. Wir schreiben uns noch gelegentlich, aber wir haben uns über vierzig Jahre nicht gesehen. Er hat inzwischen zum zweitenmal geheiratet. Seine erste Frau, Edith hieß sie, war ein zauberhaftes Wesen. Sie starb qualvoll an Rückenmarkstuberkulose und ließ ihn mit drei Kindern allein. Furchtbare Schicksale gibt's. Eine Witwe aus der Nachbarschaft hat sich dann seiner und der Kinder erbarmt, und es scheint ganz gut zu klappen.«

Der Leutnant, der mehrmals vergeblich versucht hatte,

diesen Redefluß abzustoppen, lächelte etwas verkrampft. »Das ist ja fein«, sagte er. »Ende gut, alles gut. Entschuldigen Sie, Mr. Willis, ich möchte Sie nicht drängen, aber ich bin im Dienst . . .« Er warf Emily einen hilfeflehenden Blick zu.

»Leutnant Sherman leitet ein Suchkommando«, sagte sie laut, als hielte sie Mr. Willis wirklich für schwerhörig. »Ein Korporal seiner Einheit wird seit gestern vermißt. Er möchte gern wissen, ob Sie ihn zufällig gesehen haben.«

Mr. Willis rückte seine Brille zurecht und starrte den Leutnant an. »Ein Mann vermißt? Schlimm. Verzeihen Sie meine Redseligkeit. Das kommt vom vielen Alleinsein. Ich rede sogar schon mit mir selber. Aber bitte, würden Sie mir jetzt die genauen Begleitumstände schildern?«

Wally Sherman brachte geduldig und klar alles vor, was er wußte. Mr. Willis hörte ihn diesmal ohne Unterbrechung an. Dann schüttelte er langsam den Kopf.

»Wenn es gestern nicht fast den ganzen Tag geregnet hätte, wäre ich ihm vielleicht begegnet, das heißt, wenn er einen Strandspaziergang gemacht hätte. Bei schönem Wetter gehe ich nämlich fast regelmäßig an den Strand, um Tang und Treibholz zu sammeln. Holz brennt viel besser, wenn es im Salzwasser gelegen hat, müssen Sie wissen — gar kein Vergleich mit dem morschen Zeug aus dem Wald. Aber da es gestern so regnete, habe ich mein schönes Treibholz hier vor dem Kamin getrocknet und bin gar nicht ausgegangen. Am Waschtag brauche ich immer ein gutes, anhaltendes Feuer. Sehen Sie sich mal diese Planke an! Erstklassige Eiche. Die ist mir vorläufig noch zu schade zum Verfeuern. Wer weiß, ob ich sie nicht für eine Reparatur brauche. Darf ich Ihnen beiden eine Tasse Tee anbieten? Es dauert keine fünf Minuten. Ich habe einen Spirituskocher. Heutzutage mokieren sich alle über so was Altmodisches, und leider ist kaum noch einer aufzutreiben, wenn der alte kaputtgeht. Meiner ist zum Glück unverwüstlich. Ich würde ihn für alle Schätze der Welt nicht hergeben.«

Wally Sherman warf Emily wieder einen Blick zu und stand auf. »Herzlichen Dank für das freundliche Angebot, aber diese junge Dame wird zu Hause zum Mittagessen erwartet, und ich muß zu meinen Leuten. Schade, daß Sie uns auch nicht weiterhelfen konnten, aber na ... es war ein Vergnügen, Sie kennenzulernen.«

»Ganz meinerseits.« Mr. Willis strich sich nachdenklich über das unrasierte Kinn. »Wenn es gestern nicht bis zum Abend geregnet hätte ... Ich hoffe nur, Ihr Kamerad hat es sich nicht in den Kopf gesetzt, um den Klippenvorsprung herumzugehen, den wir *Crane Point* nennen, um die Küste von der anderen Seite zu bewundern. Besonders bei Flut kann das sehr gefährlich sein. Wie oft habe ich die Sommergäste schon warnen müssen! Aber gerade die Jugendlichen tun's immer wieder. Sie denken, so ein bißchen Herumklettern ist doch ganz harmlos. Im Sommer kommen sie ja auch meist mit dem Schrecken davon, aber wenn es auf den Winter zugeht, rutschen die Klippen nach Regenfällen teilweise ab, und ...« Er wiegte bedenklich den Kopf. »Ich kenne die ganze Küste wie meine Hosentasche, aber in dieser Jahreszeit würde ich mich nie in den Klippen herumtreiben.«

Sie waren an der Tür angelangt. Sherman schüttelte Mr. Willis die Hand.

»Vielen Dank für die Information. Wir haben in aller Frühe einen Helikopter auf die Suche geschickt, aber unterhalb von *Crane Point* war nichts. Auf Wiedersehen, Mr. Willis.«

»Kommen Sie mal wieder«, antwortete der Einsiedler. »Ab und zu hätte ich doch gern ein bißchen Gesellschaft.

Nächstes Mal bin ich hoffentlich gleich richtig angezogen. Und ich wünsche Ihnen einen erfolgreichen Abschluß Ihrer Suchaktion.«

Auch Emily verabschiedete sich. Selbstverständlich unterließ sie jeden Dank für die gute Zusammenarbeit.

Wally Sherman schnappte draußen nach Luft. »Also — der alte Herr ist ja bestimmt ein Original, aber er kann einen totquatschen!«

»Alte Leute, die immer allein sind, werden so«, sagte Emily.

Er hakte sie wieder unter, während sie über den feuchten Waldweg zurückgingen.

»Wollen wir einen Pakt schließen? Wir beide wollen nicht unser Leben lang allein sein!«

»Ich weiß einen Abkürzungsweg über die Felder«, sagte Emily hastig. »Hier ist die Abzweigung. Ich fürchte, der Besuch bei Mr. Willis war für Sie reine Zeitverschwendung.«

»Da ich mit Ihnen zusammen sein durfte«, erwiderte er, »war es keine. Was meinen dienstlichen Auftrag betrifft, so ist allerdings nichts dabei herausgekommen. Ja, Emily, ich muß nun leider zum Stützpunkt zurück. Dieser verflixte Dienst . . . Ich kann noch nicht sagen, wann wir uns wiedersehen.«

»Macht nichts«, sagte sie. »Alles Gute.«

Er kletterte über den Drahtzaun einer Weide, winkte noch einmal und kam rasch außer Sicht. Emily blieb unentschlossen stehen. Sollte sie stracks heimkehren oder noch einmal unter vier Augen mit Mr. Willis reden? Eine innere Stimme warnte sie davor, sich noch tiefer in das Verschwörungsnetz zu verwickeln. In manchen Fällen war es besser, man wußte zuwenig als zuviel. Trotz dieser Einsicht kehrte sie zu der Waldhütte zurück.

Mr. Willis schien Gedanken lesen zu können, denn er stand, jetzt in seiner gewohnten Strandläuferkluft, vor dem Haus und hatte sie ganz offensichtlich erwartet. Beim Näherkommen hörte sie ihn leise den Schluß einer alten Ballade singen:

»Mein Vater liegt fünf Faden tief,
Zu Korallen ward sein Gebein . . .«

Es rieselte ihr kalt über den Rücken.

»Ich wollte mich nur noch bei Ihnen bedanken«, sagte sie verlegen. »Der Leutnant ist unverrichteter Dinge zu seinem Stützpunkt zurückgekehrt.«

Die hellgrauen Augen glitzerten hinter den dicken Brillengläsern. »Den haben wir ganz schön an der Nase herumgeführt, was? Sagen Sie Ihrer Oma, daß wir beide einen Orden verdient haben.«

Sie brachte ein Lächeln zustande. »Werd' ich tun.«

»Gott bewahre mich vor einem Amerikaflug«, sagte Mr. Willis. »Nicht geschenkt!«

Er schloß die Tür seiner Hütte sorgfältig mit einem Schlüssel ab, den er an einer langen Kordel um den Hals trug und nun unter dem Rollkragen verschwinden ließ.

»Will mal nachsehen, was die Burschen um den Hafen herum treiben. Heute werden sie kaum etwas finden, aber es ist nicht auszuschließen, daß die Leiche morgen oder übermorgen hochkommt. In leicht ramponiertem Zustand natürlich. Wegen der Stirnwunde mußte ich ihm ein bißchen den Schädel einschlagen, und die See besorgt das übrige. Egal, welche Todesursache bei ihm festgestellt wird — man kann es uns nicht mehr in die Schuhe schieben.«

Ihr gruselte es fast noch mehr als beim Anblick, den der tote Korporal mit Andys Pfeil zwischen den Augen geboten hatte. Ihre Ängste waren nicht vorüber. Sie hatten gerade erst angefangen.

Mr. Willis wandte sich dem steilen Serpentinenpfad zu, den er als Privatweg zum Strand benutzte. Er hatte eine alte Segeltuchtasche für Treibholz in der einen Hand und seine Zipfelmütze in der andern. Bevor er die Mütze aufsetzte, vollführte er eine komödiantische Verbeugung vor Emily. »Ach, eins noch«, sagte er. »Wenn Sie den hoffnungsvollen Jüngling Terry im Krankenhaus besuchen, bestellen Sie ihm, daß ich das Gely narrensicher versteckt habe. Vielleicht brauchen wir's früher als gedacht.« Er stieg, vor sich hinlachend, den Steilpfad hinab.

Was hieß *Gely*?

12

Wenn man nur jemanden hätte, dachte Emily, dem man ganz rückhaltlos sein Herz ausschütten könnte, der für jeden Kummer, jeden Zweifel eine unfehlbare Lösung parat hätte. Früher haben sich die Leute in ihren Nöten an Gott gewandt. Dein Wille geschehe! Und selbst wenn sie auf dem Scheiterhaufen verbrannt wurden, starben sie im Glauben, Gott zu dienen . . .

Heute war nicht nur der Glaube an Gott erschüttert; auch dem Nächsten konnte man sich nicht mehr ganz anvertrauen. Selbst in der besten Ehe, selbst in den glücklichsten Familien verstand keiner den andern ganz. Das war der Grund, warum die USUK niemals funktionieren würde. Das war der Grund, warum sogar unter den Bewohnern des Hauses Trevanal keine vollkommene Aufrichtigkeit herrschte. Terry wußte nicht, daß Andy den Korporal mit einem

Pfeilschuß ermordet hatte. Die Trembaths wußten nicht, daß Terry die Nacht in der Waldhütte verbracht hatte und daß ihm Myrtles »Minderjährigkeit« bestimmt genauso egal gewesen war wie Korporal Wagg. Mad wußte nichts von ihrem, Emilys, Flirt mit Leutnant Sherman. Das Krankenhauspersonal wußte nicht, auf welche Weise Terry wirklich zu seinem Beinbruch gekommen war.

Jeder von uns, dachte Emily, hat etwas zu verschweigen, sogar vor seinen nächsten Angehörigen. Und in meiner Not zu Gott zu flehen, hat auch keinen Zweck; Gott ist verstummt. Verlaß dich auf niemanden als dich selbst!

Sie setzte sich mit gespielter Munterkeit zu Tisch. Mad, die das Sofa sofort nach dem Besuch des Leutnants verlassen hatte, bediente sich mit gebratener Leber, Speck und Bohnen.

»Dein alter Freund und ich verdienen jeder einen Oscar«, berichtete Emily. »Wir haben gelogen wie gedruckt. Bis auf weiteres ist nichts zu befürchten.«

»Doch«, sagte Mad. »Du hast die Ein-Uhr-Nachrichten verpaßt. Sie haben Rationierungen angekündigt.«

»Rationierungen? Was heißt das?«

»Die Lebensmittelversorgung der USUK ist ins Stocken geraten. Mit ihrem blödsinnigen ›Ausnahmezustand‹ haben sie sich selbst in die Klemme gebracht. Überall stapeln sich die Güter, aber es gibt keine Transportmittel. Und wenn die Blockade gelockert wird, kommen zuerst die Städte dran. Landbewohner haben wie immer das Nachsehen. So war es schon in der Französischen Revolution.«

»Na schön, machen wir uns auf einen Kohlrübenwinter gefaßt«, seufzte Emily. »Joe hat reihenweise Kohl und Rüben in seinem Garten. Colin wird in den Hungerstreik treten.«

»Wenn er richtig Hunger hat, frißt er Kohlrüben roh«, sagte Mad ungerührt.

Emily selbst hatte wenig Appetit auf die noch leicht blutige Leber auf ihrem Teller. Der Anblick erinnerte sie an Mr. Willis' Bemerkung, er habe dem toten Korporal »ein bißchen« den Schädel einschlagen müssen . . .

Nach dem Essen ging sie in den Keller, um sich nach Joe umzusehen. Er war damit beschäftigt, rote Rüben und Zwiebeln säuberlich auf Hürden zu legen.

»Damit kommen wir eine ganze Weile aus«, meinte er. »Zwiebeln sind sehr gesund. Außerdem habe ich ein paar Sack Kartoffeln in der alten Waschküche, und die Äpfel reichen bis zum Frühjahr. Mit Kartoffeln, Gemüse und Obst kann man nicht verhungern. Schade, daß Madam Kartoffeln nur mag, wenn sie ganz neu sind.«

Madam ist sein Ein und Alles, dachte sie, neben ihr sind alle andern nebensächlich. Er würde sich für sie umbringen, wenn es sein müßte.

»Joe«, sagte sie leise, »weißt du, wo Mr. Willis die Leiche hingebracht hat?«

Er kehrte ihr den Rücken und ordnete mit fahrigen Händen eine Reihe Zwiebeln von neuem. »Laß, Emmie. Ich will nicht mehr daran denken.«

»Du mußt es mir sagen«, drängte sie. »Ich weiß schon, daß es grausig gewesen sein muß. Mr. Willis hat absolut dichtgehalten, solange der Leutnant dabei war, aber hinterher sagte er mir, er hätte der Leiche den Schädel . . .«

Sie brachte den Satz nicht zu Ende. Joe drehte sich um und sah sie an.

»Als Mr. Trembath und ich um die Felder herumgefahren waren«, berichtete er stockend, »sind wir ausgestiegen. Wir wollten sehen, ob Mr. Willis nicht doch noch Hilfe braucht. Er war schon fast am *Crana Point*. Das Licht reichte gerade aus, ihm aus geringer Entfernung zu beobachten. Am Ende der Klippe hat er die Leiche hingelegt und sie aus ihren Säcken geschält. Dann hat er sich daneben gehockt . . .«

»Und?« fragte Emily.

»Erst hat er die Stiefel mit dem toten Korporal getauscht, und dann . . . dann hat er einen Stein aufgenommen — du weißt, einen von diesen Tonschieferbrocken mit den scharfen Kanten —, und Mr. Trembath sagte ›Mein Gott!‹ und ich . . . Ich bin vielleicht ein Feigling, nach dem ersten Schlag konnte ich nicht weiter hinsehen. Ein paar Sekunden später hat es unten im Wasser geklatscht, und Mr. Willis ist zurückgeklettert, die Säcke unter dem Arm. Ich hab' Mr. Trembath gute Nacht gesagt und machte, daß ich nach Hause kam; irgendwie hatte ich keine Lust, noch einmal mit Mr. Willis zu reden. Als ich hier war, mußte ich mich übergeben. Als mir besser war, bin ich zu Madam gegangen und hab' ihr alles gesagt.«

Joe lehnte sich an das Regal, in dem er seine Hürden stapelte, und sah durch das trübe, spinnwebverhangene kleine Kellerfenster auf den ansteigenden Grund seines Gemüsegartens. Emily starrte ebenso blicklos wie er hinaus. Sie hatten beide die gleiche Vision, jeder auf seine Art.

»Und nun?« fragte sie endlich.

»Sie finden die Leiche spätestens in ein paar Tagen, denke ich. Wasserleichen kommen immer wieder hoch.«

»Das sagte auch Mr. Willis. Das schlimmste ist für mich, daß er und Mr. Trennbath in der Sache mit drinstecken. Und noch etwas, Joe. ›Gely‹ ist doch sicher eine Abkürzung für Gelatit? Terry scheint Sprengstoff bei Mr. Willis deponiert zu haben.«

»Davon weiß ich nichts«, sagte Joe grimmig, »aber es kann schon stimmen. Terry und ein paar von seinen Kumpels ist alles zuzutrauen.«

»Besser, wir erzählen es Mad nicht.«

»Nein, besser nicht.

Dabei würde es sie kaum aufregen, dachte Emily. Vielleicht würde sie sagen: Soso, Sprengstoff? Wer weiß, wozu wir ihn noch brauchen können.

Draußen tobte eine wilde, lärmende Hetzjagd heran: die Kleinen und die Mittleren verfolgten einander quer durch den Garten. Schreie und Wurfgeschosse durchschnitten die Luft. Der kleine Ben, mit wild entschlossenem schwarzem Gesicht, schleuderte einen großen Tannenzapfen und traf seinen Busenfreund Colin in den Rücken. Colin griff sich mit dramatischer Geste ans Herz, taumelte und fiel um.

»Volltreffer!« jubelte Andy und umarmte den Dreijährigen, wie er es von Fußballern nach einem geglückten Torschuß gesehen hatte. Colin lag reglos, alle viere von sich gestreckt, wie der Korporal am Vorabend, und Ben hob seine Waffe auf, um sie triumphierend zu schwenken. Andy beugte sich über Colin.

»Der ist erledigt«, verkündete er sachverständig. »Überlassen wir seinen Kadaver den Krähen!

»Joe«, flüsterte Emily, »es ist doch unverantwortlich, daß wir die Kinder so —«

»Ja«, unterbrach er, »das muß aufhören. Sie zertrampeln mir meine Setzlinge. Wie oft soll ich ihnen noch sagen, daß sie woanders spielen sollen!«

Er lief mit langen Schritten aus der Hintertür, um die mörderische Rotte von seinem Territorium zu vertreiben. Ich geb's auf, dachte Emily. Nicht einmal der sanfte Joe versteht mich. Ich bin nach wie vor auf mich selbst angewiesen . . .

Endlich wurde es wieder Abend. Emily saß mit ihrer Großmutter im Musikzimmer, als draußen ein Auto vorfuhr und zwei langgezogene Hupsignale ertönten.

»Das ist Pa!« rief Emily und sprang auf, um ihm entgegenzustürzen. Die große, behäbige Gestalt, die aus dem Wagen kroch, war in den alten, flauschigen Fahrmantel gehüllt, den Emily schon am Geruch erkannt hätte. Ihr Vater schloß sie kurz in die Arme und küßte sie auf beide Wangen.

»Hallo, hallo, Schätzchen, was für eine Fahrt, was für eine Fahrt.« (Pa neigte zu Wiederholungen, was seine ohnehin hastige Redeweise noch hastiger erscheinen ließ.) »Ich bin um zehn in London abgefahren, nein, um zehn Uhr dreißig, und jetzt ist es sieben! Aufenthalte am laufenden Band. Wenn ich nicht einen Sonderpaß hätte, wäre ich überhaupt nicht durchgekommen. Wie geht es Mad? Ist sie im Bett? War Dr. Summers heute da?« Ohne eine Antwort abzuwarten, nahm er seine Tasche vom Rücksitz. »Joe kann wohl den Wagen in die Garage fahren. Ich brauche einen Drink, ich brauche einen Drink. Baden muß ich auch, bin total verdreckt. Ist Dottie gut in Form? Diese fürchterlichen Bengel werden hoffentlich nicht mit uns gemeinsam abgefüttert?«

»Nein, Pa«, gelang es Emily einzuwerfen. »Die Kleinen sind wahrscheinlich schon im Bett.«

»Dem Himmel sei Dank! Schließlich sitzt man nicht neun Stunden am Steuer, um dann mit einer Horde kreischender Kinder konfrontiert zu werden.« Er legte seiner Tochter den Arm um die Schulter, und so gingen sie zusammen auf das Haus zu. »Nanu, es ist ja so ruhig hier? Komisch, komisch. Nach euren Telefonaten dachte ich, unter jedem Busch hockt ein Soldat, und die Hubschrauber nisten in den Bäumen. Alles Unsinn, was kann schon groß passiert sein? Mutter!«

Seine Stimme dröhnte durch die Diele, wo sie ihn mit ausgebreiteten Armen erwartete.

»Vic, mein Liebling!«

Emily war, wie bei jeder Begegnung der beiden, fast erschlagen von der äußeren Familienähnlichkeit. Haar, Augen, Nase, Kinn, übertriebenes Getue — aber das war auch alles. Mutter und Sohn hatten innerlich nichts gemeinsam, keinen Gedanken, kein Ideal, nur die Fähigkeit, ihre privaten Ziele im Notfall mit äußerster Rücksichtslosigkeit zu verfolgen.

Sie schlossen einander in die Arme und küßten sich auf beide Wangen (auch so ein Ritus). Dann trat Pa einen Schritt zurück, um seine Mutter zu betrachten.

»Aber du siehst ja blendend aus! Weit besser als voriges Mal. Ich glaube, du hast nur simuliert, um mich herzulotsen. Emily, war es ein Komplott? Hallo, Folly, ach herrje, lebst du auch noch — wie alt ist sie jetzt, fünfzehn, sechzehn? Wenn sie mal das Zeitliche segnet, wirst du sie wahrscheinlich ausstopfen lassen. Mutter, ich bin kaputt, ich bin am Verschmachten. Gibt mir denn um Himmels willen niemand was zu trinken?«

»Wenn du nur einen Moment still wärst, würdest du sehen, daß alles bereit steht«, sagte Mad. »Whisky, Soda, Gin, Eis in rauhen Mengen. Du bist scheußlich verquollen um die Augen. Hoffentlich kommt's nur von der langen Fahrt und nicht vom Suff. Ich möchte mal wissen, was du so allein in deiner Londoner Wohnung treibst, sofern du je allein bist, was ich nicht glaube. Vermutlich stehen die heiratslüsternen Damen vor deiner Tür Schlange, um dich zu bekochen und dir die Socken zu stopfen und —«

»Unsinn, Unsinn, ich bin der einsamste Witwer auf Erden. Den ganzen Tag auf den Beinen, abends so erschöpft, daß ich nur noch ins Bett fallen kann . . .«

Emily ging hinaus. Ihr wirbelte schon jetzt der Kopf. Die persönlichen Dialoge zwischen Mad und Pa waren noch schlimmer als ihre Telefonate. Man wurde einfach überfahren. Die pure Geräuschentwicklung der beiden wirkte hirnlähmend.

»Pa ist hier«, sagte sie in der Küche zu Dottie.

»Ich hab's gehört«, erwiderte Dottie mit Nachdruck.

»Er will vor dem Essen baden. Also wird es wohl mindestens halb neun werden.«

»Früher«, sagte Dottie, »hatte Madam einen Haufen Bedienstete, die sich förmlich überschlugen, wenn Master Vic in den Schulferien nach Hause kam. Und ich hatte die einzige Vertrauensstellung bei ihr — für die Küche waren andere da. Das waren noch Zeiten!«

Emily seufzte. Wenn Dottie so anfing, war ein Querschnitt durch die glanzvolle Theatergeschichte der letzten vierzig Jahre zu befürchten, als sie sämtliche Berühmtheiten von Angesicht zu Angesicht gekannt hatte. Nicht jede Frau mit einer solchen Vergangenheit hätte sich dazu herabgelassen, auf ihre alten Tage Magddienste zu verrichten.

Emily half ein wenig beim Salatputzen und entwich, sobald sie konnte. Das lautstarke Gespräch im Musikzimmer lief auf vollen Touren.

»Kapier' ich nicht, ist ja lachhaft«, blubberte Pa. »Wie hat Bevil Summers es fertiggebracht, Terry umzufahren, der ja in voller Sicht am offenen Gartentor gestanden haben muß? War der Mann betrunken? Ärzte sollten Alkohol meiden wie die Pest. Oder war Terry high? Würde mich nicht wundern, wenn er hascht oder Drogen nimmt wie die meisten in seinem Alter. Diese jungen Leute brauchen eine eiserne Hand, damit sie zur Raison gebracht werden. Man denke nur an die Entgleisung bei dem Feuerwerk . . .«

»Ich hätte an einem Herzinfarkt sterben können«, unterbrach Mad. »Der Anfall sah ganz danach aus. Wahrscheinlich ist der arme, liebe Terry in seiner Aufregung über die

Stoßstange gestolpert, was weiß ich? Und der liebe Bevil hatte auch keinen anderen Gedanken im Kopf, als mir so rasch wie möglich zu Hilfe zu eilen. Er gab mir dann eine Injektion, frag' mich nicht, was für ein Mittel es war, jedenfalls hat es Wunder gewirkt, heute bin ich wieder vollkommen in Ordnung. Was die ›Entgleisung‹ beim Feuerwerk betrifft, herrje, keiner von den Soldaten zeigte eine Spur von Humor, typisch für die Amerikaner. Bei einem meiner Gastspiele in New York . . .«

Pa übertönte sie, ohne hinzuhören. »Der Minister hat mich deswegen persönlich angerufen, oder vielmehr sein Sekretär. Ernster Affront, Staatsaffäre, ob es im Westen eine Untergrundbewegung gäbe, die mit allen Mitteln versucht, Sand ins Getriebe zu bringen? Ich sagte, ich hätte nicht die leiseste Ahnung, meine Mutter würde demnächst achtzig und sei seit Jahren ein bißchen schrullig; niemand nähme ihre Worte und Taten ernst . . .«

». . . und in Notfällen verlieren sie sofort den Kopf«, fuhr Mad in ihrem Exkurs über die Amerikaner fort. »Ich erinnere mich an einen Schneesturm auf Long Island. Ein paar Telegrafenmasten waren umgefallen, und der Präsident selbst mußte eingreifen, um weiteres Chaos zu verhüten . . .«

Colin und Ben stürmten ohne Ankündigung ins Musikzimmer. Wohlgewaschen, gekämmt, in ihren Nachthemden, sahen sie aus wie zwei flügellose Cherubim, ein lichter und ein dunkler. Colin begrüßte seinen soviel älteren »Bruder« mit einem zutraulichen Klaps auf die Kehrseite, während Ben artikulierte Töne von sich gab. Pa fuhr herum wie von einer Natter gebissen.

»Hallo, ihr kleinen Scheusäler«, sagte er lustlos. »Warum seid ihr nicht längst im Bett? Als ich so klein war wie ihr, hieß es um sechs: Ab durch die Mitte! Und ich habe mich nicht mehr gemuckst.«

»Ist ja gar nicht wahr«, krähte Colin. »Wenn du ins Bett solltest, hast du dich auf den Boden geworfen, gebrüllt und mit den Beinen gestrampelt.«

»Niemals!« Pa wandte sich vorwurfsvoll an seine Mutter. »Wer hat dem Bengel solche Märchen erzählt? Ich protestiere, ich . . .«

»Du weißt sehr gut, daß du gebrüllt und gestrampelt hast«, versetzte Mad. »Manchmal hast du sogar geschäumt wie ein Pferd und . . .«

»Vic«, unterbrach Colin begeistert, »Ben lernt jetzt das Sprechen. Er kann schon ein paar Wörter. Hör mal zu!« Er flüsterte in Bens Ohr. Ben grinste verlegen, nickte aber beflissen.

»Gut, gut«, sagte Pa, im Moment offenbar froh über den Themawechsel, »laß mich hören, was Ben zu sagen hat. Dann ist er also doch nicht schwachsinnig? Wenn er groß ist, geht er zu den Schwarzen Panthern und killt uns alle. Komm, Ben, sag dein Sprüchlein, ich bin ganz Ohr.«

Sein Redeschwall hatte den Kleinen verwirrt. Er runzelte angestrengt die Stirn und mühte sich vergeblich.

»Sch . . . oder M . . .« soufflierte sein Mentor und nahm ihn beruhigend bei der Hand. »Nur eins, egal welches.«

Aber Ben verwechselte nun seinen Text. »Schist, Miet, Schist, Schist, Schist!« brachte er explosiv hervor, worauf er sich hüpfend um sich selber zu drehen begann.

»Schießt, schießt, schießt — ich sag' ja, der bringt uns noch mal alle um!« erklärte Pa. »Sehr schön, Kind, nun lauf, hier wird nicht geschossen. Emily, mein Engel, ist die Heizung im Gastzimmer angedreht? Ich möchte nicht erfrieren. Ich muß Dottie begrüßen. Wo ist meine Tasche? Mutter, solltest du dich nicht hinlegen? Ich begreife nicht, wieso Bevil Summers dir nicht strikte Bettruhe verordnet hat. Der Mann versteht nichts von seinem Beruf. Ich werde ihm telefonisch die Leviten lesen.«

Es gelang Emily, ihren Vater allmählich zum Zimmer hinaus zu steuern. »Dottie kannst du begrüßen, wenn du dein Bad hinter dir hast. Hier ist deine Tasche. Ich bringe dir gleich noch einen Drink.

»Nicht nötig, nicht nötig. Ich genehmige mir noch einen vor dem Essen. Warum die Hetze? In diesem Haus rennt immer alles durcheinander, keiner kommt je zur Ruhe.«

Er redete ununterbrochen weiter, bis sie das Gastzimmer betraten, wo er seine Reisetasche öffnete und den Inhalt über den Fußboden verstreute. Emily räumte gewohnheitsgemäß auf: Toilettenartikel aufs Glasregal über dem Waschbecken, den Seidenpyjama aufs Bett. Pa war trotz seiner achtundvierzig Jahre erschreckend liederlich. Und woran lag das? Natürlich an Mads Erziehung.

»Hat Summers wenigstens ihren Blutdruck gemessen?« fragte er, schon auf dem Weg ins Badezimmer, wo er beide Hähne aufdrehte. »In unserer Familie ist Bluthochdruck erblich. Sie sieht zwar nicht schlecht aus, aber sie hat enorme Kraftreserven. Ich auch. Wenn es nicht so wäre, wäre ich längst tot. Du hast ja keinen Begriff, was ich in der letzten Woche mitgemacht habe. Eine Konferenz nach der anderen, nie vor drei Uhr früh ins Bett, eigentlich kann ich mir diesen Besuch hier gar nicht leisten.«

»Erzähle uns das Nähere beim Abendessen, Pa«, bat Emily und schloß die Tür hinter sich, um in ihrem eigenen Zimmer für zwanzig Minuten aufs Bett zu sinken. Mads und Pas Kraftreserven waren auf jeden Fall stärker als ihre.

Das heiße Bad, Umziehen, Pantoffeln und ein weiterer

Drink übten eine wohltuende Wirkung auf den Reisenden aus. Er absolvierte seinen Pflichtbesuch in der Küche im Eilzugstempo, aber in bester Laune, und selbst ein Blick ins Zimmer der »Mittleren« brachte ihn nicht aus der Fassung.

»Mit den Augen von dem Jungen da muß etwas geschehen«, hörte Emily ihn sagen, als sie, ebenfalls umgezogen, wieder hinunterkam. »Ein Facharzt könnte ihn vielleicht noch operieren.« (Aha, er meinte Sams Schielen.) »Nur der beste Rat ist gut genug. Werden von Eichhörnchen nicht gräßliche Krankheiten übertragen? Oder waren's Wellensittiche? Wahrscheinlich von beiden. Weilsche Krankheit, Tollwut, Psittakose . . . Emily, mein süßes Kind, wie hübsch du aussiehst. Warum versauerst du hier auf dem Land? Ich nehme dich am besten gleich wieder nach London mit.«

Gerade in diesem Moment schlug Dottie draußen auf den Gong, und Mad bat ins Eßzimmer. Dottie hatte Kerzen angezündet, um dem Abend einen festlichen Anstrich zu geben.

Mad hob den Deckel von der Suppenterrine und lächelte strahlend.

»Borschtsch, deine Lieblingssuppe — original russisches Rezept. Und hinterher gibt's natürlich Seezunge. Emmie, wo bleibt Joe?«

»Er läßt sich entschuldigen, weil er schon mit den Kleinen gegessen hat.«

In Wirklichkeit hatte Joe, der Scheue, trotz aller Loyalität einfach Angst vor Pas Beredsamkeit. Er fand ihn niederschmetternd und verstummte in seiner Gegenwart vollständig.

Mad schien enttäuscht. Sie hatte bei ihren seltenen Begegnungen mit dem einzigen leiblichen Sohn gern ein Publikum, um wirklich bühnenreife Szenen daraus zu gestalten. Normalerweise war Terry ihr begabtester Helfer, aber Terry lag leider im Hospital.

»Joe kennt seinen Platz«, bemerkte Pa, während er genießerisch seine Suppe schlürfte. (Er war ein geräuschvoller Esser; wieder ein Zeichen seiner vernachlässigten Erziehung.) »Er ist der geborene Holzhacker oder Rübenzüchter. Ein, prächtiger, aber beschränkter Bursche. Selig sind die Einfältigen, sie sind das Salz der Erde. Schade, daß es nicht mehr seinesgleichen gibt. Die moderne Gesellschaft braucht sie mehr denn je. Ohne ihre Dienstleistungen wären wir, die Elite, schlecht dran.«

»Wer sagt, daß wir die Elite sind?« konterte Mad. »Daß ich zu meiner Zeit Millionen gut unterhalten habe, ändert keinen Deut an meinem persönlichen Rang. Und du, der die Kontoauszüge von Großkapitalisten für die Steuer frisiert und ...«

»Aber Mad, nichts dergleichen, nichts dergleichen! ›Frisieren‹ kommt nicht in Frage. Es gibt nur spezielle Finanzprobleme, die besonderes Fingerspitzengefühl erfordern, und das habe ich. Von *dir* habe ich's nicht, wenn ich das freimütig sagen darf. Ich habe nie einen Menschen gekannt, der sein Geld im Laufe einer langen und erfolgreichen Karriere so erbärmlich schlecht angelegt hat wie meine verehrte Mutter. Aber du wolltest ja nie, daß ich ...«

»Pa«, unterbrach Emily, »darüber haben wir schon hundertmal gesprochen. Was wir wirklich wissen wollen, ist: Wie siehst du die Lage an? Was ist in der Welt los? Hältst du die USUK für lebensfähig?«

Pa fuhr sich mit der Serviette über den Mund. »Wenn sie nicht lebensfähig ist, können wir uns gleich alle mit aufhängen. Unsere letzte Rettung, wirtschaftlich und militärisch, liegt in der Union mit den Vereinigten Staaten, darüber gibt's keinen Zweifel, keinen Zweifel. Innerlich mögen wir uns dagegen sträuben, aber ... *tant pis*, ein Ertrinkender greift nach einem Strohhalm, nur daß der Strohhalm in unserem Fall ein recht solides Floß ist, auf dem wir der Misere der letzten zwanzig Jahre entkommen.«

Er hielt inne, um Atem zu holen. Mad schien kaum zugehört zu haben. Sie goß den Rest ihrer Suppe in ein Näpfchen für Folly.

»Ich würde mich nicht gegen ein Wirtschaftsbündnis sträuben, Vic«, sagte sie dann. »Nicht gegen faire Partnerschaft. Aber soviel ich sehe, schlucken uns die Amerikaner mit Haut und Haar.«

»Liebste Mutter, nimm noch mal mein Bild von dem Ertrinkenden. Oder von mehreren Schiffbrüchigen auf einem Floß. Die See geht hoch, jeden Moment können sie kentern. Und da, im letzten Augenblick, kommt ein stolzer Ozeandampfer daher und nimmt die armen Teufel an Bord. Du würdest als Überlebende wohl kaum verlangen, den Ozeandampfer von nun an selber steuern zu dürfen? Nein, du würdest dich dankbar in einen Deckstuhl fallen lassen und alles tun, was deine Retter dir sagen.«

Emily räumte die Suppenteller ab und holte den nächsten Gang. Dottie hatte die Fischfilets reichlich mit weißer Soße umhüllt. Es sah aus wie Schonkost für Nierenkranke. Immerhin, es war Fisch.

»... auf dem Floß bleiben«, sagte Mad gerade, »und sehen, wohin es von allein treibt.«

»An das nächste Riff«, sagte Pa. »Wenn es nicht schon vorher umschlägt oder auseinanderbricht. Sei nicht so störrisch, Mutter. In der heutigen Welt kann niemand mehr für sich allein existieren. Es ist die Zeit der großen Blöcke, und die USUK wird der mächtigste sein. Was ist das, Emily, mein Kind? Pudding?«

»Seezunge mit holländischer Soße«, erklärte Mad. »Ganz frisch gefangen von meinem lieben Freund Tom Bate. Du willst ja immer Fisch, wenn du hier bist.«

Pa schaufelte eine Gabel voll in den Mund und sagte kauend: »Schon eine gemeinsame Währung in allen englischen Ländern ist die ganze USUK wert. Das Pfund wird natürlich abgeschafft. Ob der Dollar dafür eingesetzt wird, ist noch nicht ganz sicher. Man könnte auch etwas völlig Neues erfinden. Ich bin für Dukaten, ganz à la Shakespeare, das würde den Touristen gefallen. – Seezunge, sagst du? Schmeckt merkwürdig nach Sägespänen. Nein, nein, ich mäkle nicht, im Gegenteil, im Gegenteil. Gib mir noch eine Portion, Emily, mein Schatz.« Er aß hungrig und spülte alles mit einem zweifelhaften Chablis hinunter.

»Dabei fällt mir ein«, sagte er, »ich werde dir gleich eine Kiste kalifornischen Wein schicken. In den letzten Tagen ist er tonnenweise in London eingetroffen, und jedermann lobt ihn. Nicht gerade Spitzenklasse, aber mal was Neues für den Gaumen.«

»Vic, bitte ...« wehrte seine Mutter ab.

»Warum nicht, warum nicht? Das Klima in Kalifornien ist besser für den Weinbau als irgendwo auf dem Kontinent. Sie produzieren derartige Massen, daß wir den Wein nächstens fast geschenkt kriegen, und das gleiche gilt für viele anderen USUK-Produkte: Fleisch, Obst, Käse, Butter. Wir werden aus allen Nähten platzen, aber das ist besser als die dauernden Hungerkatastrophen in Asien.«

»Ich kann mich selbst versorgen«, behauptete Mad fest. »Ich werde eine Kuh halten. Besser zwei. Zurück zum einfachen Leben! Die Jungen lernen melken, und Jack Trembath läßt sie sicher mit seiner Herde grasen. Grasen Kühe, oder ist äsen das richtige Wort? Ein Glück, daß wir soviel Obst und Gemüse haben. Wir könnten sogar Reben pflanzen, Emmie, und im Herbst stampfen wir die Trauben nach altem Brauch mit den Füßen. Die Jungen wären mit Feuereifer dabei.«

Pa lachte schallend. »Ein nettes Bild für die Touristen, du ahnungsloser Engel, aber die Jungen werden anderweitig beschäftigt sein. Im Kulturprogramm stehen Schulungskurse und Jugendaustausch mit an erster Stelle.« Er knackte eine vorjährige Haselnuß, die, was er nicht wissen konnte, bereits von Sams Eichhörnchen verschmäht worden war.

»Ich würde vorschlagen«, sagte er, »daß wir Terry, eventuell auch Andy, mit einem der ersten Flüge hinüberschicken. Für Joe hat es keinen Zweck. Bei seiner hundertprozentigen Legasthenie könnte er den Kursen nicht folgen. Eins möchte ich euch beiden vollkommen klarmachen«, fügte er hinzu und sah erst seine Tochter, dann seine Mutter an. »Macht euch keine Illusionen — es gibt kein Zurück. Wenn wir uns den neuen Gegebenheiten nicht anpassen, sind wir ruiniert, endgültig ruiniert.«

»Was meinst du mit ›ruiniert‹?« fragte Mad nach einer kurzen Pause.

»Genau das, was es heißt. Sie sind in der Übermacht, wie ihr wißt. Sie werden sich keine Protestmärsche, Demonstrationen und ähnliches gefallen lassen. Ebensowenig Lehnstuhl kritiker, die in irgendwelchen Stadthallen plötzlich aufstehen und dummes Zeug reden. Die USUK ist ein gewaltiges Propagandawerkzeug, unter anderem. Sie will und wird die gesamte übrige Welt beeindrucken. Einen Gesichtsverlust wie damals in Südostasien werden die Amerikaner diesmal mit allen Mitteln verhindern.«

Emily sah eingeschüchtert von ihrer Großmutter zu Pa. Beider Gesichtsausdruck war fast komisch gleich – verengte Augen, vorgeschobenes Kinn. Zusammen, dachte sie, wären sie ein unbesiegliches Paar, aber gegeneinander . . .«

»Wie hoch ist unsere Bevölkerungsziffer?« murmelte Mad. »Fünfzig, sechzig Millionen? Ein Volk von sechzig Millionen läßt sich auf die Dauer nicht den Mund verbieten.«

»Mindestens fünfundvierzig Millionen«, erwiderte ihr Sohn, »begrüßen den Umschwung. Die Minderheit zählt nicht. Wenn sie sich unliebsam bemerkbar macht . . .« Er schnippte mit den Fingern und drehte dann den Daumen mit der klassischen Geste nach unten. »Aus. Also, meine Lieben, züchtet Kühe und Reben, soviel ihr wollt, aber schweigt in der Öffentlichkeit und laßt euch keine solchen Geschmacklosigkeiten mehr einfallen wie die mit der Feuerwerkspuppe. Sie als Soldat zu verkleiden! Übrigens, unterwegs habe ich in meinem Autoradio eure Regionalnachrichten gehört. Ein Unteroffizier, der hier in Poldrea stationiert ist, soll seit gestern vermißt sein. Das sind solche Sachen, die uns den Hals brechen können. Wenn er bei einer Schlägerei mit Einheimischen ums Leben gekommen ist, dann könnt ihr euch auf drakonische Maßnahmen gefaßt machen. Die Yanks greifen hart durch, wenn sie herausgefordert werden.«

Emily starrte auf ihren leeren Teller. Um unbefangen zu wirken, gab sie Folly das letzte Bröckchen Stiltonkäse, das die Hündin allerdings sofort angewidert auf den Teppich spuckte.

»Die Kelten machten es genauso, als die Angelsachsen in Cornwall eindrangen«, schloß Mad. »Gehen wir ins Musikzimmer und hören wir uns eine Tristan-Platte an.«

Pa sah seine Tochter an und verdrehte die Augen, während seine Mutter schon hinüberging. Emily löschte die Kerzen. Der Geruch der rauchenden Dochte hing noch ein Weilchen in der Luft.

13

Im Laufe der Nacht kam Wind auf, und als es hell wurde, hatte er Stärke sieben erreicht. Ziegel rasselten vom Dach, ein Baum knickte um. Als Emily ihrem Vater den Morgentee brachte, lief das Wasser durch die Fenster des Gastzimmers, und Pa hockte aufrecht im Himmelbett, einen Regenschirm gegen die pfeifende Zugluft aufgespannt.

»Unglaublich, diese Schludrigkeit!« klagte er. »In diesem Haus ist nichts in Ordnung. Ich habe kaum ein Auge zugetan. Wie haltet ihr das aus? Emily, komm mit mir nach London, ich brauche sowieso eine neue Privatsekretärin. Wir könnten zusammen nach Zürich fliegen und . . .« Er schüttete durstig die erste Tasse Tee hinunter. »Setz dich her, ich sehe dich nicht richtig.«

Emily setzte sich auf das Fußende des üppigen Doppelbetts, das in längstvergangenen Zeiten der Zentralpunkt einer Komödie gewesen war . . . (Unnötig zu sagen, wer sie geschrieben und wer die weibliche Hauptrolle gespielt hatte.) Mad hatte das Bett nach zahllosen Tourneen aus sentimentalen Gründen billig erworben.

»Ich kann Mad nicht allein lassen, das weißt du sehr gut«, sagte sie. »Besonders nicht in so wirren Zeiten.«

»Dann kommt beide mit«, drängte er. »Bei mir ist Platz genug. Ich bin meistens nicht da. Mad kann machen, was sie will, im Hyde-Park spazierengehen, Enten füttern, den Zoo besuchen . . .«

»Pa«, wandte Emily ein, »Mad ist nicht Ben. Statt friedlich im Park spazierenzugehen, würde sie einen Sitz- oder Hungerstreik vor der amerikanischen Botschaft inszenieren.«

»Kein Problem, kein Problem«, sagte Pa und schenkte sich die zweite Tasse Tee ein. »Wir lassen sie einfach entmündigen, für gemeingefährlich erklären. Ich kenne ein großartiges Heim in Surrey, erstklassige Küche, Einzelzimmer mit Farbfernsehen.«

»Pa, sei nicht so zynisch!« Emily boxte ihn an das fröstelnd hochgezogene Bein unter dem Plumeau, so daß der Tee aus der Tasse schwappte.

»Sieh, was du angestellt hast!« jammerte er. »Dottie wird denken, ich werde auch schon tapprig. Was fehlt ihr, nebenbei bemerkt? Der Empfang war nicht so herzlich wie sonst. Mad hält sie wie eine Sklavin. Kein Wunder, daß sogar ihre Kochkünste nachlassen. Den Fisch gestern abend hätte keine Katze gefressen.«

»Übertreibe nicht so schamlos!« Seine Tochter boxte ihn abermals.

»Na, *ich* hab' ihn ja gefressen ... Tatsache ist, daß der Lebensstandard in unserem Land sinkt, je weiter man nach Westen kommt. Ich beobachte das seit Jahren. Sobald man den Tamar überquert hat, könnte man ebensogut in Tibet sein. Ich meine, im frühen Tibet, denn heute dürften die Chinesen schon einiges verbessert haben.«

Emily sprang vom Bett. »Du bist furchtbar verwöhnt, Pa. Nur weil du dauernd von Hauptstadt zu Hauptstadt jettest ...«

»Ich jette bestenfalls ein dutzendmal im Jahr, mein Kind. Den größten Teil meines Lebens verbringe ich auf dem Drehstuhl vor meinem Büroschreibtisch. Aber Tibet — pardon, ich meine Cornwall — wird demnächst auch die Segnungen der Zivilisation genießen. Dank der USUK-Kulturbewegung bekommt man dann sogar heißen Tee am frühen Morgen und nicht dieses lauwarme Gesöff.«

Emily drohte, ihm das Tablett zu entreißen, aber er hielt es fest. »Nein, nein, laß es mir, besser als nichts!«

Sie ließ es ihm lächelnd und nahm wieder auf dem Fußende Platz. »Pa, nimmst du diese USUK-Kulturarrangements wirklich ernst?«

»Sicher, sicher. Kompletter Blödsinn natürlich, unter uns gesagt, wenn du Leute unserer Bildungsstufe meinst. Aber für die unbedarften Eingeborenen hier kann es eine lukrative Sache werden. Die Industrie Cornwalls hat keine Zukunft mehr. Sie war schon lange auf dem absteigenden Ast und wird unter der USUK vollständig zum Erliegen kommen. Ihr habt noch nicht begriffen, daß euer Heil im Tourismus liegt. Die Amerikaner werden künftig nicht mehr nach Frankreich und Italien reisen, sondern nur noch ins teure alte Mutterland, auf der Suche nach der Vergangenheit — an entsprechenden Werbegags wird es nicht fehlen. Die Kathedrale von Canterbury ersetzt den Petersdom, das Münster von York Notre Dame. Jede Kleinstadt hat mindestens eine verfallene Burg nebst Kopfsteinpflaster aufzuweisen. Wenn sich nun sämtliche Einwohner mittelalterlich kostümieren, bleibt kein Ami-Auge trocken. Sie werden in Scharen herkommen.«

Emilys Lider flatterten. Sie konnte sich schwerlich vorstellen, daß die braven, knochentrockenen kleinen Ladeninhaber in Poldrea, etwa Tom Bate, bei einer solchen Maskerade mitmachten.

»Pa«, sagte sie zögernd, »wäre es nicht . . . erniedrigend?«

»Wieso, wieso? Für Geld tun die meisten Leute alles, besonders bei starker Konkurrenz. Warte nur ab! Scheinturniere, Schwanenbraten statt Steak, appetitliche Mägde in Schürze und Leinenhäubchen, die sich mitsamt der Wärmflasche selbst ins Gastbett legen, natürlich zum Sondertarif . . .« Ein heftiger Windstoß durch das mangelhaft schließende Fenster ließ Pa erschauern, und er zog den schützenden Regenschirm näher an sich. »Werbespruch für Trevanal-Haus«, sagte er mit klappernden Zähnen: »Flitterwochen im Küstensturm. Unheimlich anregend. Schirme gratis.«

Ein Klopfen an der Wand schreckte Emily auf. Mad, deren Gemächer nebenan lagen, schien ihrer zu bedürfen.

»Verlaß mich nicht«, flehte Pa. »Ich ersaufe und erfriere!

Emily verhärtete ihr Herz und eilte ihrer Großmutter zu Hilfe. Als Fast-Achzigjährige hatte sie nun einmal den Vorrang, und außerdem war es denkbar, daß ihre Meerblickfenster vom Sturm eingedrückt worden waren. Sie fand alles in Ordnung. Mad stand mit verschränkten Armen da und blickte auf die schaumgekrönten Brecher des Hafens hinaus.

»Geschieht ihnen recht«, sagte sie mit inniger Genugtuung. »Sie mußten abrücken. Unsere Springfluten halten sie nicht aus, die Jammerlappen.«

Das Kriegsschiff hatte wirklich Anker gelichtet und war auf dem Weg in eine geschütztere, südlichere Ecke der Küste.

»Terry würde das richtig genießen«, fuhr Mad fort. »Ich muß um neun Uhr im Krankenhaus anrufen und fragen, ob man ihn nicht nach Hause entlassen kann.«

»Mad . . . Wäre es nicht besser, du ließest Terry, wo er ist, bis Pa wieder abgefahren ist?«

»Wieso?« Mad starrte sie von oben herab an wie eine beleidigte Königliche Hoheit.

»Du weißt doch, daß sie sich dauernd hakeln . . .«

»Quatsch. Sie tun einander gut.«

Leider Gottes ergab das spätere Telefonat, daß Terry —

mit einem Gehgips versehen — sofort abgeholt werden konnte. Sein Bett wurde im überbelegten Krankenhaus dringend benötigt.

»Die Kleinen werden ihn anhimmeln wie einen antiken Helden«, sagte Dr. Summers. »Gips und Krücken! Lassen Sie ihn in den nächsten vierzehn Tagen nur nicht aus dem Haus. Allen Unfug, den er sich ausdenkt, soll er unter Ihrem Dach treiben. Übrigens war gestern ein Marineoffizier im Krankenhaus, um Personal und Patienten wegen des vermißten Korporals zu vernehmen. Ich habe ihn überzeugen können, daß weder Terry noch ich wußten, wovon überhaupt die Rede war. Sie sind vermutlich besser unterrichtet?«

»Natürlich«, erwiderte Mad prompt und gab Emily, die mithörte, ein Zeichen, sich nicht zu rühren. »Die Story ist in aller Munde. Der Korporal ist wie vom Erdboden verschluckt — wahrscheinlich von den Klippen gefallen wie schon so mancher unvorsichtige Spaziergänger. Sagen Sie Terry, daß Vic übers Wochenende hier ist. Er hat von London mehr als neun Stunden gebraucht, alles aus liebevoller Sorge wegen meines Herzanfalls.«

Ein kurzes Prusten am anderen Ende wurde rasch unterdrückt. »Sagen Sie Ihrem Sohn, er kann beruhigt wieder abfahren. Ruhe ist alles, auch für Sie und mich. Bitte machen Sie mir bis Montag keinen Ärger! Es ist nämlich mein freies Wochenende.«

Emily legte den Hörer mit einem Seufzer auf. Ich wünschte, wir hätten auch ein freies Wochenende, dachte sie.

Mad und Pa fuhren zusammen zum Krankenhaus, um den jugendlichen Invaliden abzuholen. Sie waren kaum eine halbe Stunde weg — Emily trank gerade mit Dottie in der Küche eine Tasse Kaffee —, als draußen ein Jeep vorfuhr.

»Ach Gott, schon wieder«, sagte sie. »Wahrscheinlich Leutnant Sherman. Halt das Kaffeewasser am Kochen, ich werde ihn hereinbitten müssen.«

Aber der Offizier, der aus dem Jeep stieg und auf das Haus zukam, war nicht Wally Sherman, sondern ein Fremder, dem zwei ebenso fremde Marinesoldaten folgten. Emily beeilte sich, die Tür zu öffnen. Der Wind riß sie beinahe um.

»Bitte?« fragte sie.

Der Offizier ging grußlos an ihr vorbei in die Diele. Zuerst steuerte er auf den Schirmständer zu, nahm einen Spazierstock heraus und besichtigte ihn scharf von oben bis unten. Die bunte, exotische Waffensammlung an der Wand beachtete er nicht. Dann fragte er nach der Herrin des Hauses.

»Meine Großmutter und mein Vater sind gerade zum Krankenhaus gefahren«, sagte Emily. »Ich erwarte sie jede Minute zurück.«

Er starrte sie einen Moment kalt an, ehe er sich vorstellte. »Captain Cockran, US-Marine. Ich habe einen Durchsuchungsbefehl. Ich muß die Hausbewohner verhören. Es ist eine Routine-Angelegenheit. Wir machen das im Umkreis von fünf Meilen. Meine Leute gehen jetzt rauf, okay?«

»Können Sie nicht warten, bis meine Großmutter und mein Vater zurück sind?« rief Emily. »Es ist für mich eine reichlich ungewöhnliche Situation . . .«

»Ungewöhnlich oder nicht, wir haben den Befehl«, lautete die Antwort. »Sie wissen vermutlich, daß einer unserer Unteroffiziere vermißt wird?«

»Ja, ich habe es in den Nachrichten gehört. Leutnant Sherman war deswegen schon gestern bei uns. Er weiß bereits, daß wir den Vermißten nicht gesehen haben.«

»Leutnant Sherman hat das Haus nicht durchsucht«, erwiderte der Kapitän. »Der Befehl ist an mich weitergeleitet worden. Los, fangt an!« bellte er den beiden Soldaten zu, die sofort die Treppe hinaufstiegen.

»Moment«, stieß Emily hervor. »Darf ich sie begleiten? Sie wissen doch hier nicht Bescheid, und meine Großmutter und mein Vater sehen es nicht gern, wenn man ihre Sachen durcheinanderwirft.«

Der Offizier zuckte die Achseln. »Wie Sie wollen. Meine Leute werden keinen Schaden anrichten.« Er begutachtete wieder die Spazierstöcke, einen nach dem andern. Folly, die in die Diele gehinkt war, beschnüffelte seine Beine.

»Hau ab!« schrie er.

»Sachte, sachte«, warnte Emily. »Sie ist uralt und fast blind.« Da der Offizier nicht reagierte, schleifte sie Folly in die Bibliothek zurück und schloß die Doppeltür. Ihr Herz klopfte heftig, aber nicht vor Angst, sondern vor hilfloser Wut. Dann rannte sie die Treppe empor, den Soldaten nach, die inzwischen schon das Gastzimmer betreten hatten. Einer riß den Kleiderschrank auf, der andere die Kommodenschubladen. Pas Reisetasche wurde besichtigt, der Boden abgeklopft. Schließlich deckten sie das Bett auf und drehten die Matratze um.

»Zum Teufel, was suchen Sie eigentlich? fragte Emily.

Sie erhielt keine Antwort. Einer der Soldaten grinste, der andere nicht. Nachdem sie das Badezimmer inspiziert hatten, wandten sie sich Mads Gemächern zu. Die gleiche Prozedur folgte. Schränke und Schubladen wurden geöffnet, Kleider herausgenommen und liederlich wieder hingehängt. Ein Glück, daß Mad nicht dabei ist, dachte Emily ... Als nächstes kam ihr eigenes Zimmer an die Reihe. Dann das zweite Gastzimmer, das so gut wie nie benutzt wurde.

»Ist das alles?« fragte einer der Soldaten.

»In diesem Flügel ja«, erwiderte Emily. »Am andern

Ende des Hauses sind Madams sechs Adoptivsöhne untergebracht. Sie werden doch hoffentlich die Kinder nicht verängstigen?«

Keine Antwort. Sie trampelten vor ihr her die Treppe hinunter in die Diele zurück. Der Offizier kam gerade aus dem Musikzimmer.

»Alles klar?« fragte er.

»Jawohl, Sir.«

Er wies auf die Küchentür. »Wohin geht es da?«

»In die Küche«, sagte Emily, »und anschließend in die Kinderzimmer. Wir haben vier kleine Buben im Haus. Der jüngste ist erst drei.«

»Okay, Okay«, sagte er ungeduldig und bedeutete seinen Leuten mit einem Kopfrucken, die Unzahl von Ölhäuten, Regenmänteln, Anoraks und Gummistiefeln im Garderobenraum zu untersuchen. Dann zogen sie alle in die Küche weiter. Dottie schrie auf, als der Offizier sich wortlos an ihrem geheiligten Geschirrschrank vergriff.

»Na, erlauben Sie mal, Sie!« Sie versuchte ihm zornrot in den Arm zu fallen, aber Emily zog sie begütigend zurück.

»Laß sie, Dottie, sie haben einen Haussuchungsbefehl. Gesehen habe ich ihn nicht, aber ich glaub's auch so. Oben sind sie schon fertig.«

»Was?« kreischte Dottie. »Etwa auch in Madams Zimmer?«

»Klar, liebe Dame, und Ihres werden wir auch noch durchsuchen.« Einer der Soldaten klopfte ihr lächelnd auf die Schulter.

Dottie sah hilfesuchend zu Emily, die nur den Kopf schüttelte.

»Schon gut, Dottie, laß sie. – Darf ich die Kinder wenigstens kurz auf Ihren Besuch vorbereiten?« wandte sie sich an den Kapitän.

»Meinetwegen.«

Sie ging voraus ins Spielzimmer und sagte rasch zu den »Kleinen«, die sie dort vorfand: »Hört zu, Colin und Ben. Gleich werden ein paar Marineleute hier hereinkommen und sich eure Spielsachen ansehen. Es sind neue Leute, die wir noch nicht kennen. Aber ihr braucht keine Angst zu haben.«

Die Kleinen sahen gleichmütig zu ihr auf. Colin, der gerade an einem neuen Bambusrohr schnitzte (es sah gefährlich aus), erkundigte sich lediglich:

»Sind es Feinde?«

»Vielleicht«, sagte Emily. »Auf jeden Fall sei still, solange sie hier sind.«

Der Kapitän und seine Leute folgten ihr fast auf dem Fuß. Sie begnügten sich mit einem oberflächlichen Rundblick. Die Regale, die von ramponiertem Spielzeug überquollen, boten ihnen offenbar keinen lohnenden Ansatzpunkt.

»Okay«, sagte der Kapitän. »Weiter.«

Colin fühlte sich auf kränkende Art übergangen. »He, Sie!« Er verstellte dem Marine-Trio die Tür und zückte ein schwarzes Kästchen, das er mit geübtem Griff vors Gesicht riß, genau wie ein Fotoreporter.

»Bitte, recht freundlich!« näselte er mit amerikanischem Akzent und drückte den Auslöser. Eine mit Sprungfeder versehene Schlange schnellte hervor und traf den Kapitän haarscharf ins Auge.

Ben klatschte begeistert Beifall und gab mehrere Redeansätze zum besten. Es war dem Kapitän hoch anzurechnen, daß er das Zimmer kommentarlos verließ. Emily eilte ihm nach.

»Entschuldigen Sie, es ist mir ja so schrecklich peinlich. Die

Kinder sind in den letzten Tagen ein bißchen außer Rand und Band geraten.«

Er wischte sich das tränende Auge und schritt auf die nächste Tür zu, ohne sie einer Antwort zu würdigen. Sam war allein im Schlafraum der »Mittleren« und fütterte gerade das Eichhörnchen, das ihm längst aus der Hand fraß. Andy war nicht da. Emily ahnte, wo er steckte: trotz strengen Verbots und Sturm wieder in seinem Schornstein. Der Kapitän, vielleicht verwirrt von Sams unschuldsvollem Silberblick, zog sich rasch zurück. Emily folgte ihm, wandte sich aber in der Tür noch einmal um und machte Sam ein beredtes Zeichen. »Du brauchst Hilfe zum Ausmisten«, sagte sie laut. Sam nickte. Er hatte verstanden. Andy mußte sobald wie möglich vom Schornstein geholt werden.

Für das Zimmer der »Großen« nahm sich das Untersuchungskommando mehr Zeit. Emily mußte erklären, wo die Bewohner waren.

»Terry ist mit einem Beinbruch im Krankenhaus. Das heißt, wahrscheinlich ist er schon auf dem Weg hierher. Meine Großmutter und mein Vater holen ihn ab.«

»Ja, das wissen wir schon«, sagte der Kapitän. »Sein Alibi ist okay. Wo ist der andere Bursche?«

»Joe? Vermutlich im Keller. Um diese Zeit arbeitet er entweder draußen oder drinnen. Bei dem Wetter heute wohl drinnen.«

Sie trafen Joe wirklich beim Kleinholzspalten, die Axt in der Hand, das Haar in der erhitzten Stirn.

»Aha!« sagte der Kapitän. »Wie alt sind Sie?«

»Neunzehn«, antwortete Joe und sah Emily fragend an.

»Dies ist Captain Cockran, Joe«, stellte Emily vor. »Er hat einen Haussuchungsbefehl. Warum, weiß ich nicht.«

»Legen Sie die Axt hin«, kommandierte der Kapitän.

»Hände hoch und an die Wand. Na, los, ein bißchen dalli!«

Joe, immer etwas schwer von Begriff, blinzelte verständnislos. Auf einen Wink ihres Vorgesetzten packten ihn die beiden Soldaten und schleuderten ihn brutal gegen die Wand.

»Was soll das?« schrie Emily auf.

»Halten Sie sich hier raus«, sagte der Kapitän. »Wir werden ihm kein Härchen krümmen, wenn er uns ein paar Fragen beantwortet. Durchsuchen Sie ihn, Korporal.«

Sie tasteten Joe von oben bis unten ab und drehten ihm die Hosentaschen um. »Halt still, Kerl«, sagte der eine und trat ihn ans Schienbein. Joe sah ihn groß an.

»Was hab' ich Ihnen denn getan?« fragte er.

Der Soldat schlug ihm quer über den Mund, ganz lässig, als wäre das die einzig mögliche Antwort. Joes Gesicht lief rot an, und er senkte unwillkürlich den einen erhobenen Arm, um weitere Schläge abzuwehren. Der andere Soldat riß ihm den Arm sofort wieder in die Höhe und trat ihn ebenfalls ans Schienbein.

Emily, außer sich vor Empörung, wollte sich dazwischenstürzen, doch der Offizier packte sie am Handgelenk und hielt sie zurück. »Mischen Sie sich nicht ein, Kleine. Machen Sie, daß Sie nach oben kommen.«

»Aber das ist doch ein blödsinniges Mißverständnis! Joe hat nichts Böses getan. Leutnant Sherman weiß es. Warum rufen Sie ihn nicht im Camp an? Er würde Ihnen jede Auskunft über uns geben.«

»Leutnant Sherman tut heute Dienst an Bord«, erwiderte der Kapitän. »Es ist mein Job, eigene Erkundigungen einzuziehen. Die Burschen machen uns dauernd Ärger. Wir lassen uns das nicht länger bieten.«

Emily riß sich los. »Joe hat nie im Leben jemanden belästigt. Er geht kaum aus dem Haus oder dem Garten . . .« Sie überlegte, ob sie um Hilfe schreien sollte. Die Kinder würden herbeistürzen — und ebenso grob behandelt werden wie Joe. Und Andy . . . Nein, Andy durfte keinesfalls zu dieser Szene kommen.

»Geh hinauf, Emmie«, brachte Joe hervor. Sie sah jetzt erst, daß seine Lippe blutete, aber er stand still an der Wand und hielt die Arme hoch, wie es ihm befohlen worden war.

»Reg dich nicht auf.«

Sie lief verzweifelt aus dem Keller. In der Diele brach sie in Tränen aus. Folly winselte und kratzte an der Tür. Emily ging in die Bibliothek, nahm die alte Hündin hoch und setzte sich mit ihr auf das Sofa. Nie hatte sie sich so ratlos und allein gefühlt. Dottie oder einen der Jungen zu rufen, hätte alles nur verschlimmert. So vergingen etwa fünf Minuten — eine Ewigkeit. Dann spitzte Folly plötzlich die Ohren: trotz ihrer Taubheit mußte sie die Rückkehr des Autos früher gespürt haben, als Emily das Motorengeräusch und das bekannte Hupsignal hörte. Sie sprang vom Sofa und rannte hinaus. Pa half Terry, das Gipsbein gut auf den Boden zu bringen; Mad reichte ihm die Krücken. Terry strahlte übers ganze Gesicht.

»Dein Leutnant kann wohl keinen Tag ohne dich leben«, spöttelte er und zeigte mit einer Krücke auf den Jeep.

Dies war nicht der geeignete Moment für Späße. »Um Gottes willen, Pa, komm schnell«, keuchte sie. »Joe ist mit drei Halunken im Keller. Wenn wir nichts tun, schlagen sie ihn zusammen.«

Die drei starrten sie überrascht an. Mad, die Terry stützen wollte, drehte sich so rasch um, daß sie fast die Balance verloren hätte und Terry sie halten mußte.

»Wie? Was?« rief Pa. »Wovon redest du eigentlich?«

»Von drei Soldaten«, schluchzte Emily, und ihre Tränen flossen von neuem. »Keine von denen, die wir kennen. Sie gehen von Haus zu Haus und verhören die Leute und kehren alles von unten nach oben, und jetzt haben sie Joe im Keller an die Wand gestellt.«

»Kommst du allein die Stufen rauf, Terry?« fragte Pa.

»Ja, ja, mach nur.« Terry lächelte nicht mehr.

Pa faßte seine weinende Tochter energisch am Arm. »Nun stell dich nicht so hysterisch an. Die Leute tun wahrscheinlich nichts als ihre Pflicht. Was erwartet ihr nach all den ärgerlichen Zwischenfällen? Ich werde mit ihnen reden ... Im Keller, sagst du? Warum im Keller? Ist Joe widerspenstig gewesen, ist er frech geworden?«

»Nein!« schrie Emily. »Joe ist nie frech! Er hat im Keller Holz gehackt, und sie haben ihn ohne jede Erklärung an die Wand gedrückt und getreten und —«

»Schon gut, schon gut, beruhige dich, Liebling, ich werde das gleich in Ordnung bringen. Du bleibst hier und kümmerst dich um Terry und Mad.« Ehe er im Haus verschwand, rief er noch über die Schulter: »Geht ins Musikzimmer und macht die Tür zu. Und laß Mad unter keinen Umständen heraus, ehe ich wieder da bin!«

Terry humpelte langsam auf die Treppe zu, Mads Hand um den Oberarm. »Häng dich nicht so an mich«, sagte er ungeduldig, »ich komme allein besser zurecht. Wenn ich einen dieser Kerle mit der Krücke erwische ...«

»Das wirst du schön bleibenlassen«, erwiderte Mad.

Emily hatte sich inzwischen gefaßt und hielt den beiden die Tür auf. »Pa hat recht. Wenn sich einer von uns einmischt, wird alles nur noch schlimmer. Ich weiß es — ich hab's versucht.«

Terry und Mad folgten ihr ins Musikzimmer, und sie schloß die Tür.

»Was sind das für Leute?« fragte Mad. »Andere, sagtest du? Nicht Leutnant Sherman?«

Emily erzählte den Verlauf der letzten Stunde von Anfang an. »Sie haben nichts beschädigt, nur in der Garderobe und in den Schränken und Schubladen gewühlt und deine Spazierstöcke untersucht, alles ganz kalt und routinemäßig . . . Es war besonders diese Art, die mich so fertiggemacht hat.«

»Was suchen sie? Mit welchem Recht?« fragte Terry.

»Ich weiß nicht. Sie haben nichts erklärt.« Ihr fiel plötzlich ein, daß Terry nicht wußte, auf welche Art Korporal Wagg ums Leben gekommen war. Terry war ebenso ahnungslos wie Pa. O Gott, dachte sie, wenn wir nur wirklich eine geschlossene Front des reinen Gewissens bilden könnten, aber mit diesem Schuldbewußtsein ist es unmöglich . . .

»Pa wird schon mit ihnen einig werden«, meinte Mad zuversichtlich. »Sein Sonderpaß wirkt Wunder. Wir sind heute ganz glatt durch alle Sperren gekommen.«

»Wenn ihr mich fragt«, sagte Terry, »die Amis fangen schon an, die Nerven zu verlieren. Mich wollten sie im Hospital auch verhören, aber Dr. Summers hat sie rausgeschmissen. Was soll überhaupt das ganze Gerede wegen Korporal Wagg? Wen kümmert's, wo er steckt? Wahrscheinlich liegt er mit irgendeinem Flittchen aus Poldrea im Bett. Solange es nicht Myrtle ist, kann er von mir aus selig werden.«

»Er wird schon seit sechsunddreißig Stunden vermißt«, sagte Mad.

»Alle Achtung! Gratuliere!«

Draußen in der Diele hörte man Stimmen. Pa schien die Soldaten endlich aus dem Haus zu komplimentieren. Emily ging rasch ans Fenster, wo sie, hinter dem Vorhang stehend, beobachten konnte, wie Pa sie bis zum Jeep begleitete. Pa und der Kapitän sprachen miteinander, aber natürlich war nichts zu verstehen. Dann knallten die Soldaten kurz die Hacken zusammen, salutierten und stiegen in den Jeep, der alsbald wendete und davonfuhr. Pa kam zum Haus zurück. Mad ging ihm an die Tür des Musikzimmers entgegen.

»Nun?« fragte sie.

»Kein Problem, kein Problem. Eine reine Routine-Angelegenheit, wie vermutet. Sie sind natürlich verdammt aufgebracht wegen ihres verschwundenen Kameraden. Joe haben sie weiter nichts getan. Seine Oberlippe ist ein bißchen aufgesprungen, er sollte sich was draufschmieren.«

»Angenommen, sie kommen wieder, wenn du nicht da bist?«

»Tun sie nicht, tun sie nicht, es sei denn, ihr fordert sie wieder mit irgendeinem Unsinn heraus.«

Terry war still geworden. Er erhob sich mühsam und schwang sich an seinen Krücken zur Tür.

»Ich will mich nach Joe umsehen«, sagte er. »Danke, Vic, daß du mich hergeholt und diese Kerle abgewimmelt hast.«

Mad sah ihm nach. »Er ist eine Weile außer Gefecht, glaub' ich, und da die Soldaten sowieso abgefahren sind . . . Aber daß die Schweine gerade an Joe ihr Mütchen gekühlt haben! Wäre ich doch bloß dabeigewesen!«

»Ich war sehr froh, daß du weg warst«, sagte Emily. »Pa hätte ich brauchen können, aber dich nicht.«

Mad überhörte dies und wandte sich an ihren Sohn. »Kannst du nicht deinen Einfluß geltend machen, damit uns so was nicht noch einmal passiert? Oder daß sie uns wenigstens Leute schicken, die wir kennen? Leutnant Sherman ist ziemlich in Emily verschossen, und man muß ihm lassen, daß er immer sehr höflich war.«

»Liebste Mutter, wenn du denkst, die US-Marine stellt Haussuchungen und Verhöre zum Spaß an, irrst du dich gewaltig. Es ist ihnen bitter ernst. Captain Cockran hat durchblicken lassen, daß sie jetzt, nach fast zwei Tagen, das Schlimmste befürchten — daß der Korporal abgemurkst worden ist. Außerdem hat die Leitung der Tongruben Sprengstoffdiebstähle gemeldet. Unter diesen Umständen könnt ihr den Leuten nicht verdenken, daß sie hart vorgehen, auch wenn es gerade bei Joe nicht unbedingt nötig war. Ich würde das an eurer Stelle nicht so hochspielen.«

Hoffentlich läßt Mad es damit genug sein, dachte Emily beklommen. Ihr Vater hatte zwei rote Flecken auf den Bakkenknochen, ein sicheres Zeichen, daß er allmählich die Geduld verlor. Sie sagte rasch, nur um Mad abzulenken:

»Entschuldigt, ich hatte noch keine Zeit, alles wieder aufzuräumen. Im Gastzimmer war ja nicht viel, aber bei dir haben sie alle Schränke und Schubladen durchwühlt.«

Ihre Großmutter biß prompt auf den Köder an. »Komm mit, das muß ich sehen, obwohl ich wahrscheinlich wieder einen Herzanfall kriege!«

»Um Himmels willen, reg dich nicht künstlich auf«, bat ihr Sohn. »Emily wird deine Klamotten im Handumdrehen aufräumen. Es handelt sich ja sowieso vorwiegend um verwaschene alte Jeans, eine gänzlich unpassende Kleidung für eine fast achtzigjährige alte Dame. Wo sind deine Pillen? Hast du keine Pillen? Soll ich Dr. Summers anrufen? Soll ich . . .

»Ach, was, sei still«, sagte Mad und verließ mit Emily das Zimmer. In ihrem Privatgemach angekommen, setzte sie sich aufs Bett und blickte um sich. »Na, es könnte schlimmer sein.«

»Meinst du nicht?«, fragte Emily, »daß wir eine Weile nach London gehen sollten, bis sich die Aufregung gelegt hat? Pa hat es mir schon heute früh vorgeschlagen. Seine Wohnung ist groß genug für uns.«

»Wir nach London?« echote Mad. »Bist du verrückt?«

»Nein, im Ernst . . . Wir wären dort sicherer. Joe und Terry können vielleicht solange auf die Farm, und . . .«

Mad ging ins Badezimmer, um sich die Hände zu waschen. »Geh, wenn du willst, Emmie«, sagte sie durch die offene Tür, »ich halte dich nicht. Aber mich bringt keine Macht der Welt aus dem Haus, und die Jungens auch nicht. Außerdem würde Folly sich nie an eine Stadtwohnung gewöhnen. Und was sollte aus Sams Tieren werden?« Sie trocknete sich die Hände. »Nein, das kommt nicht in Frage. Ich kann nicht wochenlang ohne meine Jungen sein. Und im übrigen . . .«

»Im übrigen — was?« fragte Emily, während sie ihrer Großmutter die Treppe hinunter folgte, denn Dottie hatte zum Essen gegongt. Mad spitzte die Lippen und pfiff lautlos vor sich hin.

»Im übrigen«, sagte sie schließlich, »finde ich das ganze Theater recht amüsant.«

Sie saßen heute zu fünft bei Tisch. Die Großen waren anwesend. Terry verhielt sich ausnahmsweise ziemlich schweigsam. Joes Lippe war noch etwas geschwollen, aber wie in stillschweigender Übereinkunft wurde der Marine-Besuch nicht mehr erwähnt. Pa hielt einen Vortrag über die enormen Chancen, die besonders der geplante Jugendaustausch bringen würde. Freiflug, freier Aufenthalt, Schulungskurse, bessere Berufsaussichten! »Ich habe die Prospekte schon gesehen — einfach phantastisch«, schwärmte er. »Natürlich beruht alles auf Gegenseitigkeit, aber für die Amerikaner wird es ein Verlustgeschäft. Sie bieten unserer Jugend höchsten Komfort, und wir? Klamme Betten, Rosenkohl ... Macht nichts. Da könnt ihr mal den Rahm abschöpfen.«

Das Telefon klingelte. Joe ging an den Apparat in der Diele. Als er nach einer Weile zurückkam, sah er bleich und angegriffen aus.

»Es ist Mrs. Trembath«, sagte er. »Sie ist ganz mit den Nerven fertig, sie weint. Die drei Mariner waren nach uns auch bei ihr und haben ihren Mann und Mick zu weiteren Verhören mitgenommen. Sie fragt, ob du ihr nicht helfen kannst, Vic.«

»Selbstverständlich!« rief Mad, ohne Pa um seine Ansicht zu bitten. »Ist sie noch am Apparat? Vic, geh sofort hin und besprich das mit ihr.«

Pas Ausdruck, der während des Essens jovial und heiter gewesen war, änderte sich. Er preßte die Kiefer aufeinander, und die roten Flecken erschienen wieder auf seinen Wangen.

»Es tut mir leid«, sagte er, »für die Frau kann ich nichts tun. Soweit ich Einfluß habe, biete ich ihn auf, um der Familie zu helfen, aber irgendwo ist ein Punkt. Ich kann mich nicht noch für alle möglichen Halbfremden verbürgen. Wenn Mr. Trembath nichts zu verbergen hat, braucht seine Frau sich nicht zu sorgen. Ich werde ihr das unmißverständlich klarmachen.«

Er warf seine Serviette auf den Tisch und ging hinaus. Keiner sagte ein Wort. Nicht einmal Mad.

14

Erst als Pa vom Telefon zurückkam, fand Mad ihre Sprache wieder und bestürmte ihn mit Argumenten. Er blieb unerbittlich.

»Wenn Jack Trembath überzeugend beweisen kann, daß er den vermißten Korporal an dem betreffenden Tag überhaupt nicht gesehen hat, werden sie ihn und den Jungen wieder entlassen. So simpel wie das Einmaleins.«

»Mick ist nur zwei Jahre älter als Andy«, sagte Terry erbittert. »Stell dir mal vor, sie hätten Andy auch in den Keller gezerrt und so behandelt wie Joe. Was hättest du in *dem* Fall gesagt?«

»Die Frage ist reichlich an den Haaren herbeigezogen, lieber Junge.« Pas rote Flecken vertieften sich, und da er den Appetit ohnehin verloren hatte, stolzierte er ins Musikzimmer hinüber. Die anderen folgten.

»Wir müssen etwas tun«, sagte Terry erregt, »aber was? Diese verfluchten Krücken!« Er schlug in ohnmächtigem Zorn auf ein Stuhlbein los.

Joe äußerte sich besonnener. »Ich geh' jedenfalls erst mal auf die Farm und biete meine Hilfe an. Um vier Uhr ist Melkzeit. Mrs. Trembath und Myrtle schaffen das nicht allein. Notfalls kann ich ja da übernachten.«

»Ich gehe mit«, sagte Emily impulsiv. »Wenn sie so außer Fassung war, und Mrs. Trembath gerät nicht leicht außer Fassung ...

»Nehmen wir doch den Wagen«, unterbrach Terry, »dann kann ich auch mitkommen. Ich möchte gern wissen, was Myrtle angestellt hat ...«

Emily und Mad tauschten einen Blick. »Terry«, sagte Mad dann sanft, »du tätest mir einen riesigen Gefallen, wenn du eine Weile auf die Jüngeren aufpassen würdest. Emily wird Myrtle deine Grüße überbringen.«

Terry fügte sich knurrend. Pa saß bereits in einem tiefen Lehnsessel und blätterte in *Country Life*. Emily wußte, daß er keine Zeile wirklich wahrnahm.

»Das schlimme ist«, sagte sie zu Joe, als sie zusammen über die Felder zur Farm gingen, »daß Pa vollkommen recht hat, wenn er sich weigert, auch noch für andere Leute als seine Familie geradezustehen. Wenn die Wahrheit herauskommt, was dann? Und wir können ihn nicht ins Vertrauen ziehen.«

»Ich weiß nicht«, meinte Joe, »vielleicht sollten wir gerade ihm die ganze Geschichte erzählen. Was kann einem Jungen wie Andy schon passieren? Er ist doch nicht mal zwölf.

Emily blieb wie vom Donner gerührt stehen. »Unmöglich! Das wäre das Ende. Pa würde sich verpflichtet fühlen, die Behörden zu informieren, und Andy käme zumindest in eine dieser fürchterlichen Erziehungsanstalten. Ach, Joe . . .« Sie setzte sich langsam wieder in Bewegung. »Ich liebe Pa, manchmal könnte ich ihn umarmen – wie heute früh, als er mit einem Regenschirm im Bett hockte. Aber ebenso oft finde ich ihn stur oder – ich weiß nicht, wie ich's nennen soll. Und dieser Zug an ihm hindert mich, ihm die ganze Wahrheit zu sagen.«

Die Farm machte bereits einen herrenlosen Eindruck. Ein Gatter stand offen, das nicht offen sein durfte und das Joe sofort schloß. Einige Kühe hatten sich schon geduldig zum melken aufgereiht, wie sie es gewöhnt waren. Kein Spry kam bellend angesprungen, kein Mr. Trembath stapfte über den Hof, kein Mick rief ihnen ein fröhliches Hallo aus dem Stall zu.

Als sie in die Küche traten, stürzte ihnen Mrs. Trembath entgegen. »Ach, ihr seid es, Emmie und Joe! Wie lieb, daß ihr kommt. Myrtle ist so aufgelöst, daß ich sie ins Bett schikken mußte.«

Dummes Ding, dachte Emily. Kann sie sich nicht zusammenreißen und ihrer Mutter beistehen, gerade jetzt? Sie schloß Mrs. Trembath mitfühlend in die Arme, aber das hätte sie lieber unterlassen sollen, denn ihre Sympathie machte die Tränen wieder locker. Mrs. Trembath sank weinend auf einen Küchenstuhl.

»Ich seh' mich draußen nach Arbeit um«, murmelte Joe. »Sag ihr, sie soll sich keine Sorgen machen, ich kenne ja den Betrieb.«

Allmählich, Satz für Satz, brachte Emily den genauen Sachverhalt aus Mrs. Trembath heraus. Captain Cockran hatte nicht geglaubt, daß Jack und Mick den Vermißten weder gesehen noch auch nur gewußt hatten, daß er kurz vor seinem Verschwinden auf der Farm erschienen war, um Myrtle zu sprechen.

»›Sie haben ihm das Haus verboten, weil Sie dachten, er sei hinter Ihrer Tochter her!‹ hat er Jack immer wieder angebrüllt«, berichtete Mrs. Trembath. »›Was haben Sie sonst noch mit ihm gemacht? Los, los, geben Sie's endlich zu!‹ Emmie, mein Jack ist der friedfertigste Mensch von der Welt, Sie wissen das, aber wenn man so mit ihm spricht, wird er wütend. ›Machen Sie, daß Sie wegkommen!‹ hat er gesagt. ›Sie haben kein Recht, mein Land zu betreten. Erst erschießen Sie meinen Hund, und dann begehen Sie noch Hausfriedensbruch und beschuldigen mich, ich hätte etwas getan, was ich nie getan habe. Hauen Sie ab!‹ Da haben sie ihn gepackt und in den Jeep gezwängt, nicht ohne Schwierigkeiten, versteht sich, und Mick gleich hinterdrein . . .« Sie brach ab und sah Emily flehend an. »Kann denn Ihr Vater wirklich nichts für uns tun? Terry hat uns doch so oft erzählt, was für wichtige Leute er in London kennt, sogar Regierungsmitglieder . . .«

Es war wie das Eingeständnis einer persönlichen Niederlage, Pas ablehnende Haltung bestätigen zu müssen.

»Er konnte bei Joe eingreifen«, sagte sie, »aber wahrscheinlich hätten sie ihn sowieso nicht mitgenommen, weil Joe sich nicht wehrte. Ich fürchte, Ihr Mann hat sie mit seinem Wutausbruch erst richtig gegen sich aufgebracht.«

»Wer wäre da nicht wütend? War das nicht ganz natürlich? Zumal mein armer Jack die reine Wahrheit gesagt hat — er war beim Melken, als der Korporal hier war!«

Die reine Wahrheit, dachte Emily, aber nicht die ganze Wahrheit. Das ist ja das fürchterliche daran. Er weiß, was du nicht weißt: daß Andy den Korporal umgebracht hat und was später mit der Leiche geschehen ist . . .

»Pa meint, daß Ihr Mann und Mick ganz bestimmt in ein paar Stunden wieder entlassen werden. Inzwischen wird Joe sich um die Kühe und Schafe kümmern. Und was kann ich tun?«

»Sie sind zu nett«, sagte Mrs. Trembath und wischte sich die Augen. »Ich bin Ihnen so dankbar.«

Dankbar . . . Und was sind wir? Wir haben euch mit in diese schauerliche Affäre hineingerissen, und du weißt es nicht einmal . . .

Der Rest des Nachmittags verging mit den notwendigsten Hausarbeiten. Selbst Myrtle erholte sich so weit, daß sie Joe draußen helfen konnte. Weil er ein männliches Wesen ist, dachte Emily. Für ihre Mutter hätte sie es nicht getan.

Als sie gerade den Teekessel aufsetzten, klopfte es an der Hintertür. Emily öffnete und sah sich Mr. Willis gegenüber, der seine Zipfelmütze in der Hand drehte und sie mit wachen, hellen Augen hinter der dicken Brille anglitzerte.

»Oh, Sie sind es«, sagte sie unsicher.

»Zwei Seelen, ein Gedanke, scheint mir«, erwiderte er. »Wer fühlt sich in so einer Lage nicht zur Nachbarschaftshilfe aufgerufen? Ich habe eben gehört, daß Mr. Trembath und sein Sohn zum Verhör ins Camp gebracht worden sind. Schlechte Nachrichten reisen schnell. Kann ich beim Melken helfen? Mir ist keine Arbeit fremd, wie Sie vielleicht schon bemerkt haben.«

»Joe ist schon bei den Kühen«, sagte Emily und rief in den Hintergrund der Küche: »Mr. Willis ist hier. Er möchte wissen, ob er Ihnen behilflich sein kann.«

Mrs. Trembath kam rasch an die Tür. »Ist ja rührend, Mr. Willis«, sagte sie verlegen, da sie den Alten noch nie von nahem gesehen hatte. »Wirklich ein Trost, daß wir so gute Nachbarn haben. Joe und Myrtle dürften mit den Kühen gleich fertig sein, aber die Schafe müssen noch zusammengetrieben werden. Vorgestern abend fehlte eins. Jack hat es erst nach längerer Suche mit dem Landrover zurückgebracht.«

Emily wandte sich ab. Jedes Wort, das Mrs. Trembath in ihrer Harmlosigkeit sagte, zog das Lügennetz fester zu. Daß Mr. Willis das Geheimnis teilte, machte ihr eigenes Schuldgefühl nicht geringer.

»Glauben Sie, daß sie meinen Jack foltern werden?« fragte Mrs. Trembath verängstigt.

»Wenn er klug ist, nein«, erwiderte Mr. Willis. »Er wird schon merken, wie er mit ihnen zurechtkommt. Man muß ihnen um den Bart gehen, ihnen zum Munde reden, dann schlucken sie alles. Und im richtigen Moment, aber erst dann: Losschlagen! Sie werden auseinanderstieben wie die Stare.

So, jetzt werde ich sehen, wie ich mich nützlich machen kann.« Er verschwand lautlos in der beginnenden Dämmerung.

»Wie nett von ihm«, sagte Mrs. Trembath zaghaft. »Aber wir kennen ihn doch kaum. Ist er nicht etwas sonderbar?«

»Schon, aber ich glaube, Sie können ihm vertrauen«, antwortete Emily und dachte: Du mußt ihm vertrauen, ob du willst oder nicht! Er hat uns alle in der Hand!

Der Sturm hatte sich tagsüber gelegt. Hier auf der hügelgeschützten Farm merkte man den Wind kaum noch. Mrs. Trembath deckte den Tisch für sich und ihre Helfer.

»Ich weiß nicht, ob Joe bleibt«, sagte Emily, »aber ich muß nach Hause.«

Beide horchten hoffnungserfüllt auf, als ein Wagen in den Hof einfuhr. Aber es waren nicht Mann und Sohn, es war die Gemeindeschwester (nebenbei Mrs. Trembaths Schwester). Auch sie wußte natürlich schon Bescheid.

»Das Marinekommando hat alle Farmen und Häuser im weiten Umkreis durchkämmt«, berichtete sie. »Sie suchen nicht nur den verschwundenen Korporal, sondern auch Sprengstoffe. Nun frage ich euch, was sollen wir mit Sprengstoffen? Erinnert ihr euch an Jim Couch, den mit dem Beingeschwür? Seine Söhne arbeiten in den Gruben. Beide sind mit mehreren anderen festgenommen worden. Die Stimmung unter der Bevölkerung ist nicht gerade rosig.«

»Je weniger, desto besser. Mr. Willis war auf seine lautlose Art aufgetaucht und verbeugte sich mit altmodischer Galanterie vor der Schwester.

»Einerseits haben Sie recht«, nickte sie. »Andererseits möchten auch wir nicht mehr Ärger haben als unbedingt nötig.«

»Das sagten die Franzosen, als die Deutschen im Zweiten

Weltkrieg ihr Land besetzten. Na, das wissen Sie nicht mehr. Bloß keinen Ärger! sagten die meisten und kuschten. Nur wenige gaben sich nicht damit zufrieden. Sie gingen in den Untergrund, verminten Eisenbahngleise und bereiteten den Weg für die Befreiung.«

Emily fing einen Blick von ihm auf und sah hastig weg. Sie wußte nichts vom Zweiten Weltkrieg, aber sie dachte an die Sprengstoffstangen, die Terry wahrscheinlich bei Mr. Willis versteckt hatte.

»Mrs. Trembath«, sagte sie, »ich muß jetzt wirklich gehen. Bitte sagen Sie Joe Bescheid, wenn er hereinkommt.«

»Er ist mit der Arbeit fertig«, sagte Mr. Willis, »und ich auch. Keiner von uns hat eine Entschuldigung, noch länger herumzuhängen. Morgen in aller Frühe komme ich wieder.« Er rieb sich befriedigt die Hände. »Harte Arbeit, guter Schlaf. Alte Binsenweisheit.«

Mrs. Trembath stand ratlos mit ihrem allseits verschmähten Tee da. Emily hatte das intensive Gefühl, daß sie und Myrtle diese Nacht nicht sehr gut schlafen würden — es sei denn, ihr Mannsvolk kehrte heil und gesund zurück.

Joe erwartete sie vor der Tür. Die Wolken hatten sich geteilt. Die Luft war ruhiger, aber frostig.

»Dieser Mr. Willis . . . Ich kriege bei seinem Anblick immer eine Gänsehaut«, gestand Emily.

»Ich auch«, sagte Joe. »Aber er ist bestimmt auf unserer Seite. Er hat mit mir gesprochen. Er sagt, daß Mr. Trembath und Mick gar nichts passieren kann, wenn sie sich an ihre erste Aussage halten. Mick weiß sowieso nichts. Und Mr. Trembath ist ein hochgeachteter Mann weit und breit.«

»Mag sein«, sagte Emily. »Aber das ändert nichts an der Tatsache, daß wir ihn zum Mitwisser gemacht haben.«

Wenn sie hofften, wenigstens zu Hause eine halbwegs beruhigte Stimmung vorzufinden, sahen sie sich enttäuscht. Sie waren noch nicht zur Tür herein, als sie das Telefon klingeln hörten. Pa stürzte an den Apparat und gab ein paar hastige Antworten. Emily und Joe gingen an ihm vorbei ins Musikzimmer, wo Mad im Kaminfeuer stocherte. Sie drehte sich um, blickte seufzend gen Himmel und sank wieder auf das Sofa.

»So geht es seit vier Uhr nachmittags. Wir hatten ein nettes stilles Stündchen; er ist sogar im Sessel eingeduselt, und ich habe kaum zu atmen gewagt. Und dann ging das Geklingel los — immer wieder seine verdammte Londoner Sekretärin. ›Krisis‹, sagte er. Fragt mich nicht, was er damit meint. Zürich, New York .. Ich glaube, er sagte auch was von Brasilien. Auf jeden Fall muß er sofort nach London zurück.«

»Oh!« Emilys Stimmung sank auf den Nullpunkt.

»Kind, ich bin ebenso enttäuscht wie du. Er kann einen rasend machen, aber schließlich lieben wir ihn beide.« Kaum glaublicher Anblick: Mad hatte feuchte Augen. »Wir sehen ihn zu selten, daran wird's wohl liegen. Wie war es auf der Farm? Sind Jack und Mick zurückgekommen?«

»Nein«, sagte Emily, »aber Mr. Willis hat seine Hilfe angeboten.«

»Das ist wenigstens eine Erleichterung. Der Gute! Ich wüßte nicht, was wir alle ohne ihn machen sollten.«

»Haben die Kinder sich ordentlich benommen?«

»Wie die Engel. Dottie hat die Kleinen in der Küche helfen lassen; dafür verdient sie einen Heiligenschein. Und die Mittleren haben einen neuen Käfig für das Eichhörnchen gebaut. Der alte hat dermaßen gestunken, daß man in ihrem Zimmer kaum noch atmen konnte.«

Pa kam hastig zurück. »Es war ein Fehler von mir, London zu verlassen. Alles geht drunter und drüber, die Leute haben total den Kopf verloren. Die USUK und Brasilien können sich wegen der neuen Währung nicht einigen. Ich sehe schon, daß ich selbst hinfliegen muß, um meinen fachmännischen Rat zu erteilen. Außerdem hat irgendein Idiot eine Bombe ins Treppenhaus der amerikanischen Botschaft gelegt. Glücklicherweise wurde sie rechtzeitig gefunden und entschärft, aber solche Zwischenfälle sind schlecht für die Propaganda. Emily, mein Schatz, ich suche schon seit einer halben Stunde meine Pantoffeln. Was hast du mit meinen Pantoffeln angestellt?«

Natürlich gar nichts; sie waren unter dem Bett. Emily ging mit und half ihm seine paar Habseligkeiten einpacken. Plötzlich legte sie die Arme um ihn und drückte ihn fest an sich. »Ich wünschte, du bliebest hier . . .«

»Wie nett von dir«, sagte er erstaunt, »geradezu rührend. Man macht sich gar nicht immer klar, wie schön es ist, eine erwachsene Tochter zu haben. Dieser ewige Druck im Beruf, diese Termine! Wir müssen uns öfter sehen. Komm doch mit nach Brasilien – Brasilien würde dir gefallen. Haben die Farmleute sich wieder beruhigt?«

Ohne eine Antwort abzuwarten, sauste er die Treppe hinunter, zurück ins Musikzimmer, wo er hastig eine Tasse schwarzen Kaffee trank.

»Emily, wenn die brasilianische Botschaft anruft, sage, daß ich schon auf dem Rückweg nach London bin. Nein, Mutter, keine Kekse, ich kriege beim Autofahren Magendrücken davon. Lebt wohl.« Er umarmte Mutter und Tochter gleichzeitig. »Wenn ich morgen nach Rio fliege und ein paar Tage nichts von euch höre, überrascht mich bei der Rückkehr möglichst nicht mit der Nachricht, daß ihr beide im Gefängnis seid. In solchen Zeiten muß man höllisch aufpassen, daß man keinen falschen Schritt tut. Meine Büronummer habt ihr ja. In wirklichen Notfällen wird meine Sekretärin versuchen, Kontakt mit mir aufzunehmen . . . Vergiß deine Herzpillen nicht, reg dich nicht auf, halte die gräßlichen kleinen Bengel im Zaum . . . lebt wohl, lebt wohl!«

Emily begleitete ihn noch zum Wagen und kehrte niedergeschlagen zurück. Pas Blitzbesuch war vorüber. Es war fast schlimmer, als wenn er gar nicht gekommen wäre. Mit der Zeit gewöhnt man sich daran, ihn nicht zu sehen, aber diese Stippvisiten und Trennungen machten die Leere erst richtig fühlbar.

Mad stand vor dem Kamin und betrachtete ein altes, gerahmtes Foto, das sie vom Sims genommen hatte. Es zeigte sie selbst als schöne, lächelnde junge Mutter mit vollem Haar und großen, leuchtenden Augen. Vic, etwa drei Jahre alt, saß auf ihrem Schoß – ihr pummeliges kleines Ebenbild. Emily sah ihrer Großmutter über die Schulter.

»Das Foto ist immer noch unheimlich ähnlich«, sagte sie

»Wem, ihm oder mir?«

»Euch beiden.«

Und doch, und doch . . . Was mochte er denken, der stämmige kleine Junge? War es ihm an der Wiege gesungen worden, daß er dereinst voller Wichtigkeit von Konferenz zu Konferenz hetzen und sich einbilden würde, die Finanzen der USUK könnten ohne ihn nicht geregelt werden? Und diese anmutige, berühmte junge Frau, seine Mutter: Hatte sie sich damals schon vorstellen können, wie sie mit achtzig sein würde? Kaum.

Mad stellte das Bild wieder an seinen Platz. »Ich hatte eben beim Abschied so ein komisches Vorgefühl«, murmelte sie.

»Was meinst du damit?«

»Ach, nichts, nur . . .« Sie spreizte die Hände in einer ihr eigenen, ausdrucksvollen Geste. »So eine Ahnung, als ob ich ihn sehr lange nicht wiedersehen würde.«

»Aber Mad, er ist doch nur ein paar Tage außer Landes«, sagte Emily tröstend. »Und nächste Woche ist dein Geburtstag, da kommt er bestimmt. Den müssen wir doch ganz groß feiern!«

Mad zuckte verächtlich die Achseln. »Mein Geburtstag: Wer fragt in meinem Alter noch nach Geburtstagen? Natürlich werden wir etwas machen, um die Kinder zu amüsieren. Die Frage ist nur: Werden wir irgendeinen Grund zum Feiern haben?«

15

Jack Trembath und sein Sohn Mick wurden am Sonntag vormittag entlassen, auf Grund einer Sondererlaubnis, wie der Kommandant ihm sagte, weil landwirtschaftliche Berufe vorrangig behandelt würden; aber er müsse sich jederzeit zur Verfügung halten.

Eine seiner ersten Taten war ein Besuch in Haus Trevanal, um persönlich Bericht zu erstatten.

»Vor allem wollte ich Ihnen danken, daß Sie Joe und Emily zur Hilfe auf die Farm geschickt haben. Es war ja nicht nur die Arbeit, es war der freundschaftliche Zuspruch. Peggy und Myrtle hätten sonst durchgedreht, allein und verlassen, wie sie waren.«

»Sie danken uns? Und was sollen wir zu Ihnen sagen?« Mad zog ihn neben sich aufs Sofa. »Emily und ich haben uns dauernd Sorgen um Sie gemacht. Wie muß da erst Ihre arme Frau . . .«

»Na, es ist ja nun überstanden«, sagte Jack Trembath. »Denken wir nicht mehr daran. Es hätte schlimmer ausgehen können.«

»Wo hat man Sie hingebracht?« fragte Mad.

»Ins frühere Hafenamt. Das ist jetzt ihr Hauptquartier. Ich war bloß froh«, er dämpfte die Stimme, obgleich die Tür geschlossen war, »daß Mick nichts wußte. Er hätte vielleicht nicht durchgehalten. Diese Yanks feuern die Fragen so rasch und scharf ab, mit ihrem gräßlichen Akzent — der eine benahm sich wie der Sheriff in einem Wildwestfilm —, alles verdammt verwirrend für einen Vierzehnjährigen. Aber keine Sorge, sie haben nichts aus uns herausgekriegt und werden es auch nie.«

»Wir sind uns einig«, sagte Mad. »Ich wünschte, wir hätten viele auf unserer Seite.«

»Haben wir. Eine Menge von denen, die die Yanks bei der Landung begrüßt haben, wären jetzt schon froh, wenn sie wieder verschwänden. Nicht alle natürlich. Ich will keine Namen nennen, aber ich kenne ein paar, die ihre Seele verkaufen würden, um leicht und schnell zu Geld zu kommen. Wer von uns noch einen Funken Heimatliebe im Leibe hat, läßt sich keine Fremdherrschaft gefallen.«

Emily rutschte unbehaglich auf ihrem Platz herum. Sie dachte an Pa. Auch Mad schien an ihn zu denken, denn sie sagte mit der leicht gekünstelten Stimme, die ihre Enkelin so gut kannte:

»Ich glaube, ›Fremdherrschaft‹ ist ein zu starkes Wort. Es soll doch eine Union sein, nicht? Mein Sohn hat versucht, uns alles zu erklären. Ich verstehe nichts von Finanzen, aber es scheint, daß wir ohne diese Union den Staatsbankrott erklären müßten. Übrigens, Emmie und ich müssen uns noch einmal entschuldigen, daß Vic sich nicht für Sie eingesetzt hat.

Die Sache ist nämlich die ... Wir haben ihm nichts von dem toten Korporal und dem ganzen Drum und Dran erzählt.«

»Was? Ihrem eigenen Sohn nicht?« Jack Trembath war sichtlich verblüfft.

»Nein. Sehen Sie, Vic arbeitet als Bankier eng mit der Regierung und jetzt mit dieser USUK zusammen. Er ist sehr dafür, und deshalb wußte ich wirklich nicht, ob ich ihm die Wahrheit ...« Mad begann nach Worten zu suchen, was ihr früher nie passiert wäre. Wenn sie auf der Bühne den Faden verloren hatte, pflegte sie munter drauflos zu improvisieren. »Ich war mir nicht sicher, wie er reagieren würde. Möglicherweise hätte er es für seine Pflicht gehalten, Anzeige zu erstatten.«

Der Farmer schwieg betroffen und schüttelte langsam den Kopf.

»Eine peinliche Situation für Sie«, sagte er endlich, »sehr peinlich. Es muß schon schlimm um uns stehen, wenn eine Mutter nicht mehr offen mit dem eigenen Sohn reden kann. Ich mache ihm keinen Vorwurf, Gott behüte! Er muß wohl mit den Wölfen heulen, und wenn er ehrlich der Meinung ist, unser Land könnte ohne die Yankee-Truppe nicht mehr auskommen ...« Er stand auf und schlug heftig die eine Faust in die andere Hand. »Ich kann's einfach nicht hinnehmen, das ist alles. Und ich wäre maßlos stolz auf meinen Mick, wenn *er* den Kerl mit Pfeil und Bogen umgelegt hätte. Andy hat den ersten wirksamen Widerstand bei uns geleistet, und ich achte ihn dafür.« Er stand eine Weile da und starrte die Frauen an. »Na, nun hab' ich gesagt, was ich denke, und kann wieder gehen. Und vergessen Sie nicht — ich bin immer für Sie und Ihre Jungen da, Madam, Tag und Nacht.«

Am Nachmittag berichtete Joe Emily unter vier Augen, er

habe einen Marine-Suchtrupp mit Spürhunden in der Gegend beobachtet.

»Ich war hinten im Gehölz, sie haben mich nicht gesehen. Sie sind auch richtig der Spur gefolgt, die Mr. Willis auf Umwegen zum Strand hinuntergeführt hat. Ob sie unten die Witterung verloren haben, weiß ich nicht. Schließlich ist das Ganze schon drei Tage her. Die Flut hat inzwischen alles mehrmals überspült.«

»Wer von den andern weiß es mittlerweile?«

»Nur Terry. Ich hielt es für besser, ihm gestern beim Zubettgehen alles zu erzählen, ehe Andy damit herausplatzt. Terry gegenüber hätte er ja doch nicht lange dichtgehalten.«

»Und was hat er gesagt?«

»Er war einigermaßen erschüttert — mehr, als ich dachte. Nicht so sehr über den Mord an sich wie über die Tatsache, daß Andy ihn ausgeführt hat und, was noch schwerer wiegt, eigentlich nur wegen Terry. Ein Racheakt sozusagen. Terry sagte, wenn die Mariner Briten wären, würde er wahrscheinlich hingehen, reinen Tisch machen und alle Schuld auf sich nehmen. Aber da es Yanks und Eindringlinge sind, die hier die Fuchtel schwingen, hätte er Lust, Andys Pfeile und Bogen auszuborgen und noch ein Dutzend eigenhändig zu erledigen.«

Emily fiel das Wort »Schneeballsystem« ein — kleine Ursachen, unabsehbare Wirkungen. Irgendwer fängt etwas an, es beginnt zu rollen, andere beteiligen sich oder werden hineingezogen, und eines Tages wird der Schneeball zur Lawine, die alles unter sich begräbt: Menschen, Eigentum und Rechte.

Am Montag morgen war der Schulbus zum erstenmal wieder da. Er war mit einem USUK-Wimpel dekoriert, wie Terry berichtete, der an seinen Krücken hinausgehinkt war, um der Abfahrt zuzusehen. Seine eigene Ingenieurschule war noch geschlossen.

»Wahrscheinlich sitzen zu viele von uns in Untersuchungshaft«, bemerkte er grimmig.

Mad erklärte, sie wolle mit Emily zum Einkaufen nach Poldrea fahren. Emily hätte dies weitaus lieber allein gemacht. Mad konnte fürchterlich sein, wenn sie auf einen Supermarkt losgelassen wurde. Indessen war ihr Tatendrang nicht zu bremsen, und bald waren sie auf der Uferstraße unterwegs. An den Straßensperren wurden ihre Passierscheine inspiziert, aber sonst gab es keine Schwierigkeiten. Mad hatte Emily grollend ans Steuer gelassen, denn, das sah sie selbst ein, eine herzschwache alte Dame konnte nicht schon wieder als kühne Autolenkerin auftreten. Vor dem Supermarkt standen lange Käuferschlangen, und die Straßenränder waren gedrängt voller Wagen.

»Kein Wunder«, sagte Mad. »Alle wollen noch schnell hamstern, bevor die Vorräte total ausverkauft sind. Gott und Joe sei gedankt für Kohl und Rüben. Ich werde mich anstellen; versuche du einen Parkplatz zu finden.

Emily mußte sich erfolglos durch die engen Straßen Poldreas schlängeln, bis sie den Wagen endlich in eine winzige Lücke an der Methodistenkirche quetschte. Beim eiligen Rückmarsch lief sie Mr. Willis in die Arme. Er kam gerade aus Tom Bates Fischladen.

»Oh, guten Tag«, sagte sie verwirrt. »Schönes Wetter heute, nicht?«

Er verbeugte sich vor ihr. »Sehr schön. Freut euch des Lebens, solange ihr es noch genießen könnt.« Er kniff ein Auge hinter der dicken Brille zu, und um seine Lippen zuckte es sarkastisch. »Nur schade, daß es vorgestern nacht so gestürmt hat. Die Brandung hat unseren Freund nicht in die

See hinausgezogen, wie ich hoffte, sondern an den Kellyvardo-Felsen geworfen, wo er sich im Tang- und Muscheldikkicht verheddert hat. Kaum zu glauben, was?«

Emily war stumm vor Schreck. Der Kellyvardo-Felsen war ein etwa dreißig Meter langes Riff, das nur bei Ebbe über den Wasserspiegel ragte und die Einfahrt in den Hafen behinderte. Zur Warnung Unerfahrener war es mit einem langen Pfahl versehen.

»Der Pfahl«, fuhr Mr. Willis fort, »ist seit Samstag gebrochen. Das passiert immer wieder; man treibt ihn nie fest genug ein. Tom Bate war gestern trotzdem zum Fischen; er kennt jeden Zoll Wasser hier herum und hat außerdem immer eine Stange mit, um die Tiefe zu prüfen. Nun, er stochert um das Riff herum, und auf einmal stößt er auf etwas Wabbliges ... Was er dann sah, war kein erfreulicher Anblick. Jedenfalls hat er sofort den Motor angelassen und ist in den Hafen gesaust, um die Sache zu melden. Nach Fundunterschlagung war ihm diesmal nicht zumute, wie man sich denken kann.«

Emily wartete, bis ein paar Vorübergehende außer Hörweite waren, ehe sie flüsterte: »Das Marinekommando ... weiß also Bescheid?«

»Über den Leichenfund? Ja. Mehr konnte Tom Bate ihnen beim besten Willen nicht sagen, obwohl sie ihn stundenlang verhörten. Mit dem Fischen war's für gestern vorbei. Daher werden Sie heute keinen frischen Fisch bei ihm bekommen, außer vielleicht ein paar Hummer und Aale. Erkundigen Sie sich doch selber.«

»Nein ... nein, danke«, erwiderte Emily schaudernd. »Merkwürdig, in den Nachrichten wurde nichts darüber mitgeteilt.«

»Sie werden sich hüten«, sagte Mr. Willis. »Dieser Unfall

bleibt wahrscheinlich für immer inoffiziell.« Mit unglaublicher Gelassenheit zwinkerte er ihr abermals zu und schlenderte davon. Emily beeilte sich, zur Supermarkt-Schlange zurückzukommen. Mad war inzwischen fast bis an die Pendeltüren aufgerückt und unterhielt sich mit den Umstehenden.

»... Dukaten«, sagte sie gerade zu der Frau des Bankvorstehers von Poldrea. »Historische Assoziationen und so weiter, wie bei der Dublone. Aber ob die neue Währung auf dem Dollar basiert, konnte mein Sohn auch noch nicht sagen. Vermutlich erfährt er's auf einer Spitzenkonferenz in Rio. Ihr Mann weiß sicher alles über Dukaten.«

»Mit mir hat er noch nicht darüber gesprochen«, sagte die Frau eingeschüchtert.

»Na, vielleicht ist es noch zu früh dazu«, meinte Mad achselzuckend. »Mein Sohn ist den Ereignissen natürlich immer um eine Nasenlänge voraus.«

Andere Schlangenmitglieder hatten gebannt zugehört.

»Dukaten? Dublonen?« murmelten sie untereinander. »Gibt's doch nur in uralten Märchen! Zu gräßlich, diese ewigen Umstellungen. Das wird wieder so schlimm wie damals, als wir uns an das Dezimalsystem gewöhnen mußten.«

»Eine besondere Härte für uns Rentner«, murrte ein alter Mann.

»Nehmen Sie's von der besten Seite«, lächelte Mad. »Wenn es mit dem Rationieren losgeht, bekommen Sie und ich Vorzugsmilch und Orangensaft zum halben Preis wie die Babies.«

Sie wurden durch die Pendeltür geschleust. Innen herrschte das Chaos; die Käufer liefen herum wie ein aufgestörter Ameisenhaufen; die Angestellten waren hilflos. Große Schilder verkündeten: »Speck, Butter, Käse ausverkauft.« In den

Regalen waren Dosen mit dem Hinweis »Noch nicht rationiert« gestapelt, alle zu erheblich erhöhten Preisen.

»Das nehmen wir nicht«, entschied Mad. »Alte Ausschußware als Blickfänger!«

Ein Verkäufer neben ihr zuckte zusammen. »Ich kann Ihnen versichern, Ma'am, die Ware ist weder alt noch Ausschuß. Wir sind im Moment mehr in Bedrängnis als die Kunden. Solange wir keinen Nachschub bekommen, müssen wir eben aufstellen, was wir haben.«

Mad drängte sich weiter durchs Gewühl, Emily stets dicht auf den Fersen. Was sie schließlich durch die Kasse schob, war ein Korb voll Toilettenpapier, einem Dutzend bleicher Schnitzel, einem oder zwei Kilo Würstchen und mehreren Flaschen Orangensaft.

»Darling«, versuchte Emily einzuwenden, »Dottie hat uns nichts von alledem auf ihre Liste geschrieben.«

»Egal, wir werden es dringend brauchen. Was ist mit Fisch?«

»Heute gibt es keinen. Tom Bates Laden ist geschlossen«, log Emily schnell. Da sie jedoch an seinem Laden vorbei mußten, fügte sie geistesgegenwärtig hinzu: »Weißt du was? Geh doch bitte noch in die Drogerie, während ich den Wagen hole. Das übrige Zeug nehme ich mit.«

»Ich brauche nichts aus der Drogerie«, protestierte Mad.

»Aber die Jungen, und ich auch. Unsere Zahnpasta wird knapp. Und die Seife vom Drogisten ist auch besser als die im Supermarkt.«

Emily holte den Wagen und ließ Mad vor der Drogerie zusteigen, und dann kam wieder der Stopp an der Straßensperre, wo ihre Passierscheine aufs neue geprüft wurden. Mr. Libby, der »Seemannsruh«-Wirt, plauderte mit dem Wachsoldaten. Er wartete, bis die Formalitäten beendet waren, und beugte sich dann ans halboffene Wagenfenster nieder.

»Ich habe etwas für Sie, das ich nicht jedem anbiete«, raunte er Mad vertraulich zu. »Der Kommandeur hier war äußerst entgegenkommend. Man muß nur den richtigen Ton finden, dann kann man sie um den Finger wickeln.« Er sah vorsichtig über die Schulter. »Wie wär's mit einer Kiste kalifornischem Wein?«

»Tut mir leid«, entgegnete Mad, »so was trinke ich grundsätzlich nicht.«

Mr. Libby riß die Augen auf. »Aber Ma'am, ich kann Ihnen versichern, es ist nichts Gepantschtes. Und außerdem noch zollfrei. Ich habe zufällig einen Teil der ersten Importe bekommen. Viel süffiger als der Chablis, den Sie gewöhnlich nehmen.«

»Mr. Libby«, sagte Mad mit Nachdruck, »wenn ich so weit bin, daß ich kalifornischen Wein trinke, schmeckt mir mein eigenes Badewasser nicht mehr. Weiter, Emmie!« Dann, als sie hügelaufwärts fuhren, fügte sie hinzu: »Das war mein voller Ernst. Kalifornischer Wein — du meine Güte! Vic hat ja auch schon davon geredet. Was wird man uns noch alles in den Hals schütten? Coca-Cola und Teebeutel in alle Ewigkeit . . .«

Emily schwieg, bis sie sicher in der heimischen Garage waren. Dann erst sagte sie:

»Ich habe vorhin Mr. Willis in der Stadt getroffen. Die Leiche ist gefunden.«

Auch Mad war stumm. Sie kletterte umständlich aus dem Wagen, raffte ihre Einkäufe zusammen und fragte nach einer Pause: »Wo?«

»Am Kellyvado-Riff. Gestern. Tom Bate hat ihn mit seinem Fischerboot aufgestöbert und die Obrigkeit benachrichtigt. Deswegen wollte ich nicht, daß du heute in den Fischladen gehst.«

»In normalen Zeiten«, sagte Mad, »gäbe es natürlich eine gerichtliche Untersuchung, eine Obduktion und was weiß ich. Keine Ahnung, wie die Yanks es in solchen Fällen halten.«

»Ich weiß es auch nicht. Wir müssen einfach abwarten.«

Wurde ihre eigene Lage durch die Auffindung der Leiche verschlimmert oder erleichtert? Wahrscheinlich verschlimmert. Solange der Korporal spurlos verschwunden war, konnten seine Vorgesetzten immerhin denken, er sei desertiert und hielte sich irgendwo verborgen. Und sie, die die Wahrheit wußten, konnten hoffen, der Sturm hätte ihn weit ins Meer hinausgetrieben, und wenn er je wieder zum Vorschein käme, würde er nicht mehr zu identifizieren sein. Drei Tage waren zuwenig. Im Tanggestrüpp des Riffs verfangen ... Emily dachte an die vielen Male, die sie selbst mit den Jungen bei Ebbe zum Riff hinausgepaddelt war, um Garnelen und Miesmuscheln zu suchen. Ihr wurde fast übel. Nie wieder würde sie dazu imstande sein.

Dottie empfing sie mit der Nachricht, Pa habe während ihrer Abwesenheit angerufen. »Er hatte es furchtbar eilig, Madam. War auf dem Weg zum Flughafen — erst New York und dann Rio. Seine Sekretärin hat die Adressen.«

Mad machte eine resignierte Handbewegung. »Schade, daß ich nicht da war. So hätte ich doch wenigstens noch mal seine Stimme gehört.«

Emily lud ihre Einkäufe in der Küche ab und folgte ihrer Großmutter, deren plötzliche trübe Stimmung sie beunruhigte.

»Was meinst du damit: Wenigstens noch mal seine Stimme ...?«

»Nur so.«

»Ahnst du etwas Fürchterliches?« Emily geriet nun wirklich in Panik. »Einen Absturz, eine Flugzeugentführung, Geiselnahme oder —«

»Unsinn, Kind, ich ahne gar nichts. Ich bin keine Hellseherin. Es war nur so ein dummer kleiner Stich.«

Emily versuchte sich vorzustellen, wie sie jetzt neben Pa im Düsenklipper nach New York flog. Wie herrlich müßte es sein, eine Zeitlang von allem wegzukommen! Pa würde sie verwöhnen und überall mit Stolz herumzeigen, und sie hätte keine andere Aufgabe, als nett zu sein und nett auszusehen. Aber sie war gerade jetzt an Haus Trevanal gebunden. Die Jungen brauchten sie nicht weniger als Mad, und mit jedem Tag wurde das Leben bedrückender und bedrohlicher.

Nachmittags unternahm sie einen Spaziergang über die Felder und die Klippen hinunter. Es war die reine Selbstquälerei, denn sie wußte im voraus, was sie angesichts des Kellyvardo-Riffs empfinden würde. Die See war heute ölglatt.

Der glitschige Buckel des Riffs ragte noch über das Wasser; der gebrochene Warnpfahl sah von weitem aus wie ein gebückter Mensch. Am Horizont erschien ein grauer Schatten. Emily wartete, bis sie die Umrisse deutlicher erkennen konnte. Es war das Kriegsschiff, das offenbar wieder im Hafen ankern wollte. Würden die Leute, die darauf waren, mehr Verständnis zeigen als ihre Abgesandten? Major Cheeseman war immer ganz freundlich gewesen, aber nach Entdeckung der Leiche konnte sich seine Haltung geändert haben. Und Wally Sherman? Dachte der jetzt vielleicht auch anders über die »Eingeborenen«?

Auf dem Rückweg traf sie mit den Jungen zusammen, die

der Schulbus an der nächsten Haltestelle abgesetzt hatte. Alle drei trugen schreiend grelle USUK-Krawatten. Colin war, wie immer, der erste, der Emily entgegenrannte und seine Neuigkeiten ausschrie.

»Wir hatten gar keinen Unterricht, nur Marschieren und Chorsingen — komische neue Lieder —, Miss Birkett hat uns aus der amerikanischen Geschichte vorgelesen, und — rat mal!«

»Das kann ich nicht raten«, sagte Emily.

»Mrs. Hubbard war in der Schule, die Frau mit dem Blinkgebiß. Die hat uns von Jesus erzählt. Von jetzt ab gibt's jede Woche eine Jesusstunde, aber nicht von ihr. Sie hat unserer Lehrerin nur gezeigt, wie sie's machen soll.«

»Und ihr?« fragte Emily die Mittleren. »Habt ihr alle dasselbe gehabt?«

»Nein«, sagte Andy mit angewiderter Miene. »Wir wurden in verschiedene Gruppen aufgeteilt. Ich bin unter lauter Mädchen geraten — schaurig. Sie kicherten und schubsten mich dauernd. Dann gab es zehn Minuten *Think-In*. Wir mußten eine Weile vollkommen still sein, und dann mußte jeder aufstehen und sagen, woran er in diesen zehn Minuten gedacht hatte.«

»Was hast du gesagt?« fragte Emily ärgerlich.

»Daß ich dieses *Think-In* einen riesengroßen Blödsinn finde, und damit hatte ich Ruhe. Sie fragte ganz schnell den Nächsten. Ich habe mich nicht hervorgetan.«

»Aber ich«, sagte Sam strahlend. »Ich hatte in den zehn Minuten nur an den armen Spry gedacht, und wie Mr. Trembath ihn als Welpen aufgelesen hat, irgendwelche Leute hatten ihn ausgesetzt, und wie er ihn zu einem sehr guten Schäferhund erzogen hat, und wie er dann erschossen worden ist, und das alles hab' ich erzählt.«

»Und was haben die Lehrer dazu gesagt?« fragte Emily.

»Nicht viel. Ich habe einen Stern für ›phantasievolle Beschreibung‹ bekommen.«

»Die Jesusgeschichten waren besser«, fiel Colin ein. »Als diese Mrs. Hubbard mit Erzählen fertig war, sollten wir Szenen aus dem Leben von Jesus spielen. Die meisten haben die ›Speisung der Fünftausend‹ gespielt und sind in der Klasse herumgelaufen und haben so getan, als ob sie den anderen Brot und Fisch geben. Blöd, was? Ich hab' mein Lineal genommen und um mich geschlagen, und als Miss Birkett sagte, ich soll nicht so ungezogen sein, da hab' ich gesagt: Ich bin Jesus, der die Händler und Wechsler aus dem Tempel jagt; schade, daß ich keine richtige Geißel habe. Mrs. Hubbard ging dann weg. Sie hat gesagt, sie muß noch in eine andere Schule. Miss Birkett hat mir trotzdem einen Stern gegeben.«

Diese Berichte vom ersten Schultag wurden später noch einmal ausführlich vor Mads Ohren wiederholt. Zu Emilys Bestürzung zeigte sich Mad nicht amüsiert, sondern verärgert.

»Verdammter Mist!« explodierte sie, als die drei Jungen abgezogen waren. »Was fällt ihnen ein, diese Neuerungen einzuführen, ohne die Erziehungsberechtigten auch nur zu fragen? Wenn das die ›kulturelle Zusammenarbeit‹ sein soll, gehört eine Bombe ins Kultusministerium. Soll unsere Jugend künftig Idioten wie dieser Martha Hubbard ausgeliefert sein? Am besten behalte ich die Kinder zu Hause und unterrichte sie selber.«

»Das wäre gegen das Gesetz«, sagte Emily.

»Na, wenn schon. Sollen sie mich verklagen. Diese widerlichen Krawatten, mit denen sie die Kinder ködern! Und diese scheinheiligen Jesus-Mätzchen! Warum geben sie keinen Religionsunterricht auf gute, herkömmliche Art? Immerhin«, überlegte sie, »es muß ein Augenblick für Götter gewesen sein, wie Colin die Wechsler aus dem Tempel prügelte ...«

Gegen Abend klingelte das Telefon. Emily ging heran. Es war Wally Sherman. Seine Stimme klang bedrückt.

»Sind Sie's, Emmie? Hier Wally. Wir sind wieder im Camp gelandet.«

»Hab' ich mir schon gedacht«, sagte Emily. »Ich habe Ihr Schiff heute nachmittag zurückkommen sehen.«

»Ja.« Er zögerte. »Sie hatten inzwischen einige Schwierigkeiten, wie ich höre. Tut mir leid.«

»Uns tat es auch leid.«

»Der Grund meines Anrufs«, fuhr er stockend fort, »ist der, daß mit weiteren Schwierigkeiten zu rechnen ist. Nicht für Sie persönlich, wie ich hoffe, aber für Ihren ganzen Distrikt. Verstehen Sie bitte – Korporal Waggs Leiche ist gefunden und obduziert worden. Die Untersuchung hat ergeben, daß er nicht ertrunken ist. Wie die schweren Schädelverletzungen zustande gekommen sind, ist unklar. Er kann natürlich von den Klippen gestürzt und später von der Flut weggeschwemmt worden sein, aber es kann ihn auch jemand gestoßen haben. Für beide Theorien gibt es vorläufig keinen Beweis.« Er räusperte sich verlegen.«

»Wie schrecklich«, sagte Emily. »Der Ärmste!«

»Der Fall soll nicht über die Massenmedien bekanntgegeben werden, weil so etwas die Zusammenarbeit erschwert. Aber unsere Behörden sind ziemlich aufgebracht. Sie glauben nicht an einen Unfall, auch wenn bis jetzt kein Schuldiger gefunden worden ist. Ihr Distrikt muß sich deswegen auf verschärfte Maßnahmen gefaßt machen. Verbrüderungsaktionen sind bis auf weiteres streng untersagt. Das bedeutet, daß ich Sie jetzt nicht besuchen darf. Sehr traurig für mich.

Schon mit diesem Anruf riskiere ich einen Rüffel.«

»Nett, daß Sie's trotzdem gewagt haben«, sagte Emily. »Was meinen Sie genau mit ›verschärften Maßnahmen‹?«

Wieder eine beklommene Pause. »Ehrlich, ich weiß es selbst noch nicht genau. Ich wollte Sie nur warnen. Gute Nacht.«

»Gute Nacht. Danke für den Anruf.«

Emily legte den Hörer auf. Mad hatte sich schon in ihr Schlafzimmer zurückgezogen. Was würde der nächste Tag bringen?

16

Sie erfuhr es früh genug. Nachdem Andy, Sam und Colin zur Schule abgefahren waren, nahm Dottie sie beiseite und bat sie, nochmals, aber allein, nach Poldrea zu fahren und einige der Dinge zu kaufen, die gestern schon auf ihrer Liste gestanden hatten.

»Es ist immer dasselbe«, klagte Dottie, »wenn Madam freie Hand hat. Was sollen wir mit so vielen Würstchen? Nimm sie wieder mit und tausche sie gegen etwas Vernünftiges um. Das Klopapier hält sich ja, aber man kann es nicht essen. Hier ist der Zettel, Emmie, halte dich daran, und sieh zu, daß du wegkommst, ehe sie nach dir ruft.«

An der Garage fand Emily Joe vor, der mit einem leeren Paraffinkanister auf sie wartete.

»Kannst du mich mitnehmen?« fragte er. »Ich muß anfangen, das Gewächshaus zu heizen. Im Wetterbericht haben sie für die nächste Zeit Kälte vorausgesagt.«

Emily war froh über Joes Gesellschaft. Sie erzählte ihm

vor allem von dem besorgniserregenden Anruf Wally Shermans.

Joe gab einen Laut von sich, der halb abfälliges Grunzen, halb Lachen war.

»Der ärgert sich ja nur über die Besuchssperre«, meinte er. »Sonst wäre er bestimmt schon gestern abend wiedergekommen.«

»Ich weiß nicht. Es klang ernsthafter.«

An der Schranke unterhalb des Hügels mußten sie wie immer stoppen. Der Wachsoldat markierte ihre Passierscheine und den gelben Ankleber an der Windschutzscheibe mit einem großen roten X.

»Was soll das bedeuten?« fragte Emily.

»Ab morgen sind keine Privatwagen in diesem Distrikt mehr zugelassen«, sagte der Soldat. »Sie müssen die öffentlichen Verkehrsmittel benutzen.

»Wer sagt das?«

»Befehl vom Oberkommando. Sie erfahren es rechtzeitig, wenn die Bestimmungen wieder gelockert werden.« Er winkte ihr, weiterzufahren.

Emily gab Gas. »Das ist doch die Höhe! sagte sie empört zu Joe. »Wie sollen die Leute hier ohne Auto fertig werden? Jeder weiß, wie schlecht die Busverbindungen sind!«

»Auf alle Fälle würde ich noch mal auftanken«, riet Joe. »Du bist fast auf Null.«

Aber die Tankstelle, die an ihrem Wege lag, war geschlossen, und an den Benzinpumpen hingen Schilder mit der lakonischen Aufschrift »Leer«.

»Was nun?« fragte Emily ratlos. »Schaffen wir's noch bis in die Stadt und zurück?«

»Mit dem Reservetank gerade so«, meinte Joe.

»Jetzt kapiere ich allmählich, was Leutnant Sherman gemeint hat . . .«

Der Supermarkt war heute nicht mehr so überlaufen wie gestern, aber die Stimmung war noch düsterer. »Tut mir leid«, sagte der Geschäftsführer mit einem Blick auf Dotties Einkaufszettel, »die meisten dieser Sachen haben wir einfach nicht mehr, und die Grundnahrungsmittel müssen wir rationieren. Wir erwarten schon seit gestern eine Lieferung, aber heute früh wurde uns telefonisch mitgeteilt, der Lastwagen sei aufgehalten worden, und niemand weiß, wann er durchkommt.«

Emily gab das Würstchenpaket nicht zurück. Nach dieser Auskunft war es ihr kostbar geworden. Sie kaufte an Eßbarem, was noch irgend erhältlich war, und verließ den Laden. Draußen erwartete sie Joe mit seinem immer noch leeren Blechkanister.

»Kein Paraffin«, sagte er. »Das letzte ist gestern verkauft worden, und sie wissen nicht, wann es wieder welches gibt. Beim ersten Frost sind meine Sämlinge hin.«

Die Leute standen in Grüppchen auf der Straße herum. Emily und Joe fingen im Gehen Gesprächsfetzen auf wie: »Einer ist ertrunken, und wir alle sollen dafür büßen . . .« — »Er soll sich in der ›Seemannsruh‹ betrunken haben und dann kopfüber die Klippen runtergefallen sein . . .« — »Davon weiß ich nichts. Aber er hat mit Myrtle Trembath geschäkert, und Jack kann ganz schön wütend werden — den Rest könnt ihr euch an den Fingern abzählen, nicht?« — »Wenn's einer von uns gewesen ist, warum stellt er sich nicht? Warum wälzt er's auf andere ab?«

Emily hatte das Gefühl, daß einige sie feindselig ansahen, und zupfte Joe am Ärmel, um ihm zu bedeuten, er solle schneller weitergehen. Vielleicht lag es nur an ihrem brennenden Schuldbewußtsein, daß sie solche Bemerkungen auf sich bezog, oder wenn nicht auf sich persönlich, so doch auf ihre ganze Hausgemeinschaft. Übrigens fiel es auf, daß heute keine dienstfreien Soldaten in der Stadt herumschlenderten wie gestern noch.

Als sie gerade in den Wagen steigen wollten, parkte ein wohlbekanntes blaues Auto direkt vor ihnen. Die Gemeindeschwester, Jack Trembaths Schwägerin, stieg mit ihrer Hebammentasche aus und begrüßte sie.

»Ärzten und Schwestern können sie das Autofahren nicht verbieten«, erklärte sie. »Aber ich muß eine Liste all meiner Patienten abliefern, damit ich kontrolliert werden kann. Jack platzt vor Wut. Er sagt, dafür wird er auch keine Milch mehr in die Zentrale liefern, sondern sie an die Nachbarn verkaufen, wie es seine Vorfahren gemacht haben.«

»Aber, Schwester Bennett«, fragte Emily, »wer steckt dahinter?«

Die Schwester ruckte mit dem Kopf in Richtung der Hafenanlagen. »Ist das nicht mittlerweile klar? Ich muß mich jetzt beeilen. Mrs. Williams liegt in den Wehen. Man kann die Babies nicht hindern, auf die Welt zu kommen, nur weil ein Marinesoldat verunglückt ist.«

Die ganze Stadt wußte es also, obwohl Korporal Waggs Tod in den Nachrichten verschwiegen worden war. Und jeder wußte, daß dieser Tod die Ursache aller Zwangsmaßnahmen und Lebensmittelkürzungen war. Es hing von der Einstellung der Leute ab, wem sie dafür die Schuld gaben.

Ein anderer Wagen stoppte kurz, da Emily gerade durch ihre geöffnete Tür die Durchfahrt versperrte. Der Insasse war Mr. Libby, der Wirt der »Seemannsruh«, aber ein sehr anderer Mr. Libby als der fast kriecherisch liebenswürdige Geschäftsmann von gestern, der versucht hatte, Mad seinen kalifornischen Wein anzudrehen. Sein Gesicht war verbissen und gespannt. Er übersah Emily und Joe und rief jemandem auf der anderen Straßenseite etwas zu. Emily erkannte in dem Gesprächspartner Mr. Libbys Konkurrenzwirt.

»Haben die Mariner auch bei dir Lokalverbot, Jim?«

Der andere nickte. »Leider ja. Aber mir tut's nicht so weh wie dir. Ich hab' ja immer noch genügend treue Kunden. Zu dir ist der Anmarsch zu weit. Manche überlegen sich's dreimal, ehe sie zu Fuß gehen.« Er grinste.

»Ich bin auf dem Weg zur Kommandantur«, schrie Mr. Libby hinüber. »Ich werde mich beschweren. Warum sollen anständige Geschäftsleute wie ich geschädigt werden, nur weil jemand anders irgendeine Schweinerei gemacht hat? Das ist meine Meinung!«

Er schwenkte wütend um Emilys Wagen herum und brauste davon, wobei er fast eine alte Frau, die sich eben in der Straßenmitte befand, überfahren hätte. Joe starrte ihm nach.

»Hoffentlich geht ihm unterwegs der Sprit aus«, sagte er.

»Dem? Nie im Leben! Der hat sich bestimmt mit Hilfe seiner neuen Freunde noch rechtzeitig eingedeckt!«

Nun sind wir sogar untereinander in Parteien gespalten, dachte sie. Man weiß kaum noch, auf wen Verlaß ist. Der Soldat an der Straßensperre lächelte amüsiert, als er sie mit einem Blick auf das rote Zeichen an der Windschutzscheibe durchließ.

»Wir werden uns wohl ein Weilchen nicht mehr sehen, was?«

Emily würdigte ihn keiner Antwort. Der Benzinzeiger wies bereits in den Reservetank. Sie erreichten die heimische Garage mit hustendem und stotterndem Motor.

»Gerade noch geschafft«, sagte sie aufatmend.

Joe nahm mit grimmiger Miene den Einkaufskorb vom Rücksitz. Obenauf lag die Butterration für die ganze Familie, anderthalb Pfund. »Was wir brauchen, sind Kanonen statt Butter«, sagte er.

»Das hab' ich schon mal als berühmt-berüchtigtes Zitat aus dem Zweiten Weltkrieg gehört«, antwortete sie. »Aber, Joe, hat es je zu etwas Gutem geführt? Wir müssen bedenken, daß die jetzigen Zwangsmaßnahmen im Grunde unsere eigene Schuld sind. Ein Junge hat gemordet, weil er noch nicht zwischen Recht und Unrecht unterscheiden konnte.«

Joe knallte die Wagentür zu und ging mit ihr aus der Garage.

»Auf die Tour kommst du bei mir nicht weit, Emmie. Andy hat aus dem gleichen Instinkt gehandelt, mit dem schon die Höhlenmenschen ihr Revier verteidigten.

»Wenn das dein Argument ist«, gab sie zurück, »sind alle Zivilisationsbestrebungen der Menschheit verlorene Liebesmüh gewesen. Keiner von uns ist innerlich weitergekommen.«

»Stimmt genau. Daß du das nicht schon früher gemerkt hast! Ich würde meine Höhle jederzeit mit den nackten Fäusten verteidigen. Allerdings bin ich primitiv; ich kann nicht lesen und schreiben, ich kann nur meine Hände gebrauchen.«

Sie gingen schweigend auf das Haus zu. »Du vergißt nur eins«, sagte Emily nach ein paar Schritten, »und das scheint mir vielen unnötigen Krisen zugrunde zu liegen. Der arme Wagg ist nicht als Feind zu uns gekommen. Im Gegenteil, er wollte sich ausdrücklich mit Terry versöhnen.«

»Gut für ihn«, sagte Joe. »Dann ist er wenigstens mit reinem Gewissen gestorben. Aber Andy konnte nicht wissen, was Wagg wollte, und damit ist dein Gerede von Recht oder Unrecht im Eimer, wie der Korporal selbst.«

Emily überließ es ihm, den Einkaufskorb in die Küche zu tragen. Sie war nicht in der Stimmung, Dottie langatmig auseinanderzusetzen, warum sie so viele Artikel ihrer Liste nicht mitgebracht hatte. Als sie um die Hausecke bog, um zum Vordereingang zu gelangen, sah sie ihre Großmutter mit dem kleinen Ben Kiefernzapfen aufsammeln. Dies gehörte zu den vielen unnützen Tätigkeiten Mads, denen sie in Anfällen von Feuereifer oblag. Sie hatten schon Kisten und Säcke voll Kiefernzapfen im Keller, die Mad vergaß, wenn man sie nicht daran erinnerte.

»Da bist du ja«, rief sie Emily fröhlich zu. »Ben und ich haben geschuftet wie die Nigger.«

Der Ausdruck war vielleicht nicht ganz glücklich gewählt, aber der Dreijährige nahm noch keinen Anstoß daran. Sein Krauskopf war mit einer gewaltigen Pudelmütze bedeckt, mit der er aussah wie das Reklame-Negerkind in einem altmodischen Missionsblättchen.

»Tja, wir sind für heute fertig«, sagte Emily. »Mit dem Einkaufen, meine ich. Künftig müssen wir mit dem Bus in die Stadt fahren oder zu Fuß gehen, falls der Bus auch eingestellt wird.«

»Was ist los?« fragte Mad. »Habt ihr euch in irgend etwas Unüberlegtes eingelassen?«

»Nein. Unsere Passierscheine sind ab sofort ungültig. Und die anderen Vorschriften werden verschärft.« Sonderbar, daß sie Dottie nicht mit den schlechten Nachrichten hatte unter die Augen treten wollen, jetzt aber mit heimlicher Spannung die Wirkung auf Mad genoß. »Ich war darauf gefaßt«, fuhr sie beiläufig fort. »Leutnant Sherman hat mich schon gestern abend telefonisch gewarnt.«

»Ah, der war's also.« Ihre Großmutter schulterte den vollen Sack. Einen Moment lang ähnelte sie unheimlich Mr. Willis, als er sich die wohlverpackte Leiche aufgeladen hatte.

»Die Autopsie hat nichts Schlüssiges ergeben«, fuhr Emily fort, »aber sie vermuten das Schlimmste. Kurz und gut, alle müssen dafür büßen, auch wenn sie keinen Schuldigen finden.«

Mad sagte nichts, sondern begann tonlos zu pfeifen. Im Haus warf sie ihren Sack ab und ging stracks auf das Telefon zu.

»Es dürfte wenig Sinn haben, den Kommandanten anzurufen«, sagte Emily. »Wir sind bestimmt Nr. 2, wenn nicht Nr. 1, auf der Liste der Verdächtigen.«

»Ich will nicht den Kommandanten sprechen, sondern unsere ehrenwerte Parlamentsabgeordnete«, antwortete Mad. »Bin ja neugierig, ob sie noch in ihrem Wahlkreis weilt oder sich schleunigst nach London geflüchtet hat.«

Es dauerte etwa fünf Minuten, bis Mad die Verbindung bekam. Nein, die Abgeordnete hatte Cornwall noch nicht verlassen, würde aber im Laufe des Tages zu wichtigen Besprechungen abreisen. Sie könne Telefonate nur in ganz dringenden Fällen entgegennehmen. Wie war noch, bitte, der Name?

Emily stand so dicht neben ihrer Großmutter, daß sie die frostige Stimme der Sekretärin deutlich hörte. Mad nannte Pas Namen, nicht ihren eigenen.

»Hallo, Victor?« meldete sich die Abgeordnete für Mittel-Cornwall mit honigsüßer Stimme. Emily konnte sich den launigen Ton vorstellen, in dem Pa mit ihr zu verhandeln pflegte.

»Hier ist nicht Victor, sondern seine Mutter. Poldrea, Haus Trevanal.«

In der winzigen Pause, die entstand, wechselte Mrs. Moorhouse die Taktik. Mit Börsianern konnte sie reden; mit einer uralten, verschrobenen Ex-Schauspielerin wurde die Sache schon schwieriger.

»Oh, Sie sind es«, sagte sie mit kühler Höflichkeit. »Und was wünschen Sie von mir?«

»Wir haben viel Ärger hier in Poldrea, wie Ihnen vielleicht bekannt ist«, sagte Mad. »Privatautos dürfen nicht mehr fahren, die Tankstellen sind geschlossen, die Lebensmittellieferungen an den Supermarkt bleiben aus. Wir kommen uns vor wie im Belagerungszustand. Kinder, Alte und Kranke sind dadurch besonders hart betroffen, und die Unruhe unter der Bevölkerung wächst. Sicher können Sie uns eine Erklärung geben. Auch möchte ich gern wissen, ob diese Zustände überall herrschen oder nur in unserem kleinen Distrikt?«

Wieder entstand eine Pause, diesmal eine ziemlich lange.

»Leider bin ich darüber selbst nicht unterrichtet«, erwiderte die Abgeordnete schließlich. »Es kann damit zusammenhängen, daß Poldrea im Moment ein USUK-Stützpunkt ist und von dort aus die Sicherheit aller angrenzenden Bezirke überwacht wird. Ich weiß nicht, ob die Hafenanlagen bedroht sind. Falls ich darüber etwas Näheres erfahre, rufe ich Sie zurück.«

»Ich wäre Ihnen sehr verbunden«, sagte Mad. »Moment noch: Sie sagten USUK-Stützpunkt. Die Soldaten, die den Hafen besetzt halten, sind sämtlich Amerikaner.«

Mrs. Moorhouse ließ ein kleines Lachen hören. »Sie sind hinter der Zeit zurück. Was heißt heute noch amerikanisch oder britisch? Wir sind alle in der USUK vereinigt. Je rascher wir uns daran gewöhnen, desto besser für alle.«

»Und wenn wir uns nicht daran gewöhnen können?«

»O bitte, spielen Sie nicht die Naive. Ich bin überzeugt, daß Ihr Sohn Ihnen die wirtschaftliche Lage unseres Landes erläutert hat. Sie wissen, daß es um unsere Existenz geht. Es ist nicht mehr wie damals, als wir uns noch mit einigem Anstand aus der Europäischen Gemeinschaft zurückziehen konnten, nachdem sich die Bindung als lästig erwiesen hatte. Die USUK ist unser Rettungsanker, und ich kann mit Stolz sagen, daß die Mehrheit des Volkes es richtig sieht. Vom historischen Standpunkt ist es ein großer Tag für beide Nationen. Wiedervereinigung nach zwei Jahrhunderten!«

»Seien Sie nicht zu sicher«, sagte Mad. »Eine kleine Minderheit von uns könnte eine Unabhängigkeitserklärung proklamieren, genau wie sich die Amerikaner seinerzeit vom Mutterland befreiten. Wer weiß, vielleicht finden wir auch unseren eigenen George Washington!« Sie legte den Hörer abrupt auf und wandte sich zu Emily. »Das hat ihr die Sprache verschlagen. Nun warten wir mal ab, was sie in fünfzehn bis zwanzig Minuten zu sagen hat.«

Das Telefon klingelte in zwanzig Minuten wieder. Mad und Emily reagierten so prompt wie gelernte Telefonistinnen.

»Ja, Mrs. Moorhouse?«

»Es ist, wie ich dachte. Die Sicherheitsmaßnahmen in und um Poldrea sind aus sehr triftigen Gründen verstärkt worden. Ich möchte nicht ins einzelne gehen, aber vermutlich haben Sie schon von dem Marine-Korporal gehört, der unter rätselhaften Umständen ums Leben gekommen ist.«

»Ja, es ist heute das Stadtgespräch«, erwiderte Mad.

»Dann müssen Sie einsehen, daß ein solcher Fall sich unter keinen Umständen wiederholen darf. Die Behörden gedenken kein Risiko mehr einzugehen. Wir bedauern natürlich, daß Hunderte von Unbeteiligten darunter zu leiden haben.«

»Hm, ich verstehe.« Diesmal war Mad sekundenlang um Worte verlegen. »Wie lange werden die Maßnahmen andauern, Mrs. Moorhouse?«

»Ich habe keine Ahnung. Das ist Sache der USUK-Kräfte in Ihrem Distrikt. Nun entschuldigen Sie mich bitte, ich muß aufhören. Ich werde in London erwartet.«

»Haben Sie nicht ein Abschiedswort für Ihre Wähler?« bohrte Mad kaltblütig weiter. »Diejenigen, die Sie ins Parlament gebracht haben? Ich spreche nicht für mich selbst, denn ich habe Sie nicht gewählt, aber ich kenne viele schwer arbeitende kleine Leute, die es getan haben und Ihren Rat jetzt sicher besonders schätzen würden.«

Die Abgeordnete schien die Hand über die Sprechmuschel gelegt zu haben und jemandem etwas zuzumurmeln. Dann kam ihre Stimme wieder deutlich:

»Ich rate allen, die USUK-Kräfte zu unterstützen, sich mit den vorübergehenden Einschränkungen abzufinden und sich sofort an die Polizei zu wenden, wenn sie etwas Verdächtiges bemerken.«

»Vielen Dank«, sagte Mad. »Übrigens: die Amerikaner feiern ja am Donnerstag ihr Erntedankfest, mit Truthahn und so weiter. Ich hoffe, Ihr Stück Braten wird recht fett sein!« Sie legte mit triumphierendem Lächeln den Hörer auf. »Ich freue mich immer, wenn ich das letzte Wort habe. Dieses Vergnügen bleibt einem Gott sei Dank sogar im Alter erhalten.«

Weiß der Himmel, dachte Emily. Schade, daß es niemanden weiterbringt. Wer sich im Moment einigermaßen abfinden kann, muß direkt an einer Bushaltestelle wohnen und eine Tiefkühltruhe besitzen.

»Ich habe Madam seit Jahren zugesetzt, sie solle eine Kühltruhe anschaffen«, jammerte Dottie später. »Was hätten wir an Zeit und Kraft gespart! Aber nein, sie sagt, sie wäre jahrzehntelang ohne ausgekommen, also bräuchten wir auch jetzt keine.«

»Kopf hoch, Dottie«, grinste Terry, der sich als Invalide in dem einzigen Armstuhl der Küche räkelte. »Kohl und Rüben sind auch was Gutes. Du wirst soviel Wind entwikkeln, daß wir keinen Ventilator mehr nötig haben.«

Mad, die unversehens in die Küche gekommen war, zauste ihm liebevoll das Haar. »Ich verstehe nicht, worüber ihr euch so aufregt. Schiffbrüchige auf einsamen Inseln haben jahrelang nur von Kokosnüssen gelebt.«

»Wir haben keine Kokosnüsse«, bemerkte Terry.

»Aber zum Beispiel ... Schnecken. Einer der teuersten Leckerbissen in Pariser Restaurants. *Escargots à la bordelaise* ... Ich erinnere mich noch an eines meiner Gastspiele.«

»Weiter, weiter, ich platze vor Spannung!«

»Sei nicht so blöd, ich meine es ernst. In unserer Gegend gibt's Hunderte, Tausende von Schnecken. Wir könnten uns notfalls tagelang davon ernähren.«

Dottie, die diese Art von Witzen nie verstand, klapperte ärgerlich mit ihrem Geschirr. »Tut mir leid«, sagte sie todernst, »aber wenn jemand von mir verlangt, daß ich für einen neunköpfigen Haushalt Schnecken zubereite, irrt er sich.« Der »neunköpfige Haushalt« war stets Dotties letzte Waffe.

Das Geplänkel wurde durch das Geräusch schwerer Stiefel abgebrochen. Joe erschien in der Tür. Sein Gesicht hatte immer noch den erbitterten Ausdruck, den es während der Fahrt nach Poldrea angenommen hatte.

»Haben die Kleinen oder Mittleren am Hydranten herumgefummelt?« fragte er Terry. »Ich wollte den Wagen waschen, aber es kommt kein Wasser.«

»Woher soll ich das wissen?« erwiderte Terry achselzuckend. »Diesen Teufelsbraten ist alles zuzutrauen, wenn man sie nicht dauernd im Auge behält.«

»Ich glaube nicht, daß sie etwas mit dem Hydranten angestellt haben, Joe«, legte Mad sich ins Mittel. »Gestern nach der Schule hatten sie schwerlich Zeit, Unfug zu stiften. Wieso kommt kein Wasser? Sicher ist's nur eine Luftblase oder eine Verstopfung.«

Joe wurde sanfter, wie immer, wenn Mad mit ihm sprach. »Nein, Madam, es ist keine Verstopfung. Es kommt einfach kein Wasser.«

Dottie ging automatisch ans Spülbecken und drehte beide Hähne auf. Das heiße Wasser lief wie gewohnt, aber das kalte tröpfelte nur spärlich und hörte alsbald auf.

»Da ist doch irgendwas kaputt«, rief Mad. »Auch das noch! Wir müssen den Klempner anrufen, oder kennst du dich in solchen Sachen aus, Joe?«

»Nichts ist kaputt«, beharrte er. »Es gibt kein Wasser mehr, außer dem Rest im Boiler.«

Mad machte schmale Augen, drehte sich auf dem Absatz um und steuerte wieder auf das Telefon in der Diele los.

»Wen kriegt sie jetzt am Wickel?« murmelte Terry. »Das Weiße Haus?«

So weit ging Mad nicht. Sie rief lediglich das Wasserwerk an. Emily und die anderen warteten in der Küche, bis sie mit undurchdringlichem Gesicht zurückkam.

»Eine schöne neue Verordnung«, sagte sie. »Das Wasser im ganzen Poldrea-Distrikt ist ab sofort bis auf eine Stunde täglich gesperrt. Gründe werden nicht angegeben.«

»Wer hat das angeordnet?« fragte Terry.

»Vermutlich das Oberkommando.«

»Aber warum sperren sie uns auch noch das Wasser ab?«

fragte die arme, verwirrte Dottie. »Sind die Lebensmittelrationierungen nicht schlimm genug?«

»Strafe muß sein, Schätzchen«, sagte Terry überlegen lächelnd. »Wir alle hier in Cornwall haben uns schlecht benommen, auch du. Andy, Sam, Colin und Ben werden über die Neuigkeit jubeln, weil sie sich nun nicht mehr zu waschen brauchen.«

»Halt doch mal den Mund«, sagte Joe, der angestrengt nachdachte. Dann wandte er sich zu Mad. »Ich mache den alten Hausbrunnen wieder auf.«

Alle starrten ihn entgeistert an. »Joe, mein Bester«, sagte Mad schließlich, »das hat doch keinen Zweck. Der Brunnen ist seit Jahren zuzementiert, und wenn überhaupt noch Wasser drin ist, ist es unbrauchbar.«

»Das wollen wir mal sehen. Ich hacke ihn auf jeden Fall auf. Wir haben eine Wasserader unter dem Haus.« Joe ging zur Tür und sagte nur noch über die Schulter: »Sitz nicht so faul auf deinem Hintern, Terry. Hilf mir ein bißchen.«

»Fein, jetzt startet die Typhusepidemie«, spöttelte Terry, während er seine Krücken nahm und hinter Joe herhinkte.

»Ich habe immer gewußt, daß etwas in ihm steckt«, sagte Mad mit glücklichem Lächeln zu Emily.

»Im alten Brunnen?«

»Quatsch, mein süßes Dummchen. Joe hat Führerqualitäten.«

Das stundenlange, ohrenbetäubende Krachen aus dem Keller bestärkte sie in ihrer Ansicht. Selbst Folly wurde aus ihrer Taubheit aufgeschreckt. Sie humpelte bis an den Treppenabsatz, um sich mit greisenhaftem Winseln über die ungewohnten Erschütterungen zu beschweren.

Dann war das Werk vollbracht. Joe und Terry hatten nicht nur die Zementdecke von dem alten Brunnen entfernt, sondern drei Eimer kristallklaren Wassers heraufbefördert.

»Na bitte«, sagte Joe zu dem bewundernden Publikum, das sich im Keller versammelt hatte. »Ich wußte doch, daß wir Wasser haben. Wir können uns selbst versorgen, und wenn sie uns in alle Ewigkeit absperren.«

Er strich sich das Haar aus der erhitzten Stirn. Emily fand ihn in diesem Moment sogar hübscher als Terry, den anerkannten Beau der Familie.

Sam war der einzige, der noch Bedenken vorzutragen hatte. »Wir sind fein raus«, äußerte er, »aber was wird aus den Tieren? Ich meine, dem Vieh auf den Bauernhöfen. Mr. Trembaths Tränke zwischen dem Acker und der Weide ist an Röhren angeschlossen, und wenn kein Wasser mehr kommt, müssen die Kühe und Schafe dursten.«

»Bravo, Sam«, lobte Mad. »Daran hatte ich nicht gedacht. Wir müssen natürlich für die Tränke sorgen.«

»Trembaths haben eine Pumpe auf dem Hof«, sagte Joe. »Damit werden sie vorläufig auskommen. Ich gehe auf jeden Fall mal rüber und sehe, ob ich ihnen weiterhelfen kann.«

Andy lachte plötzlich schadenfroh. »Wißt ihr was? Wenn wir und die ganze Gegend kein Wasser kriegen, hat die Marine auch keins!«

»Da muß ich dich leider enttäuschen«, sagte Terry, der Techniker. »Die Hafenanlagen haben eine eigene Wasserversorgung aus anderen Quellen.«

»Dann müßte man den ganzen Hafen in die Luft jagen«, schlug Andy mit einem Seitenblick auf Mad vor. »Das brächte die Kerle wirklich in die Klemme.«

»Ja, und uns auch«, erwiderte Joe trocken.

Es war höchste Zeit, das Gespräch abzubrechen. Der alte Hausbrunnen führte noch Wasser; das genügte. Alle verfügbaren Gefäße wurden gefüllt und in die Räume des Hauses verteilt, wo sie am meisten gebraucht würden. Erst gegen Ende dieser Treppauf-Treppab-Aktion verkündete Dottie, ihr eigener, zärtlich gehüteter Plastikeimer (sie hatte ihn bei einem Preisausschreiben gewonnen) sei verschwunden. Verschwunden waren auch Colin und Ben.

»Wahrscheinlich sind sie noch im Keller«, meinte Sam.

Emily durchzuckte ein fürchterlicher Gedanke. Der Brunnen, der so lange Zeit verdeckt gewesen war, stand nun auch jedem Unglück offen . . . Sie raste hinunter. Es war so unheimlich still da unten . . .

Sie fand Colin und Ben in feierlicher Haltung am Brunnenrand. Ben war in eine alte Gardine gehüllt wie eine Haremsdame. Colin hielt Dotties Preis-Eimer in der linken Hand und leerte gerade den Rest der Chablis-Flasche, die Pa stehengelassen hatte, mit großer Geste hinein.

»Was macht ihr denn da?« rief Emily, teils verdutzt, teils erleichtert.

Colin sah sie vorwurfsvoll an. »Daß du uns immer stören mußt! Siehst du nicht, was wir machen? Ben ist meine Mutter Maria, und ich bin Jesus auf der Hochzeit zu Kana. Ich verwandle Wasser in Wein.«

17

Wenn die neue Obrigkeit glaubte, die Bevölkerung würde sich ducken, hatte sie die Rechnung ohne den Wirt gemacht. Vor allem ohne Jack Trembath, der nicht umsonst einmal Regionalmeister im Ringen gewesen war und sich seine rasche Reaktionsfähigkeit in kritischen Situationen bewahrt hatte. Während Joe und Terry im Keller des Hauses Trevanal den Brunnen aufdeckten, hatte Jack alle Bauern der

Nachbarschaft telefonisch zu einer außerordentlichen Sitzung zusammengerufen. Etwa fünfundzwanzig folgten der Einladung, drei waren verhindert, entsendeten aber ihre Söhne als Vertreter, und nur zwei blieben mit der ausdrücklichen Begründung weg, sie wollten sich lieber aus allem heraushalten.

Joe war, wie angekündigt, sowieso zur Farm gegangen, um sich zu vergewissern, daß dort keine Wassernot herrschte, und Mad, Emily und Terry saßen vor dem Fernseher, begierig auf jede mögliche Erleuchtung von oben. Doch es gab kaum etwas Neues, geschweige denn einen Bericht über die Maßregelung ihres eigenen Küstenbezirks. »Das ganze Land bereitet sich freudig auf das *Thanksgiving-Fest* am Donnerstag vor«, tönte der Ansager. »Auch in Devon und Cornwall sind verschiedene Feiern zu dem Erntedanktag geplant. Admiral Jollif gibt den Offizieren der Vereinigten Flotte einen Empfang in Plymouth. Unter anderen regionalen Feiern gibt auch das in Poldrea stationierte Marinekommando ein Essen im Lokal ›Seemannsruh‹ zu Ehren von Mrs. Hubbard, der USUK-Beauftragten für kulturelle Zusammenarbeit.«

»In der ›Seemannsruh‹! Nicht zu fassen!« rief Emily und schaltete den Apparat aus, denn eben kam Joe herein, offenbar berstend vor Mitteilungsdrang.

»Mr. Trembath gehört ins Parlament statt dieser Moorhouse«, legte er los. »Es war großartig. Ich weiß nicht, wie die Leute alle ins Haus gekommen sind. Sie haben sogar auf dem Fußboden und auf der Treppe gesessen. Die meisten glaubten, die Versammlung ist nur so ein Ulk, aber bei Mr. Trembaths Rede änderten sie ihre Meinung. ›Sind wir noch Männer oder verdammte Jammerlappen?‹ donnerte er, und sie schrien zurück: ›Männer!‹, sogar der arme alte Swiggs, der stocktaub ist. Nach zwanzig Minuten waren alle für sein

Widerstandsprogramm. Keine Lieferungen mehr an die städtische Zentrale. Natürlich verdienen sie viel weniger, aber das ist den Bauern egal. Sie verkaufen ihre Milch ab sofort nur an Gleichgesinnte.«

Er sah mit stolzem Lächeln von einem zum andern. Emily hatte ihn nie so selbstsicher gesehen. Ausgerechnet Joe, der Analphabet, der sogar unter Gleichaltrigen schüchtern und stumm dazusitzen pflegte!

»Eine Schlacht entscheidet nicht den Krieg«, murmelte Mad. »Ich weiß nicht. Werden sie damit viel anderes erreichen, als sich selbst zu schädigen?«

»Ach, sei doch nicht so skeptisch!« rief Terry. »Ich wollte, ich wäre dabei gewesen. Merkst du nicht, daß wir über diesen Trick mit dem Milchverkauf sehr bald die Böcke von den Schafen getrennt haben werden — ich meine, uns von den elenden Mitläufern?«

»Und wie steht es mit dem Wasser?« fragte Mad ablenkend.

»Die meisten Bauern haben noch eigene Brunnen oder Pumpen«, berichtete Joe. »Dem Rest wird von den Nachbarn geholfen. Das Vieh soll nirgends verdursten.«

Mad streckte sich lang in ihrem Sessel aus, was Folly als Zeichen nahm, ächzend neben ihr zusammenzuklatschen.

»Die Amerikaner haben genügend Milchpulver. Tonnenweise. Unser Bauernwiderstand berührt sie überhaupt nicht.«

»Sag das nicht«, erwiderte Joe. »Richtige Landmilch schmeckt ihnen doch besser. Im Camp sollen sie ständig mit einer Literflasche vor dem Gesicht rumlaufen und gierig nukkeln wie die Säuglinge.«

Terry schwang sich auf seinen Krücken im Zimmer hin und her wie das sprichwörtliche Tier im Käfig. »Wenn wir ihnen doch wirklich eine Lehre erteilen könnten, die sie nie vergessen! Eine Bombe auf ihr verdammtes Schiff, daß es himmelhoch fliegt!«

»Lieber Terry«, Mad hielt mit einer Hand seine Krücke von sich ab, da er ihre Beine zu treffen drohte, »lange vor deiner Geburt haben die Japaner etwas Ähnliches in Pearl Harbour versucht, und drei Jahre später ist es ihnen sehr schlecht bekommen. Bomben haben noch nie jemanden weitergebracht. Ich bin für einen Nervenkrieg. Dann wird man ja sehen, wer zuerst zermürbt ist. Sind die Nachbarn alle wohl inzwischen wieder zu Hause?« wandte sie sich fragend an Joe.

»Ich glaube, die meisten sind noch zu einem fröhlichen Umtrunk dageblieben.«

»Hm«, machte Mad und erhob sich. »Dann möchte ich doch noch ein Wörtchen mit Jack Trembath reden, ehe er sie ans Nachhausegehen erinnert. Ich kann der Versammlung vielleicht noch den einen oder anderen Tip geben.«

Sie ging hinaus, und Terry ließ sich in den freigewordenen Sessel fallen.

»Was kann sie mit ein paar Bauern schon ausrichten? Wir brauchen Dynamit — in rauhen Mengen. Andy hat es mal wieder erfaßt. Man sollte den ganzen Hafen in die Luft sprengen.«

»Und die Leute, die in der Nähe wohnen?« fragte Joe. »Würden die nicht mit hochgehen?«

»Man kann kein Omelett machen, ohne Eier zu zerschlagen«, erwiderte Terry wild.

»Ein uralter Aphorismus«, sagte Emily, »der in jedem Krieg zur allseitigen Rechtfertigung wieder aufgewärmt wird. Ihr beide scheint euch nicht klar zu sein, und Mad auch noch nicht so recht, daß die Mehrheit der Briten die USUK begrüßt und wir uns damit abfinden müssen, ob wir wollen oder nicht.«

Die beiden großen Jungen starrten sie an. »Bist du etwa dafür?« fragte Terry.

»Natürlich nicht.« Jetzt war Emily an der Reihe, nervös im Zimmer herumzulaufen. »Nur, was sollen wir paar Leute dagegen machen? Man braucht eine mächtige Organisation hinter sich, das hat sich wieder und wieder erwiesen.«

»Ich weiß nicht recht«, sinnierte Joe. »Wenn wir kleine Gruppen bilden und einander helfen, können wir ziemlich lange ohne die Außenwelt auskommen. Wir ziehen unseren eigenen Kohl, wir machen unsere Kleidung aus selbstgesponnener Wolle . . .«

». . . und kriegen die schwarze Pest wie im Mittelalter«, unterbrach Terry spöttisch. »Menschenskind, Joe, wir leben schließlich im ausgehenden zwanzigsten Jahrhundert!«

Mad kehrte aus der Diele zurück. »Gut, daß ich Jack noch rechtzeitig angerufen habe«, sagte sie. »Wie es scheint, werden ab Mitternacht unsere Telefone angezapft und alle Gespräche auf Band aufgenommen. Jack weiß das von einem Freund, dessen Tochter in der Telefonzentrale arbeitet. Die Daumenschrauben werden angezogen — oder wie heißt das? Nur in unserem Distrikt, wohlgemerkt. Wir sind die Sündenböcke. Vermutlich hofft man auf diese Weise einen Denunzianten zu finden, der die Sache mit dem toten Korporal aufklärt.«

»Da können sie lange warten«, sagte Joe.

Mad lächelte. »Ganz meiner Meinung. Inzwischen werden wir das Oberkommando ein bißchen an der Nase herumführen. Wörtlich. Ich habe Jack einen Vorschlag gemacht, und wenn er und die anderen Bauern, die noch bei ihm sind, ihn gut finden, wird er mich gleich wieder anrufen.«

»Was war denn das für ein Vorschlag?« fragte Terry.

»Warte nur ab.«

Das Telefon klingelte, und in dem Wettlauf, der folgte, schlug Joe Emily um eine Viertelsekunde. Sie hörte ihn ein paarmal »Ja« sagen, ehe er den Hörer auflegte und sich achselzuckend umdrehte.

»Na, was wollte er?« fragte sie aufgeregt.

»Ich habe Mr. Trembath nicht genau verstanden. Ich soll Madam nur ausrichten, ›Aktion Mistfuhre‹ ist einstimmig angenommen. Stunde X, wie abgemacht.«

Emily überließ es ihrer Großmutter, diesen Code zu entschlüsseln. Sie hatte keinen anderen Wunsch mehr, als zu Bett zu gehen und, wenn möglich, in traumlosen Schlaf zu sinken. Es gelang ihr mit Hilfe des klassischen Schäfchenzählens.

Der vom Wetteramt vorausgesagte Frost, den Joe wegen seines ungeheizten Gewächshauses so fürchtete, blieb aus. Der Mittwoch dämmerte herauf wie viele andere Novembertage, ziemlich mild, aber mit leichtem Sprühregen und Hochnebel. Wenn kein Wind aufkam, würde Haus Trevanal den ganzen Tag in eine weiße Wolke gehüllt sein.

»Prachtvoll«, sagte Terry nach dem Frühstück, als die schulpflichtigen Jungen glücklich aus dem Weg waren, und zwinkerte Joe zu. »Hoffentlich bleibt's so bis morgen. Könnte für unser Unternehmen nicht besser sein.«

»Welches Unternehmen?« fragte Emily.

»Das geht dich nichts an, erwiderte Terry. »Madam, Joe und ich haben gestern abend, als du schon schlafen gegangen warst, beschlossen, dich nicht mehr in alles einzuweihen.«

Emily fuhr beleidigt auf. »Das ist verdammt unfair! Mad ist meine Großmutter, nicht eure, und Pa hat mich beauftragt, auf sie aufzupassen. Darum geht mich jeder verrückte Plan, den sie sich in den Kopf setzt, mehr an als euch.«

»Hör mal zu, Emmie«, sagte Joe. »Du weißt, daß wir Madam nichts tun lassen, was wirklich gefährlich ist, und Mr. Trembath auch nicht. Also komm endlich von deinem Dünkel runter.«

Sie starrte ihn an wie vor den Kopf geschlagen. »Was zum Teufel meinst du mit Dünkel?«

»Genau das, was ich sage«, antwortete Joe. »Du bist ihre Enkelin, stimmt, und sie ist — oder war — berühmt. Wir sind mit ihr nicht blutsverwandt, aber sie ist unsere Adoptivmutter, wir hängen an ihr, und ich behaupte, daß wir im Notfall eher für sie sterben würden als du. Wenn du denkst, du kannst auf uns herabsehen, irrst du dich. Das mußte mal gesagt werden.«

»Hurra!« schrie Terry. »Die Unterdrückten erheben sich! Ich wußte ja gar nicht, was für Rednergaben in dir stecken, alter Kumpel. Höchste Zeit, daß Emmie in ihre Schranken verwiesen wird.«

Emily ging stumm hinaus. Sie war den Tränen nahe. Auf Kränkungen von Terry war sie gefaßt, aber nicht von Joe. Dünkel — guter Gott! Sie hatte sich den Jungen nie überlegen gefühlt, und daß ausgerechnet Joe ihr plötzlich Hochnäsigkeit vorwarf, war kaum zu begreifen — es sei denn, daß er plötzlich seinen tiefeingewurzelten Minderwertigkeitskomplex und eine latente Eifersucht an ihr abreagierte . . . Wegen Mad allein? Oder auch wegen dem armen, dummen Wally Sherman?

»Nanu, Emmie, wo brennt's denn?«

Sie war tränenblind in ihre Großmutter gerannt, die gerade in die Garderobe wollte, um sich für eine weitere Tannenzapfenaktion auszurüsten. Ben war ihr dicht auf den Fersen.

»Die Großen«, brach es Emily aus tiefster Seele, »manchmal können sie einen zur Raserei treiben! Nur weil ich mit dir blutsverwandt bin und sie nicht, beschuldigen sie mich der Hochnäsigkeit, der ... was haben sie gesagt? Des Dünkels! Ich bin in ihren Augen ein Snob!

Mad probierte vor dem Spiegel verschiedene Kopfbedekkungen aus und wählte schließlich einen wetterfesten Kulihut, den sie unter dem Kinn festband.

»Wir alle sind Snobs«, sagte sie gelassen, »und bilden uns gern ein, anderen überlegen zu sein. Wenn dieser Trieb nicht wäre, hätten wir uns nie von den Affen getrennt. — Ich gehe jetzt mit Ben Zapfen sammeln. Bei dieser Gelegenheit wollen wir auch Mr. Willis einen Besuch abstatten. Hättest du Lust, mitzukommen?«

Der Gedanke an den alten Einsiedler mit seinen düsteren Geheimnissen gab Emily den Rest.

»Nein, danke«, sagte sie. »Und wenn ich ehrlich sein soll, finde ich, du solltest auch nicht zu ihm gehen. Der Mann weiß schon viel zuviel. Er kann uns gefährlich werden.«

»Eben deshalb besuche ich ihn«, erwiderte Mad. »Je mehr er von uns erfährt, desto mehr schmeichelt es ihm, einer der Unseren zu sein. Ich kenne doch solche Typen wie Mr. Willis!«

Sie machte sich mit Ben auf den Weg, und Emily wartete, bis die beiden im Nebel unter den Bäumen verschwunden waren. Dann schlich sie sich ins Schlafzimmer ihrer Großmutter hinauf, um von Dottie und den beiden Großen nicht gehört zu werden, und rief Dr. Summers' Praxis an. Während sie die Nummer drehte, fiel ihr ein, daß Privattelefone neuerdings abgehört werden sollten. Egal. Sie mußte eben ihre Worte genau wählen.

»Ja?« Die Sprechstundenhilfe hatte sie sofort mit dem Doktor verbunden, aber sie kannte den irritierten Unterton seiner Stimme. »Ich untersuche gerade einen Patienten. Machen Sie's kurz.«

»Entschuldigen Sie die Störung, aber ich bin in Sorge.«

»Wegen Terrys Bein oder der Herzschwäche Ihrer Großmutter?«

»Beides.«

»Dann bringen Sie sie am besten gleich mal zu mir. Ich werde sie mir ansehen.«

»Das geht nicht«, sagte Emily. »Sie wissen doch, daß wir ab heute nicht mehr autofahren dürfen, selbst wenn wir Benzin hätten. Auch das Wasser ist abgesperrt. Und dieses Gespräch wird abgehört; die Telefonleitungen sind angezapft.

Sie traute ihren eigenen Ohren nicht. So gewagt hätte allenfalls Mad reden können — ihr war es ganz unbeabsichtigt herausgerutscht.

»Moment mal, bleiben Sie am Apparat«, sagte Dr. Summers in verändertem Ton. Sie hörte ihn ins Vorzimmer gehen, wo er mit der Sprechstundenhilfe konferieren mußte, denn es dauerte ein paar Minuten, bis er den Hörer wieder aufnahm.

»Sind Sie noch da, Emily? Ich habe eben im Terminkalender nachgesehen. Terrys Bein ist nun eine Woche in Gips — Zeit, daß er statt dessen einen Leimwickel mit Einlage bekommt. Das muß im Krankenhaus gemacht werden. Ich werde arrangieren, daß er morgen mit einem Krankenwagen hin- und zurückgebracht wird. Wenn Ihre Großmutter bis dahin durchhält, kann ich sie gleich mitbehandeln.«

»Ich fürchte, sie übernimmt sich bis morgen.«

»Hm, ich verstehe.« Da er Mad kannte, genügte die Andeutung. »Ist Ihr Vater schon wieder abgereist?«

»Ja. Im Moment ist er in New York oder sogar in Rio.«

»Schön, Emily, ich komme im Laufe des Tages mal vorbei, aber ich kann noch nicht sagen, wann.«

Sie legte auf und wandte sich, plötzlich verzagt, zum Fenster. Was hatte sie eigentlich von dem Doktor gewollt? Rat? Dann würde sie ihm rückhaltlos alles erzählen müssen ... Vielleicht war es sinnlos gewesen, ihn mit diesem Anruf zu behelligen.

Der Anblick von Mr. Trembaths Landrover, der zwischen Gartenhecke und Acker parkte, lenkte sie ab. Jack saß am Steuer. Joe und Terry erschienen aus dem Hinterhof und gingen auf ihn zu.

Emily, ständig von düsteren Ahnungen geplagt, riß das Fenster auf. »Wo wollt ihr hin?«

»Auf die Farm«, rief Joe zurück, »Mr. Trembath zur Hand gehen. Ist schon alles abgemacht. Mad weiß, daß wir den ganzen Tag wegbleiben.« Sie grinsten zu ihr empor, Terry winkte lässig mit einer Krücke, und dann kraxelten sie vorsichtig die Böschung hinunter. Emily schloß das Fenster und wandte sich ab. Ich gehöre nicht mehr dazu, dachte sie, ich soll mich um meinen eigenen Kram kümmern, ich bin hochnäsig, sie lehnen mich ab. Plötzlich stand sie im leeren Raum zwischen ihren Altersgenossen und den Hochbetagten ...

Dieses Gefühl der Isolation verstärkte sich noch, als einige Zeit später die Zapfensammler zurückkehrten, aber nicht zu zweit, sondern zu dritt: Mr. Willis war mit von der Partie. Er trug den gefüllten Sack über der Schulter und war in angeregter Unterhaltung mit Mad begriffen. Keine Rede davon, daß Mad ihn vor der Haustür mit Dank verabschiedete; sie bat ihn herein, zeigte ihm, wo er den Sack absetzen konnte, und rief nach Emily.

»Sag Dottie Bescheid, daß wir einen Mittagsgast haben. Mr. Willis ißt alles, nur kein Fleisch.«

Der Alte machte seinen gewohnten komödiantischen Bückling vor Emily. »Das klingt, als ob ich alle Fleischesser für Kannibalen hielte«, sagte er lächelnd. »Freilich, einem echten Vegetarier dreht sich manchmal der Magen um, wenn andere Leute so genüßlich auf Leichenteilen herumkauen ...«

»Ich glaube, der Anblick bleibt Ihnen bei uns erspart«, sagte Emily. »Soviel ich weiß, gibt es rote Rüben, Kohl und Kartoffeln.«

»Eine geballte Vitaminladung also«, sagte Mad. »Aber einen Drink vor dem Essen werden Sie doch nicht ablehnen?«

»Nein, wahrhaftig nicht.« Mr. Willis entledigte sich seiner schmutzigen Stiefel und folgte Mad auf gelben Socken ins Eßzimmer. »Der Wein erfreut des Menschen Herz — so steht's schon in der Bibel. Was nicht heißen soll, daß ich zu Whisky oder Brandy nein sagen würde.«

»Wenn Sie wollen, können Sie alle drei haben«, erklärte Mad großzügig.

Emily schlüpfte in die Küche zu Dottie. »Ich fürchte, das wird eine lange Sitzung«, seufzte sie. »Wenn dein Eintopf fertig ist, bring ihn recht bald herein, ja? Mr. Willis genehmigt sich sonst schon drei Drinks vor dem Essen.«

»Ich verstehe nicht, warum Mad ihn überhaupt eingeladen hat«, erwiderte Dottie mißbilligend. »Wer weiß, was für Ungeziefer er uns ins Haus schleppt! In seiner alten Bruchbude gibt es bestimmt Ungeziefer.«

Als Emily ins Eßzimmer kam, stand Mr. Willis schon am Büfett und entkorkte nach Mads Anweisungen eine Flasche Chambertin. Er füllte ein Glas randvoll und fragte: »Den Damen dasselbe?«

»Uns nur je einen kleinen Schluck auf Ihre Gesundheit. Emily und ich trinken tagsüber niemals Wein.«

»Es kommt darauf an, wie man seine Jugend verbracht hat, nicht? Ich bin in einer Temperenzlergemeinde geboren und aufgewachsen und bekam bis zu meinem zwanzigsten Lebensjahr nie einen Tropfen Alkohol zu schmecken. Später habe ich alles nachgeholt, das kann ich wohl sagen, aber in letzter Zeit hatte ich nur noch selten Gelegenheit dazu. »Er hob sein Glas erst zu Mad, dann zu Emily, kostete den Inhalt wie ein Gast in einem Restaurant und nickte befriedigt. »Köstlich! Das, was die Weinkenner ein ›volles Bukett‹ nennen. Ich habe dergleichen nicht mehr genossen, seit ich vor Jahren meine Heimfahrt von Südafrika als Erster-Klasse-Steward abarbeitete. Diese Blume!« fuhr er begeistert fort und leerte das Glas in durstigen Zügen. »Hiervon zwei Gläser pro Tag, und Sie brauchen Ihr Leben lang keinen Arzt.«

Der Gong dröhnte, und Dottie erschien mit der dampfenden Terrine.

»Ich muß auch auf die Gesundheit dieser Dame trinken«, erklärte Mr. Willis und schenkte sein Glas wieder voll. »Bisher hatte ich noch nicht das Vergnügen ihrer Bekanntschaft.«

»Mrs. Dottrell, Mr. Willis«, sagte Mad mit den entsprechenden Handbewegungen. »Mrs. Dottrel war jahrzehntelang mit mir am Theater.«

»Wie, noch eine Künstlerin? Sie sehen mich geblendet — von Sternen umgeben. Der Bühnenberuf ist der schönste der Welt, das war immer meine felsenfeste Meinung. Wo haben

Sie Ihre Erfolge errungen, Mrs. Dottrell? Im ernsten oder im komischen Fach?«

Dottie deckte mit verkniffenem Mund den Tisch. »Weder noch, obwohl ich beides reichlich hinter der Bühne erlebt habe. Ich war zufällig Madams Garderobiere. Madam, es ist serviert.« Hocherhobenen Hauptes stelzte sie hinaus.

Mr. Willis lächelte versonnen über seinem Glas. »Das ist nun ein Beruf, den ich nie ausgeübt habe. Ein Jammer. Kostüme haben mich immer fasziniert.«

»Ihr Wunsch wird vielleicht noch erfüllt«, sagte Mad. »Besonders wenn das USUK-Kulturprogramm in Gang kommt. Ich sehe Sie schon in Wams und Kniehosen amerikanische Touristen bedienen.«

»Eher jage ich sie zum Teufel! Es sei denn, ich bekomme den Posten des Kellermeisters, wo ich den Wein unauffällig präparieren kann.«

Sie setzten sich zu ihrem Gemüseeintopf, den Mr. Willis sehr lobte. »Nur noch einen Schuß Sherry hinein, wenn ich Ihnen ein altes Rezept vorschlagen darf«, sagte er mit einem Blick zum Büfett, »dann ist es ein wahrhaft fürstliches Mahl. Sie gestatten?« Er bediente sich reichlich mit der »Würze«, während Mad und Emily dankend verzichteten. »Ich fühle mich heute wahrhaft wie ein Fürst, in so erlesener Tischgesellschaft ...«

Wenn das nur gutgeht, dachte Emily. Mr. Willis wurde mit jedem Schluck Chambertin redseliger, und das in Sherry schwimmende Kohl- und Rübengemüse konnte einem Magen, der solche Mischungen seit Jahren nicht mehr gewohnt war, unmöglich gut bekommen. Ihre Befürchtungen wurden wahr. Dottie hatte kaum, mißbilligender denn je, das Apfelkompott auf den Tisch gestellt (ein Milchpudding wäre besser gewesen), als Mr. Willis sich leicht schwankend erhob.

»Sie werden mich entschuldigen, meine Damen«, sagte er mit Würde, »aber zu den lästigen Begleiterscheinungen des Alters gehören nicht nur nachlassendes Augenlicht und Gehör, sondern auch eine gewisse Blasenschwäche, wenn Sie den Ausdruck verzeihen wollen.«

»Ich weiß das nur zu gut«, sagte Mad. »Emily, zeige Mr. Willis bitte den Weg.«

Sie tat es, und ihr Gast schlurfte auf seinen gelben Socken durch Diele und Garderobe zu der ihm bezeichneten Tür.

»Der Gute!« Mad füllte sein Glas während seiner ziemlich ausgedehnten Abwesenheit noch einmal nach. »Dein Großvater wäre von der Figur einfach hingerissen gewesen. Ob er auch Klavier spielen kann? Ich möchte ihn zu gern singen hören. Vielleicht können wir ihn zu einer kleinen Darbietung überreden. Das dumme ist nur, daß der Flügel verstimmt ist, weil so lange niemand mehr gespielt hat, und Dottie sagt, in den Filzen sind die Motten.«

Allmählich wurde Mr. Willis' langes Ausbleiben bedenklich.

»Emily, mein Schatz«, sagte Mad, »ich glaube, du solltest mal hingehen und nachsehen, was er macht.«

»Mad, ich kann nicht! Ehrlich gesagt, ich bin Dotties Meinung: du hättest ihn gar nicht erst einladen und dann auch noch soviel trinken lassen sollen. Wenn er nun zusammengebrochen ist?«

»Dann müssen wir eben den Doktor rufen«, erwiderte Mad.

Emily hütete sich zu sagen, daß sie Dr. Summers schon um einen Besuch gebeten hatte. Besser, er schneite überraschend herein, obwohl er nicht allzu entzückt sein dürfte, statt seiner angeblich hilfsbedürftigen Patienten einen angeheiterten Vegetarier vorzufinden. In dieser Minute erschien Dottie mit steiernem Gesicht an der Tür.

»Ihr feiner Freund liegt platt in der Garderobe, Madam«, meldete sie vollkommen ausdruckslos.

Emily und ihre Großmutter eilten zur Besichtigung der Szene. Das Schlimmste war nicht passiert, oder wenn, dann an dem dafür bestimmten Ort. Die Anstrengung, das Bekken auszuspülen, war jedoch offensichtlich zuviel für den Gast gewesen. Er lag der Länge nach auf dem Boden, mit offenem Mund und verrutschter Brille, und schnarchte laut. Mad ließ sich neben ihm auf ein Knie nieder, um seinen Rollkragen zu lockern und ihm den Puls zu fühlen.

»Es fehlt ihm nichts weiter«, urteilte sie. »Wir werden ihm einen zusammengerollten Mantel unter den Kopf schieben und ausschlafen lassen. Schade. Ich hätte ihn so gern singen gehört.«

Folly, die ihrer Herrin nachgetappt war, beschnüffelte Mr. Willis und fuhr mit gesträubtem Nackenhaar zurück.

»Sei nicht so albern, Folly«, sagte Mad. »Der arme Mr. Willis hat nur ein bißchen zu tief ins Glas geschaut.«

»Und wenn er aufwacht?« fragte Emily. »Wird er in der Lage sein, allein zu seiner Waldhütte zurückzugehen?«

»Nicht nötig. Jack Trembath holt mich später mit dem Landrover ab, da können wir ihn mit auf die Farm nehmen. Er wollte sowieso hin.«

Im Laufe des Nachmittags wurde der Nebel immer dichter, und es nieselte wie schon am Morgen. Mr. Willis schlief friedlich hinter der geschlossenen Garderobentür. Dr. Summers erschien nicht. Emily versuchte mehrmals, ihn anzurufen, aber die Nummer war immer besetzt. Sam, Andy und Colin kamen von der Schule heim, mit neuen Bündeln von USUK-Fähnchen und hörbar beglückt über die Aussicht auf den morgigen Feiertag. Emily, die ihnen entgegengeeilt war, um sie von Mad fernzuhalten, stählte sich gegen drei gleichzeitig auf sie einredende Bubenstimmen.

»Heute hatten wir ewig Geschichte«, maulte Andy. »Zum Auswachsen! Christoph Kolumbus und die Pilgerväter und George Washington, alles auf einem Haufen, und ich hab' immer noch nicht kapiert, warum der Feiertag morgen *Thanksgiving* heißt.«

»Aber ich«, rief Sam stolz. »Wegen der Union. Früher wollten sie nichts mehr mit uns zu tun haben, aber jetzt wollen sie wieder, und deswegen sollen wir danken und uns drüber freuen. Und diese Mrs. Hubbard hat uns erzählt, daß es in Amerika am Thanksgiving-Tag immer Truthahn gibt, und ich hab' ihr gesagt, bei uns nur zu Weihnachten.«

»Morgen wird sie kaum welchen kriegen«, meinte Andy, »wenn sie nicht eine Ladung aus Amerika ins Camp eingeflogen haben. Die Marine veranstaltet ein Festessen in der ›Seemannsruh‹, da ist sie natürlich auch dabei. Mir hat sie gesagt sie hat sich nicht getraut, Madam einzuladen, weil sie doch herzkrank ist. Herzkrank? sagte ich. Sie sollten mal sehen, was für Säcke voll Kiefernzapfen sie gestern angeschleppt hat! – Wo ist Terry?«

»Er ist mit Joe zum Helfen auf der Farm«, antwortete Emily und sah sich nach Colin um, der wieder einmal verschwunden war. Ihr Instinkt leitete sie richtig: er stand mit Ben vor der Garderobentür und spähte durchs Schlüsselloch.

»Da liegt einer am Boden«, sagte er erfreut. »Hat ihn jemand getötet?«

»Sei still«, zischte Emily. »Er fühlt sich nicht wohl. Laß das, Ben!«

Ihr Einspruch kam zu spät. Ben hatte die Tür mit einem Knall aufgedrückt, was die sofortige Wirkung hatte, daß der

Schläfer sich kerzengerade aufsetzte und mit wilden Augen um sich stierte.

»Das ist ja Mr. Willis!« rief Colin erstaunt. »Hat Madam ihn eingesperrt? Hallo, geht es Ihnen wieder gut? Sollen wir Ihnen Sams Eichhörnchen zeigen?«

Mr. Willis tastete nach seiner Brille, rückte sie zurecht, fuhr sich mit allen zehn Fingern durch seine weiße Mähne und kam langsam auf die Füße.

»Ich fühle mich wie Rip van Winkle, der hundert Jahre auf dem Berg lag, und als er wieder hinunterkam, hatte sich die Welt verändert. Diese Knaben waren bei unserem Festmahl nicht zugegen.«

»Nein, sie sind gerade aus der Schule gekommen«, murmelte Emily. »Es ist fast fünf Uhr.«

Mr. Willis schüttelte ungläubig den Kopf. »Ich muß einen kleinen Schwächeanfall gehabt haben. Wie peinlich!«

Die beiden Jungen starrten ihn fasziniert an. »Schlafen Sie am Nachmittag oft so ein?« erkundigte sich Colin.

»Nein«, sagte Mr. Willis lächelnd, »seit ungefähr sechzig Jahren nicht mehr. Aber als ich sonntags noch zur Messe ging, hat mich die eintönige Predigt stets ins Land der Träume geschickt.«

Emily schob die Kinder vor sich her zur Küche. »Nun stört nicht länger«, sagte sie energisch. »Mr. Willis möchte sich in Ordnung bringen und nach Hause gehen.«

Er war bereits dabei, seine Stiefel wieder anzuziehen. Die Tür des Musikzimmers war geschlossen. Mr. Willis griff nach seinem Mantel und legte einen Finger auf die Lippen.

»Die Dame ruht vielleicht«, flüsterte er. »Ich möchte sie um alles in der Welt nicht stören. Außerdem erwähnte sie ein mögliches Treffen heute abend auf der Farm. Sie kam leider nicht dazu, mir den Zweck dieses Treffens zu erklären, aber ich werde mich selbstverständlich einfinden. Ihr leisester Wunsch ist mir Befehl. Sagen Sie ihr bitte inzwischen tausend Dank für das köstliche Mittagsmahl.«

Er verbeugte sich, machte kehrt und trottete den Gartenweg hinunter in die neblige Dämmerung.

Emily lauschte einen Moment an der Tür des Musikzimmers. Drinnen war alles still. Konnte es sein, daß Mad sich nach dem anstrengenden Besuch wirklich hingelegt hatte? Im allgemeinen ließ sie die Tür angelehnt, damit Folly nach Belieben aus und ein konnte. Emily beschloß, zu warten, bis Mr. Willis in sicherer Entfernung war, dann den Tee zu bringen und ganz nebenbei zu erwähnen, daß ihr Gast sich inzwischen freiwillig empfohlen hatte.

Doch Mad schlief keineswegs. Als Emily mit dem Tee hereinkam, saß sie auf dem Sofa und hatte ein halbes Dutzend aufgeschlagene Shakespeare-Bände um sich her ausgebreitet.

»Ich suche und suche«, sagte sie, von dem Buch auf ihrem Schoß aufblickend, »aber ich kann's nicht finden. In welchem Stück ist die Szene, wo einer sagt: Ich ruf' die Geister aus der tiefsten Tiefe? Eine großartige Rolle für Mr. Willis. Wenn er wach ist, möchte ich sie mir von ihm vorlesen lassen. Steht sie in einem der Königsdramen?«

»*Heinrich IV.*, erster Teil«, seufzte Emily. Mads klassische Bildung war wirklich sehr lückenhaft.

»Aha!« Mad griff nach einem anderen Band und blätterte darin. »Moment ... Ja, da ist es.« Sie las einige Verse, wobei sie Mr. Willis' melodisches Pathos hervorragend imitierte. »Emmie, geh und sieh nach ihm. Er hat ja mindestens zwei Stunden geschlafen. Das genügt.«

»O ja, er ist schon vor einer Weile aufgewacht, und, was mehr ist, er ist gegangen.«

»Gegangen?« Mad sah enttäuscht zu ihr auf.

»Er wollte dich nicht stören. Ich sollte dir seinen Dank für die Einladung ausrichten.«

Mad klappte den Shakespeare mit einem Knall zu. »Wie schade. Nie komme ich zu einem Kunstgenuß, und der hätte mir gerade vor der Operation Mistfuhre gutgetan. Wie ging es Mr. Willis? Hat er sich erholt?«

»Vollkommen. Er hat sich nicht einmal entschuldigt.«

»Wofür denn? Er hat sich doch wie ein Gentleman benommen!«

Emily pflanzte sich mit gekreuzten Armen vor ihrer Großmutter auf. »Ich weiß nicht, was du nun wieder mit ›Operation Mistfuhre‹ meinst, aber du wirst auf jeden Fall nicht daran teilnehmen. Dr. Summers wird jeden Moment hier sein. Ich habe ihn angerufen.«

Mad hielt im Ritus des Tee-Einschenkens inne. »Bevil Summers kann mir nichts verbieten.«

»Vielleicht doch.«

Die Rollen schienen plötzlich vertauscht: Emily hatte das Kommando übernommen. Sie behandelte ihre Großmutter wie die Kleinen und Mittleren, wenn Widersetzlichkeit drohte. Mad schwieg und beschäftigte sich mit dem Tee. Nur ihr tonloses, ominöses Pfeifen war zu hören. Emily schwieg einige Minuten lang ebenfalls.

Plötzlich zuckte Mad die Achseln und stieß einen tiefen Seufzer aus. »Meinetwegen«, sagte sie resigniert, »du hast wahrscheinlich recht. Zufällig kommt es mir sehr gelegen, daß du Dr. Summers angerufen hast. Ich hätte es sonst nicht gesagt, aber . . . ich glaube, ich habe mich gestern beim Säcketragen verhoben oder so etwas. Ich habe so einen komischen Dauerschmerz im Unterbauch.«

Emilys Strenge verwandelte sich in eitel Besorgnis. »Oh, Mad . . . wo? Stechende Schmerzen?«

»Hier«, deutete Mad mit zerfurchter Stirn. »Nein, etwas tiefer ...« Sie krümmte sich, als Emily die richtige Stelle berührte.

»Himmel, warum hast du das nicht früher gesagt?«

»Weil ich es hasse, viel Lärm um nichts zu machen. So wild ist es ja nun auch wieder nicht. Sei ein Engel und kümmere dich um die Kinder, wenn wir mit dem Tee fertig sind. Ich möchte still hier liegen, bis Bevil kommt. Mach dir keine Gedanken, es ist nur so ein sonderbarer kleiner Dauerschmerz.«

Emily brachte ihren Tee nur mit Mühe hinunter, während sie von Zeit zu Zeit verstohlene Blicke auf ihre Großmutter warf. »Sonderbare kleine Dauerschmerzen« in diesem Alter konnten höchste Alarmstufe bedeuten. Ihre Phantasie malte ihr Schreckensbilder aus: Röntgenuntersuchung, sofortige Operation ... Mancher, der völlig gesund schien oder zumindest nie klagte, war plötzlich ein hoffnungsloser Fall ...

Mad streckte sich auf dem Sofa aus, stopfte sich ein Kissen unter den Kopf und griff wieder nach *Heinrich IV*. Emily trug das Tablett in die Küche zurück. Sie wollte Dottie nichts sagen, bevor der Arzt dagewesen war; danach würde man wissen, was zu tun sei. Sobald die Jungen mit ihrem frühen Abendessen fertig waren, nahm sie sie mit in die Bibliothek, schaltete den Fernseher ein und vergewisserte sich, daß die Verbindungstür geschlossen war, damit der Ton Mad nicht störte. Im Programm wurde eine Bildfolge über den nordamerikanischen Befreiungskampf gezeigt, die sich infolge ihrer Länge als Geduldsprobe erwies, wenigstens für den kleinen Ben, der es vorzog, aufs Fensterbrett zu klettern und mit der Jalousie zu klappern.

»Laß das«, gähnte Collin im Ton eines überarbeiteten

Doktoranden vor dem Staatsexamen. »Ich kann mich nicht konzentrieren.«

Ben verhielt sich kurze Zeit still und begann dann erneut zu rasseln.

»Will er etwas?« fragte Emily nervös.

»Ich glaub', er redet in seinem Morsealphabet über Madam«, sagte Collin, ohne die Augen vom Bildschirm zu wenden.

Emily sprang auf, hob Ben vom Fensterbrett und trug ihn in die Diele. Sonderbarerweise wehrte er sich nicht; im Gegenteil, er strebte sofort auf die Windfangtür zu und mühte sich erfolglos ab, den Riegel zurückzuziehen.

»Schsch . . . Mmm . . .«

»Sei endlich ruhig, Ben!« mahnte Emily. »Madam ist im Musikzimmer und will ihre Ruhe haben.«

Ben schüttelte heftig den Kopf und stampfte mit dem Fuß auf. In diesem Moment sah Emily die Scheinwerfer eines Wagens durch den Nebel dringen und auf das Haus zukommen. Ben mußte Dr. Summers' Auto früher als jeder andere gehört und versucht haben, ihr dies mitzuteilen.

»Danke, Ben«, sagte sie. »Nun hör mal eine Weile auf zu reden.«

Sie empfing den Doktor in der offenen Tür. Er entschuldigte sich für sein spätes Kommen. »Ich war den ganzen Tag auf dem Trab. Hallo, Negerlein!«

»Vielen Dank, daß Sie trotzdem noch gekommen sind«, sagte Emily. »Diesmal ist es wirklich dringend, obwohl ich das noch gar nicht wußte, als ich Sie anrief. Meine Großmutter hat neuerdings Schmerzen in der rechten Bauchseite. — Ben, wirst du jetzt endlich still sein, wenn Erwachsene reden?!« Der Kleine hörte nicht auf, in den Garten hinauszuweisen und unzusammenhängende Laute auszustoßen. »Achten Sie nicht auf ihn, er gibt gern an«, sagte sie und ging dem Arzt voran ins Musikzimmer. Die Leselampe neben dem Sofa brannte noch, aber auf dem Sofa selbst lagen nur *Heinrich IV.* und die schnarchende Folly.

»Sie muß schon im Schlafzimmer sein. Das bedeutet, daß sie sich elender fühlt, als sie zugibt. Warten Sie, ich sehe rasch nach und rufe Sie dann.«

Emily rannte, immer zwei Stufen auf einmal, hinauf. Mad war nicht oben. Vielleicht war sie bei Dottie in der Küche? Als Emily wieder in die Diele kam, sah sie, daß Ben immer noch mit dem Türriegel kämpfte, gestikulierte und vergebens Worte zu bilden suchte. Von der richtigen Ahnung durchzuckt, knipste sie das Licht in der Garderobe an. Mads Hausschuhe standen musterhaft ausgerichtet an der Wand; ihre Stiefel, ihre Ölhaut und die Kapuze hingegen waren verschwunden. Emily wandte sich mit einer hoffnungslosen Geste zu Dr. Summers.

»Nichts zu machen. Sie hat uns überlistet. Was tun wir jetzt?«

»Wollen Sie sich nicht etwas genauer ausdrücken?« fragte der Doktor mit gehobenen Brauen.

Emily hörte kaum hin. »Diese Leibschmerzen ... Sie ist sogar zusammengezuckt, als ich eine bestimmte Stelle berührte. Und dann wollte sie ruhen. Sie bat mich extra, die Kinder ruhig zu halten.« Emily hielt plötzlich in ihrem Bericht inne. »Allerdings kamen diese Klagen ziemlich unvermittelt.«

Dr. Summers seufzte. »Sie sollten Ihre verehrte Großmutter eigentlich gut genug kennen, um zu wissen, wann sie schauspielert und wann nicht.« Man sah ihm an, daß er einen schweren Tag hinter sich hatte. Dennoch fuhr er mit bewundernswerter Geduld fort: »Wenn ich recht verstehe, ist sie gar nicht im Haus?«

»Ich fürchte, nein. Stiefel, Ölhaut, Kapuze — alles ist weg. Sie muß sich heimlich hinausgeschlichen haben, damit Sie sie nicht aufhalten können.«

»Warum sollte ich? Das Wetter ist zwar nicht gerade verlockend, aber ein Abendspaziergang schadet ihr bestimmt nicht.«

Emily faßte sich an die Stirn. Natürlich, er wußte ja von nichts.

»Mad macht keinen normalen Abendspaziergang. Sie steckt mit etwa dreißig Bauern in einer Verschwörung, die sich ›Operation Mistfuhre‹ nennt, was auch immer das heißen mag. Das ist es, was ich Ihnen am Telefon nicht sagen konnte.«

Jetzt war es an ihm, kurz nach Luft zu schnappen. Dann griff er nach seinem Regenmantel, den er eben erst abgelegt hatte.

»In diesem Fall gehen wir lieber auf die Suche und holen sie zurück. Ziehen Sie sich an und kommen Sie mit. Falls viele Militärstreifen unterwegs sind, kommen wir alle in Teufels Küche.«

18

Der Nebel, der aus der Bucht aufstieg, sammelte sich immer am dichtesten um die Höhe, auf der Haus Trevanal stand. Bevil Summers kurvte vorsichtig auf die Landstraße und bremste nach einiger Zeit, um auf die Schaltbrettuhr zu sehen.

»Nun hören Sie mal gut zu, Emily. Ich hatte heute nicht

mehr mit einer ungesetzlichen Expedition gerechnet, sondern – nach dem Besuch bei Ihrer Großmutter und Terry – noch einen Patienten vorgemerkt, den ich Ihretwegen nicht im Stich zu lassen gedenke. Er wohnt hier in der Nähe. Es wird nicht lange dauern.«

»Aber bitte, natürlich«, stammelte Emily. »Ich habe schreckliche Gewissensbisse, daß ich Sie für nichts und wieder nichts von Ihrer Arbeit abgehalten habe. Aber bei meiner Großmutter kann man nie wissen, und die beiden Ältesten machen mir fast ebensoviel Sorge.«

»Sie können nichts dafür«, sagte Dr. Summers. »Sie gehören eben zu den Hunderten und vielleicht Tausenden, die durch diese verdammten Neueinführungen und Vorschriften direkt betroffen sind. Ich habe den halben Tag mit der regionalen Ärzteschaft konferiert und hoffe, daß man endlich auf mich gehört hat. Wir müssen handfest dagegen protestieren, daß die gesamte Bevölkerung unter Druck gesetzt wird, nur weil ein Marinesoldat von den Klippen gestürzt ist.«

Emily schwieg. Er wußte nicht, was wirklich geschehen war, und doch riskierte er seine eigene Stellung, um sich für die Gemeinschaft einzusetzen. Die Lawine rollte . . .

Dr. Summers nahm seine Tasche, stieg aus und ging auf eine Handvoll Bauernhäuser zu. In einem davon verschwand er. Die Stille, die er hinterließ, war fast hörbar. Nebel und Nieselregen behinderten die Sicht. Emily drehte das Seitenfenster herunter, konnte aber wenig mehr als ein paar entblätterte Bäume erkennen. Irgendwo rief eine Eule. Emily stellte sich vor, wie ihre Großmutter unverdrossen durch Nacht und Nebel zur Trembath-Farm stapfte. Sie selbst ging nie gern im Dunkeln aus, wenn nicht wenigstens einer der großen Jungen sie begleitete. Auch jetzt fühlte sie sich nur einigermaßen sicher, weil sie in Dr. Summers' Wagen saß.

»Unsinn«, pflegte Mad zu sagen. »Angst vor dem Dunkel ist Angst vor dem Tod. Nimm dir ein Beispiel an den Blinden. Sie kennen nichts anderes.«

Vielleicht war der Doktor gerade zu einem Sterbenden gegangen. Emily dachte an ihre frühverstorbene Mutter, an die sie sich kaum erinnern konnte. Hatte sie im Laufe ihrer langen Krankheit nicht auch Angst gehabt, als sie das ewige Dunkel täglich, stündlich nahen fühlte?

Ihre Einbildungskraft begann zu arbeiten. Sie sah durch die Wände des Bauernhauses hindurch ein ärmliches Schlafzimmer, eine schluchzende Frau, die die Hand des bettlägerigen alten Mannes hielt, und den Doktor, der kopfschüttelnd sagte, seine Kunst sei zu Ende. Gab es wirklich einen Todesengel, der mit ungeheuren dunklen Schwingen über den Sterbenden schwebte, um ihre Seelen beim letzten Atemzug davonzutragen? Es mußte sein wie Ersticken, wie Ertrinken, wenn er sich tiefer und tiefer senkte ... Und dann sah Emily wieder Korporal Wagg auf dem Acker liegen, Andys tödlichen Pfeil zwischen den Augen.

Sie hätte beinahe aufgeschrien, als Dr. Summers die Wagentür öffnete.

»Pardon«, sagte er, »hat ein bißchen länger gedauert, als ich wollte. Aber als Mensch und Christ muß man sich ja viel Gejammer mit anhören.«

»Er liegt also nicht im Sterben?«

»Sterben? Ach was! Der macht's noch zehn Jahre, wenn er weniger säuft und seine Frau weniger keift. Was nun?«

Sie riß sich zusammen. Dr. Summers durfte sie nicht immer nur als schwaches Gänschen erleben, das angesichts einer Injektion in Ohnmacht fiel.

»Ich glaube, am besten fahren wir gleich zur Trembath-Farm. Mad kann nur dorthin gegangen sein. Ich habe aus einigen Andeutungen entnommen, daß heute abend irgendeine Versammlung ist. Terry und Joe und Mr. Willis sind auch dabei.«

Dr. Summers ließ den Motor an. »Klingt ja nach einer richtigen Widerstandsorganisation. Aber was sie auch aushecken mögen — weit werden sie nicht kommen. Bei der ersten Straßensperre da unten werden sie angehalten.«

»Der Landrover gilt als Berufsfahrzeug.«

Dr. Summers schüttelte zweifelnd den Kopf. »Heute halten sie jeden an, sogar Gelähmte im Rollstuhl. Aber warten Sie mal. Wir werden uns heimlich, still und leise heranpirschen und auskundschaften, ob sich etwas tut.«

Kaum zu glauben, aber es klang, als ob er Geschmack an dem Abenteuer fände. Und auch Emily merkte zu ihrem eigenen Erstaunen, daß ihre Furcht verflogen war. Bevil Summers war ungefähr so alt wie Pa, ein erfahrener Mann also, der für alles einen Rat wußte und sich aus brenzligen Situationen kaltblütig herausschwindeln würde, wenn ihm nichts anderes übrigblieb.

»Glauben Sie, daß die USUK eine Zukunft hat?« fragte sie.

»Ich glaube, daß unseren Landsleuten diesbezüglich sehr bald ein Licht aufgehen wird, und dann kommt es zu dem größten Aufstand in unserer Geschichte. Bündnisse mit anderen Ländern: gut und schön. Oberherrschaft einer bestimmten fremden Macht: nie und nimmer. Dafür ist die britische Mentalität zu eigenständig. So, jetzt kurbeln Sie mal Ihr Fenster herunter und halten Sie die Augen auf. Ich stelle Licht und Motor ab. Auf diesem abschüssigen Weg rollt der Wagen von allein.«

Er war auf der schmalen Serpentine angekommen, die áuf die Straße nach Poldrea führte. Emily spähte gehorsam aus dem heruntergelassenen Fenster, konnte aber wegen des Nebels und des dünnen Regens, der ihr ins Gesicht sprühte, nichts erkennen. Sonderbares Gefühl, so in einem stummen, unbeleuchteten Wagen abwärtszurumpeln — aber auch angenehm kribbelnd. Endlich trat Dr. Summers am Fuß des Hügels auf die Bremse.

»Aussteigen«, flüsterte er. »Hier, auf meiner Seite. Und kein lautes Wort!« Er half ihr, über den Fahrersitz nachzurutschen. »Ziehen Sie den Kopf ein und halten Sie sich immer dicht unter der Hecke, wie ich.«

Er schlich voran. Emily kämpfte den unbändigen Drang nieder, laut — vielleicht hysterisch — zu lachen. Wie paßte dieses Indianerspielen zu dem sonst so gesetzten, ernsthaften Arzt?«

Rechts und links breiteten sich Viehweiden, und nun waren die Brecher unten an den Klippen zu hören und die nebelverschleierten Lichter von Poldrea zu sehen. Etwas deutlicher erkennbar waren die hellen Fenster der »Seemannsruh« und die einsame Laterne an der Straßensperre. Der Wachtposten stand im Eingang seiner Baracke, um vom Regen nicht zu sehr durchnäßt zu werden, und warf nur hin und wieder einen Blick auf die Straße. Weit und breit kein Fahrzeug. Auch der Parkplatz der »Seemannsruh« war verödet. Mr. Libbys Kunden, die einheimischen wie die fremden, mußten nach den neuen Zwangsmaßnahmen wohl oder übel sein Lokal meiden. Geschieht ihm recht, dachte Emily, wenn er jetzt weder seinen kalifornischen Wein noch sein Bier los wird . . .

Einen Gast schien Mr. Libby trotzdem gehabt zu haben. Aus dem Dunkel hinter der Wirtschaft tauchte plötzlich eine

Figur auf, die merklich auf den Füßen schwankte und lauthals zu singen begann. Der Wachtposten wurde aufmerksam, kam aus seiner Baracke und rief ein scharfes »Halt!«, was der Betrunkene jedoch nur mit freundlichem Winken und noch lauterem Grölen beantwortete.

»Halt die Schnauze, Kumpel, und geh nach Hause!« rief der Soldat nicht unfreundlich.

In diesem Moment zuckte Emily zusammen. Sie hatte Stiefel, Ölhaut und Kapuze erkannt. »O Gott, Dr. Summers«, flüsterte sie, »es ist Mad!«

Sie hörte ihn kurz nach Luft schnappen, und er legte ihr, Schweigen gebietend, die Hand auf den Arm. Der »Trunkenbold« unten auf der Straße rülpste, sang wieder laut und falsch, taumelte auf den Soldaten zu, stolperte und brach unversehens vor seinen Füßen zusammen. Er bückte sich unwillkürlich nach dem »Hilflosen« und bekam in derselben Sekunde von einer zweiten dunklen Gestalt, die hinter dem Wachhäuschen hervorsprang, einen Karateschlag ins Genick. Er ging lautlos zu Boden, und Mad erhob sich elastisch.

»Bravo, Mr. Willis«, sagte sie. »Ich habe ja ein fürchterliches Schmierentheater abgezogen, aber es hat geklappt.«

Dr. Summers gab Emily einen kleinen Schubs. »Jetzt«, sagte er, »kommt unser Auftritt.«

Doch schon nahte sich auf der Hauptstraße und einigen Feldwegen eine seltsame Prozession dunkler, bis zur Geräuschlosigkeit abgedrosselter Vehikel. »Landrover — und Traktoren mit Anhängern«, erkannte Emily. »Das müssen die Bauern sein.«

»Großartige Regie«, murmelte der Doktor. »Bleiben Sie noch einen Moment, wo Sie sind. Ich muß den Wachtposten ärztlich versorgen.«

Er nahm seine Tasche, und zwei Minuten später sah sie

ihn neben dem bewußtlosen Posten knien und irgend etwas mit ihm machen. Dann trugen er und Mr. Willis ihn an Schultern und Beinen ins Innere der Baracke. Alles blieb still bis auf das rhythmische Meeresrauschen. Die Farmautos und Traktoren schlossen lautlos einen weiten Halbkreis um die »Seemannsruh«, deren ahnungslosen Besitzer man durchs Fenster hinter der Theke schlummern sah. Emily konnte die vielen dunklen Schatten, die um Wachhäuschen und Kneipe wimmelten, nicht mehr voneinander unterscheiden; sie wußte nur, daß Mad, Joe und Terry dabei waren und die große, breite Silhouette, die das Kommando zu führen schien, niemand anders als Jack Trembath sein konnte.

Es hielt sie nicht länger auf ihrem Beobachtungsposten. Sie lief hinunter. Irgendwer packte sie am Arm und drehte sie um, um ihr scharf ins Gesicht zu sehen.

»Ich bin doch bloß Emily, von Trevanal!« Das genügte zu ihrer sofortigen Befreiung. Der Mann grinste sie an, und an seinen blinkenden Zähnen merkte sie, daß er — wie auch viele andere Teilnehmer der Aktion — sich das Gesicht mit Ruß geschwärzt hatte.

Überdies roch und sah sie nun auch, daß die »Operation Mistfuhre« ihren Namen zu Recht trug. Sämtliche Fahrzeuge waren mit frischem und altem Dung, Lehm, Abfall und Müll beladen. Und mit stummem Bienenfleiß begannen an die dreißig Farmer nun, ihre feuchte, aromatische Ladung mit Mistgabeln, Schaufeln und Spaten vor dem Eingang der »Seemannsruh«, wo morgen das USUK-Festessen stattfinden sollte, aufzuhäufen. Stalldunst erfüllte die Luft. Dr. Summers, der den Betäubungsschlaf des Wachtpostens zweifellos medizinisch verlängert hatte, war schon mitten unter den Bauern und schippte mit ihnen um die Wette.

»Nimm das«, sagte Joe, der plötzlich neben Emily auftauchte, und drückte ihr einen Gartenspaten in die Hand. Eine Sekunde später war sie, halb lachend, halb überkandidelt, ebenfalls dabei, frischen Kuhmist von einem Traktoranhänger auf den rasch anwachsenden Wall zu werfen, der sicherlich zu einer wirksameren Barrikade wurde als die militärische. Auf der anderen Straßenseite sah sie ihre Großmutter desgleichen tun; selbst Terry war trotz seines Gipsbeins dabei, und Mr. Willis schoß von einer Gruppe zur anderen, um überall auszuhelfen, wo es not tat.

Natürlich konnte der Spaß nicht ins Endlose weitergehen. Plötzlich flog die Tür des Lokals auf, und Mr. Libby stand, schreiend und mit den Armen fuchtelnd, auf der Schwelle. Er fuhr vor einer fast drei Meter hohen stinkenden Mauer zurück, und als ihm jemand einen Spaten voll Dung hart vor die Füße schleuderte, rettete er sich ins Innere seines Lokals und schlug die Tür hinter sich zu.

»Kehrtum marsch!« rief Jack Trembath. »Jeder für sich, Gott für uns alle!«

Sofort wurde die Arbeit eingestellt; jedermann kletterte in sein Vehikel, und die Stille wurde vom gleichzeitigen Aufheulen vieler Motoren zerrissen. Dr. Summers hatte Mad und den behinderten Terry aufgegriffen und rief nach Emily.

»Rasch, laufen Sie zum Wagen! Wir können schneller fahren als die Traktoren. Keine Sorge um Joe — er wird zu Fuß über die Feldwege nach Hause kommen.«

Sie überquerten die Landstraße und stiegen ein, und keinen Moment zu früh, denn Mr. Libby hatte offenbar Großalarm gegeben. Im Camp strahlten die Scheinwerfer auf; dunkle Gestalten rannten hin und her, und man hörte gebrüllte Befehle. Mad und Emily quetschten sich in den Rücksitz, Terry mit seinen Krücken neben den Doktor. Er fuhr in gewagtem Rückwärtsgang hügelaufwärts. Unten hörte man das Rattern der schwerfälligeren Landrover und Traktoren — und plötzlich ein wildes Hupkonzert. Die Teilnehmer der Widerstandsaktion feierten ihren Erfolg. Auch Dr. Summers betätigte seine Hupe. Die vorher so stille Nacht war von schrillem Triumphgetön erfüllt.

Erst als die Hochstimmung etwas abebbte, spürte Emily den penetranten Gestank, den sie in den engen Wagenraum mitgebracht hatten. Ihr wurde ganz leicht übel.

»Sie machen sich hoffentlich auf eine saftige Rechnung von mir gefaßt«, sagte Dr. Summers über die Schulter.

Mad beugte sich vor, um ihm mit zarter Hand einen Dungspritzer vom Hals zu wischen. »Unsinn, das geht auf den Nationalen Gesundheitsdienst — in jeder Beziehung.«

»Aber ich weiß, wer Dr. Summers zumindest wegen Hausfriedensbruchs verklagen wird«, sagte Terry. »Und das ist Mr. Libby von der ›Seemannsruh‹. Ich habe gemerkt, daß er Sie erkannt hat, als Sie ihm die letzte Dreckschippe vor die Füße warfen.«

»Na, wenn schon«, murmelte der Doktor. »Er gehört nicht zu meinen Patienten, und ich gehöre nicht zu seinen Kunden.«

»Pech«, bemerkte Mad. »Er hätte Ihnen vielleicht rechtzeitig einen Kasten kalifornischen Wein geschickt.«

Sie hatten die Höhe erreicht und waren in relativer Sicherheit. Das Rumoren der Bauernfahrzeuge verlor sich in der Ferne. Bevil Summers schwenkte in die Auffahrt von Haus Trevalan ein und drehte sich zu Mad um.

»Na, sind Sie zufrieden?«

»Nicht ganz«, erwiderte Mad. »Die Mistbarriere hätte noch höher werden können. Nichtsdestotrotz werden die USUK-Bonzen ihr Festessen morgen woanders abhalten müssen. Können Sie sich vorstellen, wie die feine Mrs. Hubbard sich einen Weg bahnt? – Kommen Sie mit rein, Bevil, Sie können nicht ungebadet nach Hause fahren. Unser Brunnen ist ja wieder offen, und in der alten Waschküche können wir jederzeit Feuer machen.«

Sie stieg aus dem Wagen. Ihre Ölhaut und vor allem ihre Stiefel waren voller Mist.

»Danke, nein«, sagte Dr. Summers. »Ihr Brunnen in allen Ehren, aber ich beschwöre Sie: trinken Sie das Wasser niemals unabgekocht. Sonst habe ich Sie nächstens alle als Typhusverdächtige auf dem Hals. Und du, mein Junge«, wandte er sich an Terry, der einige Schwierigkeiten beim Aussteigen hatte, »du solltest morgen eigentlich aus dem Gips kommen. Aber rechne nicht zu sehr darauf. Bis morgen kann viel passieren.«

»Was meinen Sie damit?« Mad stand in der Auffahrt, warf die Kapuze zurück und stemmte kriegerisch die Hände in die Hüften.

»Denken Sie etwa, das Marinekommando tut Ihre ›Operation Mistfuhre als harmlosen Scherz ab?« erwiderte er. »Sie werden die Daumenschrauben noch enger anziehen. Machen Sie sich darauf gefaßt und bleiben Sie in den nächsten Tagen schön brav zu Hause.«

»Und Sie?« fragte Emily in plötzlicher Besorgnis. Der stets verläßliche, nüchterne Hausarzt, den sie von Kind auf kannte, hatte sich ihr heute abend in ganz anderem Licht gezeigt.

»Oh, ich denke an einen allgemeinen Ärztestreik, wenn meine Kollegen mitmachen«, sagte er, ließ den Motor an, winkte und verschwand im Nebel.

»Das war ernst gemeint«, sagte Mad bei der Rückkehr ins Haus. »Wenn nicht nur die Bauern streiken, sondern auch

Ärzte, Schwestern, Hebammen, Sargtischler, Totengräber, und wenn sie mit Spruchbändern AMI GO HOME demonstrieren — dann wird die USUK schwer angeknackst.«

»Und wir landen im allgemeinen Chaos«, sagte Emily.

»Nicht unbedingt.«

Joe erreichte sie gerade an der Haustür, keuchend, bis auf die Haut durchnäßt, mit verwildertem Haar.

»Ich bin über die Klippen gekommen. Zum Glück habe ich mir nicht auch ein Bein gebrochen wie du, Terry.«

»Sind alle mit heiler Haut davongekommen?« fragte Mad.

»Ja, ich glaube. Vater und Sohn Trembath auf jeden Fall. Ich soll euch sagen, daß ihr ab morgen jede Menge Milch haben könnt. Jack will auch ein Schwein schlachten und es mit uns teilen. Dafür kriegen sie Brennholz von mir.«

Er hielt die Windfangtür für Mad, Emily und Terry auf und fuhr lächelnd fort: »Das ist doch das einzig Wahre. Gemeinsamkeit macht stark. Wir brauchen kein Geld mehr. Wenn jeder im ganzen Land sich auf Nachbarschaftshilfe umstellt, wird zwar niemand mehr reich, aber jeder frei und zufrieden —«

Er brach ab. Alle Gesichter wandten sich nach oben. Der Himmel über dem Hafen flammte auf, noch ehe der welterschütternde Explosionsdonner an ihre Ohren drang. Es war, als ob die Erde einbräche; die Fensterscheiben klirrten, und die vier Menschen auf den Stufen duckten sich instinktiv und hielten die Hände vor den Kopf. Das vielfältige Echo schwand, der Boden hörte auf, unter ihren Füßen zu beben. Terry war der erste, der sich wieder aufrichtete und schweigend zum Hafen zeigte.

Trotz des Nebels war die Bucht taghell erleuchtet. Durch die Zweige des Lebensbaumes sahen sie, wie das dunkle Wasser mehr und mehr rote Streifen widerspiegelte. Wo das stolze Kriegsschiff vor Anker gelegen hatte, war jetzt ein Rauch- und Flammenmeer.

19

In dieser Nacht fand niemand einen ausreichenden, ruhigen Schlaf. Die Kleinen, von der Explosion aufgeschreckt, waren weinend zu Dottie in die Küche gelaufen. Die Mittleren waren ihnen gefolgt, wenn auch mit bleichen, beherrschten und tränenlosen Gesichtern. Sam hielt sein Eichhörnchen an sich gedrückt. Die arme Folly war angstschlotternd unter das Sofa gekrochen. Alles versammelte sich zunächst in der Küche, deren Fenster glücklicherweise ganz geblieben waren. Dottie setzte sich erstaunlicherweise als erste über den Schock hinweg und stellte sich, wiewohl schon im Nachtgewand, an den Herd, um Kakao zu kochen. »Wir brauchen etwas Warmes in den Magen, das beruhigt«, erklärte sie. Ben, der sich an Mads Schulter geflüchtet hatte und heftig am Daumen lutschte, hob allmählich den Kopf und sah mit großen Augen zu, wie Dottie das schaumige Gebräu zusammenrührte. Colin saß auf Emilys Schoß, und sie spürte mit, wie sein Zittern nachließ. Terry rauchte nervös eine Zigarette und kippelte auf seinem Stuhl. Sam streichelte sein verschrecktes Eichhörnchen. Joe, dessen Abwesenheit man gar nicht bemerkt hatte, kehrte von einem Inspektionsrundgang durchs Haus zurück.

»Eßzimmerscheiben kaputt«, berichtete er kurz. »Bibliothek okay, bis auf eine gesprungene Scheibe. Zwei Fensterscheiben bei Madam sind auch hin. Gastzimmer und Emmies

Zimmer okay. Unten wird nichts passiert sein, aber ich gehe zur Sicherheit runter und sehe nach.«

Er wandte sich wieder zur Tür. Andy, der tief in Gedanken versunken gewesen war, kam ruckhaft zu sich. »Wart, ich gehe mit!«

Sonst wurde nichts gesprochen. Die Milch kochte, der Kakao war fertig, und bald nippten alle dankbar an dem wohltuenden Getränk. Welch hübsches, gemütliches Familienzusammensein, dachte Emily. Hier müßte die Zeit stehenbleiben ...

Colin brach das Schweigen zuerst. »Wißt ihr, was ich gedacht hab', als ich von dem Krach aufgewacht bin? Das muß das Jüngste Gericht sein, und Jesus schreitet über die Wogen und sondert die Böcke von den Schafen.«

»Komisch«, sagte Sam und sah von seinem Eichhörnchen auf, »ich habe auch an den Jüngsten Tag gedacht. Aber ich glaube nicht, daß Jesus die Böcke von den Schafen sondert. Das wäre einfach unfair. Ich glaube, daß er den Löwen und das Lamm friedlich zusammenliegen läßt. Jedenfalls würde ich es so machen, wenn ich Jesus wäre.«

»Ich weiß nichts über das Jüngste Gericht«, sagte Dottie, »aber wenn ihr in so einer Nacht barfuß herumlauft, tretet ihr euch todsicher Glasscherben ein. Trinkt euren Kakao aus und macht, daß ihr ins Bett kommt!«

Der Haushalt kehrte zur Normalität zurück. Die Becher wurden ins Spülbecken gestellt. Mad legte den schläfrigen kleinen Ben in Dotties Arme, stand auf und reckte sich. Emily folgte ihrer Großmutter mit Kehrblech und Handbesen ins Schlafzimmer, um die Scherben wegzufegen.

»Die frische Luft wird mir guttun«, bemerkte Mad. »Vertreibt den Stallgeruch. Komisch, daß niemand gefragt hat, wo wir gewesen sind, nicht einmal Dottie.«

»Sie waren zu verängstigt«, sagte Emily. »Und ich muß ehrlich zugeben, daß mir der Schock noch jetzt in den Knochen sitzt.«

Sie standen nebeneinander am Fenster und sahen auf die Bucht hinaus. Lichter von Hilfsbooten umkreisten die Unglücksstelle, Hubschrauber dröhnten, Suchscheinwerfer tasteten die Wasserfläche ab. Wo das Schiff gelegen hatte, war nur noch ein riesiger Ölfleck ...

»Das Jüngste Gericht«, murmelte Mad. »Für wie viele?«

»Es ist grauenhaft«, brachte Emily halberstickt heraus, »grauenhaft ...«

»Arme Teufel.« Mad wandte sich vom Fenster ab, um gewohnheitsgemäß ihr Bett aufzuschlagen und die elektrische Heizdecke einzuschalten. »Das einzig Gute ist, daß die meisten augenblicklich tot gewesen sein müssen.«

Warum »Teufel«, dachte Emily. Ist es ein Ausdruck, den man unwillkürlich gebraucht, wenn es sich bei Toten und Verletzten um Feinde handelt? Wären die Zeiten normal gewesen, so wären bei einer derartigen Schiffsexplosion jedermann zum Hafen geeilt, um zu helfen und zu retten, was noch irgend zu retten war. Auch Mad, ungeachtet ihres Alters, und selbstverständlich die Jungen. Diesmal gab es keine Hilfe vom Haus Trevanal. Wer immer sich noch an eine brennende Planke klammern oder hilflos in der Öllache schwimmen mochte, gehörte zu den unerwünschten Fremden — nicht zu ihnen.

»Mad«, fragte Emily, »glaubst du, daß die Explosion auf einen Maschinenschaden zurückzuführen ist? Daß sie ein normaler, wenn auch fürchterlicher Unfall war?«

Ihre Großmutter legte Morgenrock und Pantoffeln zurecht und knipste die Nachttischlampe an. »Ich würde es mir gern einreden, aber ich bezweifle es stark. Weit wahrscheinlicher ist, daß jemand Sprengstoff an Bord geschmuggelt hat. Und wenn sie beweisen können, daß es Sabotage war, werden sie unsere kleine ›Operation Mistfuhre‹ für ein gemeinsam ausgeklügeltes Ablenkungsmanöver halten.«

»O Gott!«

»Ja, daran ist nun leider nicht viel zu ändern. Geh zu Bett, Kind, und versuche zu schlafen. Uns stehen schwierige Tage bevor.«

Emily wäre gern auf Mads Bettrand sitzen geblieben, um sich ihre chaotischen Gefühle und Ängste vom Herzen zu reden, aber mit Mad war das nicht zu machen. Sie wollte allein sein. Emily gab ihr also nur noch den üblichen Gutenachtkuß und ging hinaus. Als sie am Treppenabsatz innehielt, um das Licht auszudrehen, bevor sie in ihr eigenes Zimmer ging, erblickte sie eine kleine Gestalt in der Diele, die reglos zu ihr aufsah. Es war Andy.

»Was machst du hier?« fragte sie leise. »Warum bist du nicht im Bett?«

»Weil . . .« Er setzte zögernd einen Fuß auf die Stufe.

»Kann ich dich etwas fragen, Emmie?«

»Natürlich.«

»Diese Explosion auf dem Schiff . . . Joe sagt, die Yanks haben wahrscheinlich sehr viel Leute verloren.«

»Ja, ich weiß.«

»Nun frag' ich dich: Wenn viele Männer so auf einmal umgebracht werden — ist da ein einzelner Mord nicht weniger schlimm?«

Emily sah zu ihm hinunter. Er war auffallend blaß; kein Wunder nach dem Schock, den sie alle erlitten hatten. Es hat ihm also doch auf der Seele gelegen, dachte sie, ununterbrochen, in der Schule, beim Spiel, ohne daß er darüber gesprochen hat – und nun fragt er mich. Und ich weiß nicht, was ich ihm antworten soll.

»Ja«, sagte sie zögernd, »ja, ich glaube, es läßt sich nicht vergleichen.«

Andy lächelte. »Da bin ich aber froh. Ich habe gehofft, daß du auch so denkst.«

»Nun aber marsch ins Bett. Gute Nacht.«

Es ist nicht wahr, dachte sie, als sie in ihr Zimmer ging. Mord ist Mord . . .

Der folgende Feiertag, der eine neue Ära für alle englischsprechenden Völker einleiten und mit Festreden und Toasts für die USUK begangen werden sollte, stand in Cornwall unter düsteren Vorzeichen. Die »Operation Mistfuhre« hätte noch als plumper Bauernscherz ignoriert werden können, nicht aber der Verlust eines friedlich ankernden US-Schiffes mit seiner mehr als zweihundertköpfigen Besatzung. Die Nachrichten darüber standen an erster Stelle. Die Festlichkeiten im übrigen Land wurden wie geplant, aber in gedämpfter Stimmung durchgeführt, und der Premierminister hielt eine Ansprache im Fernsehen. »Wir wissen noch nicht, wie es zu dem Unglück gekommen ist«, sagte er unter anderem. »Sollte sich herausstellen, daß es ein nichtswürdiger Sabotageakt war, so sei hier in aller Deutlichkeit gesagt, daß die Schuldigen der gerechten Strafe nicht entgehen werden. Ich wende mich hier besonders an einige unserer Landsleute an der Westküste, die ihrer Abstammung wegen von jeher zu separatistischer Überheblichkeit neigen und sich mehr dünken als die anderen. Dies gilt auch für Schottland und Wales, wo ebenfalls kleinere Bombenanschläge stattgefunden haben. Ich warne euch! Laßt euch nicht von Fanatikern und zersetzender Propaganda zu dem Irrglauben verleiten, ihr könntet den Lauf der Geschichte ändern! Engstirniger Lokalpatriotismus einerseits — eine große Union fortschrittlicher, friedlicher Völker andererseits — die Unruhestifter werden bald sehen, wer die Oberhand behält!«

Stürmischer Applaus folgte, und der Premierminister der neuen USUK-Regierung schloß glühende, aber triumphierende Blicke aus verengten Augen. Mad, Emily und die beiden Großen sahen schweigend zu.

»Von der ›Operation Mistfuhre‹ hat er vermutlich noch gar nichts gehört«, sagte Emily schließlich. »Er sprach mehrfach von unbekannten Agenten. Klingt nach vermummten und maskierten Verbrechern. Ich kann mir nicht vorstellen, wie so einer unbemerkt auf ein amerikanisches Kriegsschiff gelangt.«

»Ich weiß nicht«, sagte Joe nachdenklich. »Die Besatzung kann sich nicht ständig selbst versorgt haben. Sie mußten ab und zu frische Vorräte an Bord nehmen. Und wir wissen ja, daß die meisten Hafenarbeiter in Poldrea nicht gut auf die Yanks zu sprechen sind. Viele haben ihren Job verloren und wissen nicht, was werden soll. Die hätten schon Gelegenheit gehabt, etwas an Bord zu bringen.«

»Tom Bate zum Beispiel«, meinte Terry. »Sprengstoffstäbe in einer Fischlieferung . . .«

Sprengstoffstäbe! Emily erinnerte sich mit Grausen an das gestohlene Gelatit, das Mr. Willis von Terry in Verwahrung genommen hatte.

»Ich wundere mich«, sagte Mad plötzlich, »daß Bevil Summers noch nicht angerufen hat, um zu hören, wie es uns ergangen ist.«

»Vergiß nicht, daß die Gespräche abgehört werden«, erinnerte Emily.

»Das macht doch nichts. Nach einer derartigen Explosion wäre es ganz normal, daß Freunde einander nach ihrem Befinden fragen. Und jetzt ist Mittag vorüber. Joe, ruf ihn doch mal an. Natürlich mußt du aufpassen, was du sagst.«

Joe ging gehorsam in die Diele, kam aber in einer halben Minute zurück. »Hat keinen Zweck. Der Apparat ist stumm. Wie am Morgen der ersten Landung.«

Der einzige Unterschied diesmal war die Stille. Die Hubschrauber kreisten nur über der Bucht; in ihrer näheren Umgebung zeigte sich nichts. Um zu erfahren, ob es Überlebende gegeben hatte und was die Obrigkeit tat, hätte jemand einen Klippenausflug wagen müssen, was Mad jedoch entschieden verbot. Niemand, befahl sie, dürfe sich aus dem Haus rühren, nicht einmal zur Farm hinüber. Wenn Jack Trembath mit ihnen sprechen wollte, würde er zweifellos Mittel und Wege finden, es zu tun.

Mads zweiter, sehr notwendiger Tagesbefehl lautete: Alle Kleider, Stiefel, Regenmäntel und sonstigen Ausrüstungsgegenstände, die gestern abend getragen worden waren, mußten im Keller gewaschen werden. Der Mist hatte allzuviele Spuren hinterlassen. Hierbei war die wiederaufgedeckte hauseigene Quelle ein wahrer Segen. Allerdings geriet der Steinboden bei der Waschaktion derart unter Wasser, daß er bald einem großen Planschbecken ähnelte. Colin war begeistert.

»Wenn wir noch ein paar Eimer raufholen, ist es ein Swimmingpool«, schrie er. »Ben, hol unsere Schiffchen aus dem Spielzimmer – und dann ziehen wir uns aus und tun, als wäre es Sommer!«

»Mad, bitte . . .« flehte Emily.

Mad lächelte nur. »Sie können nicht hinaus. Laß sie spielen. Paßt nur auf, meine lieben Kleinen, daß ihr unsere Rüben und Äpfel nicht vollspritzt. Wir müssen vielleicht noch lange davon leben.«

Danach — ihr Talent zum Improvisieren war ungebrochen — schlug sie vor, den jahrzehntelang nicht mehr benutzten Waschherd anzuzünden und die Kleider rundherum zum Trocknen aufzuhängen.

»Langsam«, rief Emily, als der uralte Kamin zunächst nur schwarze Rauchwolken aushustete. »Was nützt uns die große Wäsche, wenn alles eingerußt wird?«

Glücklicherweise zog der Kamin bald tapfer, und das Herdfeuer brannte nach Wunsch. Andy kam auf die Idee, hier unten Tee zu kochen. Kessel und Kanne wurden geholt, der Tee in alten Joghurtbechern herumgereicht, und sogar Colin, der Dotties Tee stets ablehnte, nannte ihn »herrlich«. Doch plötzlich kam Dottie selbst herunter und meldete, ein Armeelastwagen voller Soldaten käme auf das Haus zugefahren.

»Oh?« sagte Mad mit verdächtiger Ruhe. »Warum wohl?«

»Vielleicht wegen der Elektrizität«, mutmaßte Dottie. »Der Strom ist ausgefallen wie das Telefon. Joe und Terry untersuchen gerade den Hauptschalter in der Garage.«

»Auf jeden Fall müssen wir hören, was sie wollen«, sagte Mad. »Wenn sie nach mir fragen — ich bin im Keller.«

Dottie machte ein entsetztes Gesicht. »Aber, Madam . . .«

»Warum nicht? Solange wir ohne Strom und Wasser dasitzen, können wir sie schwerlich auf die feine Art im Salon empfangen. Je eher sie das einsehen, desto besser.«

Sam warf etliches Kleinholz und Kiefernzapfen in das Feuer, das hell aufloderte. Die Schatten der Gruppe bewegten sich grotesk an der rußigen Decke. Und schon wurden draußen Stimmen und Getrampel laut, und ein Trupp Unbekannter drang in die alte Waschküche ein.

»Aufstehen! Hände hoch!« brüllte der Anführer und

leuchtete die Anwesenden mit einer Stablampe an. Niemand rührte sich. Nur Ben faltete die Hände im Nacken und schlenkerte mit dem Fuß eine Miniaturwelle in Richtung der Soldaten.

»Haltet diesen Balg zurück«, sagte der Anführer ärgerlich.

Emily griff nach Ben und hielt ihn an ihrer Seite fest. Im Flackerlicht des Feuers und der hin und her zuckenden Scheinwerfer konnte sie nicht erkennen, wie viele Leute sie heimsuchten — vielleicht vier oder fünf. Sie leuchteten die Mauern und Fenster ab und untersuchten die Regale mit Joes Äpfeln, Zwiebeln und Rüben.

»Nur ein paar kleine Bengels und ein altes Weib«, sagte der Anführer schließlich in enttäuschtem, fast angewidertem Ton. »Wo, zum Teufel, ist der Hausbesitzer?«

»Dies ist mein Haus«, sagte Mad eisig. »Wenn Sie die Güte haben wollen, mich nicht dauernd mit Ihrer Taschenlampe zu blenden, können wir vielleicht sogar ein Gespräch miteinander führen.«

»Okay. Ihr Name?«

Mad nannte ihren berühmten Namen und stellte weiter vor: »Dies ist meine Enkelin, und dies sind vier meiner Adoptivsöhne. Da wir neuerdings weder Licht noch Wasser haben, außer dem in dem alten Hausbrunnen, wie Sie sehen, mußten wir unsere große Wäsche heute hier unten erledigen. Wir können nicht mehr in die Stadt fahren, und wir leben von selbstgezogenem Gemüse. Möchten Sie sonst noch etwas wissen?«

»Und ob, werte Dame!« Der Ton des Anführers hatte sich zwar etwas gemildert, war aber immer noch bedrohlich. »Auf unserer Liste steht, daß hier zwei junge Männer über achtzehn wohnen. Wo stecken sie?«

»Ich habe keine Ahnung. Vermutlich in der Garage, um festzustellen, warum der Strom ausgefallen ist. Übrigens ist der Jüngere erst siebzehn.«

»Egal. Schnappt sie! Diesen Befehl bellte der Anführer zwei Gefolgsleuten zu, die sofort kehrtmachten.

»Was wollen Sie von den Jungen?« fragte Mad.

»Alle erwachsenen Männer kommen in Untersuchungshaft, Lady. Ihr Haus ist nur eins von Hunderten auf unserer Liste. Je eher die Schuldigen den Mund aufmachen, desto besser für alle anderen.«

Seine Kiefer mahlten den unvermeidlichen Kaugummi. Warum dieser ewige Kaugummi, dachte Emily, und warum dieser halb zudringliche, halb verächtliche Blick auf sie, als brauche er nur mit dem kleinen Finger zu winken, und sie würde sich ihm an den Hals werfen?

»Habe ich richtig gehört? Sie bringen jeden erwachsenen Mann im Poldrea-Distrikt in Untersuchungshaft?« fragte Mad.

»Genau, Lady. Und Sie haben Glück, daß wir die Jüngeren nicht auch mitnehmen. Höchste Zeit, den Bengels Respekt beizubringen.«

»Respekt vor wem?«

Der Mann überhörte die Frage. Er sah sich die vielen zum Trocknen aufgehängten Kleidungsstücke an.

»Große Wäsche«, bemerkte er. »Haben Sie jede Woche so große Wäsche?«

»Das kommt auf die allgemeine Umweltverschmutzung an«, erwiderte Mad.

Emily hörte Joes und Terrys Stimmen am Seitenausgang.

»Aha, machte der Anführer, »da sind sie ja schon. Wenn sie sich gut benehmen, kriegen Sie sie morgen zurück.«

»Der Jüngere hat ein Gipsbein und geht an Krücken!«

protestierte Mad. »Er sollte sich heute wieder im Krankenhaus melden, aber wie wollen wir ihn hinbringen?«

»Sie werden sich gedulden müssen, bis Ihre Provinzärzte wieder zu Verstand kommen«, antwortete der Mann. »Wissen Sie noch nicht, daß die Ärzte streiken und das städtische Krankenhaus geschlossen ist? Ein echter Fall von Gemeinschaftsgeist in Ihrem gottverdammten Cornwall, nicht?«

Joe und Terry, von zwei Marinesoldaten flankiert, erschienen im Kellerflur.

»Die Hauptsicherung ist in Ordnung, Madam«, sagte Joe. »Es muß ein allgemeiner Stromausfall sein.«

»Sehr richtig, Madam«, bestätigte der Anführer grinsend. »Kein Wasser, kein Licht, keine Verkehrsmittel, Madam. Sie sind ins dunkelste Mittelalter zurückversetzt. Vielleicht bekommt es Ihnen mal ganz gut, Madam, eine Weile so hart leben zu müssen wie wir in der Pionierzeit. Los, gehen wir!«

Colin, der sehr blaß geworden war, vertrat ihm den Weg. »Wenn Sie meine Brüder wegschleppen, bringe ich Sie um!«

»Was du nicht sagst!« Der Mann bückte sich lässig, nahm Colin beim Kragen und setzte ihn mit einem einzigen Schwung in die Zinkwaschwanne. »In dieser Gegend scheint man beizeiten Killer heranzuziehen. Kann sein, daß wir dich morgen auch holen.«

Er trieb Terry mit einem Schubs zur Tür, so daß ihm eine Krücke entglitt und er stolperte. Dieser Anblick bewog Emily zum Einschreiten.

»Nehmen Sie doch etwas Rücksicht! Sehen Sie nicht, daß er nicht gut gehen kann? Außerdem sind die beiden schon letzte Woche im Camp verhört worden. Fragen Sie Captain Cockran, nein, besser noch Leutnant Sherman — er kennt sie beide, er kennt meine Großmutter, er kennt uns alle.«

Der Anführer sah sie unbewegt an. Sein Gesicht, das von der Taschenlampe seines Begleiters angestrahlt war, hatte sich verhärtet.

»Kann schon sein, Puppe, daß er euch alle gekannt hat, aber jetzt kennt er euch nicht mehr. Cockran und Sherman und über zweihundert andere Kameraden sind letzte Nacht in eurer Bucht in die Luft gejagt worden, und wir haben noch nicht einmal alle ihre sterblichen Überreste aufgefischt. Darum wundern Sie sich nicht, daß wir Sie weder besonders lieben noch heute in Feiertagsstimmung sind. Vielleicht denken Sie mal ein bißchen darüber nach, wenn Sie hier im Dunkeln sitzen.«

Er und die anderen Soldaten drängten Joe und Terry in den Flur zurück und zum Seitenausgang hinaus. Die Tür schlug zu. Gleich danach hörte man das geräuschvolle Starten des Lastwagens. Folly heulte jämmerlich auf dem oberen Absatz der Kellertreppe. Sam löste sich aus der schweigenden Gruppe und ging hinauf, um das arme Tier zu trösten.

»Warum haben wir nichts unternommen?« schrie Colin und stieß die Zinkwanne wütend beiseite. »Warum sitzt ihr da wie die Ölgötzen?«

Niemand antwortete. Erst nach einer Weile warf Mad ein Holzscheit ins Feuer und sagte:

»Weil sie in der Übermacht sind.«

Andy straffte sich und legte ihr eine Hand auf die gebeugte Schulter.

»Mach dir keine Sorgen. Solange Joe und Terry nicht da sind, bin ich der Mann im Haus und kümmere mich um alles. Sam und ich übernehmen alle Arbeiten, Holzsägen, Gemüse hereinholen. Ich finde es auch schlimm, daß bei der

Schiffsexplosion so viele Menschen ums Leben gekommen sind, aber das heißt ja noch lange nicht, daß wir jetzt nachgeben müssen, nicht wahr?«

Mad blickte zu ihm auf. Im flackernden Feuerschein wirkten ihre Züge so hager und eingefallen, daß man ihr das hohe Alter ansah wie selten sonst. »Nein, Andy«, sagte sie, »wir geben nicht nach. Nie . . . nie . . .«

20

Die Dunkelheit war nicht das Schlimmste. Auch nicht der Zweifel, ob das Brunnenwasser vorhalten würde — der Spiegel hatte sich bereits merklich gesenkt, und die Oberfläche schillerte verdächtig —, es war nicht die Kohl- und Rübendiät, die Dottie mit dem Inhalt der wenigen verbliebenen Konservendosen zu variieren suchte und auf dem alten Waschherd kochte. Es war die nagende Sorge um Terry und Joe. Dabei konnte es sie kaum trösten, daß der vierzehnjährige Mick Trembath am nächsten Morgen die Nachricht brachte, auch sein Vater und die meisten anderen Bauern der Umgebung seien wieder mit unbekanntem Ziel abtransportiert worden.

»Mr. Willis geht von Farm zu Farm und hilft. Ohne ihn wären wir glatt aufgeschmissen. Wie viele Leute können denn heutzutage noch von Hand melken? Mutter schickt Ihnen diese Eier, aber Vater hatte leider keine Zeit mehr zum Schweineschlachten.

Sie waren völlig von der Außenwelt abgeschnitten. Auf den Straßen verkehrten nur Militärfahrzeuge; die Geschäfte und Schulen in Poldrea waren geschlossen. So war es besonders rührend, daß die Gemeindeschwester, die zwar noch ihren Sonderpassierschein, aber kein Benzin mehr hatte, auf dem Weg zu den Trembaths zu Fuß einen Abstecher nach Haus Trevanal machte, um sich nach dem Befinden der Bewohner zu erkundigen.

»Ist es wahr, daß die Ärzte streiken und das Krankenhaus geschlossen ist?« fragte Mad.

Schwester Bennett wiegte zögernd den Kopf. »Ich weiß es selber nicht genau. Seit mein Telefon nicht mehr funktioniert — wie bei allen anderen Leuten — und ich nur noch die Wege machen kann, die ich zu Fuß schaffe, höre ich nicht viel Neues. Niemand weiß, was vorgeht. Poldrea ist jetzt durch Straßensperren nach allen Richtungen abgeriegelt. Die Leute sind ratlos. Die Marinekommandos sind von Haus zu Haus gegangen und haben fast überall die erwachsenen Männer mitgenommen.«

»Wissen Sie nicht zufällig, wohin sie gebracht worden sind?«

»Es heißt, auf dem Tongrubengelände ist jetzt ein regelrechtes Konzentrationslager mit Stacheldraht und scharfen Hunden ... Aber Genaues weiß niemand. Es kann ebensogut ein wildes Gerücht sein.«

Joe, Terry, Mr. Trembath ... War es heute noch möglich, sie und Hunderte von anderen einfach einzusperren, ohne daß sie sich auch nur auf ihre bürgerlichen Grundrechte berufen konnten? Dergleichen war in grauer Vorzeit passiert, in der Sowjetunion und im Nazideutschland, lange vor Emilys Geburt — aber doch nie in England!

»Wo steckt eigentlich unsere Polizei?« fragte Mad.

»Ich habe seit vorgestern keinen Polizisten mehr gesehen, nur noch Militärstreifen und Posten. Das ist natürlich alles eine Folge der Schiffexplosion. Jeder Einheimische steht unter Verdacht, Frauen und Kinder eingeschlossen, und dafür müssen wir büßen. Ohne diese Katastrophe hätten sie uns bestimmt nicht derartige Daumenschrauben angelegt.«

»Wer weiß«, sagte Mad, »wer weiß . . .«

Emily konnte den Gedankengang ihrer Großmutter förmlich spüren. Eins hatte zum andern geführt: ein Hund war erschossen worden; man hatte die Fremden zunächst noch relativ harmlos, lächerlich gemacht (und auf Gesichtsverluste reagierte eine brandneue Regierungsform wie die USUK naturgemäß besonders empfindlich); ein Korporal war auf rätselhafte Weise »verunglückt«, und nun folgte Schlag auf Schlag — und wozu das alles? Damit Bankiers wie Pa immer häufiger von Konferenz zu Konferenz rasen mußten, um Währungsprobleme zu lösen? Damit der kleine Mann, enttäuscht, erschöpft, arbeitslos, sein letztes Heil in der Auswanderung suchte?

Fragen über Fragen und keine Antwort. Es war auch kein Trost, an den Fall Roms zu denken, weil die damalige Gesellschaft verfault war und das Christentum heraufkam. Die Christen hatten es auch nicht viel besser getrieben, als sie obenauf waren und ihre Gegner folterten, räderten und verbrannten. Wer konnte noch an den Satz aus der Bergpredigt glauben: »Selig sind die Sanftmütigen, denn sie werden das Erdreich besitzen?« Immer nur hatten die Gewalttätigen das Erdreich besessen, und die Sanftmütigen gingen unter . . . Und plötzlich mußte Emily an den armen Wally Sherman denken, der niemandem etwas zuleide getan hatte und immer freundlich gewesen war, der sie zuletzt sogar noch auf eigenes Risiko vor den kommenden Restriktionen gewarnt hatte und der nun mit vielen anderen von einem Moment zum andern sinnlos in die Luft gesprengt worden war.

Diese und andere Gedanken gingen Emily durch den Kopf, nachdem sie Schwester Bennett ein Stück Weges begleitet hatte und wieder nach Hause ging. Konnte die Menschheit vielleicht nur überleben, weil es Tausende von Frauen wie Schwester Bennett gab, die unermüdlich im Dienste aller tätig waren? Die Kinder zur Welt brachten, die den Leidenden und Sterbenden halfen? Sie blieben anonym; niemand setzte ihnen ein Denkmal, sie wurden weder reich noch berühmt. Und doch — waren sie nicht die »Sanftmütigen«, denen Jesus das Erdreich verheißen hatte?

»Du bist auch so eine«, sagte Emily aus ihren Gedanken heraus, als sie in die Küche trat und Dottie damit beschäftigt fand, die letzte Tüte Mehl zu Brotteig zusammenzukneten.

»Was für eine?« fragte Dottie pikiert. Allmählich merkte man auch ihr die Überlastung an.

»Eine der Sanftmütigen, die gesegnet sind.«

Dottie hielt einen Moment im Kneten inne und starrte Emily über die Teigschüssel hinweg an. »Sanftmütig? Gesegnet? Was soll nun wieder *der* Quatsch? Ich mache weiter, bis ich umfalle, aber ich sehe nicht ein, was es mit frommen Sprüchen zu tun hat, wenn ich aus einem Kilo Mehl Brot für vier hungrige Jungen backen soll.« Sie klopfte sich die Hände ab, und plötzlich verschwand ihre gefaßte Miene und sie ließ sich schwer an den Tisch sinken. »Was machen sie jetzt mit meinem Jungen?« stöhnte sie tränenerstickt.

›Mein Junge‹ — Terry, der Erste, das verhätschelte Vorzugskind. Emily nahm, erschüttert und selbst den Tränen nahe, die soviel ältere, der sie einen Nervenzusammenbruch nie zugetraut hätte, in die Arme.

»Sie werden ihm nichts tun«, versicherte sie. »Er wird bald wieder hier sein, vergnügt wie immer, und Collin die neuesten Kraftausdrücke beibringen.«

»Versprich mir nichts, was du nicht weißt«, sagte Dottie. »Wir wissen doch alle nichts. Ich dachte erst, die Soldaten kämen als Freunde, aber wie sie sich dann benahmen und zum Schluß die Jungens wie Vieh in den Lastwagen verluden ... Haben wir keine eigene Polizei mehr, keine Armee, keine Regierung? Ich habe bisher nur von solchen Sachen gelesen, aber die waren immer in fernen Ländern. Nicht bei uns.«

Die alte Illusion, dachte Emily. Bei uns kann das nie passieren! Laut sagte sie:

»Wir müssen es nun einmal durchstehen und tapfer sein. Wir dürfen nicht nachgeben. Wir müssen jeden Tag nehmen, wie er kommt.«

Joe und Terry waren erst knapp zwei Tage weg, und es schien auch ihr zwei Jahre her zu sein. Nachts fuhr sie immer wieder mit der Angstvorstellung aus dem Schlaf, die Amerikaner könnten, um ein Exempel zu statuieren, je zwei von einem Dutzend Inhaftierten erschießen, und diese zwei würden Joe und Terry sein. Dazu kam die Furcht, Pa würde nie wiederkommen, sondern sich in Brasilien niederlassen, weil England erledigt war. Und die Angst, eins der Kinder könne gerade jetzt erkranken, vielleicht an Blinddarmentzündung, und Bevil Summers oder sonst eine Hilfe wäre nicht zu erreichen ...

Aufhören! befahl sie sich streng. Das ist die bewährte Methode, sich grundlos kaputtzumachen. Und wenn ich, jung und kräftig, hysterisch werde – was soll ich dann erst von den sehr Jungen und sehr Alten erwarten?

»Kann ich dir nicht helfen?« fragte sie Dottie, streifte die Ärmel hoch und machte Miene, in die Teigschüssel zu greifen. »Ich muß noch soviel lernen. Wem bin ich von Nutzen, wenn ich nicht mal Brot backen kann?«

Dottie wischte sich die Augen und versuchte zu lächeln. »Laß den Teig in Ruhe, der ist fertig. ›Armes reiches Mädchen‹ . . . War mal ein Song, ich glaube, von Noel Coward. Hat dich dein Pa nicht mal in einen furchtbar teueren Kochkurs geschickt?«

»Da machten wir ausschließlich Soufflés, Cremes und Hummercocktails«, sagte Emily. »Mir fehlen alle Grundbegriffe.«

»Die Grundbegriffe fehlen — daran liegt's, daß die Welt nicht mehr in Ordnung ist. Alle leben aus der Tiefkühltruhe und vom Supermarkt. Wer macht sich schon die Mühe, richtig zu kochen? Als ich ein ganz junges Ding war, hat meine Mutter mir die Grundbegriffe beigebracht. Dann, in den Jahrzehnten beim Theater, heute hier und morgen da, dachte ich, ich würde sie nie mehr brauchen. Aber Gott sei Dank fielen sie mir zur rechten Zeit wieder ein, und was ich nicht mehr genau weiß, mache ich nach Gefühl.«

»Ich glaube«, sinnierte Emily vor sich hin, »wir müssen alle wieder in kleinen Gemeinschaften leben, die sich selbst erhalten. Der Bauer, der Müller, der Bäcker würden einander in die Hände arbeiten; jeder bekäme auf dem Tauschwege, was er selbst nicht hat, und man brauchte überhaupt kein Geld mehr.«

»Das würde nicht lange gutgehen, Emmie«, meinte Andy, der gerade mit den anderen Jungen in die Küche kam und ihre träumerische Betrachtung gehört hatte. »Erstens: was machen die Leute in den Großstädten, die keine Kühe und Felder haben? Und auch die kleineren Gemeinschaften würden bald aufeinander neidisch werden, wenn irgendwer bessere Kühe und besseres Land hat, und der Kampf um den Besitz würde immer wieder von vorn anfangen.«

»Nicht, wenn ein guter Führer da ist«, behauptete Sam. »Ein guter Führer könnte einfach befehlen: Hier wird nicht lange rumgeredet, sondern das und das getan! Dann würden die Leute gehorchen und mit ihrem eigenen Land und ihren eigenen Kühen zufrieden sein.«

»So gefräßige Leute wie Ben nicht«, sagte Colin mit einem lächelnden Blick auf Ben, der gierig nach der Teigschüssel starrte. »Sie würden die fetten Kühe auf der Weide des Nachbarn sehen und nicht erst lange warten, bis sie ihr Teil kriegten, sondern den guten Führer umbringen und selbst Führer sein. So würdest du es doch machen, Ben, nicht wahr?«

Der Kleine nickte heftig, griff unversehens mit einem seiner schwarzen Händchen in den Teig und stopfte sich die klebrige Masse in den Mund.

»Pfui, laß das!« schalt Dottie. »Spuck das sofort aus, sonst wird dir übel. Du wirst warten wie die andern, bis das Brot gebacken ist.«

»Schwester Bennett hat uns ein paar Eier mitgebracht«, sagte Emily halblaut. »Wenn er so hungrig ist . . .«

»Die Eier sind fürs Mittagessen. Wenn ich sie ihnen jetzt schon gebe, haben sie nachher nichts — nicht wahr, Madam?«

Mad, die, soviel Emily wußte, keinen Bissen gefrühstückt hatte, war in der Küchentür aufgetaucht. »Sie haben so fleißig Holz gesägt«, sagte sie. »Irgend etwas müßten sie haben. Im Vorratsschrank stehen doch noch massenhaft Hundekuchen, die Folly nicht mehr beißen kann. Wie wär's, wenn wir ein paar davon einweichten?«

Ben zog ein langes Gesicht und sah hilfesuchend zu Colin auf, aber sein blonder Jesus ließ ihn im Stich. Jede neue Spielidee begeisterte Colin, zumal er nie hungrig war. »Au, ja!« rief er entzückt, »spielen wir Hunde! Wir hüpfen auf allen vieren herum und bellen, und Madam und Dottie kommen mit Näpfen und füttern uns.«

Diese Regieanweisung genügte für Ben, und sogar die beiden Größeren ließen sich anstecken. Bellen, Jaulen und Winseln in allen Tonarten erfüllte die Küche, Füße trappelten, »Pfötchen« wurden bittend gehoben und weiterer Unfug getrieben, bis Mad, die sich die Ohren zuhielt, plötzlich zu lachen aufhörte und nach dem Fenster sah.

»Was sind das für Männer?« sagte sie. »Was tun sie hier?«

Der fröhliche Radau brach ab. Alles stürzte sich ans Küchenfenster, um hinauszusehen. Zwei Männer gingen in das Gehölz, das zum Grundstück gehörte, der eine mit einer Axt, der andere mit einer Säge.

»Soldaten sind es nicht, sie sind nicht in Uniform . . .«

»Nein, es ist Mr. Libby«, sagte Emily verdutzt. »Er und sein Gehilfe von der ›Seemannsruh‹. Ich werde gehen und fragen, was er will.«

Andy war schon als erster hinausgelaufen, wartete aber auf halbem Wege, als er sah, daß Emily nachkam. »Er ist an dem Holzstapel, den Joe für die Trembaths fertiggemacht hat«, berichtete er aufgeregt. »Du weißt, an dem Holz, das wir für Milch und Eier austauschen wollen.«

Emily beschleunigte ihren Schritt. Die beiden Männer warfen das Holz in mitgebrachte Säcke, ohne von ihr und Andy Notiz zu nehmen.

»Entschuldigen Sie«, sagte Emily, »aber meine Großmutter möchte gern wissen, was Sie hier machen.«

Der Wirt warf ihr einen giftigen Blick zu. Er war ungekämmt und unrasiert; sein Gesicht war grau von Bartstoppeln.

»Sie haben mehr Holz, als Sie für sich selber brauchen«, versetzte er. »Es wird Zeit, daß andere ihren gerechten Anteil bekommen.«

»Tut mir leid, aber dieses Holz ist schon anderen versprochen.«

»Ach, wirklich? Nun, wer zuerst kommt, mahlt zuerst. Heute muß jeder für sich sorgen. Warum sollt ihr im Warmen sitzen, während wir frieren? Los, weiter, Harry, mach die Säcke voll, und den Rest holen wir uns später.«

»Mr. Libby«, beharrte Emily, »ich habe Ihnen gesagt, dieses Holz ist schon vergeben. Wir warten nur, daß Joe und Terry zurückkommen, damit sie es auf die Farm schaffen können.«

Der Wirt lachte höhnisch. Die verbindliche Manier, die er sonst zwecks Umsatzsteigerung einsetzte, war spurlos verschwunden.

»Ihre beiden Bengel sehen Sie so bald nicht wieder, und Peggy Trembath ihren Jack auch nicht. Leute, die öffentliche Wege unbenutzbar machen, werden nach dem Gesetz bestraft. Und wenn sie sich an Sabotage beteiligen, verdienen sie erschossen zu werden.« Er trieb seine Axt in einen jungen Eschenstamm. »Aber wer hat am meisten zu leiden? Wir, die anständigen, gesetzestreuen Bürger! Keine Kundschaft, kein Verdienst, kein Wasser, kein Strom, keine Lebensmittel — alles nur wegen Leuten wie euch. Ihre Großmutter kann sich's leisten, hat wahrscheinlich ein dickes Bankkonto. Aber was wird aus mir?«

»Das dickste Konto hat keinen Zweck, wenn man nicht herankann«, sagte Emily. »Wir sind nicht besser dran als Sie, sondern schlechter. Sie können sich wenigstens mit kalifornischem Wein betrinken.«

Diesen Stich hätte sie besser unterlassen, denn sein Gesicht wurde dunkel vor Wut.

»Werden Sie nicht auch noch frech! Sonst holen wir Zukurzgekommenen uns nächstes Mal mehr als Holz. Wir bekommen keine Milch und Eier von der Trembath-Farm wie Sie! Und wenn die Regierung nicht bald durchgreift und die Saboteure bestraft, werden wir uns unser Recht nehmen und die Farmen plündern, solange die Bauern weg sind. Wir könnten ein paar Schweine und Schafe und Rinder für unsere hungernden Familien brauchen. Sagen Sie das Mrs. Peggy Trembath, wenn Sie sie das nächste Mal besuchen.«

Er hieb das Bäumchen mit ein paar wütenden Axtschlägen vollends um. Emily hielt Andy, der sich zum Sprung geduckt hatte, zurück und bedeutete ihm, ruhig zu bleiben. Eine falsche Bewegung, und Mr. Libby würde seine Drohung wahr machen. Auf der Farm konnte ihn niemand ernstlich daran hindern, jedes beliebige Tier wegzutreiben, genauso unverfroren, wie er sich jetzt das Holz aneignete.

»Hallo, Mr. Libby!« Mad stand in der Auffahrt unterhalb der Waldböschung, eine Säge in der Hand. »Da ist noch ein junger Stamm, gerade vor Ihrer Nase. Soll ich Ihnen helfen?«

Der Wirt der »Seemannsruh« drehte sich langsam um. In seiner Miene stritten sich Verlegenheit mit Übelwollen und selbstgerechter Empörung. Dazu regte sich wohl die Erinnerung an so manches Faß Apfelwein, das er Mad im Laufe der Jahre verkauft hatte, und der Gedanke an immerhin mögliche zukünftige Geschäfte.

»Kein Bedarf an Ironie«, sagte er grollend. »Uns geht's nicht so gut wie Ihnen. Wir leben in schweren Zeiten.«

»Weiß ich«, sagte Mad. »Meine Frage war nicht ironisch gemeint. Ich helfe Ihnen jeden Baum fällen, den Sie haben wollen. Die Frage ist nur: Wie wollen Sie ganze Stämme ohne Wagen nach Hause bringen? Schleifen?«

Mr. Libby war verstummt. Sein Gehilfe scharrte verlegen mit der Stiefelspitze in den welken Blättern.

»Ich mache Ihnen einen Vorschlag zur Güte«, fuhr Mad fort. »Sie nehmen soviel Holz, wie Sie für Ihren eigenen Haushalt brauchen, und wenn die Zeiten wieder normal sind — falls sie es je werden —, schicken Sie mir dafür ein Faß Apfelwein gratis.«

Sanftmut besiegt den Zorn . . . Aber galt diese Regel immer? Mr. Libbys Ressentiments waren nicht so schnell auszuräumen.

»Sie haben gut reden von normalen Zeiten!« sagte er. »Was dieses Land braucht, ist eine straffe Diktatur, das ist meine Rede seit Jahren, und mit der Unterstützung der Amerikaner hätten wir sie auf dem schnellsten Wege bekommen. Ich denke nicht daran, mich an irgendwelchen Sabotageakten zu beteiligen. Mir haben sie nichts getan, im Gegenteil, sie haben meinen Umsatz gesteigert. Daß jetzt alles wieder im Eimer ist, verdanke ich nur ein paar fanatischen Narren im eigenen Land.«

»Oh, ich kann es Ihnen ja so nachfühlen«, sagte Mad. »Zur Zeit sind wir alle Verlierer. Aber was Ihren Ruf nach der Diktatur betrifft, so kommt es doch auf die Dauer sehr darauf an, *wer* die Peitsche in der Hand hat. Also, wie ist es, brauchen Sie meine Hilfe, oder kommen Sie allein zu Rande?«

Seine lange Laufbahn, erst als Kellner, dann als Wirt, ließ sich nicht verleugnen. Der Kunde hat immer recht.

»Danke«, sagte er halb knurrig, halb schon wieder dienernd. »Wir nehmen nur einen Sack voll und den einen frischgefällten Baum.«

»Schön«, erwiderte Mad leichthin. »Dann erwarte ich nur ein mittleres Fäßchen.«

Sie wandte sich ab und pfiff tonlos vor sich hin. Emily und Andy folgten ihr. An der Garage blieb Andy stehen und fragte mit wuterstickter Stimme: »Warum hast du ihn so ungeschoren mit seinem Raub abziehen lassen? Ein Zeichen von dir, und ich wäre in meinen Schornstein geklettert und hätte ... Du weißt schon was.«

»Eben«, sagte Mad. »Es war schon beim erstenmal nicht die beste Lösung, nicht wahr? Ich habe es lieber mal auf die freundliche Tour unter Landsleuten versucht, aber ich bezweifle, daß hier viel Gemeinsamkeit zu finden ist. Nicht bei Mr. Libby. Ich wünschte«, sie zögerte und fügte hinzu, »ich hätte ihn soviel Holz nehmen lassen, wie er wollte, ohne den blöden Tauschhandel mit dem Apfelwein vorzuschlagen.«

»Warum?« fragte Andy hochfahrend.

»Es wäre nur ein schwacher Ausgleich für die Geschäftseinbuße gewesen, die wir ihm neulich zugefügt haben. Keiner von uns ist unschuldig an der jetzigen Lage, und keiner von uns möchte erwischt werden.«

Andy seufzte tief und ließ den Kopf hängen. »Hättest du mich letztesmal nur mitgenommen!« Er straffte sich wieder. »Aber bei der nächsten Aktion nimmst du mich mit, ja? Jetzt, wo Joe und Terry nicht da sind, bin ich der Mann im Haus — du kannst gar nicht ohne mich auskommen!«

Mad lachte und drückte ihn an sich, und so kehrten sie ins Haus zurück, Emily drei Schritte hinterher. Wie kriegt sie es nur fertig, dachte sie, alle Schwierigkeiten und Feindseligkeiten aalglatt zu umgehen? Ihr persönlich wird man nie etwas nachweisen können. Wenn sie zu den »Sanftmütigen« gehört, so nur in einem sehr zweideutigen Sinn, und um auf ihre Bemerkung zur Diktatur zu kommen ... Mad selbst war doch der geborene Diktator. Sie kommandierte, aber sie verstand die subtile Kunst, ihre ergebenen Sklaven glauben zu machen, sie täten alles freiwillig, was *sie* wollte ... O Pa, dachte Emily, komm und rette uns, siedle dich nicht in Brasilien an!

Im Hause wurde routinemäßig das Radio angestellt, aber die Mittagsnachrichten brachten nichts Erhellendes. In mehreren Hauptstädten der USUK fanden Finanzbesprechungen statt. Das USUK-Kulturprogramm hatte in Zusammenarbeit mit dem Ministerium für Erziehung und Bildung bestimmte Hauptquartiere im ganzen Land gefunden. Das Datum des Präsidentenbesuchs — des US- und USUK-Präsidenten — stand noch nicht fest, würde aber in den nächsten Tagen bekanntgegeben werden. Inzwischen bewachten US-Einheiten den Buckingham-Palast.

»Merkt ihr was?« fragte Mad, als sie das Radio abschaltete. »In jeder Nachricht über die USUK liegt der Ton mehr auf US und weniger auf UK. In Presse und Fernsehen wird es nicht anders sein, aber davon sind wir ja abgeschnitten. Zu dumm, daß auch unsere Radiobatterie hier allmählich schlappmacht. Meine oben ist noch schwächer. Wir werden uns auf einmaliges Hören pro Tag beschränken müssen.«

»Das hilft auch nichts«, erklärte Andy. »Batterien verbrauchen sich, egal, ob sie benutzt werden oder nicht.«

»Mr. Willis ist Radiobastler«, sagte Sam. »Ich glaube, er kriegt sogar Kurzwellen oder so was. Es ist sein Hobby.«

»Bravo! Das ist ein Tip!« Mad blickte strahlend in die Runde. »Mr. Willis wird uns auf dem laufenden halten. Wir sind also doch nicht total von der Außenwelt abgeschnitten.«

Emily hoffte, ihre Großmutter würde Mr. Willis über den vielfältigen Tagesaufgaben vergessen, aber da kannte sie Mad schlecht. Gegen halb sechs Uhr abends, als die Kinder sich in der Küche über Dotties selbstgebackenes Brot und Apfelmus hermachten, nahm die Unermüdliche Emily beiseite und fragte, ob die Mahlzeit bei den Nachbarn jetzt wohl zu Ende sei.

»Sicher«, antwortete Emily, die nicht gleich begriff, worauf Mad hinauswollte. »Es ist ja schon dunkel. Um diese Jahreszeit wird gewöhnlich um vier gemolken, wenigstens bei den Trembaths.«

»Wenn das so ist«, sagte Mad, »können wir beide schnell mal zu der Waldhütte gehen und, wenn Mr. Willis da ist, die Nachrichten bei ihm hören.«

»Jetzt, im Dunkeln?« stieß Emily entsetzt hervor. »Durch den Wald zu der unheimlichen Bruchbude? Nein, Mad, bitte!«

»Warum nicht? Unsere Taschenlampen sind noch in Ordnung, und es regnet nicht mal. Tagsüber werden wir ihn nie antreffen, wo er überall auf den Farmen hilft ... und wer weiß, vielleicht hat er hier und da etwas Neues gehört. Vielleicht sogar über den Verbleib von Terry und Joe.«

Emily sah ihre Großmutter scharf an. Es ging ihr nicht um die Sechs-Uhr-Nachrichten. Es ging ihr um die schwache Möglichkeit, daß Mr. Willis etwas über das Schicksal ihrer Jungen gehört hatte.

»Gut«, sagte sie. »Suchen wir unseren Kram zusammen und gehen wir!«

Mad schritt zügig voran; ihre Nerven hatten offenbar nicht gelitten, während Emily nach all den Schrecknissen der letzten Wochen hinter jedem Baum eine Falle oder einen bewaffneten Übeltäter vermutete. Außerdem mußte sie wieder an den armen, harmlosen Wally Sherman denken, der dauernd ihre Hand oder ihren Arm gehalten hatte, als sie das letzte Mal diese verschlungenen Pfade gegangen war ... Er hatte ebensowenig gewußt wie Korporal Wagg, wie nahe ihm der Tod bevorstand. Niemand wußte das. Emily versuchte sich mit philosophischer Gelassenheit zu wappnen, aber sie ängstigte sich trotzdem.

»Er ist zu Hause«, verkündete Mad, als sie die Lichtung vor der Hütte erreicht hatten. »Ein Fenster ist schwach erhellt, und ich rieche Rauch. Gucken wir mal rein!«

»Vorsicht«, warnte Emily. »Letztes Mal stand er splitternackt da und wusch sich. Es war einigermaßen peinlich.«

»Wieso peinlich? Ist doch angenehm zu wissen, daß er noch auf Sauberkeit hält. Manche Leute, die allein leben, waschen sich jahrelang nicht.«

Sie schlichen gemeinsam an das kleine Fenster.

»Da sitzt er in der Ecke«, flüsterte Mad, »und hat Kopfhörer auf! Es stimmt also mit dem selbstgebastelten Radio. Wie gut, daß wir gerade rechtzeitig gekommen sind!«

Sie klopfte laut an die Fensterscheibe. Der Effekt war augenblicklich und erschreckend. Mr. Willis riß sich die Kopfhörer ab, ergriff die alte Jagdflinte, die zu seinen Füßen gelegen hatte, und löschte die Lampe — alles gleichzeitig.

Dunkelheit und absolute Stille.

»Mad, kehren wir um, bitte!« flehte Emily mit versagender Stimme.

»Unsinn.« Ihre Großmutter ging zielbewußt um die Hausecke zur Tür. »Ich habe ihn erschreckt. Kein Wunder. Wenn ich hier als Einsiedlerin leben müßte, würde ich auch immer eine Knarre griffbereit halten.« Sie klopfte mit aller Kraft und schrie mit ihrer unverkennbaren Stimme: »Mr. Willis? Keine Sorge — wir sind es nur!«

Nach einer Weile wurde der Riegel innen zurückgezogen, und die Tür öffnete sich. Mr. Willis stand im dunklen Eingang. Unbewaffnet.

»Entschuldigen Sie mich, meine Damen. Sie sehen mich überwältigt von der Ehre Ihres Besuches. Hätte ich gewußt, daß Sie kommen, so wäre ich besser auf Ihren Empfang vorbereitet. Ist wieder Not am Mann? Brauchen Sie meine Hilfe?«

»Nein, nein«, sagte Mad, »uns geht's den Umständen nach gut. Wir wollten Ihnen nur eine kleine Visite abstatten und bei Ihnen die Abendnachrichten hören, wenn Sie erlauben. Unsere Radiobatterien liegen in den letzten Zügen, und wir fühlen uns isoliert wie die Höhlenmenschen. Sam sagt, Sie seien so was wie ein Kurzwellenamateur, und so hofften wir —«

Sie hielt inne, denn sein kurzes Luftschnappen war unmißverständlich. Er ging in den Wohnraum zurück, fummelte herum, riß ein Streichholz an, entzündete die kleine Öllampe aufs neue und hielt sie hoch, um in den Gesichtern seiner Besucherinnen zu forschen. Sein eigener Ausdruck war unergründlich. Schließlich verbeugte er sich mit einem kurzen Lachen.

»›Immer hereinspaziert, sagte die Spinne zur Fliege‹ — steht das nicht in einem netten alten Märchen? In diesem Fall darf ich sogar zwei Fliegen in meinen Salon bitten. Herein, meine Damen, herein.«

Er ließ Mad und Emily an sich vorbei eintreten und verschloß sorgfältig die Tür.

21

Mr. Willis drehte den Docht seiner Lampe höher und stellte sie auf ein Regal, von wo sie den Raum besser erleuchtete. Dann brachte er das erlöschende Kaminfeuer mit einem Armvoll Reisig wieder zum Aufflammen. Emily sah sich scheu um. Sie entdeckte weder die Kopfhörer noch die Flinte.

Auf dem Tisch stand nur ein gewöhnliches, ziemlich veraltetes Transistorradio. Kein Notizblock, nichts.

»Setzen Sie sich, meine Damen!« Er schob ihnen eilfertig einen wackligen Sessel und einen Schemel zurecht. »Darf ich Ihnen eine Erfindung anbieten? Über den edlen Traubensaft verfüge ich leider nicht, aber auch die brave Kartoffel liefert ein herzhaftes Getränk, sofern man es zu brauen versteht. Es tröstet einen über manchen kalten Winterabend.«

Mad schenkte ihm ihr berühmtes Lächeln. »Danke, nein. Wir wollen nicht lange bleiben. Wir dachten nur, Sie hätten bei Ihren rührenden Hilfsaktionen auf den Nachbarhöfen dies und das gehört, was uns in Haus Trevanal nicht zu Ohren gekommen ist. Das Haus liegt ein bißchen abseits, wie Sie wissen.«

»Nun ja«, auch er lächelte jetzt, »ich schnappe fleißig allen Klatsch und Tratsch auf, kann aber auch nicht immer feststellen, was davon stimmt und was nicht. Jedenfalls besteht eine wunderbare Solidarität in unserer ländlichen Gemeinschaft.

»Deuten Sie damit an, daß man außerhalb unseres kleinen Kreises gar nicht weiß, was hier passiert?«

»O doch. Schon die Nichtablieferung der Milch an die Zentrale hat die anderen früheren Bauernverbände hellhörig gemacht. Viele von ihnen sind bereits in Sympathiestreiks getreten.«

Emily, zwischen Zu- und Abneigung hin- und hergerissen, fand, daß er im ungewissen Flackerlicht mehr denn je einem weisen Gnom ähnelte.

»Vielleicht können wir uns rühmen, den Startschuß gegeben zu haben«, fuhr er fort. »Auch in den Nachbargrafschaften haben Protestkundgebungen stattgefunden. Die Ärzteschaft ist sich einig: keine Sprechstunden, keine Behandlung, keine Operationen, solange die Bevölkerung unter Druck gesetzt wird und weder Wasser noch Strom hat. Es ist kein gewöhnlicher Streik um Geld. Es ist passiver Widerstand gegen jede Art von Bevormundung durch Fremde.«

Er beugte sich von der Bettkante, wo er Platz genommen hatte, und warf ein Stück getrocknetes Treibholz in den Kamin. Die Flammen schlugen hoch auf; blaue und grüne Funken sprühten wie in einer Hexenküche.

»Nichts geht doch über salzgetränktes Holz«, sagte Mr. Willis. »Da knattert's im Schornstein. Aber Sie wollten die Nachrichten hören. Ich glaube kaum, daß es seit heute mittag viel Neues gibt.«

Er stand auf und drehte seinen Transistor an. Es war wenige Sekunden vor sechs. Sie hörten den Wetterbericht und das Zeitzeichen. Dann sagte der Nachrichtensprecher ihres Lokalsenders nach kurzem Zögern, es habe im Westen des Landes kleinere Unruhen gegeben, besonders unter der Bauernschaft, aber die Lage sei bestens unter Kontrolle. Hierauf wiederholte er die nichtssagenden Nachrichten, die sie schon mittags gehört hatten.

»Wie erwartet«, sagte Mr. Willis. »Der übliche Käse, mit einer Ausnahme. Ganz können sie die ›Unruhen‹ nicht mehr verschweigen. In den nächsten Tagen werden sie notgedrungen näher darauf eingehen müssen.« Er nahm lächelnd seine Brille ab und begann sie zu putzen. »Wollen Sie das nicht doch mit einem Gläschen Kartoffelschnaps feiern?«

Mad überhörte die Einladung und sah ihn direkt an.

»Mr. Willis«, sagte sie plötzlich leise, »als wir vorhin durchs Fenster sahen, hatten Sie Kopfhörer auf. Ich schließe daraus logischerweise, daß Sie nicht nur auf diesen alten Transistor angewiesen sind.«

Er hielt im Brillenputzen inne und gab ihren Blick zurück. Daß er nicht aufhörte zu lächeln, machte sein ganzes Gehabe noch undurchsichtiger.

»Ei sieh da«, bemerkte er. »Sie können es sich auch nicht abgewöhnen, durch jedes Vorhangloch zu gucken, wie? Das Publikum vor der Vorstellung zu beobachten und abzuschätzen, womit es zum Lachen oder zum Weinen zu bringen ist?«

»Manchmal«, gab Mad zu. »Aber eigentlich tat ich's nur auf Tournee, wenn man jeden Abend mit ganz anderen Leuten rechnen mußte.«

»Hab' ich mir gedacht. Auf meine bescheidene Art fühle ich mich gelegentlich selbst als Schauspieler. Ich höre zu und gebe nur dann Laut, wenn alle anderen nicht weiter wissen. Was möchten Sie von mir hören?«

»Nur irgendeinen Hinweis auf den Verbleib meiner beiden großen Jungen.«

Er ging langsam in die Ecke, in der sie ihn durchs Fenster erspäht hatten. »Eins kann ich Ihnen gleich sagen: sie werden nicht schlecht behandelt. Ein bißchen Magenknurren, wie wir alle, müssen sie schon aushalten, aber bis jetzt gibt es keine Foltermethoden. Tja, wer hätte gedacht, daß ein Ferienparadies so schnell in eine Sträflingsinsel verwandelt werden könnte?«

Er zog seine Informationen unerträglich in die Länge. Emily fand, daß der Vergleich mit der Spinne und der Fliege nicht schlecht gewählt war.

»Lundy?« fragte Mad. »Oder St. Michael's Mount?«

»Viel einfacher«, erwiderte er kopfschüttelnd. »Suchen Sie ein bißchen westlicher im wogenden Ozean, und wenn Sie auf die Scilly-Inseln stoßen, liegen Sie richtig. Kein Grund zur Aufregung. Sie werden die Jungen bald wiedersehen, und das gilt auch für Hunderte von anderen, die vorübergehend dort interniert sind.

»Mr. Willis«, fragte Mad sanft, »woher wissen Sie das alles?«

Er zupfte sich an der Nase und zwinkerte ihr zu. »Nun wollen Sie mich ausholen, nicht wahr? Aber es stimmt, die Luft schwirrt von Stimmen, wenn man nur genau hinhört. Und weil Sie es sind, werde ich Ihnen etwas zeigen.« Er bückte sich, hob ein loses Dielenbrett auf und enthüllte darunter einen länglichen Kasten mit einem Gewirr von Drähten und Knöpfen. Die Kopfhörer lagen daneben. »Da haben Sie meine kleine Trickkiste«, sagte Mr. Willis. »Die Geister der Luft besuchen mich, wie Prospero in seiner Klaue. Angefangen hat's mit meiner Liebe zur Musik. Auf diese Weise konnte ich Opernübertragungen aus Wien und Mailand hören. Beinahe zufällig hörte ich auch andere Stimmen, mit denen ich mich jetzt gern unterhalte. Darf ich Sie krönen, Prinzessin?« Er machte Miene, Emily die Kopfhörer aufzusetzen, doch sie wich unwillkürlich zurück. »Keine Angst«, spöttelte er, »noch geht es bei mir ganz menschlich und irdisch zu. Bis anhin habe ich keinen Kontakt mit fernen Planeten.«

»Krönen Sie mich, Prospero«, sagte Mad klangvoll. »Keine Zauberei kann eine alte Schauspielerin ins Bockshorn jagen. Ich bin nur neugierig, ob sie funktioniert.«

Sie hatte sich erhoben. Mr. Willis zog ihren Sessel näher an das aufgehobene Dielenbrett und setzte ihr, nachdem sie sich wieder niedergelassen hatte, die Kofhörer mit einer priesterlichen Geste auf, als handle es sich um ein Diadem oder einen Lorbeerkranz. Dann ging er in die Knie und drehte an den Knöpfen. Die Gesichter der beiden Alten wirkten auf Emily wegen der teils mangelhaften, teils überscharfen Beleuchtung so gruselig, daß ihr der Angstgedanke durch den Kopf fuhr: Dieser Mr. Willis ist verrückt. Jetzt jagt er Mad einen Stromstoß durch den Kopf, und sie bricht tot zusammen!

Nichts dergleichen geschah. Mad lauschte zwei Minuten lang intensiv, lächelte und nahm die Kopfhörer wieder ab. »Schade, daß ich es nicht verstehe«, sagte sie. »Was ist das? Gälisch?«

Er übernahm rasch die Kopfhörer und nickte ihr lächelnd zu. »Walisisch. Vielleicht ganz gut, daß Sie's nicht verstehen, denn es ist für die Engländer insgesamt nicht sehr schmeichelhaft. Moment, ich mache Notizen.« Er holte hastig seinen Notizblock aus der »Trickkiste« und begann darauf zu kritzeln. Emily rückte mit ihrem Schemel dicht an Mads Sessel. Mad drückte ihr kurz die Hand, was nur in Momenten höchster Spannung oder innerer Bewegung vorkam.

»Ich hab's dir ja gesagt«, flüsterte sie, »der Mann ist der geborene Schauspieler. Bestimmt liegt ihm Shakespeare besonders gut. Nächstes Mal, wenn er kommt, muß er uns aus dem *Sturm* vorlesen.«

Mr. Willis, ahnungslos, welch ehrenvolle Aufgabe sie ihm zudachte, nahm nach einer Weile die Kopfhörer ab und schaltete seinen Kurzwellenempfänger aus. »Gewaltloser Widerstand in Schottland und Wales«, berichtete er. »Niemand rührt sich, niemand geht zur Arbeit, alle Geschäfte sind geschlossen. Man kann die Leute nicht verhaften, weil sie still zu Hause sitzen, nicht wahr? Und es scheint, daß diese Methode allmählich im ganzen Land Schule macht. Wir waren eine der ersten Widerstandszellen.« Er verstaute die Kopfhörer säuberlich neben dem selbstgebastelten Apparat.

»Können Sie nur empfangen oder auch senden?« erkundigte sich Mad mit erstaunlicher Sachkenntnis.

»Oh, natürlich kann ich auch senden. Ich war gerade dabei, als Sie mich — pardon — störten. Ich spreche Walisisch und Gälisch, und manchmal kann auch die unbedeutendste Information das Band zwischen uns Kelten fester schmieden.

»Ihr Kelten . . .« sagte Mad nachdenklich. »Ich weiß bis heute nicht, ob ich diesen Rassenstolz gutheißen soll. Er artet doch häufig in blinden Lokalpatriotismus aus. Ist der Geburtsort denn so wichtig? Ich persönlich wurde in Wimbledon geboren, aber ich würde nicht dafür sterben, obwohl ich früher leidenschaftlich gern zu den Tennismeisterschaften ging. Heute ist mir Wimbledon egal. Ich habe diese komische kleine Halbinsel zu meiner Wahlheimat gemacht . . . und würde tatsächlich mein Leben für sie hingeben, wenn es irgend etwas Gutes bewirkte.«

Mr. Willis hielt im Ordnen seiner »Trickkiste«, inne.

»Es würde gar nichts bewirken«, sagte er. »Es ist ein idealistischer Wahn, wenn Männer und Frauen sich für ihre Heimat aufopfern. Sie werden prompt vergessen, und wenn man sie vielleicht hundert Jahre später als Helden und Märtyrer aus der Mottenkiste zieht, ist es für ihre Sache etwas zu spät. Andererseits — Sie als Schauspielerin haben ein ausgeprägtes Gefühl für den richtigen Ton. Sie könnten unsere Freunde anfeuern. Ihre berühmte Stimme würde großen Eindruck machen. Würden Sie vielleicht ein paar Verse über meinen kleinen Sender in den Äther schicken?«

»Hm«, machte Mad. »Von wem ist das: ›Tod oder Freiheit allen, die noch heute die Sprache Shakespeares sprechen . . .‹«

»Wordsworth«, sagte Emily hastig. »Aber, Mad, offen gestanden . . .«

Mad beachtete sie nicht. Sie sah Mr. Willis an, der seine

Gerätschaften rasch wieder aus der Dielenversenkung holte. »Ich würde gern diese Verse sprechen. Das dumme ist nur, daß erstens ja auch die Amerikaner mehr oder weniger ›die Sprache Shakespeare sprechen‹ und die Pointe deshalb nicht recht ankommt. Zweitens kann ich Wordsworth' Sonette längst nicht mehr auswendig. Emmie müßte mir aufschreiben, was sie von der Schule her noch weiß. Dann könnte ich's ablesen.«

Mr. Willis griff nach Notizblock und Kugelschreiber. »Ausgezeichnet. Sie ahnen nicht, was für weite Kreise Sie erreichen, wenn Sie . . .

»Pech«, unterbrach Mad. »Ich kann nichts ablesen. Ich habe meine Brille nicht dabei.«

»Versuchen Sie's mit meiner, verehrte Dame!« Er riß sich die dicken Gläser herunter und überreichte sie ihr mit einer Verbeugung. Seine eigenen Augen waren, wie Emily sie schon ein- oder zweimal gesehen hatte, nackt, blaß und schutzlos.

Mad setzte sich die fremde Brille auf und runzelte die Stirn. Es gab Emily einen Ruck, wie diese kleine Zutat einen Menschen verändern konnte. Mad sah damit wie eine steinalte, bösartige Hexe aus.

»Nimm sie ab!« flehte sie. »Das ist ja grausig!«

Mad wandte sich ihr einen Moment zu und starrte sie blicklos durch die geborgte Brille an, und Emily erinnerte sich plötzlich an die vielen Male, wenn sich die geliebte und vertraute Großmutter in der Theatergarderobe vor ihren Kinderaugen vermittels Schminke und Perücke plötzlich in eine wildfremde Person verwandelt hatte. Doch Mad lachte nur und gab die Brille an Mr. Willis zurück.

Hat leider keinen Zweck. Ich sehe alles total verschwommen. Emmie, bring mir das Gedicht bei! Ist es lang?«

»Viel zu lang — und kaum noch aktuell. Ich kriege auch nur noch ein paar zusammenhanglose Zeilen zusammen.«

»Zum Beispiel? Leg los!

Emily richtete die Augen zur Decke und dachte angestrengt nach. In der Oberstufe — das war ja noch nicht so lange her — hatten sie Wordsworth bis zum Stumpfsinn auswendig hersagen müssen. Gelernt war gelernt, aber ... Emily deklamierte, was ihr auf die Zunge kam:

»Wir müssen stürmen wie ein Silberfluß
Im Sonnenschein, sonst bleiben wir verachtet;
Der Reiche wird verehrt und angeschmachtet,
Was gilt daneben Kunst, Naturgenuß?
Raubgier und schnöder Geiz, Verschwendungssucht
Sind jetzt die Götter, denen wir uns neigen.
Bescheidenheit und Edelsinn zu zeigen,
Wie's einst bei uns in hohen Ehren stand,
Gilt nichts mehr ...«

Bums, aus. Emilys Kopf war wie leergefegt. Ihr fiel nur etwas aus einem anderen Sonett ein:

»... Selbstisch sind wir alle;
Erhebe uns, bekehre uns zum Bessern
Und gib uns Sitten, Tugenden, Freiheit, Macht!«

So weit, so gut, aber die aufrüttelndsten Freiheitsverse standen wieder in einem anderen Gedicht:

»Wir wollen sterben oder frei sein,
Wir alle, die die Sprache Shakespeares sprechen
Und Miltons Glauben, Treue, Ehr' verfechten ...«

Emily starrte weiter zur Decke und reihte pathetische Verse aneinander, wie sie ihr gerade einfielen. Nach einigen Minuten mehr oder minder freien Rhapsodierens brach sie mit einem »Puh!« ab. Was sie da machte, war ein hoffnungsloser Zeilensalat. Kein Wunder, daß Mad und Mr. Willis sich amüsiert zulächelten.

»Es hat keinen Zweck«, sagte sie. »Ich habe quer durch alle möglichen Gedichte zitiert. Den richtigen Zusammenhang finde ich nicht mehr. Gibt die Kateridee auf, Mad, daraus einen Aufruf an die Nation zu machen.«

»Ich hab's schon aufgegeben«, erwiderte Mad. »Du hast mir die Arbeit dankenswerterweise abgenommen.«

»Wieso?«

Mad nickte Mr. Willis zu. »Zeigen Sie's ihr!

Er deckte ein weiteres Dielenbrett auf, unter dem sich ein kleines Tonbandgerät befand. Das Band drehte sich noch. Er schaltete es aus.

»Sie haben so konzentriert in die Luft gestarrt wie bei einer Schulprüfung«, erklärte er belustigt. »So konnte ich – mit stillschweigender Genehmigung Ihrer Großmutter – das Tonband mitlaufen lassen. Eine junge, unbekannte Stimme wirkt vielleicht noch aufrüttelnder als eine berühmte, die von mehr Leuten erkannt werden dürfte, als uns lieb ist. Man wird Ihnen wegen dieser Rezitation keine Schwierigkeiten machen. Ich werde das Band noch heute abend in den Äther senden.«

Hexenmeister und Hexe lachten sie an, lachten sie aus. Emily sprang entrüstet auf. »Das ist eine Gemeinheit! Ich habe Ihnen nicht erlaubt, mich aufzunehmen! Und die ganze Deklamation war ein einziger Quatsch, ein sinnloses Durcheinander, wie schon gesagt!«

»Trotzdem war es sehr wirkungsvoll, gerade weil Sie so schön unbefangen waren«, sagte er. »Soll ich's einmal zur Probe zurückspielen?«

»Nein, danke«, fauchte sie ihn an. »Mad, bitte, rede ein Machtwort! Er muß es löschen!«

»Stell dich nicht so an«, fuhr Mad ihr über den Mund. »Mr. Willis hat recht — das Band wird Effekt machen, gerade weil es nicht einstudiert, sondern nach Improvisation klingt.« Sie erhob sich und drückte sich die abgelegene Mao-Mütze wieder auf das silbrige Haar. »Du warst sehr gut, Liebling«, fügte sie großmütig hinzu. »Ich hätte es nicht halb so gut gemacht. Ich konnte nie Verse sprechen.«

Sie ließ sich auf nichts mehr ein und zerrte Emily zur Tür. Mr. Willis begleitete sie mit einer alten Schiffslaterne bis zur Grenze ihres eigenen Grundstücks. Nachdem sie sich verabschiedet hatten, sah Emily aufatmend über die Schulter, wie sich das schwankende, trübe Licht entfernte und plötzlich im dichten Gehölz verschwand.

»Glaubst du ihm?« fragte sie unvermittelt.

»Glauben — was?«

»Daß er selbst Sendungen machen kann. Vielleicht will er mit dem technischen Gekröse unter seinen Dielen nur Eindruck schinden.«

»Wieso, da er es meines Wissens bisher niemandem gezeigt hat? Und als wir durchs Fenster sahen, hörte er jedenfalls mehr als wir. Das war kein Getue — er war ja nicht auf unser Kommen gefaßt.

»Du nimmst ihn also ernst?

»Was heißt hier ernst nehmen, nicht ernst nehmen«, erwiderte Mad. »Mr. Willis hat Gauklerblut in den Adern — wie ich. Marktschreier, Vagabunden, fahrende Komödianten, wir sind alle gleich. Die meisten Politiker auch. Das Urbild des Gauklers ist der Rattenfänger, der erst die Ratten aus der Stadt führt und dann die Kinder. Es kommt einzig auf die süßen Flötentöne an, ob und welche Gefolgschaft er findet.«

Sie hatten das Haus erreicht. Die Diele war von einer einsamen Kerze erleuchtet, die Dottie ihnen fürsorglich hingestellt hatte. Folly lag auf dem Fußabtreter und klopfte sachte mit dem Schwanz auf den Boden.

»Mad«, sagte Emily, »das ist die unverantwortlichste Rede, die ich je von dir gehört habe. Meinst du im Ernst, daß alles nur ein Gaukelspiel ist? Daß jeder nur einem Irrlicht nachjagt, das jeden Moment verschwinden und ihn wieder im Dunkeln lassen kann?«

»Genau«,sagte Mad, insem sie Follys Kopf streichelte.

»Dann weiß ich wirklich nicht mehr, wozu alle Anstrengung gut sein soll, wozu wir überhaupt leben . . .« Emily suchte verzweifelt nach Worten. Fragen drängten auf ihre Lippen, die sie nie zuvor gestellt hatte. »Warum hast du dann nicht einfach bis zum Umfallen weitergespielt, statt dich plötzlich von der Bühne zurückzuziehen und sechs Jungen zu adoptieren?«

»Oh, das war reiner Egoismus«, erwiderte Mad leichthin und zerrte an ihren Stiefeln. »Ich wollte schon als junge Frau partout sieben Söhne haben. Hör mal, was ist das?

Sie hoben lauschend die Köpfe. Die Stille, die seit mehreren Tagen und Nächten herrschte, wurde durch herannahenden Flugzeuglärm gebrochen.

22

Binnen kurzem war die Hölle los, nicht nur in der Luft, vor allem draußen über dem Hafen. Sie hörten Maschinengewehrfeuer und dumpfe Explosionen. Scheinwerfer tasteten über den Himmel, Raketen flammten auf. Ein sonderbarer Geruch von Chemikalien oder Öl verbreitete sich. Heute war keine Rede davon, friedlich bei Kakao um den Küchentisch zu sitzen und zu plaudern. Auf Mads Kommando wurden in höchster Eile Matratzen und Decken in den Keller geschleppt. Sie und Dottie waren die einzigen, die aus eigener Erfahrung über das Verhalten bei Bombenangriffen Bescheid wußten. Sie verboten auch, das Feuer auf dem alten Waschherd wieder anzuzünden, denn schon der Rauch aus dem Kamin konnte Aufmerksamkeit erregen, und je weniger von oben zu sehen war, desto besser.

Die Kinder reagierten unterschiedlich. Ben ließ sich auf Dotties Schoß sehr bald wieder in den Schlaf wiegen. Colin, der zunächst gebebt hatte wie Espenlaub, beruhigte sich, als Sam ihm die Augen verband und ihm Watte in die Ohren stopfte.

»So macht man's mit Pferden, wenn der Stall brennt«, erklärte er. »Natürlich nur, wenn man noch rechtzeitig dazu kommt.« Dann beschäftigte er sich mit seinen anderen Tieren, dem Eichhörnchen, der fast genesenen Taube und Folly.

Andy stand an der Kellertür Schildwache, den Bogen in der Hand, einen Köder mit Pfeilen über der Schulter. Mad hatte es ihm ausdrücklich erlaubt. »Wenn wir angegriffen werden, kämpfen wir Seite an Seite!« versicherte sie. »Wenigstens sind wir alle beisammen . . . bis auf die beiden Großen . . .«

Der Flugzeugdonner dauerte an, bei manchen Explosionen bebten die Mauern, aber die Hauptaktionen schienen sich weiter draußen über der See abzuspielen. Emily hatte den Transistor mit in den Keller gebracht. Die Batterie war noch nicht ganz tot, aber sie bekam weder den Ortssender noch einen anderen. Einmal sprach jemand auf deutsch, was niemand verstand, und beim Weiterdrehen erwischte sie einen halben französischen Satz: »*On dit que les associés de l'USUK sont maintenant . . .*« Der Rest war Schweigen.

Die Mitgliedsstaaten der USUK sind . . . was?

Mad äußerte keine Vermutung. Sie schlief. Im Laufe der Nacht kroch alles unbewußt näher aneinander unter die Decken. Selbst Andy gab die nutzlose Wache auf und suchte sich ein Eckchen Matratze, den Bogen in der Hand, den Köcher als Nackenrolle unter den Kopf geschoben.

Ben war nach Emily der erste, der erwachte. Sein leeres Bäuchlein verlangte Nahrung. Im übrigen war er gut ausgeschlafen und augenscheinlich bester Laune. Vielleicht lag es daran, daß seinem schwarzen Gesicht keine Überanstrengung anzusehen war, während seine weißen Adoptivbrüder wie kleine Greise wirkten, graugelb, mit Ringen unter den Augen. Und die alten Frauen erst! Arme Dottie, arme Mad. Beide lagen da wie die nassen Säcke mit klaffenden Mündern . . . Ich kann mir denken, wie ich selbst aussehe, dachte Emily. Käsebleich, strähniges Haar, pelzige Zunge . . . Ein ekelhaftes Gefühl. Und die Angst ist immer noch da. Die Flugzeuggeräusche klangen jedoch ferner oder höher als in den ersten Nachtstunden; sie konnte es nicht entscheiden.

Ihre Armbanduhr war um drei stehengeblieben; sie hatte vergessen, sie aufzuziehen. Durch die schmalen Kellerfenster sickerte trübes Licht. Es mußte mindestens sieben Uhr sein. Ben fummelte an seiner Hose und sah sie fragend an. Sie legte den Finger auf die Lippen: Egal, was er wollte oder mußte — Mad und Dottie durften nicht vorzeitig gestört werden. Ben grinste verständnisvoll, ging in die äußerste Ecke des Kellers und machte Pipi. Dann griff er sich einen Apfel von Joes Hürden und begann zu kauen.

Der merkwürdige, chemisch-ölige Geruch, den Emily schon während der Nacht festgestellt hatte, war inzwischen aufdringlicher geworden. Sie blickte durch eines der niedrigen Fenster in den kleinen Hinterhof hinaus, der nur im Sommer von Dottie zum Wäscheaufhängen benutzt wurde, denn im Winter hatte er keinen Strahl Sonne. Ein totes Rotkehlchen lag auf den Steinplatten. Da hat Sam wieder etwas zu beerdigen, dachte sie mitleidig, und plötzlich durchzuckte es sie: Woran war der Vogel gestorben?

Der Tagesanbruch war nicht wie sonst um diese Jahreszeit. Es wurde nicht heller, sondern immer trüber. Nebelschwaden zogen landeinwärts, und mit jeder Minute glaubte Emily den stechenden Geruch deutlicher zu spüren. War es so weit? Hatte die chemische Kriegführung begonnen, das Schreckgespenst der letzten Jahrzehnte? War das tote Rotkehlchen eines der ersten Opfer? Warum schliefen alle, außer Ben und ihr selbst, wie betäubt?

»Mad!« schrie sie unbeherrscht auf. Ben, der gerade in seinen zweiten Apfel biß, drehte sich um und sah sie mit erstaunt rollenden Augen an. Die andern regten sich. Andy war der erste, der in die Höhe schoß und nach seinen Waffen griff. Dottie richtete sich auf und gähnte ausgiebig. Sam streckte die Hand nach Folly aus, die wie gewöhnlich nach längerer Ruhe nur auf drei wackligen Beinen stehen konnte und das vierte steif abspreizte. Nur Mad schlief weiter. Sie hatte sich bequemer in ihre Decke eingerollt und den Mund geschlossen. Dottie sah sie an und flüsterte:

»Madam ist todmüde. Kein Wunder. Laß sie ausschlafen.«

Die Jungen räkelten und streckten sich, gähnten ebenfalls und warfen abschätzige Blicke auf Emily, die sie mit ihrem Schrei geweckt hatte.

»Entschuldigt«, sagte sie, »aber riecht ihr nichts? Riecht es nicht auffallend nach Chemikalien? Ein paar Minuten lang dachte ich . . .«

Sie hörte beschämt auf. Der Geruch, der sie so entsetzt hatte, war verschwunden oder nie dagewesen. Die Jungen schnüffelten, zuckten die Achseln und öffneten die Kellertür. Der Nebel hing noch in den Baumkronen, aber die Luft war frisch und kalt.

»Keine Flugzeuge mehr zu hören«, konstatierte Andy. »Wir wollen mal draußen nachsehen.«

»Vorsicht!« rief Emily und rannte den vier entschwindenden Gestalten nach. »Vielleicht ist es doch gefährlich . . .«

Sie beachteten ihren Warnruf so wenig wie losgelassene junge Füllen, die zu lange in einem engen Stall eingesperrt waren. Sie liefen lachend durch den Garten und rissen das Tor auf.

»Jetzt steigen wir auf die Feldmauern«, schrie Andy. »Vielleicht gibt's wieder Wracks oder Ruinen zu sehen . . .«

Emily folgte ihnen. Der Acker zog es ihr durch den Sinn, müßte Vergiftungsspuren zeigen, wenn wir letzte Nacht mit Chemikalien eingenebelt worden wären. Aber sie entdeckte nichts Ungewöhnliches, und die neblig-feuchte Atmosphäre war geruchlos. Dafür kam etwas anderes über den Feldweg, ein zunächst unidentifizierbares Fahrzeug. Sie packte den nächstbesten Jungen an der Schulter, um ihn herumzureißen und ins Haus zurückzuflüchten . . .

»Es ist der Landrover!« jubelte Andy. »Und Mr. Trembath sitzt am Steuer!

Wahrhaftig! Welche Erleichterung nach all der unerträglichen Nervenanspannung! Emily sprang lachend den Jungen nach über die Mauer, und da stieg wirklich Jack Trembath in eigener Person aus und stellte einen Kasten Milchflaschen und einen großen Eierkorb auf den Boden. Auch er lachte angesichts der vor Freude wild herumtanzenden Jungen, obwohl er deutlich abgemagert und unrasiert war. Emily lief auf ihn zu und warf sich an seinen Hals, als wäre sie seine Tochter Myrtle.

»Schon gut, Liebes, schon gut«, murmelte er gerührt. »Wir haben alle schlimme Tage durchgemacht, aber jetzt wendet's sich zum Besseren. Habt ihr Glas- oder Dachschaden?«

Diese Fragen waren jetzt nebensächlich. Emily mußte erst ihre eigenen loswerden.

»Wann sind Sie zurückgekommen, Mr. Trembath? Und wie? Sind Sie geflüchtet? Wird man Sie nicht wieder festnehmen?«

»Geflüchtet?« Er schüttelte den Kopf. »Keine Rede davon. Wir sind regulär entlassen worden, vierzig oder fünfzig Mann auf einmal. Ohne Erklärung. Sie haben uns auf der Hauptstraße abgesetzt und bloß gesagt, wir sollten abhauen.«

»Sind Sie mit Hubschraubern aufs Festland zurückgeflogen worden?

Er sah sie verständnislos an. »Aufs Festland zurück? Wir waren die ganze Zeit in der Nähe, bei Lanhydrock, zusammengepfercht wie die Ölsardinen, und wie es da jetzt aussieht ...« Er grinste. »Na, das soll nicht unsere Sorge sein.« Er reichte jedem der Jungen eine Halbliterflasche Milch. »Ich kann Ihnen sagen, wir waren eine gemischte Gesellschaft! Bauern, Hafenarbeiter, ein oder zwei Pfarrer, Bergleute, Ärzte ... Ihr Dr. Summers war auch dabei. Jeder einzelne von uns wurde verhört. Viele wußten ja überhaupt nichts, und wer etwas wußte, hat dichtgehalten. Wir haben die Kerle mit unserer unerschütterlichen Gelassenheit fertiggemacht. Wenn wir die Nerven verloren hätten, wären wir wahrscheinlich immer noch im Lager.«

Die Jungen hörten zu und schwiegen ausnahmsweise, da sie gierig die Milch tranken. Über Bens schwarzes Kinn rann ein dekoratives weißes Bächlein.

»Ich verstehe nicht ganz«, sagte Emily verwirrt. »Gestern

hörten wir, die Verhafteten seien alle auf den Scilly Inseln interniert.

»Möglich, daß andere dort sind — ich weiß nichts davon. Wir waren jedenfalls nicht weit von hier und wurden heute nacht freigelassen, und Ihre beiden Jungen sind auf Draht wie immer. Dr. Summers wartete nur noch auf ein Fahrzeug, um Terry ins Krankenhaus zu transportieren und ihm endlich den Gips abnehmen zu lassen. Sie können jede Minute hier sein.« Er gab auch Emily eine Milchflasche. »Stärken Sie sich, Mädchen! Nach allem, was Myrtle und Peggy mir erzählt haben, ist es bei Ihnen in den letzten Tagen knapp zugegangen. Auch Mr. Willis sagte, als er heute früh zum Helfen kam — er wußte ja nicht, daß ich schon wieder da war —, Sie könnten ein paar Grundnahrungsmittel brauchen. Richtig, da fällt mir ein . . .« Er griff in die Tasche und überreichte ihr ein flaches, sorgfältig eingewickeltes Päckchen. »Speziell für Sie, hat er gesagt. Zum Andenken oder so. Ich hatte den Eindruck, daß er einen Tapetenwechsel vorhat, aber er wollte nichts Genaueres sagen. Peggy und Myrtle haben mir erzählt, daß er rührend geholfen hat. Sie wären ohne ihn nicht fertiggeworden, und doch . . . Es klingt unfreundlich, aber er ist ihnen trotz allem immer ein bißchen unheimlich gewesen.«

Unheimlich, aber unentbehrlich. Emily sah unwillkürlich zu Andy hinüber, der die Milch fast so ungeschickt trank wie Ben. Er stand auf derselben Ackerstelle, auf der Korporal Wagg an seinem Pfeilschuß gestorben war.

»Mr. Trembath«, sagte sie und umklammerte mit der einen Hand das Päckchen, mit der anderen die Milchflasche, »was ist letzte Nacht vorgegangen? Wenn man alle Inhaftierten freigelassen hat — wozu dann die stundenlange Schießerei und die Luftwaffeneinsätze?«

»Unterseeboote in der Bucht«, sagte Mr. Willis. »Unbekannter Herkunft. Die Yanks haben Wasserbomben abgeworfen. Das hat er aus seinem selbstgebastelten Radio gehört.«

Emily überließ ihre Milchflasche Ben, der mit der eigenen fertig war und danach griff. »Glauben Sie, daß Mr. Willis' Informationen immer stimmen?« fragte sie.

»Na ja, man muß sie wohl mit dem berühmten Körnchen Salz genießen. Tatsache ist auf jeden Fall, daß die Yanks Cornwall aufgeben und ihr Heil woanders versuchen. Vielleicht sind wir zu kleine Fische, als daß sie sich weiter an uns die Zähne ausbeißen. Uns interessiert ja nur das schöne Ergebnis: Keine Straßensperren mehr, kein Stacheldraht, keine Maßregeln. Wasser, Strom und Telefon sind wieder da. Ach, Sie haben es wohl noch gar nicht gemerkt? Hoffen wir, daß es dabei bleibt, aber zumindest haben wir eine Atempause. Wie geht's Ihrer Großmutter? Hat sie alle Strapazen gut überstanden?«

»Phantastisch«, sagte Emily. »Nur heute schläft sie noch. Wir haben die Nacht im Keller verbracht.«

»Na, da will ich sie nicht stören«, sagte Jack Trembath. »Bestellen Sie ihr einen schönen Gruß von mir, und auf baldiges Wiedersehen.«

Er kletterte in seinen Landrover und fuhr ab. Die aufgehende Sonne drang durch den Morgennebel. Schon waren die Hafengewässer fast unbehindert zu überblicken.

»Nichts«, sagte sie staunend zu den Jungen. »Ich kann's kaum glauben. Was hat sie veranlaßt, so schnell nachzugeben?

»Schwache Nerven«, meinte Andy. »Sie können ja nichts Unvorhergesehenes vertragen.«

»Ich glaube«, sagte Sam bedächtig, »sie haben selber gemerkt, daß es ein Fehler war, zu uns zu kommen. Sie hatten so wenig davon wie wir. Es ist, wie wenn man zwei verschiedene Schafherden auf die gleiche Weide schickt — sie vertragen sich einfach nicht.«

»Hauptsache, sie lassen uns von nun an wirklich in Ruhe, und wir können leben, wie wir es gewöhnt sind«, sagte Emily. »Wir werden ja sehen. Bitte tragt die Eier und die restliche Milch ins Haus zu Dottie.«

Die Jungen nahmen die Körbe und marschierten fröhlich voran. Als sie außer Sicht waren, öffnete Emily das flache Päckchen. Es enthielt das Tonband von gestern abend nebst einem Begleitzettel in dünner, altmodischer Handschrift:

»Gratuliere zu dem vielversprechenden Debüt als Funksprecherin! Trotz atmosphärischer Störungen wurden die Dichterworte von vielen gehört und dankbar anerkannt. Ich selbst bin an einen anderen Ort berufen worden und ziehe vorübergehend um. Eines Tages sehen wir uns bestimmt wieder. Bis dahin meine ergebensten Grüße Ihnen allen, besonders der hochverehrten Madame.«

Als sie ins Haus kam, hörte sie gleichzeitig zwei wunderbar alltägliche Geräusche: das Klingeln des Telefons und die Zeitansage aus dem Fernseher, den die Jungen angestellt hatten. Es kam ihr vor, als hätte sie beides wochenlang entbehren müssen. Sie entschied sich für den Fernseher, der vielleicht Aufschlüsse über die Ereignisse der letzten Nacht brachte. »Mach schnell«, schrie Andy, »es waren Unterseeboote — Mr. Willis hat nicht gesponnen!

Emily hörte gerade noch den Rest der Nachricht: »Nähere Einzelheiten liegen zur Stunde noch nicht vor. Die Angreifer konnten unerkannt entkommen; doch die USUK-Kräfte suchen das in Frage kommende Seegebiet weiterhin ab. Im Zusammenhang hiermit wurde von Experten die Vermutung geäußert, daß der US-Flugzeugträger, der vor einigen Tagen unter schweren Verlusten an Menschenleben explodierte, nicht einem Sabotageakt, sondern einem Torpedoangriff von unbekannter Seite zum Opfer fiel. Die Restriktionsmaßnahmen in Cornwall sind mit sofortiger Wirkung aufgehoben.« Der bleich und übernächtig aussehende junge Sprecher nahm das nächste Papier zur Hand. »Das Kabinett tritt heute zu einer Sonderberatung zusammen. Wie es scheint, bestehen ernste Meinungsverschiedenheiten über die Zukunft der USUK. Wir werden im Laufe des Tages Näheres darüber berichten.«

Das Telefon klingelte noch immer. Emily rannte in die Diele, wobei sie fast mit Dottie zusammenstieß, die eben aus der Küche kam. »Laß nur – ich geh schon ran!«

»Gott sei Dank, der Strom ist wieder da«, sagte Dottie. »Ich mache Rührei.«

Emily riß den Hörer ans Ohr. »Ja, bitte? Wer ist da?« Eine Stimme mit ausländischem Akzent meldete sich: »Moment, ich verbinde.« Und dann – sie hätte es sich eigentlich denken können – war Pa mit seinem hastigen Wortschwall am anderen Ende.

»Bist du's Emmie? Warum meldet sich niemand? Ich versuche seit Äonen, euch anzurufen, konnte nicht durchkommen. Jetzt muß ich in fünf Minuten zu einer Konferenz – ewig der Druck, der Druck. Wie geht's euch, was macht ihr?«

»Das kann ich so schnell nicht erzählen. Von wo sprichst du?«

»Von Zürich. Heute nacht von New York zurückgeflogen. Erst nach der Konferenz erfahre ich, welches Flugzeug ich als nächstes nehmen muß, London oder Tokio. Alles ist in heller Aufregung, und die ganze USUK steht auf dem

Spiel. Wie ich höre, haben ein paar Holzköpfe bei euch in Cornwall mit dem Widerstand angefangen, und er breitete sich aus wie eine Seuche. Ihr wißt nicht, was gut für euch ist. Warum sollen die US sich unter diesen Umständen noch um unseren Staatsbankrott kümmern? Sie haben uns eine letzte Chance gegeben . . . Übrigens, ehe ich's vergesse: Der Hauptgrund meines Anrufs ist, der lieben alten Dame alles Gute zum achtzigsten Geburtstag zu wünschen.«

Mads Geburtstag! O Gott, sie hatte ihn vergessen. Sie hatten ihn in diesen turbulenten Tagen alle vergessen. Mad wurde heute achtzig!

»Pa«, stotterte sie, »das ist ja gräßlich, wir haben alle nicht daran gedacht, Mad wahrscheinlich am wenigsten . . .«

Er hörte nicht zu. Er fiel ihr, wie gewöhnlich, ins Wort:

»Gib ihr einen Kuß von mir und sag ihr, daß ich ihr eine Schweizer Kuhglocke mitbringe. Damit kann immer einer von euch bimmeln, damit ihr wach bleibt. Ihr seid ja in einen Dornröschenschlaf versunken! Und wenn ihr wach seid, greift ihr zu irrsinnigen Mitteln — total weltfremd — reinstes Mittelalter. Leb wohl, Emmie, ich muß in die Sitzung. Ich bin total fertig — zwei Nächte nicht geschlafen. Ich lasse bald wieder von mir hören. Bleibt gesund, und nochmals herzlichste Glückwünsche!«

Er hatte abgehängt. War er der einzige Normale auf weiter Flur oder so schizophren wie Mr. Willis? Auf welcher Seite war er? Was wünschte er? Wieso rief er plötzlich aus Zürich an — einer Stadt, die mit der USUK nicht das mindeste zu tun hatte —, und was hatte er in Tokio zu suchen?

Emily hatte kaum den Hörer aufgelegt, als sie durch die Windfangtür wieder etwas sah. Heute passierte alles auf einmal! Aber — wie herrlich — sie erkannte Dr. Summers'

Auto, und wenn nicht alles täuschte, saßen auch Terry und Joe darin.

»Dottie«, jauchzte sie, »die Großen sind wieder da! Geh schnell in den Keller und wecke Mad, wenn sie noch schläft. Weißt du, daß wir ihren Geburtstag vergessen haben? Ist das nicht furchtbar? Nur Pas Telefonanruf hat mich daran erinnert.«

Dottie, eine dampfende Pfanne in der Hand, kam an die Küchentür und sperrte hilflos den Mund auf.

»Ihr Achtzigster!« brachte sie endlich heraus. »Das werde ich mir nie verzeihen. Und wir haben auch keinen Orangensaft mehr.«

Die großen Jungen waren schon ausgestiegen und kamen auf das Haus zu. Emily stürzte ihnen entgegen.

»Kinder, Kinder«, stieß sie halb schluchzend hervor und küßte sie ab, obwohl ihr ein so mütterliches Gehabe eigentlich nicht zustand. »Wenn ihr wüßtet . . .«

»Köstlich!« lachte Terry, der kein Gipsbein mehr hatte und auch die Krücken nicht mehr zu brauchen schien. »›Wenn ihr wüßtet‹! Wer hat in diesen Tagen mehr mitgemacht, wir oder ihr?«

»Jedenfalls haben wir's geschafft«, sagte Bevil Summers. »Seit meinem Staatsexamen hab' ich mich nicht mehr so obenauf gefühlt. Mit passivem Widerstand kann man sich also immer noch durchsetzen, egal, was manche Theoretiker dagegen anführen. Dabei war unsere Gruppe zahlenmäßig schwach — aber sie hat den Ball ins Rollen gebracht. Sehen Sie mal die Hubschrauber, die Cornwall verlassen und in Richtung Devon weiterfliegen! Sie werden dort nicht freundlicher empfangen werden als bei uns.«

»Wer weiß, ob sie nicht zurückkommen«, meinte Emily zweifelnd.

»Miesmacherin!« lachte Terry. »Bei einem zweiten Besuch werden wir besser vorbereitet sein, und außerdem — heute ist erst einmal heute. Freut euch des Lebens! Wie geht es Madam?«

»Sie hat ihren achtzigsten Geburtstag im Keller angefangen«, berichtete Emily, »und schläft wahrscheinlich noch. Es war eine anstrengende Nacht, wir haben alle unten auf Matratzen kampiert. Da — sie ist wach! Sicher ist es das schönste Geburtstagsgeschenk für sie, daß Terry und Joe wieder da sind!«

Mad stand auf der obersten Stufe vor der weit offenen Windfangtür und streckte den Jungen die Arme entgegen. Sie schlenderten lachend und redend aufs Haus zu, als ob sie sie nicht sähen, und gingen rechts und links an ihr vorbei in die Diele. Sollte das ein dummer Witz sein? Mad stand in unveränderter Haltung mit offenen Armen da und lächelte nun Emily an. Da war sie plötzlich verschwunden.

»Was ist denn los?« fragte Dr. Summers.

Emily hielt seinem forschenden Blick ganz ruhig stand. »Bitte schauen Sie mal im Keller nach«, sagte sie nach zwei Sekunden. »Mad schläft heute auffallend lange.«

Er zuckte unmerklich zusammen, griff nach seiner Bereitschaftstasche und eilte mit langen Schritten zum Nebeneingang. Fast gleichzeitig kam Sam in den Garten, eines seiner Tiere zärtlich an die Brust gedrückt.

»Ich glaube, es ist Zeit, daß ich die Traube wieder freilasse«, sagte er. »Ihr Flügel ist heil.«

Er hob die Taube mit beiden Händen hoch und ließ sie los. Sie flog jedoch nur eine kurze Kurve und ließ sich dann in der Spitze des Lebensbaums nieder. Immer noch brummten Hubschrauber ostwärts, der steigenden Sonne entgegen.